09/24

JEAN-CLAUDE VINET

Tod in La Rochelle

JEAN-CLAUDE VINET

TOD IN LA ROCHELLE

COMMISSAIRE CHEVALIER
ERMITTELT AN DER ATLANTIKKÜSTE

lübbe

Dieser Titel ist auch als E-Book erschienen.

Die Bastei Lübbe AG verfolgt eine nachhaltige Buchproduktion. Wir verwenden Papiere aus nachhaltiger Forstwirtschaft und verzichten darauf, Bücher einzeln in Folie zu verpacken. Wir stellen unsere Bücher in Deutschland und Europa (EU) her und arbeiten mit den Druckereien kontinuierlich an einer positiven Ökobilanz.

MIX
Papier | Fördert gute Waldnutzung
FSC® C014496

Originalausgabe

Textredaktion: Dorothee Cabras, Grevenbroich
Umschlaggestaltung: www.buerosued.de unter der Verwendung von Illustrationen von © www.buerosued.de
Satz: two-up, Düsseldorf
Gesetzt aus der Aldus
Druck und Verarbeitung: GGP Media GmbH, Pößneck
Printed in Germany
ISBN 978-3-404-18891-8

1 3 5 4 2

Sie finden uns im Internet unter luebbe.de
Bitte beachten Sie auch: lesejury.de

Für Gabi

Songez que les fanatiques sont plus dangereux que les fripons. On ne peut jamais faire entendre raison à un énergumène; les fripons l'entendent.

VOLTAIRE

(Bedenkt, dass Fanatiker gefährlicher sind als Schurken. Einen Besessenen kann man niemals zur Vernunft bringen, einen Schurken wohl.)

MONTAG, 14. JUNI

»Sie sind heute aber früh dran, Monsieur.«

Madame Le Calvez lächelte breit, und Clément Chevalier wusste, dass er in La Rochelle angekommen war. Es war das erste Mal in all den Wochen, dass die Besitzerin der Boulangerie das Wort an ihn richtete.

»Mein erster Arbeitstag, da möchte man nicht zu spät kommen.«

»In La Rochelle fangen wir nicht so früh an, und schon gar nicht an einem Montag, es sei denn, man ist Bäcker.« Sie lachte meckernd. »Wo werden Sie arbeiten?«

»Bei der Police National.«

Sie machte große Augen und steckte zwei Croissants in eine Tüte, auf der sich sogleich feine dunkle Flecken von der Butter zeigten. Chevalier hatte nie bessere Croissants als diese gegessen. »Police National? Zeigen Sie uns künftig an, wenn wir zu früh öffnen?«

Chevalier schnalzte mit der Zunge. »Aber nein, Madame. Das würde ich nie wagen. Was würde ich denn ohne Ihr Brot und die göttlichen Croissants machen, oder glauben Sie, ich sollte mir eines dieser seelenlosen Industriebaguettes aus dem Backautomaten holen?«

»Gott bewahre, nein.« Sie sah entsetzt auf ihre liebevoll arrangierte Auslage mit Pain au Chocolat, Petits Fours und Éclairs, die sie, stets elegant gekleidet und geschminkt, mit einer Andacht in kleine Kartons verpackte, als wären es Juwelen.

Chevalier griff nach der Tüte und nahm ein Baguette entgegen, um das sie ein hauchdünnes Papier gewickelt hatte. Er zahlte mit Karte.

»Was machen Sie denn bei der Polizei?«

Er sah auf und blickte ihr in die braunen Augen. »Mordkommission.«

Sie schwieg verblüfft, während er grüßend die Bäckerei verließ.

Draußen stieg er auf sein altes Peugeot-Rad, mit dem er bereits in Metz als Jugendlicher zur Schule gefahren war. Gemächlich rollte er zum Quai Duperré am alten Hafen. Um diese Uhrzeit lagen die Straßen noch verlassen da, und er genoss die Ruhe nach einer kurzen Nacht. Lediglich die Möwen drehten schreiend ihre Kreise dicht über den Dächern. Die Sonne schien wie bereits die gesamte Woche zuvor von einem blauen Junihimmel und versprach einen weiteren wundervollen Frühsommertag.

Claude hatte geöffnet, und wie an fast jedem Morgen seit ihrem Umzug nach La Rochelle nahm Chevalier an einem der runden Tische Platz, die auf dem breiten Bürgersteig vor dem Café standen. Es brauchte nur einen Wink, woraufhin sich Claude an der Kaffeemaschine zu schaffen machte.

Der Postbote stoppte sein gelbes Rad vor der Bar und trug Zeitschriften und Briefe hinein. Er plauderte kurz mit dem Wirt über das Wetter und über Politik, wobei er einen Kaffee trank, dann radelte er weiter.

Es herrschte Flut. Eine Segeljacht glitt lautlos aus dem Hafen. Sie passierte die Hafendurchfahrt zwischen der Tour de la Lanterne und der Tour Saint-Nicolas, die wie Wachen an der Einfahrt thronten, und nahm Kurs auf die offene See, während Möwen schreiend um ihre Masten kreisten.

»Früh auf den Beinen, Monsieur le Commissaire. Geht es heute los?« Claude stellte eine winzige Tasse mit rabenschwarzem Kaffee auf die verwitterte Tischplatte.

»Ja, um acht Uhr.«

»Dann *bonne chance.*« Viel Glück.

Claudes Café war nicht gestylt wie die Bars und Restaurants seiner Nachbarn, doch das schien dem Umsatz keinen Abbruch zu tun. Mehrere Gäste taten es Chevalier gleich und tranken eine *bol de café* und aßen dazu ein Croissant.

Chevalier riss ein Tütchen Zucker auf und rührte ihn in den Kaffee, während er der Jacht nachsah. Sie hatte den weitläufigen Sportboothafen von Les Minimes passiert. Gerade als er hinsah, kamen die Segel unter Wind, und der Rumpf neigte sich zur Seite, während das Schiff Fahrt aufnahm.

Zu gerne wäre er mit ihnen hinausgesegelt. Vielleicht zur Île d'Oléron oder noch weiter nach Süden, vorbei an der Côte Sauvage mit ihrer tosenden Brandung bis hin zum Phare de Cordouan, dem berühmten Leuchtturm vor der Mündung der Gironde.

Chevalier trank den Kaffee in einem Zug und genoss den bitteren Geschmack. Er sah auf die Uhr. Es wurde Zeit. Nachdenklich stand er auf und legte eine Münze auf den Tisch. Claude winkte, als er davonfuhr.

Eigentlich freute Chevalier sich darauf, nach der langen Pause wieder zu arbeiten. In den vergangenen sechs Wochen hatte sich sein Leben grundlegend verändert. Er war Vater geworden, und sie waren von Lyon hierher in eine neue Stadt gezogen, die er trotz vielerlei Bedenken zu mögen begann. Der Start heute im Hôtel de Police würde das letzte Puzzleteilchen sein, um den Neubeginn zu komplettieren.

Doch wie hieß es so schön? Aller Anfang ist schwer.

Er ließ den Hafen hinter sich und radelte über die Allée du Mail in Richtung ihres neuen Zuhauses, als sein Smartphone klingelte. Überrascht brachte er das Rad mit quietschenden Bremsen zum Stehen und sah auf das Display, ohne die Nummer wiederzuerkennen. »*Qui?*«

»Spreche ich mit Commissaire Chevalier?« Die Stimme klang zurückhaltend.

»Äh, ja, hier Clément Chevalier. Und mit wem spreche ich bitte?«

»Mein Name ist Sirac Essaid, ich bin Lieutenant bei der Mordkommission. Entschuldigen Sie den frühen Anruf.«

Chevalier hatte den Namen auf der Liste der Kollegen gelesen. »Ich bin schon länger auf. Warum rufen Sie an?«

»Wir haben einen Toten. Ein Mann wurde in La Couarde-sur-Mer getötet, das ist auf der Île de Ré. Commandant Simon meinte, ich solle Sie anrufen.«

Chevalier lachte verblüfft auf. »Der Chef ist lustig, ich habe noch nicht einmal eine Marke.«

Essaid schwieg.

»Aber er hat recht, dafür bin ich ab heute zuständig. Kommen Sie mich in zwanzig Minuten abholen. 11 Rue Louis Blanc. Informieren können Sie mich dann unterwegs.« Er sah immer noch verblüfft auf das dunkle Display. »So schnell hätte es nun auch nicht gehen müssen«, murmelte er. Chevalier sprang auf das Rad und fuhr die wenigen Meter nach Hause, wo er die Cafetiere füllte.

Das Haus war in den Sechzigerjahren gebaut worden. Ihm hatte es auf Anhieb gefallen. Eine Mauer umgab das Grundstück, auf dem Bäume und Büsche im Sommer Schatten spendeten. Kies lag in der kurzen Einfahrt. Der Bau selbst war schlicht. Im Erdgeschoss befand sich neben dem Eingang eine Garage mit grünem Holztor und zwei Fenstern, rund wie Bullaugen. Ihr Renault Kangoo würde es nie dort hineinschaffen, denn schon jetzt war sie voll mit Chevaliers geliebtem Motorrad, den Fahrrädern, Gartenmöbeln und allem anderen, was in einem Haus ohne Keller verstaut werden musste.

Schlaf- und Kinderzimmer waren in der ersten Etage.

Er lief nach oben und betrat vorsichtig den abgedunkelten

Raum. Zuerst schaute er in die Wiege. Manon lag auf der Seite und atmete ruhig im Schlaf, die Hände zu winzigen Fäusten geballt. Zärtlichkeit wallte in ihm auf. Liebend gern hätte er ihr über den Kopf gestreichelt, auf dem ein paar rote Härchen zu sehen waren, doch er ließ es. Sie hatte in der letzten Nacht viel geweint und sie auf Trab gehalten. Jetzt wollte er sie auf keinen Fall wecken.

Sandrine hatte die Decke weggestrampelt und schlief tief und fest. Sicher war sie erschöpft.

Chevalier küsste seine Frau sanft und strich über ihr rotes Haar, von dem sie behauptete, es stamme von den bretonischen Vorfahren ihrer Familie.

Sie öffnete verschlafen die Augen. »Musst du schon los?«

»Ein Toter wurde gefunden. Ich werde gleich abgeholt.«

Sandrine richtete sich auf und rieb sich verschlafen die Augen. »Du bist doch noch gar nicht deinen Kollegen vorgestellt worden.« Sie blies sich eine Strähne aus dem Gesicht und runzelte die Stirn.

Chevalier hob die Schultern und grinste schief. »Das hat der Mörder nicht gewusst, und ich bin nun mal ab heute zuständig.«

»Hast du ein bisschen Angst?« Ihre blassgrünen Augen blitzten.

Chevalier nickte. »So zu beginnen ist nicht gerade leicht.«

»Komm.« Sie legte die Arme um seinen Hals und küsste ihn auf die Wange. »Du bist der Chef, Clément. Vergiss das nicht. Du schaffst das, vertrau mir.«

»Danke.«

Sandrine sank zurück und schloss die Augen. Chevalier sah einen Moment auf die zierliche Gestalt seiner Frau und spürte, wie ihm warm ums Herz wurde. Wie glücklich er war, sie zu haben!

Als er wieder nach unten kam, blubberte das letzte Wasser in die Cafetiere.

Chevalier hatte seinen Café Crème getrunken und im Stehen ein Croissant gegessen, als ein dunkelblauer Renault Talisman vor dem Tor hielt. Chevalier zögerte und atmete tief ein. »Auf in den Kampf.« Er lief zu dem wartenden Wagen und öffnete den Schlag.

Der Lieutenant sah neugierig auf, als er einstieg.

»Clément Chevalier. Sehr erfreut.« Chevalier reichte ihm die Hand.

»Ganz meinerseits. Ich bin Sirac Essaid, aber nennen Sie mich Sirac. Das sagen hier ohnehin alle.« Sein Händedruck war fest. Er lächelte. »Unter solchen Umständen habe ich bisher noch keinen Chef kennengelernt.«

Chevalier erwiderte das Lächeln und spürte, wie seine Anspannung etwas nachließ. »Ich bin auch eher davon ausgegangen, dass Commandant Simon mit mir von Büro zu Büro geht und mich vorstellt, dass jemand mir eine Marke gibt und ich mich dann in Ruhe an meinem Schreibtisch einrichten kann. Das hat den Mörder leider nicht interessiert.«

Sie musterten einander. Essaid war relativ klein gewachsen, doch die austrainierten Muskeln unter dem Poloshirt zeigten, dass das ohne Belang war.

»Wollen Sie zuerst ins Kommissariat?«

»Nein. Fahren wir zum Fundort der Leiche.« Chevalier schnallte sich an, und Essaid startete den Motor.

Kurz darauf erreichten sie die *Gare de Péage* vor der Brückenrampe. Sie passierten die Mautstation und fuhren die geschwungene Brücke hinauf.

Die Sonne hatte sich mittlerweile hoch erhoben. Ihnen gegenüber lag die Île de Ré in der Morgensonne, umgeben vom tiefblauen Atlantik. Chevalier öffnete das Fenster ein wenig, um etwas von der würzigen Seeluft hereinzulassen, und sah hinunter aufs Wasser. Der moderate Wind bildete winzige schaumige Wellen, auf denen Boote ihre Runden drehten. Bisher war die

Saison nicht in vollem Gange, doch man spürte schon die Zunahme des Verkehrs.

Sie erreichten den Scheitelpunkt der Brücke, und das Land kam wieder näher, während Chevalier über die See blickte und sich weiter entspannte. Er seufzte. »Ein Tag, der viel zu schön ist, um zu sterben.«

Möwen schossen unter der Brücke hindurch.

»Wie bitte?« Sirac drehte den Kopf. Er hatte eine Sonnenbrille aufgesetzt, die ebenso dunkel war wie sein Haar.

Chevalier winkte ab. »Ach, nichts. Was wissen wir bisher?«

»Der Tote ist Luc Moyon.«

»Sie sagen das so, als müsste ich ihn kennen.«

Essaid blickte wieder zu ihm herüber und lächelte entschuldigend. »Tut mir leid. Er ist in der Gegend den meisten Menschen bekannt. Besitzt ein großes Weingut auf der Insel. Moyon war lange Bürgermeister seiner Heimatgemeinde und später Mitglied im Conseil Général des Départements.«

»Im Département-Rat? Da werden Presse und Politik schnell auf den Mord aufmerksam werden.« Chevalier kannte solche Fälle und wusste um den Druck, der unweigerlich damit einherging.

»Man sah ihn früher häufiger in unserer Zeitung, der *Sud Ouest*.«

»Früher?«

»Seit einigen Jahren ist er von der Bildfläche verschwunden.«

»Was wissen wir außerdem?«

Sirac linste während des Fahrens auf einen Notizzettel. »Gefunden hat ihn am frühen Morgen ein Mann namens Jérôme Batz.«

»Wer ist das?«

»Ein Nachbar.«

»Wo wurde er gefunden?«

»An einer Saline, nicht weit vom Weingut entfernt.«

»Ich dachte, er wäre Winzer?«

Sirac hob die Schultern. »Verstehe ich auch nicht.«

»Was hat er so früh dort gemacht?«

»Wissen wir nicht.«

Sie erreichten Rivedoux-Plage mit seinen langen Stränden und passierten den Ort.

Chevalier betrachtete den Klatschmohn, der auf der Insel eines Kreisverkehrs wuchs. »Zum Glück sind noch nicht so viele Touristen unterwegs, sonst würden wir ewig brauchen.«

»Sie kennen die Insel?«

»Wir waren schon oft hier. Mein Schwiegervater hat eine Austernzucht in Les Portes-en-Ré. Ihm gehören einige Bänke.«

»Einer der großen Produzenten?«

»Gilles Tonnay. Sie fahren die Austern mit den Kühl-Lkws bis nach Paris, Brüssel oder Luxemburg.«

Wenig später erreichten sie Sainte-Marie-de-Ré. Chevalier liebte den Strand hier, denn man konnte von ihm aus Sonnenuntergängen zusehen, die wirkten, als wäre man in den Tropen. Er musste sich daran erinnern, nicht in Urlaub zu sein. »Zurück zu Luc Moyon. Was sollte ich noch wissen?«

»Jérôme Batz hat noch von der Saline aus die Polizei angerufen. Er wartet dort. Ich habe die Kriminaltechnik und die Gerichtsmedizinerin informiert. Sie sollten bereits vor Ort sein.«

»Wer von den Kollegen ist da?«

»Sophie, also Sophie Lambert.«

»Und der andere Kollege? Adrien …« Chevalier hatte den Nachnamen vergessen.

»Moreau.« Essaid sah ihn wieder von der Seite an. »Ihn konnte ich nicht erreichen.«

»Hatte er Dienst?«

»Nein.« Sirac stieg mit aller Gewalt auf die Bremse, als kurz vor ihnen ein Wohnmobil aus einer Seitenstraße kam und, ohne auf den Verkehr zu achten, auf die Straße fuhr. Nun zockelte es schaukelnd vor ihnen dahin.

Essaid fluchte in einer fremden Sprache und überholte das Gefährt bei nächster Gelegenheit.

»Stammen Sie aus Algerien?«

»Sie sprechen Arabisch?«

Chevalier nickte. »Ein paar Brocken waren in Lyon nützlich.«

»Von der Großstadt nach La Rochelle?«

»Meine Frau hat das hier nach sieben Jahren in Lyon vermisst.« Er zeigte auf das Meer, das zwischen den Bäumen blau glitzerte. »Wir haben seit vier Wochen eine Tochter und wollten sie hier aufwachsen sehen.«

»Gratuliere.«

»Danke.« Chevalier hing seinen Gedanken nach. *Wenn Manon nur der einzige Grund wäre …*

»Wie war das in der Großstadt?«, wollte Sirac Essaid wissen.

»Immer hat es irgendwo gebrannt. In den Brennpunkten der Banlieues wie Vaulx-en-Velin gibt es laufend was zu tun. Aber hier geht es ja auch schon gut los.«

»Der erste Tote seit mehr als einem Jahr.«

»Da fange ich ja am richtigen Tag an.«

Kurz darauf erreichten sie den schmalsten Punkt der Insel. Zu ihrer Rechten erstreckten sich die Salzgärten. Eine faszinierende Welt aus Wasser und Land, über der sich der blaue Himmel wie ein Dom wölbte.

Sirac Essaid bog bei La Couarde-sur-Mer von der Hauptstraße auf die Route de Goisil ab, die sie tiefer in die Salzgärten führte. Sie passierten einen Campingplatz und zwei Kurven weiter einen Weiler mit den typischen Häusern der Insel. Weiß gestrichen, maßen sie nur eine Etage und waren allesamt mit roten Dachpfannen gedeckt. Die Häuser standen in Nutzgärten zwischen Stockrosen, und man hätte sie kaum voneinander zu unterscheiden gewusst, wären da nicht die Fensterläden gewesen, die in den unterschiedlichsten Farben lackiert waren.

»Was ist das denn?«

Essaid nahm unvermittelt den Fuß vom Gas. Ein wuchtiger Bungalow thronte auf einem eigens aufgeschütteten Hügel. Die Wände waren aus Sichtbeton gefertigt.

Chevalier kniff die Augen zusammen, denn die Sonne brach sich in einer Glasfläche, die sich über die gesamte Breitseite des Hauses erstreckte. Fraglos schön anzusehen, doch hier erschien ihm der Bau seltsam fehl am Platz. »Nicht schlecht. Aber in dieser Ecke?«

Auf einem Pool trieb einsam ein Schwimmring im auffrischenden Wind von einer auf die andere Seite, als sie im Schritttempo eine niedrige Hecke passierten, die das Grundstück einfasste.

Sirac Essaid schüttelte den Kopf. »Jedem das Seine. Wir sind gleich da.«

Sie fuhren auf einen sandigen Feldweg und sahen nach ein paar Metern den Renault-Transporter der Bereitschaftspolizei. Gleich daneben stand ein alter, verbeulter Citroën Berlingo, der an einigen Stellen zu rosten begann und über und über mit Staub bedeckt war.

»Dr. Roussel ist da.«

Ein uniformierter Polizist trat hinter dem Transporter hervor und winkte sie neben den Citroën, als er Wagen und Fahrer erkannte.

»Sie werden sie mögen«, sagte Sirac Essaid.

»Wen?«

»Die Gerichtsmedizinerin. Anaïs Roussel.«

Chevalier sah Essaid fragend an.

Der grinste. »Sie hat ihre Eigenarten.«

»Haben wir Schutzkleidung?«

»Sophie hat welche dabei.«

Sie erreichten die mit Strandhafer bewachsene Böschung der Saline, von der aus sie einen guten Überblick über die Anlage hatten, da der eigentliche Salzgarten tiefer lag. Die Saline bestand auf der einen Seite aus mehreren lang gezogenen Bassins, denen gegenüber in zwei Reihen zwanzig flache Becken lagen. Berge von Salz türmten sich daneben.

Es war warm geworden, doch Wind wehte sanft vom Atlantik herüber und kühlte.

Chevalier zog die Sonnenbrille auf. »Verstehen Sie etwas von dem, was die Sauniers machen?« Er selbst wusste nicht viel über die Arbeit der Salzarbeiter.

»Nicht die Bohne.« Sirac grinste.

Sie gingen einen ausgefahrenen Weg hinab zu den Salinenbecken. Der Tote schien sich am gegenüberliegenden Ende der Anlage zu befinden, denn mehrere Personen in Schutzanzügen standen zusammen vor einer lang gezogenen Hütte, neben der ein verschmutzter Peugeot Partner abgestellt war. Andere luden Ausrüstung aus einem Transporter und trugen sie zum Eingang.

Chevalier bemerkte zwei weitere Gestalten, die sich ein wenig abseits miteinander unterhielten.

Als er neben Sirac die Reihe der Becken entlanglief, fühlte Chevalier sich für einen kurzen Augenblick wie in einem Film mit ihm als grotesker Fehlbesetzung und wäre am liebsten davongelaufen.

Die Luft roch intensiv nach Meerwasser. Die Sonne warf ein Licht, das er bislang nur hier am Atlantik erlebt hatte, und wärmte ihm den Rücken. Möwen segelten durch die Luft und schrien schrill. Alles fühlte sich für ihn, den Binnenländer, nach Urlaub an, doch nur ein paar Schritte weiter und er würde einen Toten begutachten und die Leitung der Mordkommission übernehmen.

Plötzlich stieg eine überwältigende Angst in ihm auf. War es vernünftig gewesen, hierherzuziehen, wo viele Sandrines Familie kannten, wo er fremd war und fürchten musste, dass ihm sein Bruder selbst diesen Zufluchtsort vergällen könnte? Kurz empfand er alle Entscheidungen, die ihn hierhergeführt hatten, als falsch. Dann beruhigte er sich und streifte die irrationalen Ängste ab. Hier war nun sein Platz, und er würde ihn ausfüllen. Chevalier konzentrierte sich auf das, was vor ihm lag.

Neben dem vorletzten Becken ragte ein Stiel aus dem Wasser, an dessen Ende ein rechteckiges flaches Sieb befestigt war, das auf den Boden gesunken war. Ein Flatterband sperrte in weitem Bogen die Stelle ab. Er sah zwei Flipflops, die wie zufällig verstreut danebenlagen.

Sie traten zu der Gruppe, und alle Blicke richteten sich auf ihn, den Neuen.

Chevalier begann zu schwitzen. Er drückte die Schultern durch und trat zu den Kollegen. »Guten Morgen, mein Name ist Clément Chevalier, wie Sie sicherlich wissen.« Er lächelte in die Runde. »Sie können sich vorstellen, dass es für mich nicht ganz einfach ist, gleich am ersten Tag einen solchen Fall zu übernehmen. Ich habe nicht einmal eine Marke. Die liegt beim Commandant.« Sie grinsten einander an. »Ich werde auf Ihre Hilfe angewiesen sein.«

Eine der beiden Frauen trat auf ihn zu und reichte ihm die Hand. »Sophie Lambert. Das kriegen wir hin.« Die junge Kollegin streifte die Kapuze des Overalls zurück. Mittellange braune Haare kamen darunter zum Vorschein. Sie lächelte.

Die andere Frau hatte kurzes lockiges Haar und strahlend blaue Augen in einem braun gebrannten Gesicht. »Anaïs Roussel, ich bin die Gerichtsmedizinerin. Sehr erfreut.«

»Auf Ihrem Berlingo sind Halterungen für Surfbretter?«

Sie lächelte. »Windsurfing war mal mein Hobby. Heute bevorzuge ich das Kite-Surfen, wenn ich nicht gerade Leichen zerfleddere, DNA-Analysen durchführe oder besoffene Autofahrer anzapfe. Kiten Sie?«

Chevalier musste grinsen. »Um Gottes willen, nein. Ich bin in Metz groß geworden. Die größten Wellen hatte dort die Mosel, wenn ein Frachter kam.« Er sah in die Runde. »Ich würde mich freuen, Sie bei Gelegenheit auch privat näher kennenzulernen, doch im Augenblick haben wir Wichtigeres zu tun. Sirac hat mich kurz informiert. Was gibt es hier?«

Er hatte den richtigen Ton angeschlagen, und alle tauchten in die einstudierten Routinen ein, die jeder Kriminalbeamte in Frankreich beherrschte. Chevalier atmete auf.

Sophie Lambert fasste unaufgeregt zusammen, und Chevalier bemerkte, dass ihre Stimme einen angenehmen Ton hatte. »Der Tote liegt hinter der rechten Tür der *Cabane des Sauniers*. In dem Teil der Hütte ist eine Art Aufenthaltsraum oder Küche. Ich denke, die Salzbauern kochen hier ihr Essen oder stellen sich unter, wenn es regnet. Im Präsidium würde man von einem ›Sozialraum‹ sprechen.« Sie grinste. »Der Tatortfotograf ist bei der Arbeit, danach geht die Technik rein. Laut Aussagen des Sohnes des Toten – er heißt Jean Moyon – kam der Anruf von Jérôme Batz um kurz nach sechs. Jean Moyon sagt aus, das Opfer sei gestern am späten Nachmittag hergekommen, um das Fleur de Sel abzuschöpfen. Das ist das Salz, das an heißen Tagen an der Oberfläche schwimmt. Es ist besonders wertvoll.«

Chevalier nickte. »Ich habe dort hinten einen Stab mit Sieb in einem der Becken gesehen.«

»Das ist eine Lousse. Mit ihr wird das Fleur de Sel abgefischt«, warf Anaïs Roussel ein.

»Was treibt ein Winzer in einer Saline?«

»Das haben wir uns auch gefragt.« Sophie Lambert deutete auf einen der abseitsstehenden Männer, die zu ihnen herübersahen. »Der Sohn sagt, sein Vater sei vor einiger Zeit aus dem Weingut ausgestiegen und habe sich anschließend der seit Langem aufgegebenen familieneigenen Saline gewidmet.« Sie sah zu den Salzhaufen. »Das ist die Salzernte, die sie gestern herausgeholt haben.«

»Wer ist ›sie‹?«

»Das Opfer und ein Helfer namens Duchamps. Er lebt und arbeitet eigentlich auf dem Château Roux, das ist das Weingut der Moyons. Während des Sommers hilft er hier aus. Wir können ihn später dort befragen. Da das Wetter in den vergangenen Tagen für die Salzbildung optimal war, hat Luc Moyon hier viel Zeit verbracht.«

»Wir sprechen gleich mit den Männern. Ich möchte aber zuerst den Toten sehen, bevor man ihn entkleidet.«

Chevalier ging mit Sirac und Sophie Lambert zum Eingang des aus rissigem Holz zusammengezimmerten Gebäudes und streifte einen Schutzanzug über. Das Urlaubsgefühl verschwand auf der Stelle, und Chevalier begann, noch stärker zu schwitzen.

Die Hütte war alt und wirkte windschief, doch neue Pappe auf dem Dach und gestrichene Fenster zeigten, dass alte Schäden ausgebessert worden waren. Es gab zwei Türen. Hinter der linken sah Chevalier ein gut gefülltes Lager mit abgepacktem Salz. Ein kleiner Berg schneeweißen Salzes lag offen auf einer Plane gleich neben der Tür.

Der Teil, den sie betraten, bestand aus einem Raum mit einem Boden aus rohen Bohlen. Zur Rechten befand sich ein Gasherd neben einem alten Küchenschrank, davor ein langer Tisch mit Stühlen, von denen keiner zu einem der anderen passte. Ein verbeultes Metallsieb stand einsam auf der Tischplatte.

Zwischen diesen und allerlei weiteren Gerätschaften, die an der linken Wand aufgereiht waren, lag Luc Moyon.

Der Tote war ein großgewachsener Mann. Chevalier schätzte ihn auf annähernd einen Meter neunzig.

Gestorben war er auf der rechten Seite liegend, die Wange auf dem Boden. Seine Füße waren nackt, deren Haut rissig und abgeschürft. Die kurze Hose war ein wenig heruntergerutscht und ließ einen Blick auf den Bund einer Unterhose zu. Füße und Hände waren zusammengebunden.

Das weiße T-Shirt war übersät mit dunklen Spritzern.

Chevalier deutete darauf. »Blut. Es muss von der Kopfwunde stammen.«

Auch der schmale graue Haarkranz um die Glatze war verklebt. Das im Tod entspannte Gesicht war voller roter Flecken und beginnender Beulen, die Chevalier zeigten, dass der Mann vor seinem Tod misshandelt worden war. Der Mund war mit einem Klebeband verschlossen. Über die Todesursache bestand wenig Zweifel. Eine Drahtschlinge war tief in die Haut unterhalb des Halses eingedrungen. Nur die Enden mit zwei eingeflochtenen Holzgriffen waren noch zu sehen. Chevalier zog sein Smartphone aus der Jeans und fotografierte. Er fühlte, wie die Routine ihm Sicherheit gab und seine Nervosität verflog.

»Sie sind der Neue?«

Er wandte sich um. Ein rundlicher Mann mit metallgefasster Brille sah ihn fragend an.

»Seit einer Stunde.«

»Michel Douanier. Ich leite die Kriminaltechnik.« Sie gaben einander die Hand. »‚Blitzstart' würde ich das nennen.«

»Ich weiß nicht einmal, wo mein Schreibtisch steht. Wie sieht es aus?«

»Das Opfer wurde neben den Becken in der Aire saunante niedergeschlagen. Das ist der Bereich mit den flachen Becken, wo das Salz aus dem Wasser geholt wird.«

»Dort, wo wir die Lousse gesehen haben?«

Douanier nickte.

»Wie muss ich mir das vorstellen?«, fragte Chevalier weiter.

»Der Schlag hat ihn auf dem Schädel rechts oberhalb der Stirn getroffen. Ich vermute, der Angriff kam von der Seite.«

»Gab es einen Kampf?«

»Der Spurenlage nach, nein. Es sieht so aus, als wäre Moyon dabei gewesen, das Salz einzusammeln.«

»Er hat dem Angreifer demnach vertraut. Anschleichen ist dort kaum möglich.«

Douanier hob die Schultern. »Das ist Ihr Part.«

»Wurde er hierher gezogen oder getragen?« Sophie Lambert beugte sich vor.

»Geschleppt. Die Füße sind dabei in Mitleidenschaft gezogen worden.«

Chevalier schoss weitere Fotos. »Konnten Sie, abgesehen von der Schlinge, einen Gegenstand finden, der klar dem Mörder zuzuordnen ist?«

»Nein, und das wird in dieser Umgebung nicht einfach sein. Hier hat in den vergangenen Jahren niemand ordentlich sauber gemacht. Überall Staub vermischt mit Sand und Haaren. Erhoffen Sie sich nicht allzu viel.«

»Was ist mit dem Peugeot da draußen?«

»Gehört dem Opfer. Wir lassen ihn abschleppen und nehmen ihn uns in unserer Garage vor.«

»Was ist das?« Chevalier deutete auf einen Blutfleck, der durch das T-Shirt des Toten gedrungen war.

Douanier nahm einen Bleistift und hob den unteren Saum an. Darunter wurden blutige Striemen sichtbar. »Verletzungen.« Er wandte sich um und deutete auf den Boden. »Einen Lichtblick gibt es. Der Täter ist in die Blutlache getreten. Wir nehmen einen Abdruck.«

Chevalier nickte, und sie verließen die Hütte, um sich sofort aus den Anzügen zu schälen.

»Was denken Sie?« Sophie Lambert knüllte ihren zusammen und sah über die Becken. Ein Säbelschnäbler stakste durch das flache Wasser. »Raubmord scheidet aus. Hier gibt es nichts zu holen.«

»Es sei denn, das Opfer hatte etwas mitgebracht, das der Täter unbedingt haben wollte.«

Sophie nickte. »Er wurde misshandelt. Ich gehe daher am ehesten von einer Beziehungstat aus.«

Chevalier wandte sich um. »Sirac, wir müssen mehr über die

Familie in Erfahrung bringen. Wer gehört dazu, was tut jeder Einzelne, wo waren die Angehörigen am vergangenen Abend sowie in der Nacht, und so weiter. Wenn der Kollege Moreau im Büro ist, soll er sich bitte sofort darum kümmern. Sobald wir hier fertig sind, fahren wir zum Weingut. Da wären die Informationen wichtig. Fordern Sie Streifenbeamte an, die alle Anwohner befragen, die an Zugangsstraßen zur Saline wohnen. Madame Lambert …«

»Sophie. Wir sprechen uns mit dem Vornamen an, Monsieur le Commissaire.« Sie lächelte, und er sah Sommersprossen auf ihrer Nase tanzen.

Chevalier grinste. »Nennen Sie mich Clément. Ich möchte zuerst mit dem Mann sprechen, der den Toten gefunden hat.«

Chevalier schätzte Jérôme Batz auf etwa fünfzig Jahre. Der mittelgroße, breit gebaute Mann hielt einen kleinen Mischlingshund an der Leine, der daran zerrte und keuchend atmete.

Auf Batz' Kopf thronte ein Strohhut, der ihn wohl gegen die Sonne schützen sollte. Augenscheinlich entspannt lehnte er an dem hinteren Rad eines rostigen Traktors und blies den Rauch seiner Zigarette in die Luft.

Chevalier reichte ihm die Hand und stellte sich und die Kollegen vor. »Wieso waren Sie so früh an der Saline?«

»Ich wohne in einem der Häuser, an denen Sie vorbeigekommen sein müssen.«

»Dort, wo der neue Bungalow steht?«

Batz verzog ein wenig den Mund. »Gleich daneben.«

»Wieso grinsen Sie?«

»Nichts weiter. Ich stehe immer früh auf und drehe eine kleine Runde mit Napoleon.« Er wies auf den Hund. »Die Tür stand auf, da habe ich mich gewundert und bin nachschauen gegangen. Manchmal brechen die Leute ein, um das Salz zu stehlen oder in der Hütte zu übernachten. Drinnen fand ich dann

Luc …« Er schluckte. »Das ganze Blut.« Er schauderte. »Ich habe dann sofort die Polizei und Jean gerufen. Er ist mein Nachbar.«

»Im Bungalow?«

Jérôme Batz nickte.

»Wie hat er reagiert?«

»Er war geschockt, wie ich auch. Jean kam und stand dann vor der Leiche und stammelte unzusammenhängend vor sich hin.«

»Was hat er gesagt?«

Batz zuckte die breiten Schultern. »Dass es nicht sein kann, wer denn so etwas macht und so weiter.«

»Waren Sie öfters an der Saline?«

Batz blies wieder Rauch in die klare Luft. »Ja. Moyon hat anfangs alleine an den Becken und Kanälen gewerkelt. Das war eine Menge Arbeit. Ich bin seit fünf Jahren in Rente, war früher bei der SCNF in der IT. Ich hatte Zeit und habe ihm manchmal geholfen, war ja gleich um die Ecke. Mein Vater war Saunier, daher kenne ich mich aus.«

»Wie war zuletzt Luc Moyons Stimmung? War er verändert, oder hat er von Problemen erzählt?«

Jérôme Batz hob eine Schulter. Seine Miene verhärtete sich. »Meine Frau hat Krebs. Ich war in diesem Jahr kaum hier. Luc hat das akzeptiert und einen Helfer vom Weingut mitgebracht. Das war auch gut so, denn in letzter Zeit ging es ihm nicht gut.«

»Inwiefern?«

»Hat abgenommen und immer geschnauft. Etwas mit der Lunge, denke ich.«

»War der Mann gestern auch hier?« Sophie Lambert machte sich mit einem Pen auf ihrem Tablet Notizen.

»Philippe? Ich denke schon. In der Saison gibt es keinen Sonntag. Das Salz muss raus, und die Becken sind neu zu füllen. Philippe Duchamps trinkt manchmal ein Glas mit mir. Er ist seit Jahren bei den Moyons. Seine Frau Lenka hilft da im Haushalt. Die beiden wohnen auf dem Château.«

»Kommen wir zurück zum Leichenfund«, sagte Chevalier. »Was war heute anders als sonst?«

»Die Lousse lag im Becken. Das war ungewöhnlich. Luc hat immer penibel Ordnung gehalten.« Batz schien einen Moment nachzudenken. »Die offen stehende Tür. Das Sieb mit den Meeresbohnen auf dem Tisch …«

»Was ist das?«

Jérôme Batz sah Chevalier an. »Sie kommen nicht von hier, was? Die wilden Bohnen findet man hier überall. Sie brauchen das Salz, um wachsen zu können. Man kann die Pflanzen kochen oder als Salat essen. Luc liebte ihren Geschmack.«

»Hat etwas gefehlt?«

Batz schüttelte den Kopf. »Weiß ich nicht. Fragen Sie Philippe.« Er sah auf die Uhr. »Ich muss jetzt zu meiner Frau. Übrigens, Sie sollten wissen, dass Luc Moyon eine Freundin hatte. Sie hat ein Café in Les Portes-en-Ré.«

Chevalier war verwundert. »Warum erzählen Sie uns das?«

»Ich dachte, es könnte wichtig sein.«

»Wissen Sie den Namen?«

»Nein, ist aber leicht zu finden. Es liegt mitten im Ort in der Rue Jules David, dort, wo die Rue Jean Monnet einmündet. Sie können es nicht verfehlen.«

Chevalier gab Batz seine private Handy-Nummer, da er bisher über keinen Dienstapparat verfügte, und bat den Mann, sich zu melden, falls ihm noch etwas einfalle. Sie verabschiedeten sich und gingen zu Jean Moyon, der zwischenzeitlich auf einem klapprigen Gartenstuhl Platz genommen hatte und in das rosa schimmernde Wasser eines der Becken stierte, wobei er nervös mit dem Fuß wippte. Als er sie kommen hörte, sprang er auf. Seine Augen waren trocken. Er wirkte genervt.

»Warum halten Sie mich hier fest? Wieso geben Sie mir nicht einmal die Zeit, meine Geschwister anzurufen?« Jean Moyon hatte die wuchtige Gestalt und das schwere Kinn seines Vaters geerbt, auch die Tränensäcke erinnerten Chevalier an den Toten. Die braunen Haare allerdings waren dicht und wehten in der leichten Brise, die aufgekommen war. Er war schätzungsweise Mitte, Ende dreißig.

Chevalier machte Jean Moyons Verhalten misstrauisch. Eben noch unter Schock und nun dieser Auftritt? Was mochte der Grund dafür sein, seine Trauer beiseitezuschieben und von hier verschwinden zu wollen? Er würde dem Mann genau auf die Finger schauen.

Chevalier wechselte einen Blick mit Sophie Lambert, die unmerklich die Brauen hob. »Was mit Ihrem Vater geschehen ist, tut mir leid, und ich verstehe Ihren Wunsch, die Familie zu informieren, aber es ist unumgänglich, dass wir Sie befragen. Das duldet keinen Aufschub.« Er sah Jean Moyon auffordernd an.

Der hob unwillig die Hände.

»Wann haben Sie Ihren Vater zuletzt gesehen?«

Moyon wiegte den Kopf. »Gestern Nachmittag, so gegen halb fünf.« Er seufzte. »Wir hatten Streit. Das sage ich Ihnen gleich, denn die Mitarbeiter standen herum und bekamen das Ganze mit. Sie werden ohnehin tratschen.«

»Worum ging es bei diesem Streit?«

»Da müsste ich weit ausholen, damit Sie den Kern des Problems verstehen.«

»Versuchen Sie's bitte.« Chevalier sah zu Sirac und Sophie Lambert, die seiner Befragung aufmerksam folgten. Ein erster Test.

»Ach, im Prinzip immer das alte Lied.« Moyon machte eine wegwerfende Handbewegung. »Wir produzieren seit vielen Jahren ausschließlich Biowein und Pineau.« Er bemerkte Chevaliers fragenden Blick. »Pineau ist ein Mischgetränk aus Traubenmost und Eau de vie. Der Alte hat das so bestimmt. Ich bin mittlerweile dagegen. Das übt sich negativ auf die Wirtschaftlichkeit aus, da wir geringere Erträge haben als konventionelle Winzer.

Im vorletzten Jahr hatten wir einen Pilzbefall und enorme Ausfälle. Das kommt hier oft vor, weil vom Meer viel Feuchtigkeit aufsteigt. Ich wollte einen Teil der Rebflächen auf integrierten Weinbau umstellen. Das ist auch nachhaltig, gibt mir aber mehr Freiheiten. Doch Vater hat sich quergestellt.«

»Worum genau ging es bei dem Streit von gestern?«

Moyon rieb sich mit beiden Händen über das Gesicht. »Er zeterte einmal mehr herum: Wir sollten aufpassen, dass wir die Auflagen nicht verletzen.«

»Inwiefern?«

»Das ist nicht von Belang.«

Die ausweichende Art von Moyon fiel Chevalier allmählich auf die Nerven. »Ich kann auch die Mitarbeiter fragen.«

Der Winzer verdrehte die Augen und wurde laut. »Was hat das mit dem Mord an meinem Vater zu tun? Sie wühlen an der falschen Stelle, Monsieur le Commissaire. Glauben Sie etwa, ich bringe meinen Vater wegen eines lausigen Streits um?«

Zutrauen würde ich es dir. Chevalier zog eine Augenbraue in die Höhe. »Vielleicht war es ja der eine Streit zu viel. Hören Sie: Wir sind Außenstehende und versuchen, uns Stück für Stück ein Bild von der Situation zu machen, ohne das wir den Täter nicht fassen können. Im Moment ist für uns daher alles relevant.«

Jean Moyon seufzte. »Er hatte festgestellt, dass zu viel Dünger ausgebracht worden war, wenige Hundert Kilo. Das war keine Absicht. Aber bei den Böden muss man dicht am Wind segeln, um einen zufriedenstellenden Ertrag zu haben. Der Mitarbeiter hat sich verzählt und einen Sack mehr in den Düngewagen geworfen. Vater musste natürlich gleich durch die Decke gehen. Schreit mich vor den Leuten an, als wäre ich sein Angestellter.«

»Wo waren Sie gestern nach dem Streit?«

»Soll das ein Witz sein?« Moyon starrte die Polizisten ungläubig an.

Chevalier schüttelte den Kopf. »Ich frage das jeden, der mit dem Toten zu tun hatte. Wo waren Sie gestern Abend?«

»Zu Hause bei meiner Frau und den Kindern«, schnauzte Moyon. »Die können Sie befragen, wenn es Ihnen dann besser geht. Wir wohnen in dem Neubau am Rand der kleinen Siedlung dort drüben.«

Chevalier nickte und schaute abwartend zu Sophie Lambert, ob sie weitere Fragen hatte. Jean Moyon aber sprach unaufgefordert weiter.

»Ich hatte meine Differenzen mit Vater, denn er war kein einfacher Mensch. Hat sich oft aufgespielt wie ein Großgrundbesitzer, und ich musste die Arbeit machen. Doch ich habe ihn mein ganzes Leben lang bewundert. Während des Studiums hat er gegen den Staat protestiert, und später ist er auf den Hof der Familie zurückgekehrt und hat den Namen Moyon groß gemacht. Er war einer der Ersten, die Bioweine gekeltert haben.« Moyon schluckte hörbar. »Verstehen Sie? Niemals hätte ich dem Alten etwas angetan. Niemals. Unser Problem war einzig und alleine, dass wir über den Weg in die Zukunft uneins waren.«

Chevalier beschloss, ihn ein wenig zu provozieren. »Er war Ihnen also im Weg.«

Jean Moyon richtete sich auf und strich sich mit einer brüsken Bewegung die Haare aus der Stirn. »Sie kapieren offenbar nichts. Vater war krank. Lungenemphysem oder so. Der Streit ist nur eskaliert, weil ich sonst den Mund halte, um ihn nicht zu belasten. Ich habe durch seinen Tod nichts gewonnen; er hatte nicht mehr lange zu leben.« Er drehte sich um und wollte davongehen, doch Chevalier hielt ihn ruhig, aber entschieden zurück.

»Ich bin noch nicht fertig, Monsieur Moyon. Wer könnte Ihren Vater so hassen, dass er ihn umbringt?«

Moyon schnaubte. »Mamas Liebling vielleicht. Mein Bruder Alexandre. Der Alte hat ihn vor Jahren rausgeworfen.« Wut blitzte in seinen Augen auf.

»Warum?«

»Fragen Sie ihn.«

»Ich frage aber Sie«, erwiderte Chevalier betont gelassen. Er musste sich zusammenreißen, Moyon nicht härter anzufassen.

»Alexandre hat Vater gehasst wie die Pest.«

»Was wollen Sie damit sagen?«

Moyon warf den Kopf zurück und blickte über die Becken. »Er gibt Vater die Schuld an allem. Unsere Mutter ist Alkoholikerin; sie trinkt seit Jahren. Jeder weiß es und ignoriert die Schnapsdrossel, so gut es geht. Sie hat Vater vorgeworfen, er habe ihr Leben zerstört. Er habe sie überredet, mit den Kindern aus der Stadt fort- und hierhinzuziehen. Er betrüge sie, kommt dann zu guter Letzt, bevor sie ins Delirium fällt. Dummes Geschwätz, wenn Sie mich fragen. Alles Behauptungen zum Selbstschutz, damit sie sich nicht eingestehen muss, dass sie es ist, die die Flasche aufschraubt. Alexandre hat zu ihr gehalten und sich mit Vater angelegt. Eines Abends haben sich die beiden geprügelt, woraufhin er meinen Bruder aus dem Haus geworfen hat.«

Chevalier musste sich ein Grinsen verkneifen. Eben noch hatte Jean Moyon angeblich weggewollt, um die Familie zu informieren, und nun zeigte er ihnen auf, dass dort eigentlich niemand war, den er erreichen konnte. Etwas stimmte nicht mit Moyon.

»Wo ist er jetzt?« Da Chevalier schwieg, setzte Sophie Lambert mit einem unsicheren Seitenblick auf ihn die Befragung fort.

»Lebt in Niort mit seiner Frau und einem Kind. Ich habe den Kontakt zu ihm verloren. Er telefoniert oft mit Mutter. Fragen Sie bei ihr nach, wenn es möglich ist.«

»Woher wissen Sie dann darüber Bescheid?«

»Mutter hat es mir erzählt.« Er wich Sophie Lamberts Blick aus.

Er lügt schon wieder, dachte Chevalier, überließ aber Sophie das Feld.

»Ihre Mutter, wann können wir sie ...«

Moyon schnitt ihr das Wort ab. »Erwarten Sie nicht zu viel. Sie ist meistens nicht ansprechbar. Dieses Wrack hat mit der Mutter, die ich von früher in Erinnerung habe, nichts mehr zu tun. So gegen Mittag wird sie wohl wieder ein bisschen klar denken können. Versuchen Sie es dann.« Er wollte sich abwenden, doch Chevalier hielt ihn ein weiteres Mal auf.

»Noch einmal die Frage: Wer könnte Ihrer Meinung nach ansonsten Ihren Vater so gehasst haben, dass er ihn getötet hat?«

»Das herauszufinden ist Aufgabe der Polizei. Ich habe andere Probleme. Kommende Woche wird das Weingut eine Auszeichnung erhalten. Von unseren politischen Freunden arrangiert.« Jean Moyon machte eine Pause, um die Warnung dahinter deutlicher werden zu lassen, die an Chevalier jedoch abperlte.

»Wo ist das Problem?«, gab er gespielt ahnungslos zurück.

»Der Landwirtschaftsminister aus Paris hat sich angesagt. Ich muss dringend mit dem Präsidenten des Département-Rats und einem Sekretär des Ministers telefonieren. Wir müssen wissen, wie es weitergeht.«

»Wann soll der Besuch stattfinden?«

»Freitag.«

»Ich …«

»Später.« Moyon ging davon.

Sophie warf Chevalier einen ungläubigen Blick zu. »Soll ich ihn zurückholen?«

Er sah Sirac an und verneinte. »Für heute ist es genug. Aber nur für heute.«

Anaïs Roussel verließ die Hütte und streifte den Schutzanzug ab. Sie schüttelte die kurzen Haare auf.

»Na, die ganze Bande kennengelernt?«

Chevalier trat zu ihr. »Ein paar fehlen noch.«

Sie lächelte kryptisch. »Ich könnte an Ihrer Stelle auf den Rest verzichten.«

»Wie muss ich das verstehen?«

»Finden Sie es raus. Sie sind doch die Oberschnüffelnase hier, oder?«

Chevalier verstand allmählich, was Sirac gemeint hatte. »Was können Sie zu diesem frühen Zeitpunkt schon sagen?«

Die Gerichtsmedizinerin entzündete eine Zigarette und inhalierte tief. Sie wurde ernst. »Da war jemand ganz schön böse auf unseren Toten, Monsieur le Commissaire. Zuerst wurde er niedergeschlagen, dann da reingezogen und mit Kabelbindern gefesselt. Wie Sie gesehen haben, befinden sich unter der Kleidung weitere Verletzungen. Luc Moyon wurde mit einem harten Gegenstand geprügelt. Es könnte ein Schlagstock oder ein Ochsenziemer gewesen sein. Sehr schmerzhaft jedenfalls, das Ganze. Die Strangulation mit der Schlinge führte zum Tod. Sieht aus wie so ein Werkzeug, das Töpfer zum Schneiden des Tons verwenden.«

Chevalier nickte. Oder wie eine Garotte, das Mordwerkzeug der Mafia, dachte er. »Wie lange hat der Mörder sich Zeit gelassen?«, wollte er wissen. »Lässt sich das in etwa eingrenzen?«

Sie sah ihn nachdenklich an. »Den Blutergüssen nach, mehrere Minuten. Warum?«

Chevalier wiegte den Kopf. »Weil es riskant war, so lange hier zu sein und den Mann zu quälen. Es sei denn, er oder sie wusste, dass niemand kommen würde.«

»Ich schätze, es war ein Mann. Eine körperlich austrainierte Frau käme auch infrage. Ich glaube aber nicht, dass beispielsweise Sophie oder ich dazu in der Lage gewesen wären, den schweren Körper in die Hütte zu bringen.«

Chevalier betrachtete ihren drahtigen Körper und hatte Zweifel an diesem Teil der Aussage. Doch er enthielt sich eines Kommentars. »Was können Sie zum Todeszeitpunkt sagen?«

»Der Körpertemperatur nach zu urteilen, gestern zwischen neunzehn und einundzwanzig Uhr – vorsichtig geschätzt. Genaueres erfahren Sie nach der Obduktion.«

»Laut seinem Sohn hatte er etwas mit der Lunge. Seine Lebenserwartung soll eingeschränkt gewesen sein.«

»Schau ich mir an. Noch Fragen?« Chevalier schüttelte den Kopf.

Ihr Grinsen kehrte zurück. »Dann will ich mal zurück und die Messer wetzen, bevor ihr mir den Mann zum Zerlegen bringt.«

Als die Ärztin davongegangen war, sah Chevalier gemeinsam mit den Kollegen zu, wie der Leichnam abtransportiert wurde und die Spurensicherung abzog, dann begutachteten sie noch einmal den Schuppen. Es war heiß. Staub wirbelte durch die Luft. Sophie Lambert nieste mehrmals, und auch in Chevaliers Nase wurde das Kribbeln stärker.

»Was für ein Saustall.« Er sah sich um. Jetzt, da der Tote und die Kollegen von der Technik weg waren, wirkte der Raum deutlich größer. Er blickte zum Fenster, vor dem die Staubkörner in der Sonne tanzten. Jenseits der Becken sah er die Scheiben der Autos in der Sonne blitzen. »Der Täter kannte sich hier aus.«

»Wieso?« Sirac sah ihn fragend an.

Chevalier deutete hinaus. »Zur Saline kommen alle auf dem gleichen Weg, den auch wir genommen haben. Der Täter konnte demnach jeden sehen, der kam, und dann«, Chevalier deutete auf eine schmale Tür an der Rückwand des Gebäudes, »in aller Ruhe verschwinden.«

Die Kollegen schienen in Gedanken seine Schlussfolgerungen durchzugehen und nickten. Chevalier sah befriedigt, dass er sie überzeugt hatte. Am Abend würde er viel zu erzählen haben.

»Das passt zu unserer Mutmaßung, dass nur jemand, der Luc Moyon gut kannte, so nahe an ihn herankommen konnte, um ihn niederzuschlagen.«

Sirac murmelte eine Zustimmung, als Sophie zu husten begann.

Sie machten, dass sie aus der aufgeheizten Hütte herauskamen. Sirac lief zum Wagen, um mit einer Flasche Wasser und Bechern zurückzukommen. »Ich habe gerade mit dem Kollegen Moreau telefoniert«, begann er und schlug einen Notizblock auf. »Adrien hat ein paar Fakten zusammengetragen. Luc Moyon wurde am vierzehnten Juli 1958 geboren. Hatte also immer frei an seinem Geburtstag.« Er grinste in die Runde. »Aber Scherz beiseite. Absolvierte sein Bac am Lycée Jean Dautet in La Rochelle und begann 1975 ein Studium der Agrarwissenschaften in Paris. Engagement in der frühen Umweltbewegung. War an Protesten beteiligt. Mitglied bei Amis de la Terre. Arbeitete kurz für die Partei Les Verts. Luc Moyon muss sich mit den Leuten dort überworfen haben, jedenfalls wechselte er an die Uni, wo er als Dozent beschäftigt war.«

Sirac blätterte umständlich um und fuhr dann fort: »Dort lernte er seine Frau kennen. Magali Pozzera. Sie ist zwei Jahre jünger als ihr Mann und stammt aus einer wohlhabenden Familie in Paris. Moyons Vater starb 1986 bei einem Unfall im Weinberg. Er selbst kehrte erst 1990 auf die Île de Ré zurück und übernahm das Weingut. Er hat drei Kinder. Jean kam 1991 zur Welt, Anne 1993 und Alexandre 1994. Luc Moyon wurde regionalpolitisch aktiv und 1999 zum Bürgermeister von La Couarde-sur-Mer gewählt. 2008 zog er für den Kanton Ars-en-Ré in den Conseil Général des Départements ein und gab dafür sein Bürgermeisteramt ab. 2015, noch vor der Neuordnung der Kantone, schied er aus, aus welchem Grund, ist nicht bekannt. Seitdem bekleidete er kein politisches Amt mehr, war aber weiterhin hervorragend vernetzt. Insbesondere der Président du Département gilt als ein enger Freund Moyons.«

Chevalier nickte dankend. »Gute Arbeit des Kollegen. Folgende Vorgehensweise: Wir fahren zum Weingut. Sirac und Moreau organisieren eine Befragung der Nachbarn. Wenn nötig, fordern wir Unterstützung an.«

Das Château Roux lag dem Navigationssystem zufolge keine fünf Minuten entfernt. Sie nahmen den Renault Talisman. Sophie Lambert fuhr.

Chevalier sah hinaus in die weiten Weinfelder. Die geraden Reihen der Reben standen in vollem Grün in der Sonne. Die Blüte war vorbei, und wenn er sich nicht täuschte, konnte er schon die kleinen Beeren erkennen, aus denen sich die Trauben entwickeln würden. Die Weinfelder wirkten sehr gepflegt, obwohl der Boden zwischen den Weinstöcken von allerlei Kräutern überwuchert war.

»Bioweinbau«, kommentierte Sophie. »Sie lassen das Grün wachsen.«

Ab und an erblickte Chevalier Arbeiter, die zwischen den Reihen der Reben hindurchliefen. Was sie genau dort taten, konnte er nicht sagen. »Wie ist die Stimmung bei der Mordkommission?«

Sophie sah ob der unvermittelten Frage überrascht zu Chevalier herüber. »Inwiefern?«

»Der Commandant hat im Vorfeld angedeutet, es würde nicht ganz einfach werden. Gibt es Spannungen?«

Er sah, wie sie sich versteifte. »Wieso fragen Sie das gerade mich?«

»Irgendwo muss ich ja anfangen.«

Sophie bog in eine schmale Straße ein, die von hohen Bäumen gesäumt wurde. »Es gibt keine Spannungen. Beziehungsweise gab es sie nicht. Adrien Moreau wollte Ihren Posten, bekam ihn aber nicht. Er war angefressen deswegen. Im letzten Jahr hat Ihr Vorgänger, Pierre Boucher, ihm mehr oder weniger die Leitung überlassen, und für Moreau war klar, dass er zum Zug kommen würde.«

»Woran hat es gelegen, dass man ihn übergangen hat?« Sein Magen zog sich unangenehm zusammen. Es lagen sinnlose Auseinandersetzungen in der Luft, die sie im Augenblick nicht gebrauchen konnten. Er sah sie an.

Die Frage war Sophie sichtlich unangenehm. »Besprechen Sie das bitte mit ihm selbst.«

Chevalier sah wieder aus dem Fenster und nickte. »In Ordnung.«

Sie passierten ein Werbeschild des Châteaus und bogen auf einen geteerten Weg ab, der einen Weinberg teilte. Gepflegte Bäume säumten die Zufahrt bis zu einer hohen Mauer, hinter der vom Westwind gebeugte Zedern Schatten spendeten. Dahinter erstreckten sich die Gebäude.

Sie fuhren durch das offen stehende Tor. Ein kiesbestreuter Weg führte zwischen akkurat gestutzten Rasenflächen hindurch bis vor ein altes zweistöckiges Haus, dem etwas Aristokratisches anhaftete. Zum Teil weinbewachsen, schmückte am rechten Ende des Gebäudes ein runder Turm mit Spitze und Fenstergewänden aus Sandstein die grau verputzte Fassade. Das schön gedeckte Walmdach wurde von Gauben durchbrochen, die ebenso verziert waren.

»Nicht schlecht.« Chevalier sah zu Sophie, die nickte. »Ich wusste gar nicht, dass es hier so etwas gibt. Hätte das eher in Richtung Cognac vermutet.«

Hinter dem Haupthaus konnte man Wirtschaftsgebäude ausmachen. Im Erdgeschoss des Haupthauses befand sich der Verkaufsladen des Gutes, vor dem Bänke zum Verweilen einluden. Eine Gruppe offensichtlich deutscher Radfahrer verließ in diesem Augenblick die Geschäftsräume und begann, Weinflaschen und Pakete mit Fleur de Sel in die Satteltaschen der E-Bikes zu packen. Sie redeten durcheinander, und an den geröteten Wangen war zu sehen, dass sie trotz der frühen Stunde bereits ausgiebig verkostet hatten.

Eine Frau in blauer Schürze, vermutlich die Verkäuferin, kam durch die Tür und ging eilig zum Hof zwischen den Gebäuden. Dort stand eine Gruppe von Männern in Arbeitskleidung zusammen, die mit ernsten Mienen aufeinander einredeten. Die Nachricht von Luc Moyons Tod war offenbar bereits angekommen. Chevalier und Sophie Lambert folgten der Frau.

Hinter dem Haupthaus verlor das Anwesen seinen malerischen Charme und machte einer professionellen Aura Platz. Durch ein Tor sahen sie große Holzfässer, die aufgestapelt dort gelagert wurden. Riesige grüne Kunststoffbottiche standen unter einer Überdachung und bildeten hohe Türme. Sie warteten wohl auf die kommende Lese.

Chevalier wandte sich an Sophie Lambert. »Wir fragen zuerst nach Philippe Duchamps. Ich möchte wissen, wann er zuletzt an der Saline war und ob ihm etwas aufgefallen ist.«

Eine Stimme wurde laut, und alle wandten sich um. Jean Moyon war aus einer Tür des Haupthauses getreten und fuhr die Mitarbeiter ungehalten an, sie sollten wieder an die Arbeit gehen. Als er die Polizisten bemerkte, senkte er die Stimme und verschwand wenig später in einer weiter hinten liegenden flachen Halle. Durch das offenstehende Schiebetor konnte Chevalier Stahlbehälter ausmachen.

Als Moyon sich wegdrehte, machte einer der Männer eine unmissverständliche Geste und schnippte dem Davongehenden die Kippe hinterher.

»Gute Stimmung«, konstatierte Chevalier.

Sophie grinste und hielt die Verkäuferin auf, die an ihnen vorbei zurück in den Laden eilen wollte.

Die Frau sah ängstlich auf den Polizeiausweis und wies ihnen den Weg. »Philippe ist der Mann dort drüben«, erklärte sie auf Sophies Frage hin. Sie deutete auf den Mann, der Jean Moyons Auftritt gestenreich kommentiert hatte. Er stieg gerade in einen Pick-up und brauste mit drei weiteren Arbeitern vom Hof.

Sophie verdrehte die Augen, doch Chevalier winkte gelassen ab. »Nicht schlimm. Wir laden ihn vor.«

Luc und Magali Moyon hatten sich auf einem Grundstück außerhalb der alten Mauern gleich neben dem Weingut ein Haus gebaut, das, ganz im Stil der Achtzigerjahre, weder modern noch klassisch war. Chevalier schmunzelte. Sandrine hätte über den beigen Putz, der ganzen Neubausiedlungen aus dieser Zeit zu eigen war, abfällig die Nase gerümpft.

Eine mittelalte, stämmige Frau mit blondiertem Haar öffnete vorsichtig die Tür. Die Frau war in Jeans und ein weißes T-Shirt gekleidet; als einziges Schmuckstück trug sie eine Bernsteinkette um den Hals, die lang über ihre stattliche Brust floss, um dann in der Luft zu baumeln.

Sie stellten sich vor. »Und wer sind Sie?«

»Mein Name ist Lenka Duchamps. Frau Moyon ist krank. Ich putze, koche und mache die Wäsche hier. Madame ist nicht zu sprechen.« Sie sprach mit einem harten, osteuropäisch klingenden Akzent.

Sophies Stimme wurde streng. »Wir müssen sie befragen.«

Noch bevor Lenka Duchamps etwas sagen konnte, drang aus dem Obergeschoss des Wohnhauses klagendes Geschrei die Treppe herunter. Worte waren nicht zu verstehen. Chevalier war nicht einmal in der Lage zu erkennen, ob Trauer oder Alkohol den Ausbruch ausgelöst hatten. Eine unangenehme Situation. Sein Blick begegnete dem der Frau, der ihn anflehte zu gehen.

Die Schreie erstarben und gingen in ein Schluchzen über, das leiser wurde und schließlich verstummte.

Sophie wechselte das Thema. »Sie wohnen mit Ihrem Mann Philippe hier auf dem Hof, wie man uns gesagt hat?«

Lenka Duchamps nickte. »Über dem Laden ist ein Appartement …«

»Haben Sie sich gestern am frühen Abend auch dort aufgehalten?«

Lenka Duchamps schaute ängstlich von einem zum anderen. Ihr Akzent wurde stärker. »Ja. Ich bin wie immer bis acht Uhr bei Madame geblieben. Dann bin ich nach Hause und habe das Abendessen vorbereitet.«

»War Ihr Mann da schon anwesend?«

Ihr Blick wanderte zu Chevalier. »Ja. Wir haben uns später eine Show im Fernsehen angesehen.«

»Wie Sie wohl wissen, ist Luc Moyon gestern auf der Saline zu Tode gekommen. Ist Ihnen irgendetwas aufgefallen? War gestern etwas anders als sonst?«

Sie blinzelte und setzte eine bedauernde Miene auf. »*Niestety nie*. Entschuldigung, ich spreche Polnisch. Nein.«

Eine Lüge – Chevalier sah es ihr an. »Sie wissen, dass Sie die Wahrheit sagen müssen?«

Leichte Röte überzog das angespannte Gesicht. »Natürlich. Aber ich habe nichts gesehen.«

»Und Ihr Mann? War er gestern auf der Saline? Eventuell hat er etwas mitbekommen.«

»Da müssen Sie ihn fragen. Mir hat er nichts erzählt.« Sie wich wieder aus.

»Wieso hat niemand das Fehlen des Hausherrn bemerkt?«

»Ich …«

Magali Moyons keifende Stimme ertönte: »Lenka!«

Lenka Duchamps brach ab und zuckte mit den Schultern. »Ich muss nach oben.«

»Lenka!«

Die Polin tat Chevalier leid. Hier zu arbeiten, musste ein Grauen sein. »Gehen Sie nur. Sie und Ihr Mann müssen sich morgen bei uns im Präsidium melden. Das ist eine offizielle Vorladung. Wenn Sie nicht kommen, schicken wir eine Streife raus, um Sie zu holen.«

Gegen Mittag fuhren sie zum Präsidium. Sie hatten die Mitarbeiter befragt, sofern sie nicht in den Weinfeldern arbeiteten, doch nichts Neues erfahren. Luc Moyon war offensichtlich von den Angestellten unbemerkt in seinem Peugeot zur Saline gefahren, nachdem er mit Jean in Streit geraten war. An diesen Vorfall erinnerten sich alle. Ansonsten schien der Tag auf dem Château normal verlaufen zu sein.

Das Hôtel de Police von La Rochelle war erst vor wenigen Jahren bezogen worden. Ein Neubau, der laut der Architekten den Fortbestand der republikanischen Idee in einem starken Gebäude darstellte. Chevalier sah das nicht so pathetisch. Das Ende des Bauses ragte auf Stelzen wie ein Schiffsrumpf strahlend weiß in den leeren Raum, während ein rostfarbener Flügel quer dazu verlief. Sehr modern und vor allem sehr neu, was eine gute technische Ausstattung und Klimatisierung sowie eine optimale Raumaufteilung versprach.

Er fuhr mit Sophie Lambert im Aufzug in die zweite Etage. Sie betraten einen hellen Gang mit grauem Boden, von dem hölzerne Türen abgingen.

»Ihr Büro ist die letzte Tür, davor sitzt Marie Szenec, die Sekretärin der Kommission. Wir anderen haben ein Gemeinschaftsbüro daneben.«

Chevalier ging vor und klopfte an den Rahmen der offenstehenden Tür. »*Bonjour*. Darf ich mich vorstellen? Clément Chevalier.«

»Monsieur le Commissaire!« Marie Szenec sprang hinter ihrem Schreibtisch auf. Sie ergriff seine Hand und schüttelte diese ausgiebig. »Willkommen. Der Commandant hat bereits nach Ihnen gefragt.« Sie war zierlich wie eine Fünfzehnjährige, sprühte aber vor Energie. »Ich habe ihn um Geduld gebeten, immerhin haben Sie ja gleich einen Mord zu klären. Ich sagte ihm, Sie würden anrufen.«

Marie Szenec zog einen Schrank auf. »Hier sind Ihr Dienstausweis und das Diensthandy, die Dienstwaffe erhalten Sie unten in der Waffenkammer. Die finden Sie im Gang neben der Tiefgarage.« Sie nahm die rot umrandete Brille ab und steckte sie sich ins Haar. »Ihr Büro ist gleich nebenan. Die Schlüssel liegen auf dem Tisch.« Sie öffnete lächelnd eine Zwischentür.

Chevalier ging in ein Büro, das funktional und anonym zugleich eingerichtet war. Eine Wand bestand aus Schränken. Gegenüber gab eine Glasfront mit weißem Sonnenschutz einen weiten Blick auf den Parkplatz und die dahinterliegenden Häuser frei. Zwischen Wand und Fenster standen ein Schreibtisch mit dem unvermeidlichen Bildschirm sowie ein kleiner runder Tisch mit zwei Stühlen. Er würde ein Bild von Sandrine mitnehmen, um eine persönliche Note hier hereinzubringen.

Chevalier setzte sich auf den Stuhl und sah, dass Marie Szenec ihm eine Tasse mit der Aufschrift *Chef* hingestellt hatte. Er lächelte. »Haben Sie vielen Dank.«

Sie strahlte. »Kaffee gibt es bei mir.« Marie wies ihn kurz in das Polizeisystem ein und gab ihm einen Umschlag, in dem er die Passwörter fand. »Adrien ist mit Sirac drüben.«

Er verstand den Wink. »Ich werde gleich rübergehen. Fragen Sie bitte bei der Kriminaltechnik nach, wann der Bericht fertig ist.«

Sie nickte und verschwand.

Chevalier drehte seinen Polizeiausweis in der Hand, eine Plastikkarte von der Größe einer Kreditkarte. Er schloss für einen kurzen Augenblick die Augen und beruhigte die hetzenden Gedanken. Was für ein Morgen! Schließlich kramte er in den Schubladen und fand Papier und einen Stift, mit deren Hilfe er eine Skizze anfertigte, die ihm helfen sollte, den Fall zu strukturieren.

Luc Moyons Name kam in die Mitte. Darunter notierte er drei Punkte. *Konflikte in Familie, politische Ämter* und ein Fragezeichen. Es lag nahe, den Täter mit individuellem Handeln oder Entscheidungen des Toten in Verbindung zu bringen, denn der brutale Mord ließ auf aufgestaute Wut oder gar Hass schließen. Die Möglichkeit eines Raubmords konnten sie eigentlich vernachlässigen. Im Umfeld der Saline gab es nichts zu holen, außer Luc Moyon hätte Wertgegenstände oder Bargeld mit sich geführt. Sie mussten das prüfen, doch Chevalier glaubte nicht daran. So, wie der Mord ausgeführt wurde, ging es nicht um einfachen Raub.

Die Familie steckte voller Konflikte. Der Alkoholismus von Magali Moyon, das Zerwürfnis zwischen dem Opfer und seinem Sohn Alexandre und der Streit mit Jean, dem älteren Sohn, bezüglich der Zukunft des Châteaus. Chevalier schrieb die Namen unter den Begriff »Familie«. Darüber hinaus waren die Rollen der Tochter Anne und der noch namenlosen Freundin aus Les Portes-en-Ré zu klären.

Ein Motiv konnte ebenso aus der politischen Tätigkeit Luc Moyons resultieren. Als Mitglied des Conseil Général oder in der Funktion als Bürgermeister wurden Entscheidungen getroffen, die nicht allen zupasskamen. Beides lag lange zurück, doch das musste nicht unbedingt etwas zu bedeuten haben.

Sein Telefon klingelte. Es war Michel Douanier, der Kriminaltechniker. »Monsieur le Commissaire, ich könnte eine erste Einschätzung geben. Wie bereits gesagt: Das Opfer wurde niedergeschlagen, während es am Becken stand und Fleur de Sel abschöpfte. Von dort wurde es in die Hütte geschleift und gefoltert. Wie genau, wird Ihnen Dr. Roussel erklären. Geschlagen wurde Moyon mit einem Gegenstand, den wir bislang nicht eindeutig identifizieren konnten. Wir haben keine Holzsplitter auf der Kleidung gefunden, auch nicht die allerkleinsten. Ein Knüppel war es wohl nicht. Sowohl die Kabelbinder als auch der Draht der Schlinge stammen nicht aus den Beständen der Saline. Der Täter hat die Utensilien mitgebracht.«

Chevalier ließ sich das Gehörte einen Moment durch den Kopf gehen. »Eine geplante Tat.«

»Das wäre meine Einschätzung, ja. Wie der Täter zur Saline gelangt ist, war nicht festzustellen. Es gab einfach zu viele Reifenspuren, die zudem im Sand verliefen und vom Wind verweht waren. Der Auffindesituation des Toten und der Lage der Verletzungen nach zu urteilen, gehe ich von einem Rechtshänder aus.

Die Mikrospuren sind in der Untersuchung, leider erhoffen wir uns nichts davon. In dieser Hütte ist offenbar seit Jahren nicht mehr geputzt worden. Einziger Lichtblick ist der gute Schuhabdruck eines Sneakers. Der Schuh ist bereits längere Zeit im Gebrauch und daher individuell abgelaufen oder beschädigt. Wenn Sie den Schuh haben, kann ich ihn eindeutig zuordnen.«

Sie verabschiedeten sich. Chevalier bedankte sich und ging nach nebenan zum Büro der Kollegen.

Adrien Moreau saß an seinem Schreibtisch am Ende des Raumes und tippte auf der Tastatur. Siracs und Sophies Arbeitsplätze lagen gegenüber, gleich neben der Tür. Die Tischplatten stießen aneinander.

Chevalier ging zu Moreaus Platz und streckte die Hand aus. »Clément Chevalier.«

Der Angesprochene sah provozierend langsam auf und ließ Chevaliers ausgestreckte Rechte einen Moment in der Luft schweben, erst dann ergriff er sie, ohne aufzustehen. »Adrien Moreau.«

Sie musterten einander kurz. Moreaus Augen waren gerötet, die Haut unrein. Was hatte Commandant Simon gesagt? Der Kollege trinke ab und an ein Glas. »Sehr erfreut.«

Die Art, wie Moreau das sagte, ließ jeden im Raum wissen, dass er es nicht so meinte.

»Auch einen Tee?« Sirac war aufgesprungen und machte sich an einer kleinen Pantry-Küche zu schaffen, die in der Ecke stand.

Die Spannung löste sich.

Sophie sah Chevaliers verdutzten Blick und lächelte. »Siracs Ritual. Wir profitieren alle davon.«

Chevalier wandte sich von Moreau ab und setzte sich auf die Schreibtischkante von Siracs Tisch. Er berichtete von den Ergebnissen der Kriminaltechnik, während er zusah, wie der junge Kollege auf einer Heizplatte Wasser erhitzte und dann Minzblätter hinzugab, die er kurz ziehen ließ.

»Was haben Sie herausgefunden?«

»Sirac!« Moreau schien es gewohnt zu sein, den Kollegen herumzukommandieren.

Chevalier drehte sich um. »Ich habe Sie beide gefragt.«

Eine Pause entstand. Moreau trug Hemd und Krawatte, wirkte aber trotzdem ungepflegt. Er drehte unwillig den Bildschirm und zeigte einen Polizeibericht. »Duchamps hat gesessen. Er hat 2003, da war er achtzehn, mit einem Kumpan eine Tankstelle in Bordeaux überfallen. Der Mittäter hat den Tankwart lebensgefährlich verletzt. Duchamps saß lediglich drei Jahre, da die Überwachungskamera nachwies, dass er versucht hatte, den anderen von den Schlägen und Tritten abzuhalten.«

»Und seitdem?«

»Nichts mehr. Er hat vor drei Jahren seine Frau Lenka geheiratet. Sie war als Erntehelferin auf dem Château Roux. Duchamps arbeitet seit 2012 für die Moyons.«

Chevalier wiegte den Kopf. »Sieht so aus, als hätte er seine Jugendsünden überwunden. Wir werden ihn morgen befragen.«

Moreau stieß verächtlich den Atem aus. »Was soll das bringen? Ich sehe kein Motiv. Er ist nur ein Mitarbeiter. Wir sollten uns an die Familie halten.«

Sirac hatte Zucker in die Kanne gegeben und diesen untergemischt, indem er Tee in ein Glas goss, den Zucker hineinrührte, und dann zurückschüttete. Er hielt kurz in der Bewegung inne. Wieder lag Spannung im Raum.

»Das sehe ich anders. In einer so frühen Phase der Ermittlungen schließe ich niemanden aus. Duchamps wird morgen befragt.« Chevalier wandte sich von Moreau ab und trat an ein Whiteboard, auf das er seine Notizen übertrug.

Sirac verteilte die Gläser mit dem Minztee. Er schmeckte wundervoll, süß, mit einer leicht bitteren Note.

»Wir werden wie folgt vorgehen: Sophie, Sie bringen bitte die Kontaktdaten von Alexandre und Anne Moyon in Erfahrung.

Ich möchte mit beiden sprechen. Zudem brauche ich Informationen zu der Biowein-Diskussion zwischen Vater und Sohn. Wenn möglich schauen Sie in die Steuerunterlagen Moyons und des Châteaus. Lief der Laden? War er an anderen Unternehmen beteiligt und so weiter? Sirac, Sie tragen alles zusammen, was über Luc Moyons Tätigkeit im Conseil Général und als Bürgermeister in Erfahrung zu bringen ist. Rufen Sie Personen an, die in dieser Zeit mit ihm zusammengearbeitet haben. War er beliebt oder verhasst, ein Strippenzieher? Prüfen Sie bitte auch, ob es Prozesse gab. Monsieur Moreau, Sie finden heraus, was die Befragung möglicher Zeugen gebracht hat. Ich gehe zum Commandant. Anschließend fahre ich nach Les Portes-en-Ré. Ich möchte die angebliche Freundin befragen. Es wäre schön, wenn wir einen Namen hätten. Sirac, Sie begleiten mich.«

Er trank den letzten Schluck Tee und verließ das Büro.

Alle Blicke folgten ihm.

Sirac fuhr in Richtung Les Portes-en-Ré. Die Gemeinde befand sich am äußersten Ende der Insel. Dies bedeutete eine lange Fahrt, die Chevalier genossen hätte, wären da nicht die Spannungen mit Adrien Moreau gewesen. Er hasste diese sinnlosen Auseinandersetzungen. Jemand hatte entschieden, dass er, Chevalier, Chef werden würde, und das hatten alle zu akzeptieren.

In Lyon hatte er eine ähnliche Konfliktsituation erlebt oder, besser gesagt, erlitten, als sich zwei Kommissare gegenseitig blockiert hatten, während die Täter Zeit gewannen, um zu verschwinden. Lautes Geschrei um Zuständigkeiten war an der Tagesordnung gewesen, und es hätte nicht viel gefehlt und sein Chef hätte Beweise manipuliert, nur um seinen Widersacher zu schädigen. Es hatte keinen Abend gegeben, an dem Chevalier nicht frustriert und mit Kopfschmerzen nach Hause gekommen war. Eine Zeit lang hatte er sogar darüber nachgedacht, sich wegzubewerben. Wäre da nicht ein Kollege aus dem Drogenressort gewesen, mit dem Chevalier gemeinsam hinter dem Rücken ihrer Chefs weiterermittelt hatte, wäre ein mordender Dealer davongekommen. Später – der Chef des Drogendezernats war versetzt worden – wuchsen beide Bereiche so zusammen, dass man Hand in Hand ermittelte. Chevalier hatte das genossen, denn er liebte effiziente Teamarbeit. Einen kurzen Moment sehnte er sich zurück nach Lyon.

Er kannte Les Portes-en-Ré gut, da Sandrine und er während der letzten beiden Jahre häufig zu Gast bei ihren Eltern gewesen waren, die hier ihre Austernzucht betrieben. Er liebte die schmalen Straßen mit den Stockrosen, die Place de la Liberté mit ihren Cafés und die Gelassenheit, die in vielen Touristenorten verloren gegangen war.

Es war warm im Auto. Chevalier fummelte an der Klimaanlage. »Wie war mein Vorgänger?«

»Pierre Boucher war ein guter Polizist und Chef.« Die Antwort klang stereotyp, was Chevalier hellhörig werden ließ.

»Und was noch?«

»Ich verstehe nicht.« Siracs Gesicht wirkte ausdruckslos.

»Doch, das tun Sie. Der Ton, den Moreau angeschlagen hat, kann er sich nur leisten, wenn ihn niemand bremst.«

Sirac fuhr eine Weile schweigend. »Ich bin aus dem Maghreb.«

»Das ist kein Argument.«

»Was denken Sie, wie oft ich von den Kollegen kontrolliert werde, wenn ich privat unterwegs bin? Das geht den Schwarzen ebenso. Wir beschwören die Gleichheit, doch das ist nur Makulatur. Davon können sich auch Kollegen nicht immer frei machen.«

»Boucher?«

Sirac nickte.

Chevalier sah den jungen Algerier an. »Ich werde das nicht dulden.«

Sie fuhren eine Weile schweigend dahin. Wieder überquerten

sie die Brücke. Von hier aus sah Chevalier, dass sich viele Menschen an den Stränden tummelten, die rings um die Nase der Insel bei Rivedoux-Plage verliefen. Es war schön anzusehen, wie die bunten Sonnenschirme mit dem Blau des Wassers konkurrierten. Wieder musste er sich ermahnen, dass er nicht in Urlaub war.

»Wie sieht es mit der Kriminalstatistik in unserem Gebiet aus?«

»Es ist ruhiger als in den großen Städten. Die Touristen machen zwar manchmal Probleme, und über den Hafen kommen Drogen ins Land. Für unsere Zuständigkeit, also die Gewaltverbrechen, sind die Touristen kaum von Bedeutung. Die Menschen kommen her, um ihren Urlaub zu genießen. Alles, was wir in den letzten neun Jahren hatten, waren vier Tötungsdelikte, die alle von Einheimischen an Einheimischen begangen wurden.« Sirac blickte kurz zu Chevalier herüber. »Der Fall Moyon ist das Spektakulärste, seit ich hier bei der Polizei bin.«

»Da wird Moreau es mir so schnell nicht verzeihen, dass nicht er, sondern ich die Ermittlungen leite.«

Sirac ließ das unkommentiert.

Chevaliers Smartphone zeigte den Eingang einer Nachricht an. Sie kam von seinem älteren Bruder Alphonse. Er löschte sie, ohne sie zu lesen oder darauf zu antworten, und fluchte in sich hinein. Hätte er ihn bloß niemals wiedergesehen!

Chevalier war mit seiner Mutter gegangen, als sich ihre Eltern getrennt hatten. Alphonse war beim Vater geblieben, der sich nicht gekümmert hatte, und war auf die schiefe Bahn geraten. Über fünfzehn Jahre hatte Chevalier nichts von ihm gehört, und als Alphonse dann wieder auf der Bildfläche erschienen war, hatte er ausschließlich für Ärger gesorgt. Nun tauchte er hier auf, und die alten Probleme kehrten zurück. Er war ein Narr gewesen und hatte gedacht, Blut wäre dicker als Wasser. Er lachte trocken auf und ignorierte Siracs fragenden Seitenblick.

Chevalier sah den Phare des Baleines über die Bäume ragen

und wusste, dass gleich neben dem alten Leuchtturm einer seiner Lieblingsstrände lag. Die Conche des Baleines war ein sichelförmiger Sandstrand, der sich über Kilometer erstreckte. Er seufzte leise. Das nächste Mal würde er ohne Begleitung fahren und hier eine Pause einlegen. Die Sonne brach sich in den Salinen, die sich zu seiner Rechten ausbreiteten, so weit das Auge reichte.

Die Nachricht seines Bruders verhieß nichts Gutes. Er würde nach La Rochelle kommen und mit ihm der ganze stinkende Morast, in dem er immerzu watete. Das Schlimmste war, Alphonse hatte Chevalier in der Hand.

Sirac bremste, um eine Gruppe Jugendlicher über die Straße zu lassen, die mit Surfbrettern zum Strand unterwegs waren. Der Parkplatz war bereits gefüllt. Ausgelassenes Lachen und Rufe drangen durch das offene Fenster.

»Perfektes Strandwetter.« Sirac schaute Chevalier an. »Wenn man eine Zeit lang hier wohnt, vergisst man, auf was für einem wundervollen Fleckchen Erde man lebt.«

»So weit bin ich noch lange nicht. Ich sehe immerzu die Schönheit der Insel.« Doch sein Bruder würde sich Mühe geben, ihn das vergessen zu lassen.

»Bewahren Sie sich das.«

Sie bogen von der Avenue des Salines zum Zentrum von Les Portes-en-Ré ab und parkten im Halteverbot, da nirgends eine Parkmöglichkeit zu finden war. Es war Markttag, doch die meisten Händler bauten bereits ihre Stände ab und kehrten Tüten, herabgefallene Salatblätter und sonstigen Unrat zusammen.

Die Luft hingegen war noch erfüllt von den Gerüchen nach Obst und Gemüse, Fisch und Fleisch, frischen Crêpes sowie der Rotisserie, auf deren Spießen sich die letzten Hähnchen drehten.

Das *Café de Commerce* gehörte einer Frau namens Zoé Fabre. Es lag günstig an einer Nahtstelle zwischen zwei Straßen, die viele Passanten nutzten. Eine verblichene weiß-blau gestreifte Markise beschattete eine Terrasse mit kleinen runden Tischen, die im Augenblick alle besetzt waren. Männer in Arbeitskleidung tranken ein Bier und aßen einen Croque Monsieur neben den unvermeidlichen Touristen, die die Sonne genossen und dem Treiben entspannt zusahen. Auch Chevalier und Sandrine hatten hier mehrmals etwas getrunken und einen Snack zu sich genommen.

Eine Kellnerin lief mit einem Tablett zwischen den Tischen umher und verteilte Getränke.

Das Café war auch innen gepflegt, wirkte aber ein wenig in die Jahre gekommen, doch gerade das machte seinen Charme aus. Hinter der Theke richtete eine Frau geschäftig die Bestellungen an.

»Madame Fabre?« Sie stand mit dem Rücken zu ihnen und sah in den Spiegel. Chevalier zückte seinen Ausweis. Sie wandte sich um.

»Was kann ich für Sie tun?« Furcht war in ihren Augen erschienen.

»Wir haben Fragen zu Luc Moyon.«

Chevalier erinnerte sich an die Frau. Sie hatte Sandrine und ihn mehrmals bedient. Die Eigentümerin des Cafés war den Angaben des Melderegisters zufolge achtundvierzig Jahre alt, doch er hätte die gepflegte Frau jünger geschätzt. Sie hatte eine bordeauxrote Schürze mit dem Namenszug des Cafés über eine weiße Bluse und Jeans gebunden. Ob sie ihr Alter dezent überschminkte, konnte Chevalier nicht beurteilen; er ging aber nicht davon aus. Die nussbraunen Haare waren lang und zu einem festen Zopf geflochten.

»Warum?« Sie schien ihn nicht wiederzuerkennen.

»Er wurde heute Morgen tot an der Saline gefunden.«

Um die braunen Augen hatten sich kleine Falten eingenistet. Im Augenweiß sah Chevalier selbst auf die Distanz rote Äderchen. Sie hatte geweint.

»Ich bin Commissaire Chevalier, und das ist mein Kollege

Lieutenant Essaid. Wir sind von der Kriminalpolizei in La Rochelle. Können wir uns irgendwo ungestört unterhalten?«

Zoé Fabre blinzelte unsicher und schrak zusammen, als eine Gruppe von drei Mädchen lärmend hereingestürmt kam und zur Toilette lief. Sie nickte und rief durch eine offene Schiebetür gleich neben der Theke halblaut einen Namen, den Chevalier nicht verstand.

»Einen Augenblick bitte.« Sie sah auf einen Zettel mit Bestellungen und begann, Gläser zu füllen und Erdnüsse auf Tellerchen zu verteilen. Hier war sie in ihrem Element und arbeitete zügig, blieb dabei ausgesucht ruhig. Nur einmal sah sie Chevalier verunsichert an, wandte sich aber sofort wieder ab, als sie bemerkte, dass er sie beobachtete.

Eine ältere Frau vom Typ »Graue Maus« kam durch die Schiebetür und übernahm nach kurzer Anweisung das Bedienen der Kunden. Sirac und Chevalier folgten Zoé Fabre in den hinteren Teil des Bistros, in dem zwei Tische besetzt waren. Ein Mann las Zeitung und nippte an seinem Espresso. Ein Stück entfernt unterhielt sich ein Paar. Beide wirkten ernst und angespannt.

Sie wählte einen Tisch außerhalb der Hörweite der anderen Gäste und fragte, ob sie etwas bringen könne, was Sirac und er verneinten. Sie selbst stand noch einmal auf. »Wenn ich schon Pause mache, sollte ich mir die Zeit nehmen, etwas zu trinken.«

Sie lief zurück zur Theke, wobei Chevalier ein leichtes Hinken bemerkte. Er sah sich um. Die Atmosphäre im Café war gemütlich. Durch die milchigen Dachfenster fiel diffuses Licht ein und erhellte den Raum so weit, dass Lesen am Tag ohne Lampen möglich war.

Wenig später kam Zoé Fabre mit einem Wasser zurück. »Sie sind schneller auf mich gekommen, als ich erwartet habe.«

»Ein Mann, der auf der Saline hilft, hat uns von der Beziehung zwischen Ihnen und Luc Moyon erzählt. So etwas bleibt nie lange geheim.«

Sie hob die Schultern. »Mir ist das ohnehin egal. Ich bin nicht verheiratet, doch Luc war sehr auf seinen guten Ruf bedacht.«

»Seit wann lief die Beziehung?«

Zoé Fabre strich sich eine Strähne aus dem Gesicht. »Das war kurz vor seinem Ausscheiden aus dem Weingut. Im März wären es zwei Jahre gewesen.«

»Gewesen?«

»Er hat Ende letzten Jahres Schluss gemacht.«

Chevalier lächelte. »Da sind wir also nicht ganz auf dem Laufenden. Wie haben Sie sich kennengelernt?«

»An einem Nachmittag saß er hier hinten.« Sie deutete auf einen der Tische. »Draußen schien die Frühjahrssonne, doch er brütete stundenlang vor sich hin und trank langsam einen Kaffee nach dem anderen. Ich beobachtete ihn und war mir sicher, dass er von dem Treiben um ihn herum nichts wahrnahm. Luc war kein Typ, den man übersah. Ein attraktiver Mann, obwohl er bereits älter war.« Sie nahm einen Schluck Wasser und ließ sich von ihren Erinnerungen dahintreiben. »Gegen sieben bin ich dann hinüber und sagte ihm, dass Feierabend sei. Er sah verwirrt auf und fragte mich, ob ich verheiratet sei.« Sie lächelte andeutungsweise. »Früher, als ich in Bordeaux gearbeitet habe, wurden Gäste bei einer solch plumpen Anmache rausgeworfen, aber ich erkannte, dass er die Frage anders verstanden haben wollte, und verneinte. Er stand auf, um zu gehen, doch ich hakte nach. Er begann sofort, mir sein Leid zu klagen. Es war wie so oft: nach innen die Hölle, nach außen die Heile-Welt-Fassade. Biowein, prämierter Pineau, außergewöhnlicher Cognac, ein schmuckes Weingut, der ganze Zauber eben. Und das Schönste war, Luc hatte daran geglaubt. Jahrelang hatte er die Augen verschlossen, aber eines Tages konnte er sich der Wahrheit nicht länger verschließen.«

»Inwiefern?«

»Er sah am Abend, bevor er zu mir ins Café kam, die alten

Fotoalben durch und vergaß zum ersten Mal, die Augen vor der Wahrheit zu verschließen, wenn Sie verstehen, was ich meine.« Sie schaute sie fragend an, und Chevalier und Sirac nickten. »Sich aufzuraffen, etwas zu ändern, fiel ihm jedoch sehr schwer. Er war eher der Scheuklappentyp, und die Einsicht, wie viele Baustellen seine Familie zermürbten, traf ihn mit voller Wucht.«

»Das hat er Ihnen an diesem ersten Abend gleich alles erzählt?«

Sie schwieg einen Moment und blickte nachdenklich vor sich hin. »Das Allermeiste, ja. Wissen Sie, das war der Moment, in dem der Druck aus ihm entwichen ist wie aus einem Luftballon, der knatternd durch das Zimmer fliegt. Luc hörte erst auf zu reden, als bildlich gesprochen alle Luft raus war. Und wie der Ballon ist er letztendlich zu Boden gefallen. Er weinte nicht, sondern war nur noch apathisch. Ich brachte ihn in meine Wohnung – sie befindet sich hier über dem Café – und bugsierte ihn aufs Sofa. Am nächsten Morgen war er verschwunden.«

Sirac sah von seinen Notizen auf. »Hatten Sie keine Bedenken? Er war ein fremder Mann.«

Sie errötete. »Ich schloss die Schlafzimmertür ab und stellte zusätzlich einen Stuhl unter die Klinke. Vorher hatte ich sein Portemonnaie durchsucht und mir die Ausweisnummer abgeschrieben.«

»Sie …«, begann Sirac, doch Zoé Fabre sprach schon weiter.

»Am folgenden Tag rief er an und wollte sich mit mir in La Rochelle zum Essen treffen. Von dem verzagten Mann war nichts mehr zu sehen. Er hatte wieder seine Scheuklappen aufgesetzt und die Heile-Welt-Fassade aufgerichtet. Luc war charmant und – nun ja – für mich anziehend. Wir schliefen in derselben Nacht miteinander. Der fehlende Unterschenkel war ihm egal.«

Chevalier schaute sie fragend an. Daher das Hinken, das er bemerkt hatte. »Ein Unfall?«

Ein Schatten fiel über ihr Gesicht. »Mein verstorbener Mann

und ich hatten ein Restaurant in Saint-Laurent-Médoc bei Bordeaux. Da stammte er her. Eines Abends ist er am Steuer eingeschlafen und auf der D1215 frontal auf einen entgegenkommenden Traktor geprallt. Er war sofort tot, und mir mussten sie das Bein amputieren.«

»Das tut mir leid.«

Sie zuckte die Schultern und nahm den Faden wieder auf. »Das ist Vergangenheit. Luc und ich führten eine Beziehung im Verborgenen. Er wollte die Fassade unter allen Umständen aufrechterhalten. Ich dachte oft an den Abend unseres Kennenlernens und drängte ihn, seine Probleme endlich anzugehen, was er schließlich auch getan hat. Mit Jean hat er sich geeinigt und hat sich aus dem Weingut zurückgezogen, meistens jedenfalls. Ich denke, von den Streitereien wissen Sie bereits?«

Chevalier nickte.

»Alexandre war hingegen ein Problem. Er ist Lehrer in Niort. Luc fuhr dorthin, um sich mit ihm auszusöhnen. Sein Sohn ist regelrecht durchgedreht, als er seinen Vater bei sich zu Hause antraf. Eine Woche später ging eine Anzeige wegen Hausfriedensbruch und angeblicher sexueller Belästigung von Alexandres Frau Chloé ein. Die wurde kurz darauf allerdings zurückgezogen.«

»Was hielten Sie von Alexandre?«

Sie schnaubte leise. »Ich bin ihm nie begegnet. Er war der Sohn meines Freundes, mehr nicht. Nur einmal hat er hier angerufen und pöbelte mich an, ich solle seiner Mutter nicht den Mann ausspannen.«

»Hat er sie bedroht?«

»Nein. Luc hat die Beziehung kurz darauf beendet. Er wollte es noch einmal mit Magali versuchen. Ich habe ihn angetrieben, seine Probleme zu lösen, und bin dabei selbst unter die Räder gekommen.« Sie sah die Polizisten an. »Seitdem ist der Krüppel wieder allein.« Sie lächelte schmerzvoll, doch als Chevalier den

Mund öffnete, um etwas Tröstliches zu sagen, stieß sie rasch hervor: »Es ist gut, wie es ist.«

Chevalier nickte. »Und seither?«

»Vor ein paar Wochen stand er auf einmal vor der Theke. Er war um Jahre gealtert, ging gebeugter als vorher und keuchte heftig, war dünner geworden. Irgendetwas mit der Lunge. Folge des langen Rauchens, aber wohl kein Krebs. Doch er kam nicht meinetwegen. Wir …«

»Zoé?« Die Angestellte wirkte gehetzt, als sie neben dem Tisch auftauchte. »Ich muss in die Küche, und es sind neue Kunden da.«

Zoé Fabre nickte. »Ich komme.«

Als die Angestellte gegangen war, strich sie sich erneut die eine widerspenstige Strähne aus dem Gesicht, die nicht im Zopf bleiben wollte. »Wir setzten uns wie zwei Fremde an einen der Tische. Alles habe ich nicht verstanden, da er zwischen den schweren Atemzügen extrem nuschelte. Er fragte ohne Umschweife, ob ich jemanden wüsste, der ihn bedrohen könnte. Ich glaubte zuerst, mich verhört zu haben, doch als ich nachhakte, wiederholte er barsch seine Frage. Ihm war ein Drohbrief zugegangen.«

»Wurde er persönlich bedroht oder eher allgemein das Château?«

»Es ging um ihn. Mir ist niemand eingefallen, und nur Sekunden danach war Luc fort. Kein liebevolles Wort, keine Frage, wie es mir geht, er ist einfach auf und davon. Ich suchte nach Gründen für sein merkwürdiges Verhalten, ließ es dann aber sein, denn das brachte nur die Leere und neue Enttäuschung mit sich.«

»Hat er sich noch mal gemeldet?«

»Nein. Ich sehe ihn noch wie einen geprügelten Hund davonschleichen.«

»Ist Ihnen in der Zwischenzeit jemand eingefallen, der ihn bedroht haben könnte?«

»Niemand.« Sie schüttelte den Kopf.

»Sie wussten von Luc Moyons Tod, bevor wir kamen.« Es war eine Feststellung, keine Frage.

»Ja. Von Lenka Duchamps.«

»Sie kennen die Polin?«

»Nein. Sie rief mich letzte Nacht an und knallte mir vor den Kopf, dass Luc tot sei. Ich habe das zuerst gar nicht verstanden.«

»Lenka Duchamps wusste also von Ihrem Verhältnis?«

»Ja, offenbar, und wenn dem so war, dann wusste Magali auch davon.«

»Wie kommen Sie darauf?«

»Lenka hasst Magali, und es wird ihr eine Freude gewesen sein, der Alten den Seitensprung ihres Mannes zu stecken.«

»Erwähnte sie, wie er umgekommen ist?«

»Nein.«

»Und das war in der vergangenen Nacht?«

»Ja, gegen vier Uhr.«

Als sie wieder auf der Straße standen, wandte Chevalier sich an Sirac. »Woher konnte Lenka Duchamps das wissen?«

Der Kollege hob ratlos die Schultern.

Chevalier ging in Richtung des Wagens. »Fragen wir sie. Morgen müssen wir das Haus durchsuchen. Wir brauchen den Drohbrief, von dem Luc Moyon gesprochen hat.«

Es war beinahe fünf Uhr, als sie das Weingut erreichten. Der Laden hatte geöffnet, doch auf dem Hof war niemand zu sehen.

Sie läuteten an der Tür des Appartements, in dem Lenka und Philippe Duchamps wohnten, aber nichts regte sich.

Im Laden hielt sich niemand auf, doch als sie die Tür öffneten, ertönte in einem Hinterzimmer eine Klingel. Die Regale waren voller Flaschen mit Weinen aller Couleur und Pineau des Charentes. Die cremefarbenen Etiketten zeigten den Namen des Château Roux, die Weinsorte und den Jahrgang. Darüber war eine kleine Möwe abgebildet.

Die Verkäuferin, die Chevalier schon am Morgen gesehen hatte, trat ein und schluckte den letzten Bissen ihres Essens herunter.

Chevalier hielt seinen neuen Ausweis in die Höhe. »Wir suchen Philippe und Lenka Duchamps.«

Die Frau war irritiert. »Hier sind sie nicht. Die Arbeiter sind alle auf den Weinfeldern, Philippe wohl auch. Lenka habe ich nicht gesehen. Sie wird bei Madame sein.«

Sie verließen den Verkaufsraum und gingen hinüber, doch das Haus der Moyons lag wie ausgestorben in der heißen Junisonne, die den Rasen langsam braun zu färben begann.

Unvermittelt entdeckten sie im Karree des großen Küchenfensters Leben. Dürr wie eine Vogelscheuche tauchte eine abgehärmte Frau auf. Der Kühlschrank wurde aufgezogen, eine Flasche herausgenommen und ein Wasserglas gefüllt. Mit der fließenden Bewegung der Gewohnheitstrinkerin kippte die Frau den Inhalt hinunter. Unbeweglich verharrte sie einen Augenblick und wartete wohl darauf, dass sich das sanfte Wohlsein der Droge in alle Poren verteilte. Ein zweites Glas folgte dem ersten, dann verließ sie samt Flasche unsicheren Fußes den Raum.

Chevalier sah zu Sirac, der verständnislos den Kopf schüttelte. »Auf der Flucht ins Vergessen.« Er trat zur Tür, wo er den Klingelknopf drückte. Nichts geschah. Er klingelte wieder, ließ nun aber den Finger länger auf dem Knopf.

Jemand kam schimpfend näher.

Die Frau, die sie durch das Küchenfenster gesehen hatten, zog die Tür auf und stützte sich schwankend am Rahmen ab. »Was wollt ihr? Wein gibt es drüben.« Ihre Aussprache war verwaschen, ihre Augen waren glasig.

»Wir sind von der Polizei.« Sirac hielt ihr seinen Ausweis vors Gesicht und stellte sie beide vor. »Sind Sie Magali Moyon?«

Sie begann zu weinen. Tränen tropften auf die fleckige Bluse und die ausgeleierte Jogginghose. »Habt ihr denjenigen gefasst, der meinen Luc umgebracht hat?«

»Nein …«

Magali Moyon schrie unvermittelt los: »Was wollt ihr dann hier? Haut ab und macht eure Arbeit! Los!« Speichel troff ihr von den Lippen.

»Wir suchen Madame Duchamps.«

»Lenka? Die Schlampe hat sich verdrückt. Will Verwandte in Polen besuchen. Lässt mich einfach hängen, jetzt, da Luc tot ist.«

»Wann ist sie gefahren?«, fragte Chevalier überrascht.

Magali Moyon stolperte einen Schritt rückwärts, und es war ein Wunder, dass sie nicht lang im Flur hinschlug. »Weiß ich nicht.«

»Hat sie den Bus genommen?«

»Ist mir völlig egal.«

»Können wir Ihnen ein paar Fragen stellen?«

Ihr Nuscheln verstärkte sich. »Ihr könnt mich mal gerne haben.« Sie knallte ihnen die Tür vor der Nase zu.

Sirac und Chevalier sahen sich betroffen an.

Als sie auf den Hof zwischen den Gebäuden kamen, fuhr gerade ein Transporter mit mehreren Männern vor. Am Steuer saß Philippe Duchamps. Er verdrehte die Augen, als Chevalier und Sirac sich auf den Wagen zubewegten. Eilig verließ er das Auto und wandte sich ab, um davonzugehen.

»Bleiben Sie bitte stehen, Monsieur Duchamps, wir haben Fragen«, rief Sirac.

Duchamps lief weiter und bedachte ihn mit einem abschätzigen Blick über die Schulter. »Heute nicht. Geh nach Hause und trink Tee.«

Chevalier nickte seinem Kollegen zu, der sofort begriff. Mit zwei Schritten war er bei dem Davongehenden und packte ihn bei der Schulter.

»Polizei, wir haben Fragen.«

Duchamps schüttelte Siracs Hand ab. »Komm morgen wieder! Ich habe zu tun.«

Chevalier bemerkte aus dem Augenwinkel, dass alle Arbeiter zu ihnen herübersahen.

Sirac wurde nun laut. »Sie bleiben stehen!« Er zog die Handschellen hervor.

Zwei Männer setzten sich in ihre Richtung in Bewegung, doch auf einen Wink Chevaliers hin blieben sie stehen.

Endlich gab Duchamps nach und wandte sich um.

Sirac trat dicht an ihn heran und legte die Handschellen an. »Wenn du nur einmal falsch zuckst, buchte ich dich ein. Kennst du ja.«

Duchamps lehnte sich an den Transporter und starrte Sirac wütend an. »Was wollt ihr?«

»Wo ist Ihre Frau?« Chevalier verzichtete auf jeden aggressiven Unterton, um die Situation zu entspannen. Er wusste, mit Schreierei würden sie nicht weiterkommen.

Der Arbeiter war recht klein gewachsen, höchstens einen Meter siebzig groß. Ein Zwerg, zumindest im Vergleich zu seinem Chef. Doch er war es offenbar gewohnt, lange und körperlich hart zu arbeiten. Die Hände waren groß und schwielig, die Arme muskulös. Er zog umständlich eine Packung Zigaretten aus der Tasche. »Weg. Sie ist zu ihrer Familie nach Polen.« Duchamps wies auf die Handschellen. »Musste das sein, Mann?«

Chevalier ging dazwischen. »Mäßigen Sie Ihren Ton, Monsieur Duchamps. Sie wollten sich einer Befragung entziehen. Warum der plötzliche Aufbruch Ihrer Frau?«

»Keine Ahnung.«

»Wann kommt sie zurück?«

Philippe Duchamps hob die Schultern.

»Sie müssen doch wissen, wann Ihre Frau zurückkommt?« Chevalier warf Sirac verwirrt einen Blick zu.

Der Mann schwieg weiter und zündete sich betont lässig seine Zigarette an.

Chevalier begriff. »Sie wohnen nicht zusammen?«

»Nein.«

»Ich vermute, noch nie. Habe ich recht?«

»Die alte Moyon wollte sie nicht nach Polen zurücklassen, sondern hierbehalten. Da habe ich sie eben geheiratet.«

Moderne Sklaverei, ging es Chevalier angewidert durch den Kopf. »Einfach so? Was haben die Moyons Ihnen gezahlt?«

Duchamps Blick ging in die Ferne. »Nichts.«

»Kommen Sie. Ein Anruf und in einer halben Stunde habe ich Ihre Kontoauszüge.«

Duchamps sah ihn verächtlich an. »Zehn Riesen.«

»Großzügig.« Chevalier lächelte süffisant. »Wo waren Sie gestern Abend ab neunzehn Uhr?«

»In meiner Wohnung. Sie liegt der von Lenka gegenüber.«

»Keine Zeugen?«

»Julie war bei mir. Sie ist die Verkäuferin aus dem Laden.«

»Das machen Sie dann ohne Bezahlung?«

»Sie können sich Ihren fiesen Ton sparen«, bellte Duchamp. »Wenn ich Lenka nicht geheiratet hätte, wäre ich längst hier weg vom Fenster. Finden Sie als Vorbestrafter mal einen guten Job!«

»Weiter.«

»Behalten Sie das mit Julie für sich. Sie ist liiert.«

Sirac musste offenbar ein Grinsen unterdrücken. »Aus welchem Grund könnte Ihre Frau so plötzlich weggefahren sein? Hatte sie einen Streit mit Madame Moyon?«

Duchamps schüttelte erneut den Kopf.

»Hat sie die Bahn genommen?«

»Nein, es gibt Transferbusse, die Erntehelfer nach Polen zurückfahren und andere wieder herbringen. Lenka stammt aus Krakau.«

»Wie lange waren Sie gestern auf der Saline?«

Duchamps wiegte den Kopf. »Bis achtzehn Uhr etwa. Da war ich mit dem Sel gris fertig und hatte den größten Teil des Fleur de Sel abgeschöpft. Luc arbeitete weiter, er war gerade erst gekommen. Es blieben noch fünf Becken.«

»Wieso haben Sie ihm nicht geholfen?«

»Er wollte nicht.«

»Kam das öfter vor?«

»In den letzten Wochen schon. Er war in letzter Zeit in sich gekehrt und hat kaum geredet. Vielleicht, weil ihm seine Krankheit zu schaffen machte. Man musste ihn ja nur ansehen, um zu wissen, wie es ihm geht.« Duchamps fasste sich ins Gesicht, um zu verdeutlichen, wie abgemagert Moyon gewesen war.

»Hatte er noch andere Sorgen oder Angst?« Sirac hatte das Handy aktiviert, um damit das Gespräch aufzuzeichnen, und hielt es in die Höhe.

»Mag sein.« Duchamps zuckte mit den Schultern.

»Die Alkoholkrankheit seiner Frau?«

»Denke nicht. Das war er ja gewohnt.«

»Wurde er bedroht?«, hakte Sirac nach.

Duchamps wirkte einen Augenblick verunsichert. Zumindest hatte Chevalier kurz diesen Eindruck. »Wieso fragen Sie mich das? Davon weiß ich nichts.«

»Wie hat Jean auf den Tod seines Vaters reagiert?«, fragte Chevalier.

»Wie wohl? Der kam am Vormittag mit dem Wagen zurück und hat uns alle zusammengeschrien.«

»Jean und sein Vater hatten gestern Nachmittag einen Streit. Was wissen Sie darüber?«

»Hören Sie, ich rede nicht gerne über den Chef …«

Chevalier schlug einen vertraulichen Ton an. »Es bleibt unter uns.«

»Wer's glaubt!« Er schnaubte. »Na ja. Was soll's? Die beiden lagen sich oft in den Haaren. Jean will Geld verdienen, und Luc wollte seine Ideale umsetzen. Dem Jungen ist es egal, ob er Bio oder Nicht-Bio produziert, Hauptsache, die Kasse stimmt. Haben Sie sein Haus gesehen, diesen neumodischen Kasten?« Duchamps verzog abfällig den Mund. »Der frisst ordentlich Geld. Bei ihrem Streit gestern Nachmittag ging es um Dünger. Ich habe die Hälfte nicht verstanden. Das Letzte, was Jean zu seinem Vater gesagt hat, bevor der starb, war: ›Wenn du mal unter der Erde bist, mache ich hier, was ich will.‹«

»Denken Sie, dass Jean Moyon gewalttätig werden könnte?«

Duchamps zog an seiner Zigarette, inhalierte tief und blies den Rauch in die Luft. »Nein. Der ist ein Widerling und springt mit uns um wie mit Leibeigenen, doch das traue ich ihm nicht zu. Der ist kein Mörder. Außerdem schien er an seinem Vater zu hängen. Trotz der ständigen Streitereien. Er hat ihn bewundert. Jean war das nicht.«

Chevalier wechselte das Thema. »Noch einmal zurück zu gestern. Auf dem Rückweg von der Saline, ist Ihnen da irgendetwas aufgefallen?«

»Nein. Ich nehme meistens das Rad.« Er schien einen Moment nachzudenken. »Im Ort habe ich Jérôme Batz getroffen, der in seinem Garten gearbeitet hat. Unterwegs waren da Touristen mit ihren Fahrrädern. Sind immer im Weg.«

»Luc Moyon war ab da alleine?«

Duchamps nickte und sah finster zu Sirac hinüber. »Wird er wohl.«

»In Ordnung. Das war es erst einmal. Beim nächsten Mal machen Sie keinen Ärger mehr. Verstanden?« Chevalier wartete nicht auf eine Reaktion des Mannes, sondern ging zurück zum Renault, während Sirac Duchamps die Handschließen abnahm.

Während er schon die Fahndung nach Lenka Duchamps auf den Weg brachte, bemerkte er noch im Davongehen, dass Philippe Duchamps ihnen mit grimmiger Miene nachsah.

Das Telefon läutete, als Chevalier bereits die Klinke seiner Bürotür in der Hand hielt und das Büro verlassen wollte, um nach Hause zu fahren. Seufzend kehrte er zum Schreibtisch zurück und nahm das Gespräch an.

»Hier ist Jules Leglise. Ich bin der Präsident des Département-Rats und wollte nachhören, wie es mit den Ermittlungen im Fall ›Luc Moyon‹ steht.«

»Es müsste Ihnen bekannt sein, dass ich Ihnen keine Auskunft geben darf. Warum interessiert Sie das?«

»Ich habe den Besuch des Landwirtschaftsministers«, Letzteres betonte er deutlich, um die Dringlichkeit seines Anrufs zu unterstreichen, »anlässlich der Preisverleihung auf dem Château Roux organisiert. Es pressiert, da der Termin für kommende Woche festgesetzt wurde.«

Chevalier verdrehte genervt die Augen. Wie er es hasste, wenn jemand seine Stellung auszunutzen versuchte, um an Informationen zu kommen! »Wir stehen erst am Anfang der Ermittlungen«, sagte er ausweichend.

Leglises Stimme wurde scharf. »Ach, kommen Sie! Moyon lag tot auf seiner Saline. Das pfeifen in La Rochelle die Spatzen von den Dächern …«

»Dann sollten Sie die Spatzen fragen. Von mir erhalten Sie keinerlei Auskunft. Wir werden eine Presseerklärung abfassen. Die ist morgen in der Zeitung.«

Leglise wurde unfreundlich. »Nun, wenn Sie nicht wollen, muss ich den Präfekten kontaktieren.«

»Tun Sie das. Auf Wiederhören.« Chevalier legte auf und wartete resigniert, denn er wusste, was nun passieren würde, da es immer so lief. Ob in Lyon oder hier, es war stets das Gleiche.

Fünf Minuten später klopfte Commandant Sébastien Simon an die Tür. Der schlanke, hochgewachsene Mann trug Uniform. Sie hatten sich am Mittag erst zum zweiten Mal gesehen, der Situation wegen aber nur kurz geplaudert.

Simon schien keiner der traditionellen Vorgesetzten zu sein, die nur auf Gehorsam und ihre eigene Karriere achteten und denen die Mitarbeiter und ihre Belange gleichgültig waren. Chevalier hatte genügend Männer dieser Sorte kennengelernt. Sébastien Simon war moderner. Er hatte zwar klargemacht, dass er der Chef war, er als Teamplayer seine Leute jedoch viele Entscheidungen selbstständig treffen ließ, solange sie sich an die Vorschriften hielten.

»Hat Leglise sich beschwert?«, vergewisserte sich Chevalier.

Sébastien Simon nickte entspannt. »Er war richtig ungehalten. Sie machen sich gleich die richtigen Freunde.«

Chevalier winkte ab. Dieses Lavieren der Chefs zwischen all dem, was die Politik gerne hätte, widerte ihn an. »Tut mir leid, ich wollte nicht am ersten Tag für Ärger sorgen, doch ich bin Ihnen und dem Präfekten Rechenschaft schuldig und nicht dem Präsidenten des Département-Rats.«

»Das sehe ich genauso, brauche aber einen kurzen Bericht. Spätestens morgen läuft Leglise beim Präfekten auf, dieser widerliche Kerl.« Simon senkte die Stimme. »Nehmen Sie sich darüber hinaus vor dem Präfekten in Acht, de Daillon ist nicht hinten wie vorne. Wenn Sie seine Karriere bedrohen, lässt er sie fallen. Leglise fragt wegen des Besuchs des Ministers. Er möchte nicht, dass dieser auf seinen Vorschlag hin ein Weingut auszeichnet, das mit Mördern in Verbindung steht. Beide sind Énarques.«

Chevalier verstand die Warnung. Die Absolventen der ENA, der École Nationale d'Administration, galten als verschworene Gemeinschaft. Man duzte sich und war füreinander da. Mehrere Präsidenten und Ministerpräsidenten, dazu unzählige Präfekten und leitende Beamte, waren Absolventen der Kaderschmiede in Straßburg. Simons Hinweis war klar: Trittst du einem auf die Füße, triffst du beide.

Chevalier wiegte den Kopf. »Wir sind erst am Anfang der Untersuchung. Eins scheint mir sicher zu sein: Der Zustand der

Leiche legt nahe, dass starke Emotionen im Spiel waren, und in der Familie Moyon herrscht großer Streit. Moyon wurde außerdem offenbar bedroht.«

»Sie meinen also, es wäre besser, den Besuch abzusagen?«

»Wenn wir Leglise nicht ins Messer laufen lassen wollen, sollten wir es nicht auf den Besuch ankommen lassen.«

Simon nickte. »Gehen wir lieber auf Nummer sicher.«

»Gut. Einen Bericht haben Sie morgen auf dem Tisch. Wir werden Luc Moyons Geschäfts- und Privaträume durchsuchen müssen, um Belege für die Drohungen zu finden.«

»Ich werde die Staatsanwältin ansprechen. Sie soll einen Beschluss fertig machen. Könnte einige Diskussionen geben.«

»Ja, ja, die Politik.«

Als er nach Hause kam, war es früher Abend. Die Sonne schien, und vom Meer her wehte eine sanfte Brise. Ein paar Jugendliche spielten auf dem Gelände des Lycée Antoine-de-Saint-Exupéry Basketball.

Im Haus war es still, also ging Chevalier nach draußen, wo er Sandrine auf der kleinen Terrasse im Schatten der ausladenden Kiefer fand, die fast über den First des Hauses reichte. Manon lag in ihrer Wiege und schlief.

Er lächelte, und zum ersten Mal, seit er am Morgen das Haus verlassen hatte, spürte er, wie er zur Ruhe kam. Das Gefühl, das ihn beim Anblick seiner Tochter durchflutete, ließ nichts anderem mehr Raum.

Sandrine skizzierte mit Kohle ein Porträt ihrer Tochter. Sie sah auf und lächelte. »Wie war dein Tag?«

Chevalier drückte ihr einen Kuss auf die Wange und hielt sie kurz im Arm, während er ihren Geruch einsog. Dann richtet er sich auf. »Anstrengend. Wollen wir zum Strand? Der Spaziergang würde mir guttun.«

Sie nickte. »Wenn du mich auf einen Snack einlädst? Außerdem komme ich dann auch mal hier raus.« Sandrine wischte mit dem Finger über einen soeben gezogenen Strich, und wie von Zauberhand entstand eine Schattierung.

Chevalier würde nie verstehen, wie sie das hinbekam. Er ließ sich auf den freien Stuhl fallen und schenkte sich Wasser in ein Glas. Wieder fiel etwas von der aufgestauten Anspannung von ihm ab. Er atmete hörbar aus.

»So schlimm?«

Er nickte. »Ich erzähl es dir unterwegs.«

Sandrine trug Kohle und Papier in ihr provisorisches Atelier.

Hinter dem Haus hatte einer der Vorbesitzer eine Werkstatt eingerichtet, die seit Längerem nicht mehr benutzt worden war. Ein schmuckloser Bau mit Pultdach zwar, doch zum Hof hin befand sich eine lange Glasfront, und neben dem Grundstück konnte man mit dem Auto über einen Fußweg an ein Tor heranfahren. Das ideale Atelier, zumal ein Flaschenzug von der Decke baumelte, mit dem man gegebenenfalls auch schwere Skulpturen bewegen konnte.

Innen war der Raum so gut wie leer. Ein paar Staffeleien und Kisten mit Farben hatten sie hereingeräumt, dazu einen ausladenden Tisch, den Sandrine bereits in Lyon genutzt hatte. Als Chevalier bei der Besichtigung gesehen hatte, wie ihre Augen schon alles einrichteten, und beobachtete, wie sie hin und her lief, war ihm klar gewesen, dass sie das Haus kaufen würden.

Sie brannte mittlerweile darauf, sich in die Arbeit zu stürzen, sobald Manon in die Krippe konnte. Sie war bei einer Crèche collective angemeldet, doch die Warteliste war lang, und es würde wohl einige Monate dauern, bis sie einen freien Platz erhalten würde.

Sandrine kam zurück und wischte sich die Hände an einem Tuch ab.

»Du willst richtig loslegen?«

Sie nickte. »Die Arbeit fehlt mir.«

Chevalier nahm sie in den Arm. »Am Wochenende halte ich dir den Rücken frei, dann kannst du hier alles herrichten.«

Sandrine küsste ihn sanft auf die Wange und lächelte. Sie war nicht gerne von Lyon weggegangen, wo sie an der École Nationale Supérieure des Beaux-Arts Kurse gegeben und in ihrem Umfeld Inspiration gefunden hatte. Sie liebte La Rochelle und die Île de Ré. Auch freute sie sich, dass ihre Eltern in der Nähe wohnten und ab und an das Kind versorgen konnten, doch ihr künstlerisches Schaffen musste in ihrem neuen Umfeld erst noch Fuß fassen. Eins war schon jetzt klar: Eine Kunstszene wie in Lyon würde sie hier nicht finden.

Kurz darauf spazierten sie durch den Parc Alcide d'Orbigny in Richtung Altstadt.

Chevalier berichtete von seinem Tag, während er den Kinderwagen schob.

Sandrine schüttelte den Kopf, als er Moyons Namen nannte. »Siehst du, es fängt sofort an.«

Chevalier sah sie verwirrt an. »Was?«

»Meine Vergangenheit und deine Arbeit vermischen sich. Ich war mit Anne Moyon in einer Klasse.«

»Ehrlich?«

»Komisches Mädchen. In den ersten Jahren war sie normal, in der Mittelstufe ist sie dann regelrecht ausgetickt. Hat sich aufgetakelt, als ginge sie zu einer Party und nicht zur Schule. Sie sah gut aus und machte die Lehrer an. Später hat sie ein Verhältnis mit unserem Biolehrer begonnen. Da war sie sechzehn. Der wurde daraufhin versetzt, und seine Ehe ging in die Brüche. Anne hat sich darüber lustig gemacht. Für die Oberstufe wurde sie in ein Internat abgeschoben und ist mir dann nie wieder über den Weg gelaufen. Was sie heute macht, weiß ich nicht. Ich hatte damals den Eindruck, dass sie sich von ihrer Familie und diesem ganzen Getue um ökologischen Weinbau und die richtige Lebensweise abgrenzen wollte.«

»Kennst du andere Familienmitglieder?«

»Jean war älter und nicht auf derselben Schule. Doch Alexandre war ein Jahr unter uns. Er war ein schüchterner Junge. Kleiner als Jean und sein Vater. Vermutlich kam er nach der Mutter. Ich mochte ihn. Wir hatten einmal zusammen einen Kunstkurs und mussten einen Adler aus Draht biegen und mit Kunstharz beschmieren. Elende Sauerei. Zu Anfang war er total still. Hat kaum ein Wort gesprochen.«

»Du hast ihm keine Chance gelassen«, witzelte Chevalier.

Sandrine verzog gespielt gekränkt ihr Gesicht. Sie lachten. »Irgendwann ist er aufgetaut und hat erzählt. Er las viel. Marcel Proust, André Gide, Jean-Paul Sartre oder Albert Camus.«

»Wow, schwere Kost.« Ihm hatte es immer vor den Lektüren der berühmten Schriftsteller gegraust.

»Kann man so sagen. Ich habe die Diskussionen nie vergessen. Es machte Spaß. Er hatte einen scharfen Verstand, außerdem ging er auf deine Argumente ein. Nun, wenige Monate später hatte ich meinen ersten Freund, und Alexandre ist aus dem Bilderrahmen gefallen.«

Sie erreichten die Plage de la Concurrence. Im Wasser schrien Kinder vor Vergnügen. Sandburgen wurden gegraben, doch vor allem entspannten die Menschen. Hier war der Strand der Einheimischen. Nur fünf Minuten zu Fuß von der Innenstadt entfernt, verirrten sich kaum Touristen hierher.

Sie folgten der Promenade oberhalb des Strandes und liefen zu einer Snackbar am anderen Ende, gleich neben dem Poste de Secours. Die Strandwacht war um diese Uhrzeit nicht mehr besetzt. Auf der Terrasse der Bar fanden sie einen freien Tisch im Schatten und bestellten Steak-Frites.

Chevalier zog seine Schlappen aus und lief zum Wasser, wobei er den ironischen Blick seiner Frau ignorierte. Er ging einige Schritte in die niedrigen Wellen und sah hinaus aufs Meer, wie er es am Morgen gemacht hatte. Das schien eine Ewigkeit her zu sein. Ein paar tiefe Atemzüge der frischen Luft, dazu die Kühle des Wassers – und die Müdigkeit des Tages fiel an ihm ab. Es war einer der Augenblicke, in denen er wusste, mit dem Umzug hierher das Richtige getan zu haben. Arbeiten, wo andere Urlaub machten, und nach dem Job an den Strand.

Sie hätten auch auf der Île de Ré wohnen können, näher an Sandrines Elternhaus, doch es war seine Bedingung gewesen, ein Haus fußläufig zur Stadt zu beziehen. Er hatte in Metz, Paris und Lyon immer zentral gewohnt und konnte sich nicht vorstellen, auf dem Land zu leben. In einem Dorf unter der permanenten Beobachtung der Nachbarn, die ihn, einen Fremden, nie akzeptiert hätten, wäre er verrückt geworden.

Er ging langsam zurück. Hinter den Bäumen und den Gebäuden ragte die Spitze der Tour de la Lanterne in den blauen Himmel, der nun langsam von Blau zu Silber wechselte, bevor die Juninacht ihn sehr spät am Abend schwarz färben würde.

»Geht es dir jetzt besser?« Sandrine grinste.

»Ja. Ich bin eben eine Landratte.«

Sandrine war am Meer aufgewachsen und konnte nicht nachvollziehen, dass er immer das Bedürfnis hatte, mit den Füßen ins Wasser zu laufen, wenn er am Strand war.

Sie lächelte und tippte ihm auf die Nase. »Wie sind die Kollegen?«

»Teils, teils.« Er berichtete von Marie Szenec, Sirac Essaid und den anderen, ihrem Chef und den Ermittlungen, während sie aßen.

Manon wurde genau in dem Augenblick wach, als sie aufbrechen wollten, und so wartete Chevalier, bis Sandrine ihre Tochter gestillt hatte.

Dann machten sie sich auf den Heimweg.

Sein Smartphone klingelte. Wie am Morgen schon kannte er die Nummer nicht und stellte die Verbindung her.

»Guten Abend, Bruderherz, hier ist Alphonse.« Chevalier

schwieg. »Warum liest du nicht deine Nachrichten? Willst du mir nicht Hallo sagen?«

»Scher dich zum Teufel.« Er drückte das Gespräch weg und wusste, das Telefon würde sogleich wieder läuten. Er täuschte sich nicht. Als er ein paar Schritte von Sandrine weggegangen war, vibrierte das Gerät erneut. »Was willst du?«

»Du wohnst an einem so schönen Hafen.«

»Vergiss es.«

»Als hättest du eine Wahl!«

»Du gehst mit mir in den Bau, dafür werde ich sorgen.«

»Und Frau und Kind bleiben zurück. All die Schmach?«

Sandrine sah fragend zu ihm herüber.

Er schüttelte nur den Kopf und wandte sich ab. »Mach, was du willst, Alphonse, aber verschwinde aus meinem Leben.«

»Vielleicht komme ich bald zu Besuch an den Atlantik. Den Rest erfährst du dann.«

»Nein, ich …«

Doch die Leitung war tot.

»Verdammt.«

»Was ist?« Sandrine wickelte Manon auf der Parkbank.

»Alphonse. Habe ich nicht genug durchgemacht? Muss ich das auch noch ertragen?«

Sie nahm ihn in den Arm. »Bleib ruhig. Was will er?«

»Nichts, was er von mir bekommen könnte.« Er sah den Zweifel in ihren Augen.

»Er ist ein Verbrecher. Lass dich nicht mit ihm ein.«

»Darauf kannst du dich verlassen.« Chevalier verdrängte den Gedanken an seinen Bruder, und es gelang ihm immerhin, seine schlechte Laune zu vertreiben. Mit dem Telefonat war Alphonse nun endgültig wieder in sein Leben getreten und würde es vergiften, wenn er nicht aufpasste, denn überall, wo sein Bruder auftauchte, hinterließ er eine Spur des Bösen.

Sie gingen zurück. Der Himmel war schieferblau, und nicht

mehr lange und es wäre endgültig dunkel. Das Zirpen der Grillen klang aus den Grünanlagen herüber, und sie genossen die Wärme. Jenseits des dunklen Wassers leuchteten die orangegelben Lampen des Jachthafens Les Minimes. Wind war aufgekommen, und das leise Klirren der Stahlseile, die gegen die Masten schlugen, hallte über das Wasser.

Sandrine hakte sich bei ihm unter und legte den Kopf an seine Schulter. »Er wird immer Teil deines Lebens sein. Solange du ihm nicht die Chance gibst, Kontrolle darüber zu erhalten, ist er nur eine Randnotiz.«

Chevalier sagte nichts. Wie hätte er ihr auch gestehen können, dass das schon längst geschehen war? Wie er es hasste, Sandrine nicht alles zu erzählen!

Alphonse. Wie stand es in der Bibel? Ein Tropfen Essig verdarb ein Fass Wein.

Ein Auto rollte träge über die Allée du Mail in Richtung Innenstadt, und er ertappte sich dabei, wie er den Fahrer musterte.

Chevalier blickte in den Kinderwagen und verspürte einen Stich in der Brust. Manon schlief zufrieden und war so wehrlos, dass er sich schwor, alles zu tun, um Sandrine und die Kleine von dem Unrat fernzuhalten, den Alphonse mit sich bringen würde.

In dieser Nacht war es nicht Manon, die ihn vom Schlafen abhielt. Irgendwann stand er auf und ging ins Badezimmer. Er spritzte sich Wasser ins Gesicht, und als er in den Spiegel sah, merkte er, dass die Bräune der freien Tage bereits verblasste. Er musterte sich weiter.

Mit Alphonse hatte er wenig gemein. Im Großen und Ganzen glich er mehr seinem Vater als der Mutter. Er hatte dessen schmale Nase und das kräftige Kinn. Nur die vollen braunen Haare und die ebenso braunen Augen waren von seiner Mutter. Alphonse hingegen hatte die rundlichen Züge der Mutter geerbt. Vom Vater stammten nur die Glatze und die grauen Augen, die so tot wirkten wie Gletschereis, wenn er vollgedröhnt war.

DIENSTAG, 15. JUNI

Chevalier war im Büro der Kollegen. »Was hat die Befragung der Nachbarn ergeben?«

»Wider Erwarten einiges.« Adrien Moreau öffnete ein Dokument auf seinem Tablet. »Zuerst zu den Bewohnern der Häuser, die auf dem Weg zur Saline liegen. Hier stehen fünf Wohnhäuser plus die Protzbude von Jean Moyon. Neben seiner Familie, die die Kollegen nicht angetroffen haben, leben drei ältere Ehepaare, ein alleinstehender Mann und ein Paar mit Kindern dort. Pierre Petit aus Nummer vier sagt, dass es kurz nach acht gewesen sein muss, als ein Auto vorbeifuhr, das er nicht kannte. Das *Journal de 20 Heures* hatte gerade begonnen, daher die genaue Zeitangabe. Es war noch hell. Zum Fahrzeugtyp und dem Fahrer konnte Petit keine Angaben machen. Zwei weitere Zeugen haben den Pkw auch gesehen beziehungsweise gehört. Es herrscht dort kaum Verkehr, wodurch jeder vorbeifahrende Wagen auffällt. Hier gab's zum Fahrzeugtyp und dem Insassen Hinweise. Beatrice Dupont, die in Haus Nummer fünf wohnt, ist sich sicher, dass ein einzelner Mann in einem älteren Peugeot vorbeigefahren ist.«

»Farbe und Modell?«

»Sie weiß nur, dass es ein silbernes Fahrzeug war.«

»Schade. Was ist mit Jérôme Batz?«

Moreau schaute auf. »Sie haben doch bereits mit ihm gesprochen, oder?«

Chevalier überging die provokante Frage. »Was sagt er?«

Es entstand eine kurze Pause, in der sie sich anstarrten, dann sah Moreau wieder auf den Bildschirm. »Er gibt an, sich um seine Frau gekümmert zu haben. Er hat nichts mitbekommen. Bei dem Paar mit den Kindern waren die Aussagen ähnlich. Ein Kind zahnt und hat den ganzen Abend geweint.«

»Was haben wir noch?« Chevalier schaute zu den anderen Kollegen.

Sirac blickte in seine Unterlagen. »Moyon lag seit Längerem im Dauerstreit mit einem weiteren Salzbauern namens Christian Leroy. Ich habe vorhin mit dem Mann gesprochen. Er wirkte nicht sonderlich betroffen, als ich ihm erklärte, weshalb ich anrufe.«

»Worum ging es bei dem Streit?«

»Luc Moyon hat Ansprüche auf einen Salzgarten geltend gemacht, den Leroy für die eigene Produktion in Betrieb nehmen will. Er hat die Saline vor drei Jahren von dem angeblichen Vorbesitzer gekauft und war dabei, die verwilderte Anlage wieder instand zu setzen, als Moyon mit einer einstweiligen Verfügung dazwischengegangen ist. Die Saline gehöre zum Land des Château Roux, so sein Argument. Dem widerspricht Leroy natürlich. Beide haben Urkunden und blockieren sich gegenseitig. Leroy weigert sich nun, ohne Anwalt auszusagen.«

Chevalier nickte. »Ich werde versuchen, ihn später aufzusuchen. Ansonsten laden wir ihn vor. Was haben Sie über Moyons politische Seite herausgefunden?«

Sirac blies die Backen auf. »Unmengen. Er war extrem aktiv, doch handelt es sich mehr oder weniger immer um das Gleiche. Als er Bürgermeister war, unternahm er laufend Vorstöße zum Umbau von La Couarde-sur-Mer zu einer nachhaltigen Gemeinde, mit gemischtem Erfolg. Er hat den Bau eines Windrads beantragt und ist gescheitert. Den Aufbau eines Solarfelds hat ihm der Ortsbeirat erlaubt. Zudem hat er für den Tourismus viel erreicht. Zum Beispiel geht der Ausbau des Fahrradwegenetzes auf der Insel auf seine Initiative zurück. Im Conseil Général trat er später dann mit den gleichen Forderungen in Erscheinung. Was hierbei rauskam, konnte ich bislang nicht ermitteln, bleibe da aber dran.«

»Wo sitzen seine politischen Gefährten?«

»Im Conseil Départemental. Hier findet man mehr oder weniger dieselben Leute, die vor der Gebietsreform im Conseil Général waren. Insbesondere Jules Leglise, der Präsident des Département-Rats, war ein enger Freund Moyons. Ich habe mit einer Sekretärin telefoniert, die für die Angelegenheiten des Gremiums zuständig ist. Sie meinte, Moyon sei bei den anderen Mitgliedern unbeliebt gewesen. Seine verbohrte Art, allen die eigene Meinung aufdrücken zu wollen, sei ungut angekommen. Die enge Freundschaft mit Leglise hat ihm aber eine Sonderstellung eingeräumt.«

»Was konnten Sie in Erfahrung bringen, Sophie?«

»Die Telefonnummern von Anne und Alexandre Moyon habe ich Ihnen als Nachricht gesendet. Anne lebt mittlerweile in Amerika, denken Sie an die Zeitverschiebung. Auf die betriebswirtschaftlichen Zahlen des Châteaus habe ich bisher keinen Zugriff. Die Unterlagen wurden mir aber schon angekündigt.«

»Wir haben jetzt auch einen Beschluss zur Durchsuchung der Privaträume. Sie fahren nachher mit mir dorthin. Falls er Daten privat archiviert hat, können Sie diese einsehen.«

Sie nickte. »Kurz zu Jean Moyon. Er arbeitet seit jeher auf dem Weingut. Verheiratet ist er seit zehn Jahren mit Francine Moyon, geborene Leclerc. Die beiden haben drei Kinder: Michelle, Elaine und Cyrille. Die Frage, worum es bei dem Streit zwischen Vater und Sohn genau ging, ist kurz zu beantworten und langwierig zu erklären.«

»Machen Sie es kurz«, kommentierte Chevalier grinsend.

Alle lächelten, bis auf Moreau.

Sophie strich mit einer Hand über ihren Pferdeschwanz. »Ich verstehe wenig von Weinbau, konnte jedoch in der Weinbaugenossenschaft Coopérative Unité einen Gesprächspartner finden, der mir ein paar Fakten gegeben hat. Was ich begriffen habe, ist Folgendes: Die Île de Ré gehört zum Cognac-Gebiet. Neben vielen Weinsorten wird insbesondere zur Herstellung des Cognacs und des Pineau die Traube Ugni blanc angebaut. Diese ist anfällig für Pilzerkrankungen. Wegen des feuchten ozeanischen Klimas auf der Insel kommt es deswegen oft zu Ernteausfällen. Viele der Winzer orientieren sich deswegen am integrierten Weinbau. Hier wird zwar versucht, möglichst nachhaltig die Empfindlichkeit des Weinstocks durch Maßnahmen wie zum Beispiel die Bodenbegrünung zwischen den Reben zu senken. Der Pestizideinsatz ist aber, anders als im Ökoweinbau, in gewissen Grenzen erlaubt. Jean Moyon würde gerne auf diese Anbauform wechseln, um die Ausfälle zu vermeiden. Luc Moyon war hingegen verbissener Ökowinzer, der davon nichts hören wollte und lieber die eine oder andere Ernte verlor, als Pestizide zu spritzen.«

Sirac warf seinen Kugelschreiber auf den Tisch. »Deswegen bringt man seinen Vater nicht um.«

»Allenfalls im Affekt, danach sieht die Tat aber nicht aus«, sagte Sophie.

Chevalier sah zu ihr und nickte. »Wir prüfen sein Alibi. Wenn das Bestand hat, schließen wir ihn vorerst als Täter aus.«

»Ich dachte, Sie schließen so früh niemanden aus?« Moreau grinste spöttisch.

»Wie gesagt: vorerst. Außerdem ist es meine Entscheidung.«

»Wenn Sie später dazu stehen …«

Chevalier sah Moreau offen an. »Ich stehe zu dem, was ich sage und mache.«

»Wirklich?«

Chevalier hatte den Frust von übergangenen Kollegen mehrfach erlebt und wusste, dass es Zeit brauchte, bis die Wunden heilten, doch er spürte, dass die latente Provokation seinen Stand in der Gruppe schwer machen würde. Er würde dauerhaft Schaden nehmen. »Wenn Sie ein Problem mit mir haben, dann raus damit.«

Aus den Augenwinkeln sah er, wie Sophie und Sirac einen Blick wechselten.

Moreau wurde grob. »Ich habe rund dreißig Jahre in La Rochelle vorbildlich meinen Dienst getan und wäre an der Reihe gewesen.«

»Das war nicht meine Entscheidung.«

»Na und? Ihretwegen werde ich bis zur Pensionierung auf diesem Stuhl kleben und das tun, was Sie sagen. Der Commandant hat gemeint, frischer Wind würde der Abteilung guttun.« Er lachte bitter. »Und dann kommt einer wie Sie.«

»Was soll das heißen?« Chevalier hob drohend die Stimme.

»Meinen Sie, ich hätte mich nicht nach Ihnen erkundigt? Vier Jahre in Paris. Alle sind beeindruckt von Ihrem Einsatz während der Attentate auf *Charlie Hebdo* und das *Bataclan*.«

»Ich habe mich nicht darum gerissen und hätte gerne darauf verzichtet.«

»Hätten Sie lieber Ihre Zeit mit dem missratenen Bruder verbracht?« Moreau hob die Brauen.

Chevalier hielt die Luft an. »Was soll das?«

Moreau sah ihn höhnisch an. »Ich habe meine Quellen. Die Kollegen aus Lyon erzählen da eine ganz merkwürdige Geschichte vom Drogendealer Alphonse Chevalier und seinem Polizistenbruder Clément.«

Chevalier lachte abfällig auf. In seinem Inneren aber schrillten die Sirenen. »Was haben Ihnen denn die Buschtrommeln so Spektakuläres zugetragen? Ich sei ein Informant der Drogenmafia? Gegen meinen Bruder, den ich fünfzehn Jahre nicht gesehen hatte, wurde wegen Drogenhandels ermittelt, und als eine Razzia nicht den gewünschten Erfolg gezeigt hat, versuchte man, mir die Schuld in die Schuhe zu schieben. Die Untersuchung hat nichts ergeben.«

»Und einen Monat später bewerben Sie sich hier?« Moreau blickte gespielt verwundert in die Runde.

Chevalier hätte ihm diesen Ausdruck am liebsten aus dem Gesicht gewischt. »Da gibt es keinen Zusammenhang.«

Moreau höhnte: »Nein, natürlich nicht. Und Ihr Schwiegervater hat auch nichts damit zu tun, dass ausgerechnet Sie den Posten bekommen haben.«

Chevalier ging zu Moreaus Schreibtisch und stützte die Hände auf die Kante. Ihre Gesichter kamen sich nahe, und er konnte den Alkohol im Atem des anderen riechen. »Ich denke nein. Es war wohl eher eine Frage der Qualifikation und der persönlichen Stabilität. Einen Chef mit gewissen Schwächen kann niemand gebrauchen.«

»Ich ...« Moreau wirkte, als hätte man ihn geschlagen.

»Sie wissen, wovon ich spreche. Das Gespräch ist beendet.« Er wandte sich um. »Ich telefoniere mit den Geschwistern Moyon und wohne anschließend der Obduktion bei. Am Nachmittag fahren Sophie und ich zum Château. Und Sie, Monsieur Moreau, tragen Fakten über die Mitglieder der Familie Moyon zusammen: Schulden, Vermögen, persönliche Beziehungen. Ergänzen Sie die Lebensläufe. Klären Sie, wer welches Auto fährt, und so weiter. Den Bericht finde ich heute Abend auf meinen Schreibtisch.«

In seinem Büro ließ Chevalier sich auf seinen Stuhl fallen und ballte frustriert die Hände zu Fäusten. Der gute Start vom Vortag drohte zu zerfallen wie ein Soufflé. Die Geschichte aus Lyon würde ewig an ihm kleben. Er musste das genauso hinter sich lassen wie den Streit mit Moreau, wollte er hier dauerhaft ankommen. Nur, wie? Er wusste keinen Rat.

Es klopfte, und Marie Szenec brachte ihm einen Kaffee und die Post. »Der Abschlussbericht der Kriminaltechnik und der Bericht für den Präfekten.« Sie lächelte und verschwand nach nebenan.

Chevalier musste sich zwingen, die Unterlagen zu lesen.

Michel Douanier und seine Mitarbeiter hatten etliche Seiten zusammengestellt, die sich mit Analysen und DNA-Tests beschäftigten, die nicht weiterhalfen.

Die Schlinge mit den Holzgriffen war alt und abgenutzt. Ein Massenprodukt, das nicht zurückverfolgt werden konnte und keine Auffälligkeiten besaß. Auch im Peugeot des Opfers waren keine Fremdspuren festzustellen. Die Asservate vom Fundort waren ihrer Fülle wegen kurzfristig nicht vollständig auszuwerten. Eine Sisyphusarbeit stand den Kollegen der Technik bevor.

Man hatte bisher einzig die an der Leiche festgestellten DNA-Spuren durch das System laufen lassen, doch keinen Treffer gelandet. Nur der Schuhabdruck konnte dem Täter zugeschrieben werden, da er in das Blut des Opfers gedrückt war. Ein Sneaker der Marke Nike, Schuhgröße dreiundvierzig. Ein Männerschuh.

Chevalier griff zum Telefon und wählte.

»Ja?« Die Stimme von Alexandre Moyons Frau Chloé hatte einen warmen Klang und war ihm augenblicklich sympathisch. Er fasste den Grund seines Anrufs zusammen und fragte nach Alexandre.

»Er ist nicht hier.« Die Wärme wich aus ihren Worten; ihr Misstrauen war mit Händen zu greifen.

»Wann kann ich ihn erreichen?«

»Sie haben mich falsch verstanden. Wir sind seit einem halben Jahr getrennt.«

»Darf ich fragen, warum?«

»Nein, dürfen Sie nicht. Es ging eben nicht weiter.«

Chevalier spürte, wie sehr sich Chloé Moyon zusammenreißen musste, um nicht einfach aufzulegen.

»Inwiefern?«

»Das soll Alexandre Ihnen erklären.«

»Sie wissen nicht, wo er gestern Abend war?«

»Wohl kaum, wenn er nicht mehr hier wohnt. Er hat ein Appartement.«

»Hat er eine neue Beziehung?«

Sie lachte trocken. »Nein, oder anders gesagt, ich hoffe, dass nicht.« Sie seufzte und schien ihren Gedanken nachzuhängen. »Neun Jahre Ehe und dann geht unser Leben in die Brüche, weil er starrsinnig ist wie ein Esel.«

»Wollen Sie mir das erklären?«

Sie machte wieder dicht. »Wenden Sie sich an Alexandre. Ich möchte nicht noch mehr Misstrauen zwischen uns bringen.«

»Kann ich ihn in seiner Schule erreichen?«

Sie zögerte und atmete tief ein. »Er ist beurlaubt.«

»Warum?«

Sie hörte wohl das Erstaunen in Chevaliers Stimme und ruderte zurück. »Fragen Sie das …«

»Nein, wenn Sie es wissen, sollten Sie es mir sagen, das spart Zeit bei der Suche nach einem Mörder.«

»Er hatte einen Nervenzusammenbruch. Der Druck durch unsere Trennung und diese unselige Familie haben ihn kaputtgemacht.«

»Danke. Wie kann ich ihn erreichen?«

»Über das Handy.« Sie gab ihm die Nummer. »Lassen Sie ihn in Ruhe, er hat nichts damit zu tun.«

Chevalier setzte zu einer weiteren Frage an, doch ehe er zu Wort kam, legte sie grußlos auf. Er wählte Alexandre Moyons Nummer, erreichte aber nur die Sprachbox, auf der er eine Nachricht hinterließ und um Rückruf bat. Chevalier trank ein paar Schlucke von seinem Kaffee und sah nach draußen in die Sonne. Dann nahm er den Hörer wieder auf. »Auf zur Schwester.«

Er musste lange dem Freizeichen lauschen, bis ein Knacken in der Leitung die Verbindung herstellte.

»Hello?«

Chevalier hatte die sechs Stunden Differenz zur Eastern

Standard Time abgerechnet. In Charlotte, North Carolina, war es sieben Uhr am Morgen. »Mein Name ist Chevalier, ich bin Commissaire bei der Polizei in La Rochelle.«

Sie wechselte ins Französische. »Mein Bruder Alexandre hat mich vorgewarnt. Was kann ich für Sie tun?« Ihre Stimme klang befremdend neutral. Keine Nuance, nicht zu hoch, nicht zu tief, einfach nichts, was sie von der Telefonansage in einem beliebigen Callcenter unterschieden hätte.

»Wir erfassen im Augenblick die Familienverhältnisse und das Umfeld, um erste Ansatzpunkte zur Aufklärung des Verbrechens an Ihrem Vater zu sondieren.«

»Und da rufen Sie mich hier in den Staaten an? Ich war seit vier Jahren nicht mehr drüben.«

»Eine lange Zeit.«

Sie stutzte. »Ja, Sie haben recht. Die Zeit vergeht schnell.«

Chevalier unterbrach ihre Gedanken. »Wie war das Verhältnis zwischen Ihnen und Ihrem Vater?«

»Da war keins mehr. Als kleines Mädchen habe ich ihn bewundert, später ist er mir auf die Nerven gegangen. Ich bin dann ins Internat und war froh, weg zu sein. Wissen Sie, der ganze Druck mit Mutters Sauferei und Vaters Wegschauen war mir zuwider. Das hat mich allem entfremdet, und ich halte seitdem Abstand, sonst geht man kaputt, so wie Alex.«

»Wie meinen Sie das?«

»Glauben Sie, das Scheitern seiner Ehe hängt nicht mit den Verhältnissen zu Hause zusammen? Er und Vater hatten immer Streit wegen Mutter. Ich bin da raus. Ab und zu telefoniere ich mit ihnen, und zu Weihnachten schicke ich eine Karte, das war's.«

»Wie ist das Verhältnis zwischen Ihren Brüdern?«

Sie atmete hörbar aus. »Sie wurden geboren, um zu streiten. Seit jeher geht das schon so, und jedes Mal verliert Alexandre. Er hat geglaubt, mit Distanz und einer eigenen Familie könnte er dem entkommen, doch ohne Erfolg. Er war nicht weit genug weg.

Mutter hat sich regelrecht an ihn geklammert, da Jean sie so weit wie möglich ignorierte.«

»Viele Konflikte in Ihrer Familie …«

»Leider ja. Doch sie sind mir so ziemlich egal. Ich lebe hier in meiner Welt und fühle mich wohl. Haben Sie noch ein Anliegen? Sonst muss ich los.«

Chevalier wunderte sich, wie emotionslos Anne Moyon die schrecklichen Geschehnisse von sich weghielt, erkannte aber auch den Schutzschirm dahinter. Sie wollte nicht zerbrechen wie ihr Bruder und wählte stattdessen die Ignoranz. »Nein.«

»Wann geben Sie die Leiche frei? Ich möchte den Flug buchen.«

»Die Staatsanwaltschaft hat hierüber bisher nicht entschieden.«

Sie legte auf.

Anaïs Roussel trug eine abwaschbare Schürze und OP-Kleidung, als sie die Tür zur Rechtsmedizin öffnete. »Monsieur le Commissaire, kommen Sie rein. Ich bin eben mit unserem Opfer fertig geworden.«

Er folgte ihr in einen Raum, in dem es so unangenehm roch wie in jeder Gerichtsmedizin. Die Obduktionstische aus Edelstahl waren gereinigt worden, wobei der nasse Fußboden davon zeugte, dass das nicht lange her sein konnte.

Die Gerichtsmedizinerin trat an ein Kühlfach und ließ auf einer Bahre die Leiche herausrollen, die in ein weißes Tuch gewickelt war. Sie zog den Leichnam auf eine fahrbare Edelstahlbahre und rollte ihn unter das Licht der OP-Lampe.

Gemeinsam schlugen sie das Tuch zurück.

Luc Moyon war gewaschen worden. Die Haare lagen ihm ordentlich gekämmt am Kopf. Der durch die Schlinge unnatürlich verengte Hals hatte sich, nachdem diese entfernt worden war, wieder ausgedehnt, sodass der sichtbare Oberkörper mit Ausnahme des hauchfeinen Strangulationsmals und des Y-Schnitts normal ausgesehen hätte, wären da nicht die Blutergüsse gewesen.

»Wesentlich Neues habe ich nicht zu bieten. Der Mann wurde misshandelt und dann erdrosselt. Geprügelt wurde er mit einem Kunststoffgegenstand.«

»Ein Gummiknüppel?«

»Nein, elastischer. Vor ein paar Jahren habe ich die Fotos eines Mädchens gesehen, das der Vater mit einem sandgefüllten Gartenschlauch geprügelt hat«, antwortete sie angewidert und mit grimmig zusammengezogenen Brauen, dann grinste sie jedoch. »Der Fall hat für Wirbel gesorgt, da Ihr Vorgänger den Vater festgenommen und den Schlauch am Täter ausprobiert hat. Der Mann konnte viele Tage nicht mehr sitzen.«

»Das macht Pierre Boucher nicht unsympathisch.«

Sie sah ihn gespielt tadelnd an und wandte sich wieder der Leiche zu. »Die Schläge waren heftig, und die ausgeprägten Blutergüsse zeigen, dass es eine Zeit lang gedauert hat, bis er erdrosselt wurde.«

Chevalier nickte verstehend. »Können Sie sagen, ob der Täter Rechts- oder Linkshänder ist?«

»Vermutlich Rechtshänder.«

»War das Opfer krank?«

»Luc Moyon war sogar schwer krank. Er litt unter einem Lungenemphysem. Zudem habe ich ein Karzinom am linken Lungenflügel gefunden. Lange wäre er auch so nicht mehr am Leben geblieben.«

»Wusste er davon?«

»Fragen Sie seinen Arzt. Der Tumor war nicht so weit ausgeprägt, dass es ihn beim Atmen wesentlich behindert hätte.«

»Er soll kurzatmig gewesen sein.«

»Das kam vom Emphysem. Spielt das eine Rolle?« Sie sah Chevalier fragend an.

»Man weiß es nie. Nebensächlichkeiten rücken oft in den Fokus.«

»Als Letztes noch der Schlag an den Kopf.« Sie deutete auf das Hämatom rechts oberhalb der Stirn. »Der kam vermutlich überraschend. Moyon hat keine Abwehrverletzungen. Der Lage der Verletzung nach zu urteilen, stand der Angreifer schräg hinter dem Opfer.« Sie sah zu Chevalier auf. »Das war's von meiner Seite.«

Sie schob den Leichnam zurück in das Kühlfach. »Die Mikrospuren, die wir vom Körper genommen haben, werden ausgewertet; ich rechne nicht mit bahnbrechenden Erkenntnissen. Unter den Fingernägeln haben wir nichts gefunden, außer den üblichen Ablagerungen und natürlich Salz.« Sie sah ihn an. »Über das Kite-Surfen nachgedacht? Ich fahre an den Wochenenden mit Louna nach Le Palmyre an die Côte Sauvage.«

Chevalier sparte sich die Frage, wer Louna sei, und schüttelte den Kopf. »Bei einer kleinen Tochter werde ich so schnell nicht die Zeit finden.«

»Tun Sie es einfach. Es ist unvergleichlich.«

Sie verließen den dämmrigen Obduktionssaal durch eine Seitentür, hinter der die Sonne schien.

Anaïs Roussel zog eine zerdrückte Schachtel Zigaretten aus ihrem Overall und zündete sich eine an. »Ihre Frau ist Sandrine Tonnay?« Sie inhalierte tief und ließ den Rauch durch Mund und Nase entweichen.

»Ja.«

»Ich habe ein Bild von ihr im Wohnzimmer hängen.«

Chevalier lächelte. »Das wird sie freuen. Wenn Sie Interesse haben, wird Sandrine Ihnen sicher gerne weitere Arbeiten zeigen. Zurzeit konzentriert sie sich auf Plastiken.«

»Gerne. Ich interessiere mich für Kunst. Medizin habe ich an der Sorbonne studiert.« Sie blies den Rauch in die Luft. »Es war eine schöne Zeit. Weg von der Enge, die in den Achtzigerjahren noch außerhalb der großen Städte geherrscht hat. Ich war in vielen Galerien und Ausstellungen, soweit das Studium mir Zeit ließ. Manchmal habe ich sogar etwas gekauft. Das Bild Ihrer Frau habe ich bei einer Ausstellung erworben, die sie vor ein paar Jahren drüben auf der Île de Ré hatte.«

»Ich erinnere mich. Und was hat Sie zurück in die Provinz verschlagen?«

»Ich habe das Meer vermisst. Ich stamme aus Brest. An der Plage des Blancs Sablons bei Le Conquet hat mein Vater mir das Surfen beigebracht. Waren Sie mal dort?«

Chevalier schüttelte den Kopf.

»Schön da, und der Strand ist ein Traum.« Sie lachte. »Sofern die Sonne scheint. Im Sommer haben die Schwalben in einer Düne ihre Bruthöhlen und fliegen laufend ein und aus. Der Wind ist ideal zum Surfen und Kiten.«

Chevalier erkannte die Sehnsucht in den Worten der Rechtsmedizinerin. »La Rochelle ist da ein Ersatz?«

»Unbedingt. Tolle Strände in der Gegend, fantastischer Wind und außerdem ist es wärmer.« Sie wechselte das Thema. »Sie sind hier also bestens vernetzt, nehme ich an?«

»Wenn Sie das auf meinen Schwiegervater beziehen, werden Sie wohl recht haben.«

»Gilles Tonnay, der Austernkönig von Les Portes-en-Ré.«

»Sie kennen ihn?«

»Wer nicht? Fragen Sie ihn nach Luc Moyon. Die beiden müssten miteinander bekannt gewesen sein.«

Sophie Lambert fuhr zügig von der Gare de Péage die Brücke hinauf. Sie kniff die Augen zusammen, da die Sonne auf der Wasseroberfläche reflektierte.

Chevalier reichte ihr wortlos die Sonnenbrille und sah wieder einmal auf das Meer hinab, dessen Blau sich in der Mittagssonne so ganz anders ausnahm als morgens.

Am Ende der Brücke mussten sie vor dem Kreisverkehr warten. Autos stauten sich vor den Parkplätzen der Strände, die rings um die Nase der Insel verliefen und sich vorbei an Rivedoux-Plage die Küste entlangzogen. Von La Rochelle aus ein Katzensprung, den viele auch per Bus oder Rad machten, um auf diese Art die Brückenmaut zu sparen.

Sophie nahm eine andere Strecke, um zum Château Roux zu kommen. Sie lenkte den Renault über die D 735 vorbei an Saint-Martin-de-Ré. Die Route war zwar kilometermäßig länger, man benötigte auf diesem Weg jedoch weniger Zeit, da man die Ortsdurchfahrten meiden konnte.

Sie fuhren durch die Weinfelder mit ihrem frischen Grün. Überall sah man Arbeiter, die beim Zurückschneiden der Reben waren. Viele trugen Strohhüte gegen die brennende Sonne. Kurz hinter Saint-Martin bremste Sophie Lambert und ließ eine Gruppe Fahrradfahrer die Fahrbahn überqueren. Die jungen Leute hatten Handtücher und Körbe dabei und schienen auf dem Weg zum Strand zu sein.

Sophie sah Chevalier an. »Würde ich jetzt auch lieber machen.«

Er lachte. »Wir haben in den letzten Jahren immer einen Teil unseres Urlaubs hier verbracht, und Sie können sich vorstellen, wie surreal es ist, einen Mord in einem Umfeld aufzuklären, an dem sich alles nach Urlaub anfühlt.«

Sie lächelte. »Das übersieht man, wenn das Leben hier spielt.«

»Sind Sie aus La Rochelle?«

Sie nickte. »Ich kenne nur das hier. Die Charente-Maritime ist meine Heimat.«

»Es gibt schlimmere Orte.«

Sie blickte zu ihm herüber. »Das mag stimmen, doch immer am gleichen Fleck ist langweilig, oder?«

Chevalier wiegte den Kopf. »Diejenigen, die ewig weiterziehen, sind auf der Suche nach einem Sehnsuchtsort, den sie oftmals nie finden werden.«

Draußen zogen die Weinfelder vorbei.

»Haben Sie Ihren gefunden?« Er wandte sich um und merkte, wie sie vor ihrer eigenen Frage zurückschreckte. »Tut mir leid.«

Chevalier mochte nicht über sich sprechen, doch er überwand sich und schenkte ihr ein Lächeln. »Kein Problem. Meine Familie ist durch eine hässliche Scheidung zerrissen worden. Meine Mutter kam damit nicht klar, obwohl sie eine gehörige Portion Anteil am Scheitern der Ehe hatte. Sie ist früh gestorben, und ja, dann bin ich wohl auf die Suche nach meinem Sehnsuchtsort gegangen.« Er schwieg einen Augenblick.

»Angekommen?«

»Ich denke ja. Es ist aber nicht der Ort, an dem ich wohne, sondern die Menschen, mit denen ich mein Leben teile.«

»Ihre Frau?«

Er nickte. »Und meine Tochter. Ich glaube, dass La Rochelle gut zu uns passt.« Er sah auf ihren Ehering. »Haben Sie Kinder?«

»Zwei. Joelle ist sechs und Robert, er ist neun.«

»Klappt das mit dem Job? Wir kommen ja nicht immer pünktlich raus.«

Sie nickte. »Mein Mann ist Beamter. Denis leitet im Rathaus die Personalabteilung und kann fast jeden Tag so Schluss machen, dass er zu Hause ist, wenn die Kinder aus der Schule kommen. Und, ehrlich gesagt, im Allgemeinen ist das bei uns auch nicht anders. Wie ist es für Sie, hier zu leben?«

»Ich genieße das Meer und die Landschaft. Eigentlich wollte ich immer einmal an der See leben.« Er lächelte. »Das ist offensichtlich einer der Wünsche, die Menschen vom Binnenland mit sich herumtragen.«

»Ihnen ist es gelungen.«

Er nickte. »Es ist hier deutlich ruhiger als in Lyon oder Paris. Die Menschen in La Rochelle und auf der Insel sind für uns ungewohnt freundlich und hilfsbereit. Meine Schwiegermutter sagt immer, sie wären nicht die hektischen und verschlossenen

Leute wie die in den großen Städten. Wahrscheinlich hat sie recht. Mir gefällt der Menschenschlag, abgesehen von einigen Ausnahmen.«

Sie sah ihn an. »Adrien ist im Grunde nicht verkehrt. Warten Sie es ab.«

»Er soll seine Arbeit machen und keine Lügen über mich verbreiten. Das würde mir schon reichen. Ich reibe ihm ja auch nicht sein Alkoholproblem unter die Nase.« Er schwieg einen Augenblick. »Ich wünsche mir ein Team, in dem weitestgehend spannungsfrei gearbeitet wird. Ohne das wird es nicht funktionieren. Jeder hat Stärken und Schwächen, und solange sich Letztere nicht auf unsere Arbeit auswirken, interessiert es mich nicht. Mit Ihnen und Sirac wird das gelingen, bei Moreau bin ich mir da nicht sicher.«

Sie nickte. »Vermissen Sie die Großstadt?«

»Das sage ich Ihnen in ein paar Monaten. Wir sind erst vier Wochen hier. Darüber hinaus würden wir in einer großen Stadt auch nichts anderes machen, als uns um unsere Tochter zu kümmern.«

Sie lächelte verstehend. »Das kenne ich. Was halten Sie von den Moyons?«

»Da habe ich noch keine Meinung. Luc war einerseits sicherlich ein Idealist. Andererseits hat er seine Familie vernachlässigt. Er hat sich ihnen entfremdet, hat die Streitereien zwischen den Söhnen nie beendet und dem Verfall seiner Frau zugesehen.«

Sie nickte. »Fremdgegangen ist er auch. Und was halten Sie von Jean?«

»Ich glaube, er ist im Kern kein übler Kerl, hat jedoch hohe Ansprüche.«

»Oder muss diese erfüllen.«

Chevalier lachte. »Oder das.«

»Trauen Sie ihm die Tat zu?«

»Wie vorhin gesagt, ich glaube nicht daran, schließe aber vorerst niemanden aus dem Kreis der Verdächtigen aus, sehen wir einmal von Anne in den USA und ihrer Schwägerin in Niort ab. Wir sollten uns außerdem nicht zu schnell auf die Familie festlegen. Denken Sie an die Drohungen.«

Sie näherten sich La Couarde-sur-Mer und bogen nach links in die Weinfelder ab.

Gerade, als die Zufahrt zum Hof in Sicht kam, bemerkte Chevalier Jean Moyon, der ein Stück entfernt neben seinem Traktor stand und mit einem Mann diskutierte. Der andere war klein gewachsen und muskulös. Eine Tätowierung lugte unter dem Ärmel seines T-Shirts hervor, als er hektisch mit den Armen gestikulierte.

»Wer ist das denn?«

Sophie folgte seinem Blick und nahm den Fuß vom Gas. Sie brachte den Wagen im Schutz einer Reihe von Büschen, die die Straße von den Weinstöcken trennte, zum Stehen und sah hinaus. »Freundschaftlich ist das Gespräch nicht.« Sie überlegte. »Den Kerl habe ich in La Rochelle schon einmal gesehen, komme aber nicht drauf, wann und wo das war.«

Der Streit der Männer ging zu Ende. Während Jean Moyon wütend auf den Traktor sprang und den Motor anließ, lief der andere in entgegengesetzter Richtung über das Feld davon.

Sophie Lambert schaute zu Chevalier. »Von wegen: im Kern kein übler Kerl. Wir sollten fahren.«

Doch Chevalier schüttelte den Kopf. »Nein, ich will, dass er uns sieht.«

Wenige Sekunden später brummte der Traktor vorbei. Chevalier winkte Jean Moyon zu, der sichtlich beunruhigt die Hand hob.

»Jetzt hat er etwas, worüber er nachdenken kann.«

Vor dem Hofladen standen Autos und Räder. Der Himmel war wieder blau, und nur wenige Schäfchenwolken trieben darüber hinweg.

Die Moyons hatten Tische und Stühle vor den Laden gestellt, die allesamt von Touristen besetzt waren.

Chevalier und Sophie verließen den Wagen und gingen vorbei an einem Meer blühender Hortensien zum Tor in der Mauer, das zum Wohnhaus führte.

Die Kollegen, die zur Durchsuchung des Hauses abgestellt worden waren, lehnten bereits an ihren Fahrzeugen oder waren dabei, Kisten mit Unterlagen einzuladen.

Als sie Chevalier und Sophie Lambert herankommen sahen, verfielen alle in Geschäftigkeit, während ein hochgewachsener Beamter mit militärisch kurz geschnittenen Haaren auf sie zukam.

»Eric Boulanger, Brigadier de Police. Wir haben die privaten Räume durchsucht. Hierbei mussten wir einen Tresor im Schreibtisch aufbrechen, doch das hat sich gelohnt.«

Er hielt Chevalier mehrere Blätter hin, die in Klarsichthüllen verpackt waren. Der las das, was zuoberst lag.

Glaub ja nicht, dass du mir entkommst.
Verlogener Dreckskerl.

»Das geht so weiter. Drohungen und Beschimpfungen. Ich habe die Unterlagen in dieser Reihenfolge aus dem Tresor genommen. Sie wurden dem Poststempel auf den Umschlägen zufolge vom Toten nach Datum sortiert. Je länger die Drohungen gehen, desto aggressiver wird der Schreiber. Er spricht davon, Moyon umzubringen, und beschimpft ihn immer vulgärer.«

»Sie meinen, seine Wut hat sich hochgeschaukelt?« Sophie Lambert trug noch immer die Sonnenbrille und erinnerte Chevalier damit ein wenig an die junge Juliette Binoche.

Boulanger nickte.

Chevalier fotografierte die letzten beiden Drohbriefe und reichte die Schreiben an Boulanger zurück. »Die müssen zur Kriminaltechnik. Was habt ihr noch? Unterlagen zum Weingut?«

»Kistenweise Aufzeichnungen zu den Verkaufszahlen, den Gewinnen, den eingesetzten Düngemitteln und so weiter.«

Sophie Lambert sah Chevalier an. »Soll ich direkt mit zurückfahren und mit der Sichtung der Papiere beginnen?«

»Nach der Befragung. Machen Sie vorher kurz halt bei Jeans Familie, um das Alibi zu prüfen und sich einen Eindruck zu verschaffen.«

Sie gingen zum Haus, als die Tür aufgerissen wurde, noch bevor Chevalier klopfen konnte.

»Sie müssen der Commissaire de Police sein.« Ein Mann in Jeans und kariertem Hemd streckte Chevalier eine Hand entgegen, die dieser ignorierte. Stattdessen wies er sich aus. Das Lächeln erstarb. »Ich bin Alexandre Moyon. Sie haben versucht, mich zu erreichen. Leider war ich da bereits hierher unterwegs und habe vergessen, Ihren Anruf zu beantworten.«

Sie folgten ihm schweigend in ein Wohnzimmer, dem alles fehlte, was es gemütlich gemacht hätte. Er wechselte einen Blick mit Sophie, die die gleichen Gedanken zu haben schien.

Moyon bot ihnen einen Platz an. Er war nicht so hochgewachsen wie sein Bruder und schmaler gebaut als dieser. Alexandre kam nach seiner Mutter, deren jüngeres Ich Chevalier auf einem Foto erblickte, das aus besseren Tagen zu stammen schien. Die Eltern und ihre drei Kinder strahlten darauf um die Wette.

Er nahm auf einem ausgesessenen Sofa Platz, das auf einem Teppich stand, der wie lieblos dahingeworfen wirkte. Sophie setzte sich in einen der abgewetzten Sessel.

»Meine Mutter wird sofort kommen.« Alexandre Moyon wandte sich zur Tür, doch Chevalier hielt ihn zurück.

»Das hat keine Eile. Ich muss ohnehin ein paar Fragen mit Ihnen klären.«

»Mit mir?« Moyon ließ sich in einem der drei Sessel nieder, einen Ausdruck des Erstaunens im Gesicht.

»Ja. Der Mord an Ihrem Vater war nach unserer Einschätzung eine durch starke Emotionen ausgelöste Tat. In solchen Fällen steht das private Umfeld im Fokus. Sie als Familienmitglied zählen logischerweise mit zum Kreis der Verdächtigen. Uns ist bekannt, dass massive Konflikte zwischen Ihnen und Ihrem Vater sowie Ihrem Bruder Jean bestanden.«

Moyons Miene verfinsterte sich. »Hat mein Bruder mich angeschwärzt?«, fuhr er auf. »Der will mich genauso aus dem Weg räumen, wie er den Alten beiseitegeschafft hat. Schauen Sie lieber ihm auf die Finger. Ich frage Sie: Wo kommt das Geld für die ganzen Ausgaben her, die er sich leistet? Der zieht uns hier alle über den Tisch. Anne ist der gleichen Meinung. Der ist kriminell, der ist …«

Sophie unterbrach die Tirade. »Ihren Bruder werden wir später befragen. Momentan sind wir aber bei Ihrer Person. Wo waren Sie vorgestern Abend zwischen neunzehn und einundzwanzig Uhr?«

»Zu Hause.«

»Gibt es dafür Zeugen?«

Moyon winkte ab. »Sie wissen sicher von meiner Frau, dass ich von ihr getrennt lebe. Wozu also diese Farce? Nein, ich habe keine Zeugen.«

»Sie sind vom Schuldienst beurlaubt. Warum?«

Alexandre Moyon verschränkte abwehrend die Arme vor der Brust. »Ich war krank, und wenn Sie es genauer wissen wollen, müssen Sie mir eine richterliche Verfügung vorlegen. Nach dem Sommer nehme ich meine Arbeit wieder auf.«

Chevalier übernahm wieder die Befragung. »Worum ging es bei dem Streit mit Ihrem Vater? Sie haben ihn sogar angezeigt.«

»Das ist eine alte Geschichte. Wir waren verkracht und hatten seit Jahren nicht mehr miteinander gesprochen. Und vor einiger Zeit taucht er plötzlich bei uns zu Hause auf und redet von Versöhnung. Ich war nicht da, und Chloé war dumm genug, ihn reinzulassen. Sie hat ihm sogar Kaffee gekocht.« Er schüttelte den Kopf. »Sie wusste doch von unserem Streit. Als ich von der Arbeit kam, war er mit ihr im Wohnzimmer und grapschte sie an. Legte den Arm vertraulich um ihre Schultern. Reicht es nicht, dass er Mutter betrügt? Ich habe den Alten wortlos gepackt und vor die Tür gesetzt. Das ist das Letzte, was ich von ihm gehört und gesehen habe.«

»Was war Anlass der Spannungen?« Chevalier formulierte seine Frage bewusst neutral, denn Moyon wirkte wie ein Ballon, der kurz vor dem Platzen stand.

Er höhnte. »Was glauben Sie, warum Mutter trinkt? Er hat sie vernachlässigt und betrogen. Immerzu stand er im Mittelpunkt. Sie stammt aus einer Familie, in der Kultur gefördert wurde. Mein Großvater war in Paris ein angesehener Rechtsanwalt. Theater, Museen und Konzerte waren an der Tagesordnung, und dann verpasst der Alte ihr ein Kind und stellt sie hier am Ende der Welt ab.«

»Ich bin von Lyon hierhergekommen«, kommentierte Chevalier trocken. Sophie Lambert grinste in sich hinein, wie er aus dem Augenwinkel bemerkte.

Moyon war kurz irritiert. »Wie dem auch sei. Sie war oft mit uns alleine. Er hat es in der ganzen Zeit nicht ein Mal geschafft, mit ihr ins Theater zu gehen. Mutter hat versucht, ihn aufzumuntern, später angefleht, mit ihr auszugehen. Er meinte nur, es bleibe ihm keine Zeit für diesen Kram. Irgendwann fing sie mit dem Alkohol an. Flaschengeklimper im Schrank, Pfefferminzbonbons und all der Mist.«

»Die Lage ist eskaliert?«

»Das ist mehr als sechs Jahre her. Auf dem Empfang zu Vaters Fünfundfünfzigstem. Bis dahin hatte sich Mutter in der Öffentlichkeit im Griff. Ich sehe noch die Gesamtheit der Honoratioren: der Präfekt, der Präsident des Conseil Général, die Bürgermeister der Insel und so weiter. Mutter war um neun Uhr blau wie ein Veilchen. Sie riss sich zusammen, doch wer sie kannte, wusste Bescheid. Vater versuchte daraufhin, sie ins Haus zu bringen. Doch sie machte sich los und begann, ihn zu beschimpfen. Ich weiß nicht mehr, was sie ihm an den Kopf schleuderte, aber es war sehr schlimm. Alle sahen betreten weg. Vater lief vor Wut rot an, und ich beeilte mich, Mutter wegzuschaffen. Jean, der Feigling, blickte zur Seite, als wir an ihm vorbeigekommen sind.«

Moyon schwieg und schien gedanklich in die Vergangenheit einzutauchen.

»Wie ging es weiter?« Chevalier sprach leise.

»Als Mutter schlief, wollte ich nach unten gehen; das Fest war in vollem Gange. In der Diele sah ich Vater und machte ihm Vorwürfe. Ihm platzte der Kragen. Er stürmte die Stufen herauf, packte mich am Revers und drückte mich an die Wand. Ich sei ein verwöhntes Muttersöhnchen und könne meinem Bruder nicht das Wasser reichen, fuhr er mich an. Ich warnte ihn, da fing er an zu lachen.«

Moyon brach ab und rieb sich über die Augen. »Ich schlug ihn, doch glauben Sie nicht, dass er umgekippt wäre. Er ist erst richtig auf mich losgegangen. Ich höre bis heute die Musik aus dem Zelt, das er vor dem Laden hatte aufbauen lassen. Ich stieß Vater von mir und brachte ihn aus dem Gleichgewicht. Er ist rückwärts alle Stufen runtergepoltert. Ich bin ihm nach und habe den Frust der Jahre an ihm ausgelassen. In dem Moment ist einfach alles aus mir rausgebrochen. Dann war er still. Noch in derselben Nacht bin ich weg.« Moyon starrte vor sich hin. »Und dann taucht er nach all der Zeit bei uns zu Hause auf und befingert meine Frau.«

»Sie haben Ihre Frau verlassen.« Sophie rutschte auf die Kante des Sessels vor.

Alexandre fuhr aus seinen Gedanken auf. »Sie hat mich rausgeworfen. Ich hätte mich verändert, würde nur dasitzen und Trübsal blasen. Es gab einen Streit, dann bin ich gegangen, der

Kleinen wegen. Ich wollte keinen Rosenkrieg, bei dem Léa die Zeche zahlt.«

»Junge, hilf mir bitte.« Magali Moyon kam langsam herein. Sie trug einen verschlissenen Morgenmantel und zitterte am ganzen Leib. Sie nickte den Polizisten zu und setzte sich, auf ihren Sohn gestützt, in einen der Sessel.

»Es tut mir leid, was mit Ihrem Mann geschehen ist«, begann Chevalier. Magali Moyons Augen begannen zu schwimmen, und eine einzelne Träne kullerte verirrt über das abgehärmte Gesicht. »Trotzdem müssen wir drängende Fragen mit Ihnen klären.«

Sie nickte.

»Wann hat er am Abend seines Todes das Haus verlassen?«

»Ich weiß es nicht. Ich habe mich betrunken, so wie immer in letzter Zeit.«

»Gab es dafür einen besonderen Grund?«

»Den brauche ich schon lange nicht mehr.«

»Es gab Konflikte zwischen Ihnen und Ihrem Mann?«

»Er hat mich kürzlich zum ersten Mal in über vierzig Jahren Ehe geschlagen.« Ihr Blick irrte herum und blieb an der Schrankwand hängen.

»Warum?« Sophie hatte ihrer Stimme einen mitfühlenden Klang verliehen.

Magali Moyon begann, die Tischdecke ein um das andere Mal zusammenzufalten und wieder glatt zu streichen. »Ich … nun, ich …« Sie schlang die Arme eng um den Oberkörper und wiegte sich vor und zurück. Sie schluchzte.

»Das reicht jetzt. Verlassen Sie bitte unser Haus.« Alexandre sprang auf.

»Wir hören sofort auf, wenn Ihre Mutter darum bittet.« Chevalier erhob sich ebenfalls.

»Nein, Sie gehen auf der Stelle!«, fuhr Moyon ihn an.

»Alexandre. Es ist gut. Lass uns einfach einen Moment allein.«

Er starrte seine Mutter an, dann verließ er das Zimmer. Die Tür fiel krachend hinter ihm ins Schloss, dann blieb es eine Weile still.

»Für ihn ist es in letzter Zeit nicht einfach«, bemerkte Magali Moyon schließlich.

Chevalier nickte. »Wer hat Ihnen vom Tod Ihres Mannes erzählt? Und wann war das?«

»Lenka kam gestern Morgen in mein Zimmer und erzählte mir, dass man ihn tot aufgefunden habe. Wir schlafen getrennt, müssen Sie wissen. Ich war noch zu betrunken, um das zu begreifen, und bin erst mittags zu mir gekommen, um mich gleich wieder zu betrinken. Gestern Abend wurde mir sein Verlust dann bewusst, da habe ich verstanden und seitdem keinen Tropfen mehr angerührt.«

Sie muss so weggetreten gewesen sein, dass sie sich nicht mehr an unseren Besuch erinnert, schoss es Chevalier durch den Kopf.

»Wurde Ihr Mann bedroht?« Wieder löste Sophie Chevalier ab.

»Ich glaube nicht, aber er erzählt mir seit Langem nichts mehr.« Sie verfiel unbewusst in das Präsens.

Chevalier zeigte ihr den Drohbrief, der sie erneut in Tränen ausbrechen ließ.

»Wer tut ihm so etwas an?«

»Wir werden es herausfinden. Wieso hat Ihr Mann Sie geschlagen?«

»Ich war betrunken und habe ihm Vorhaltungen gemacht. Er habe mein Leben verpfuscht.« Sie schüttelte den Kopf und schwieg einige Sekunden. »Eine Entgiftung vom Alkohol ist wie eine Tür, die man in einer muffigen Bude öffnet. Frischer Wind lässt Sie die Dinge aus einem neuen Blickwinkel sehen. ›Zum Streiten gehören immer zwei‹, hat meine Mutter oft gesagt. Ja, ich war es mit schuld. Ich bin mit Luc auf die Île de Ré gekommen, weil ich es mir schön ausgemalt hatte, in der Natur nahe am Meer zu wohnen. Doch nach ein paar Wochen wurde mir klar, dass ich zum Leben auf dem Land nicht tauge. Die Kinder, ein paar Urlaube, guter Sex und die Anfeindungen, die wir gemeinsam durchstanden, waren in der Lage, das phasenweise zu übertünchen. Doch dann wurden die Kinder groß, und die heiße Liebe war vorbei.«

Sie hing einen Moment ihren Gedanken nach, bevor sie weitersprach. »Ich fühlte mich wie in einem Vakuum, aber anstatt mit Luc über meine Probleme zu sprechen, griff ich zur Flasche. An dem Tag, an dem Alexandre ging, war unsere Ehe tot. Luc zog sich aus allen Ämtern zurück. Aus Scham, weil ich auf der Feier zu seinem Geburtstag sturzbetrunken randaliert habe. Von mir wandte er sich da vollends ab.« Ihr Blick schweifte ab. Sie spürte offenbar ihren Erinnerungen nach.

»Und dann?«, fragte Sophie nach einem kurzen Blickwechsel mit Chevalier.

»Ende des vergangenen Jahres trat plötzlich eine Veränderung ein. Er fuhr nach Niort, um mit Alexandre Frieden zu schließen, und fragte mich im Frühjahr, ob wir gemeinsam Urlaub machen sollten. Die Bedingung war, kein Alkohol. Er lächelte mich sogar an, und es war wie ein Sonnenstrahl am Ende eines langen Winters.« Ein trauriges Lächeln trat auf ihre Lippen. »Ich riss mich zusammen. Wir fuhren in die Toskana. Kultur, Sonne und die Distanz zu allem, was uns hier entzweite, hat uns zueinanderfinden lassen.« Sie versank wieder in ihren Gedanken.

»Was ist dann geschehen?« Chevalier sprach betont laut.

Magali Moyon schrak auf. »Als wir zurück waren, tat der alte Trott umso mehr weh, und ich griff wieder zur Flasche. Ab sechs Uhr nachmittags konnten Sie mich vergessen. Vor etwa zwei Wochen kam es zum Streit. Er brüllte mich an, wollte wissen, warum ich ihn im Stich ließe. Ein Wort ergab das andere.«

»Was meinte er damit?«

»Ich weiß es nicht. Die Ohrfeige, die er mir verpasst hat, war reine Verzweiflung, das sehe ich jetzt ganz klar. Ein Mal hätte er mich gebraucht, und ich habe versagt.«

Chevalier wollte weiter fragen, doch sie schüttelte mühsam den Kopf. »Entschuldigen Sie mich, ich kann nicht mehr.«

Sie blieb weinend in ihrem Sessel zurück, als die Polizisten leise den Raum verließen.

Draußen atmete Chevalier tief die klare, frische Luft ein, die der Wind vom Atlantik herantrug. Er war deprimiert und hoffte, dass Sandrine und er sich niemals dermaßen auseinanderleben würden.

»Was für eine private Hölle.« Sophie schien es ähnlich zu gehen.

Chevalier nickte. »Wenn die eigene Beziehung funktioniert, möchte man sich das kaum vorstellen.«

Er sah, dass die Kollegen der Kriminaltechnik ihre Gerätschaften sicher verpackt hatten. Sie gingen hinüber. »Ich schaue mir Christian Leroy, den anderen Salzbauern, an und spreche in Les Portes-en-Ré mit meinem Schwiegervater. Er und Luc Moyon müssen hier aufeinandergetroffen sein. Er ist ein guter Beobachter. Vielleicht kann er mir weiterhelfen.«

Chevalier sah zu, wie Sophie Lambert ihm zuwinkte, in einen der Wagen sprang und die Kollegen davonfuhren.

Auf dem Hof des Châteaus traf Chevalier auf Jean Moyon, der auf dem Weg zu der Halle mit den Fässern war.

»Wer war das vorhin auf dem Feld? Sah nach Streit aus.«

Moyon wandte sich zu ihm um. »Ein Idiot, der meinte, ich solle ihm das Château verkaufen, jetzt, da Vater tot sei.«

Chevalier schüttelte den Kopf. »Die Geier kreisen schon. Wollen Sie verkaufen?«

Jean Moyon lachte schallend. »Das Testament ist bisher nicht eröffnet. Wer weiß also, was der Alte sich ausgedacht hat? Außerdem laufen die Geschäfte immer besser. Biowein ist in. Hat mein Bruder sich bei Ihnen ausgeweint?«

»Dazu darf ich Ihnen nichts sagen.«

Moyon lachte humorlos auf. »Heute Morgen haben wir uns fast geprügelt. Er hat mir alles Mögliche vorgeworfen. Ihn und unsere Schwester auszubooten, Vater hintergangen zu haben und so weiter.«

»Hat er recht?«

»Finden Sie es raus.« Moyon sah sich um. »Hier werden Sie allerdings nichts Unrechtmäßiges entdecken. Alles wird dokumentiert, und laufend kommt es zu Kontrollen. In den Büchern können Sie nachlesen, dass wir jeden Tropfen abrechnen, der gekeltert wird.«

»Was ist das für ein Gebäude?« Chevalier sah zu dem alten Turm, der in der Sonne lag.

»Bis zum Ende des neunzehnten Jahrhunderts stand hier ein Herrenhaus. Als es abgebrannt ist, hat mein Urgroßvater das Anwesen gekauft und sein Gut hierher verlegt. Außer dem Turm war nichts mehr übrig von dem alten Gebäude, doch die Bäume im Park stammen noch aus dieser Zeit.«

»Mir gefällt es. Erinnert ans Médoc.«

Jean Moyon gab einen amüsierten Laut von sich. »Wenn nur die Weine so gut wären wie da unten.« Er sah versonnen zur Turmspitze. »Vater hat das Gut geliebt und alles getan, damit es erhalten bleibt. Aus dem alten Wohnhaus hat er den Laden und Appartements gemacht. Ich habe dann einen Showroom einrichten lassen, in dem wir Weinproben anbieten oder die Kunden Feste feiern können.«

»Ich habe in den Regalen gesehen, dass Sie neben dem Wein noch andere Produkte im Angebot haben?«

»Die Bioweine waren lange Jahre unser Hauptstandbein.«

»Sind Sie der Coopérative des Vignerons de L'Île de Ré angeschlossen?«

»Nein. Wir produzieren Bioprodukte, da macht man am besten alles eigenständig. In den letzten Jahren ist die Nachfrage massiv gestiegen, und viele der Kollegen, die uns früher belächelt haben, ziehen nach. Ich sehe aber in unserem Pineau de Ré die Zukunft und liebäugele sogar mit einem eigenen Bio-Cognac.«

»Cognac?« Chevalier war erstaunt.

»Nur wenige wissen, dass wir hier der nördlichste Zipfel des Cognac-Gebietes sind. Um die Stadt Cognac herum gibt es die zentralen Gebiete, wo Sie die Weinberge von Rémy Martin oder Hennessy finden. Diese Zonen sind die Grande Champagne und die Petite Champagne. Dann gibt es die Randgebiete, die Fins Bois und die Bons Bois. Wir hier liegen im äußersten Bereich, den Bois Ordinaires. Die Bois Ordinaires bestehen zum größten Teil aus Sandböden mit Kalkanteil. Lange Jahre hat niemand aus dem Eau de vie unserer Gegend Cognac gebrannt, doch mittlerweile gibt es erste Versuche von Brennereien, auch die Trauben der Region zu einem Cognac zu machen. Ich möchte das probieren.«

Moyon schien vor Stolz und Tatendrang zu platzen, und Chevalier fragte sich, ob Jean sich die Zeit nehmen würde, um den Vater zu betrauern.

»Was ist genau ein Pineau de Ré?«

»Der Pineau ist ein Mischprodukt, das aus Traubensaft und derselben Grundlage hergestellt wird wie der Cognac, dem Eau de vie. Wir auf dem Château Roux verwenden zur Herstellung die weiße Traube Ugni blanc, wie die meisten anderen Winzer auch. Kommen Sie, ich zeige Ihnen, was wir hier machen.«

Jean Moyon wollte in eine der Hallen gehen, doch Chevalier hielt ihn zurück. »Ist Ihnen ein Grund eingefallen, weswegen man Ihren Vater getötet haben könnte?«

Moyon wandte sich mit beleidigter Miene um. »Die Fragerei geht mir auf die Nerven. Wissen Sie, ich habe eng mit Vater zusammengearbeitet. Bis er aus dem Gut ausgeschieden ist. Zuletzt war er Rentner und hat sich meistens mit der Saline beschäftigt. Wieso sollte jemand ihn umbringen?«

»Wegen einer anderen Saline vielleicht?«

»Hören Sie doch auf. Ich kenne Christian Leroy seit Jahren. Der hat sich heftig mit Vater gestritten, aber ich kann mir nicht vorstellen, dass er deswegen einen brutalen Mord begeht.«

»Wer ist Ihnen denn sonst eingefallen?«

Moyon zögerte, doch er sparte sich die Antwort, die ihm auf den Lippen zu liegen schien. »Niemand.«

»Ihr Bruder?«

»Nein.« Die Antwort klang halbherzig. »Heute Morgen wollte er sich mit mir prügeln. Er war wie von Sinnen, aber ich bin der Stärkere und habe ihn einfach festgehalten, bis er wieder ruhig wurde.«

»Und trotzdem trauen Sie es ihm nicht zu?«

»Ihm fehlt der Mumm dafür. Zum Glück«, setzte er hinzu.

Sie betraten den Hofladen, der klimatisiert war.

Moyon lief vorweg in den hinteren Teil, wo ein kleiner Tisch zur Degustation einlud, und es blieb Chevalier nichts anderes übrig, als dem Winzer zu folgen.

»Wenn Sie schon keine Führung wollen, müssen Sie zumindest eine kleine Probe machen.«

»Ich muss Sie …«

»… noch etwas fragen. Ich weiß. Später.« Moyon entnahm dem Kühlschrank eine Flasche und schenkte in zwei Weingläser großzügig ein. Die Gläser beschlugen. Dann nahm er sein Glas und schwenkte die goldgelbe Flüssigkeit. »Sie sehen, die Farbe erinnert ein kleines bisschen an die Cognac-Note.« Er deutete auf das Glas. »Hier, diese Schlieren zeigen, dass der Pineau reich an Zucker ist …«

Chevalier zwang sich zur Ruhe und lauschte Moyons Ausführungen. Ihm brannten Fragen auf den Nägeln, und er wollte weiterkommen, doch der am Vortag so barsche Jean Moyon blühte jetzt geradezu auf und zeigte ein anderes Gesicht. Vielleicht gelang es ihm auf diesem Wege, den Mann und seine Motive besser zu verstehen.

Moyon steckte die Nase ins Glas und roch. »Die Trauben geben eine wundervolle Honignote ab, und wenn Sie etwas tiefer einatmen, zeigen sich auch Vanille und Fruchtnoten.«

Chevalier hatte noch nie die Geruchsintentionen nachvollziehen können, die Winzer ihren Produkten attestierten, doch musste er zugeben, dass der weiße Pineau ein schönes Bouquet hatte, das Lust machte, ihn zu probieren.

Moyon nahm einen Schluck, spitzte die Lippen und belüftete kurz den Pineau. »Wieder haben wir das Aroma von getrockneten Früchten.«

Chevalier nippte nur, denn er musste noch fahren. Diesmal konnte er den Eindruck bestätigen. Die Flüssigkeit zerfloss auf der Zunge, woraufhin sich ein süßer Fruchtgeschmack einstellte, der weder zu aufdringlich noch zu fade war. »Wundervoll.«

Moyon lächelte. »Dazu ein Roquefort-Käse und Sie sind im siebten Himmel.« Er entnahm dem Kühlschrank eine weitere Flasche und schenkte ein. Der Pineau war deutlich dunkler.

»Das ist ein alter Pineau.« Sie tranken einen kleinen Schluck. »Der Geschmack erinnert mich immer an Pflaumen. Wir servieren ihn gerne mit Fois gras.«

Kurz darauf verließen sie den Probierraum, nicht ohne noch einen roten Pineau verkostet zu haben, der an Brombeeren erinnerte.

Chevalier nahm den Faden wieder auf. »Was ist mit den politischen Kontakten Ihres Vaters? Gab es da Auseinandersetzungen?«

Jean Moyon verdrehte die Augen. »Das liegt alles schon lange zurück. Wieso also ausgerechnet jetzt?«

»Manche Dinge dauern. Er soll mit Jules Leglise engen Kontakt gehabt haben ...«

Plötzlich lag etwas Lauerndes in Moyons Blick. »Jules?«

Man duzt sich, bemerkte Chevalier. »Könnte er etwas wissen?«

»Ich glaube kaum. Die beiden waren allenfalls zusammen essen oder so. Wo soll da der Grund zu finden sein?«

»Denken Sie bitte darüber nach.«

Moyon begleitete Chevalier zum Auto und streckte die Hand aus. Plötzlich standen Tränen in seinen Augen. »Vater hat hierfür gelebt, doch nur ich habe das begriffen. Meine Mutter säuft sich den Verstand weg, weil sie das Ganze hasst. Mein Bruder und meine Schwester haben Vaters Ideale von jeher abgelehnt und sich widersetzt, wo sie nur konnten.«

Chevalier dachte kurz an seinen Konflikt mit Alphonse, dann verabschiedete er sich. Er setzte sich in den Wagen und sah Moyon hinterher, der zu den Wirtschaftsgebäuden ging. Der Fall gewann an Struktur. Die Drohbriefe und Magali Moyons Aussage zeichneten ein klares Bild der Situation. Luc Moyon war bedroht worden und hatte diese Drohungen wohl so ernst genommen, dass der Druck ihn dazu gebracht hatte, seine Frau zu schlagen.

Die Aussagen von Philippe Duchamps, Moyon sei in sich gekehrt gewesen, bestätigten dies. Das bedeutete, sie mussten nach Vorkommnissen suchen, die Anlass für die Tat gegeben haben könnten. Sowohl in Moyons politischem Tun als auch ganz sicher in der Familie.

Chevalier wendete den Wagen und fuhr langsam durch das Tor. Vieles erinnerte ihn an seine eigene auseinandergebrochene Familie, in der jeder entlang der Bruchkanten versucht hatte, seinen Weg zu gehen. Vater in seinem Beruf, Mutter in ihrem unsteten Weiterziehen von einem Ort zum anderen, und sie, die beiden Brüder, als Antipoden. Er selbst bei der Polizei und Alphonse in der Kriminalität.

Die Kinder der Moyons hatten ähnlich reagiert. Anne war

einfach weggelaufen. Jean hatte sich in die Arbeit auf dem Gut gestürzt und sich für die Seite des Vaters entschieden.

Chevalier bog in die Salzgärten ab und holperte langsam durch die ausgefahrenen Feldwege. Er traute Jean nicht zu, den Vater grausam ermordet zu haben, doch etwas stimmte nicht. Der lauernde Blick, als er Jules Leglise erwähnt hatte, hatten bei ihm alle Alarmglocken schrillen lassen. Dazu der Streit. Sie würden ihn durchleuchten.

Alexandre kam schon eher als Täter infrage. Er wirkte wie eine Bombe mit äußerst kurzer Lunte. Der Verlierer. Ehe kaputt, Psyche angeknackst und dann kommt der Vater, dem er das eigene Scheitern hatte anlasten können, und ersucht um Vergebung. Es musste wie eine Ohrfeige gewirkt haben, noch dazu die Tatsache, dass seine Mutter sich ihrem Mann wieder zuwandte.

Er erreichte die Saline.

Christian Leroy schob den Simoussi behutsam durch das flache Wasser des Beckens. Der Salzbauer war nur wenig älter als Chevalier selbst. Die Sonne hatte ihn braun gebrannt und seine Haut gegerbt. Der Mann schien in sich zu ruhen. Völlig unaufgeregt war er dem Kriminalpolizisten begegnet und hatte einfach seine Arbeit fortgesetzt. Der Stab, an dessen Ende ein breites Brett befestigt war, maß vier Meter und reichte über die gesamte Wasserfläche.

Leroy arbeitete konzentriert und achtete darauf, das grobe Salz vom Boden zum Rand zu ziehen, ohne die Oberfläche des Beckens mit abzukratzen. »Ich habe es Ihrem Kollegen schon gesagt: Ohne einen Anwalt werde ich nicht aussagen.«

Chevalier sah dem Salzbauer interessiert zu. Es hatte ihn immer fasziniert, Menschen zuzuschauen, die geschickt ihr Handwerk ausübten. »Das kostet mich Zeit und Sie Geld.«

Leroy unterbrach seine Arbeit und blickte ihn durch eine verspiegelte Sonnenbrille an. »Sie legen mich nicht rein? Ich habe genug Lehrgeld gezahlt.«

»Keine Spielchen.« Chevalier hob die Hand wie zum Schwur.

Leroy dachte einen Augenblick nach, dann nickte er. »*D'accord*. Ich will Ihnen mal glauben. Geben Sie mir einen Moment.«

Die Stimmung auf Leroys Saline war natürlich anders als die am Vortag auf der Anlage von Moyon, wo ein Mord begangen worden war. Der immerwährende Wind strich sanft vom Atlantik herüber und kühlte die von der Sonne erhitzte Haut. Außer dem Salzbauern mit seinen regelmäßigen Bewegungen regten sich nur die Vögel, die emsig durch das flache Wasser liefen oder kreischend durch die Luft schossen. Chevalier hätte lange so dastehen und dem sonnengebräunten Mann zusehen können, der in Shorts und T-Shirt seiner Arbeit nachging.

Leroy sah auf. »Alles neu für Sie?«

»Meine Frau und ich sind vor Kurzem aus Lyon hierhergezogen.«

Der Saunier grinste breit. »Ich war auch mal fremd hier. Am Anfang ist es nicht einfach, doch ein bisschen Kontakt und Sie werden die Menschen hier mögen.« Leroy legte das Gerät beiseite und griff nach einem weiteren Instrument, das Chevalier ebenfalls noch nie zuvor gesehen hatte. »Das ist ein Souvron. Er ist kürzer und hat eine Art Schaufel am Ende, die durchlöchert ist.«

Leroy begann, mit dem Gerät das zuvor zusammengeschobene Salz aufs Trockene zu schaufeln. Seine hellbraunen Haare waren vom Wind verfilzt und ausgeblichen. »Wissen Sie, Luc Moyon war eigentlich ein guter Kerl. Er hat sich gekümmert, als er Bürgermeister war, und wenig mit seinen Spezis gekungelt. Richtig übel war er nur, wenn er glaubte, recht zu haben. Dann war er ein Idiot. Wie bei der Sache mit der Saline. Ich kann klar nachweisen, dass ich sie korrekt erworben habe, doch er zauberte immer neue Argumente aus dem Hut, die zu einstweiligen Verfügungen führten und es mir verbaten, die Anlage herzurichten.«

»Sie müssen die Produktion steigern?«

»Ja und nein. Meine Frau und ich kommen mit dem klar, was wir hier verdienen. Ein Teil des Salzes geht an die Kooperative, den Rest verkaufen wir im Sommer an die Touristen. Auch Spezialsalze, die wir mit Kräutern herstellen. Die zweite Saline würde es uns aber ermöglichen, einen Mitarbeiter anzustellen, was uns im Sommer entlasten würde.«

»Sie wollen mit dem Betrieb wachsen.«

»Ja. Vor acht Jahren sind wir hierhergekommen. Ich war Lehrer in Troyes und Celine Krankenschwester. Uns ging es gut, doch es war langweilig. In einem Urlaub sind wir hier auf der Insel gewesen und haben uns in dieses Stückchen Land verliebt. Als wir ein paar Monate später wieder hier waren und einem Saunier über die Schulter geschaut hatten, war klar, wie die Zukunft aussehen würde. Die Saline war eine Herausforderung. Nach zwei Jahren waren die alten Kanäle wiederhergestellt und die Becken einsatzfähig.«

Leroy unterbrach seine Arbeit und sah Chevalier lächelnd an. »Der Job ist hart, und wenn es regnet, verdienst du nichts.« Er deutete ziellos zum Meer. »Doch wir lieben es. Noch nie habe ich mich derart frei gefühlt, war so sehr ich selbst. Moyon hat versucht, das kaputtzumachen. Hat uns in Prozesse gezwungen, damit wir aufgeben. Er wollte uns aufreiben und diesen Traum zerstören. Wenn Sie es genau wissen wollen, ich bin froh, dass er weg ist.«

Chevalier hob eine Hand des Salzes auf und roch die feuchten Aromen, die davon ausgingen. »Mit Jean Moyon kommen Sie besser klar?«

Leroy grunzte. »Er hat kein Interesse daran. Wir sind uns kürzlich auf dem Markt begegnet und ins Gespräch gekommen. Da meinte er, ich könnte Lucs Saline kaufen, wenn der Alte mal nicht mehr sei.«

»Inwiefern?«

»Ich wüsste ja, dass Luc krank sei.«

Wieder einmal überraschte Jean Moyon Chevalier mit einer neuen Seite seines Charakters, die ihm nicht sympathisch war. »Was weiter?«

»Er hat mir heute eine Nachricht geschickt.«

Jean Moyon fackelte nicht lange. Chevalier fühlte sich vom Verhalten des Winzers mehr und mehr abgestoßen. »Er will verkaufen?«

Leroy nickte. »Fand ich pietätlos, so kurz nach Lucs Tod.«

»Das macht Sie beide verdächtig.« Chevalier warf das Salz zurück auf den Haufen und rieb sich die Reste von den Händen.

»Schon klar.« Der Saunier wandte sich um. »Ich habe ein Alibi. Wir waren am Sonntagabend in Saint-Martin auf einem Geburtstag eingeladen. Da können Sie dreißig Leute fragen. Es ging bis fünf in der Früh und hat mich einen Tag Ernte gekostet, doch es hat sich gelohnt.« Er grinste wieder breit, und in seinem sonnengebräunten Gesicht blitzten strahlend weiße Zähne auf.

»Wann haben Sie Luc Moyon zuletzt gesehen?«

»Erst vor ein paar Wochen in Les Portes-en-Ré. Wir waren auf dem Markt hinter unserem Stand.« Er dachte kurz nach. »Er kam aus dem Café und sah angeschlagen aus.«

»Krank?«, fragte Chevalier nach.

»Ja. Er ging gebeugt und wirkte abgemagert. Als er uns dann sah, hat er über die Straße gebrüllt, er würde niemals aufgeben, da könnten wir ihm drohen, so viel wir wollten. Alle haben ihn angestarrt.«

»Was meinte er damit?«

Leroy zuckte mit den Schultern. »Ich habe nicht die geringste Ahnung.«

»Schade. Ich brauche eine Adresse, um Ihr Alibi zu überprüfen.«

Sie gingen zu einem Schuppen, der dem auf Moyons Saline verblüffend ähnelte.

Leroy schrieb zwei Namen auf einen Zettel und drückte ihn Chevalier samt einem Päckchen Salz in die Hand.

»Ist das ein Bestechungsversuch?«

»Wenn Sie sich mit einem Pfund Fleur de Sel bestechen ließen, würden Sie mich enttäuschen. Lassen Sie es sich schmecken.«

Chevalier bedankte sich und wandte sich zum Gehen.

»Am Donnerstag treffen wir uns mit ein paar Leuten hier zum Kochen. Wenn Sie wollen, können Sie und Ihre Frau dazukommen.«

Chevalier schaute ihn überrascht an, doch Leroy lächelte. »Irgendwo muss man anfangen. Wie gesagt, wir waren auch mal neu hier.«

»Herzlichen Dank. Ich spreche mit meiner Frau und gebe Ihnen dann Bescheid.«

Seine Schwiegermutter blickte enttäuscht, als sie sah, dass er ohne Sandrine und Manon gekommen war.

Chevalier trat in die kühle Diele und legte für die Bises die Wangen links und rechts an die ihren.

»Komm rein. Bist du alleine?«

»Es ist dienstlich.«

Elise riss die Augen auf. »Hast du mit dem Mord zu tun?«

Chevalier nickte. »Ich leite die Ermittlungen und wollte Gilles ein paar Fragen stellen. Er kennt hier doch jeden.«

Sandrines Eltern wohnten in einem großen Haus am Ortsrand von Les Portes-en-Ré, das in einem Meer von Hortensien zu stehen schien. Sie hatten es vor vielen Jahren gekauft, da Elise nicht auf dem Gelände der Austernzucht hatte wohnen bleiben wollen. Sie malte zum Zeitvertreib und liebte es, ihr Haus einzurichten. Es war eindeutig, von wem ihre Tochter das Talent geerbt hatte.

Chevaliers Familie war auseinandergefallen, als er dreizehn Jahre alt gewesen war. Die Wohnungen, die er mit seiner Mutter geteilt hatte, waren funktional und ohne Liebe eingerichtet worden, gleich so, als wären sie nur auf der Durchreise, was die vielen Umzüge zu bestätigen schienen. Sandrine hingegen war hier behütet aufgewachsen und brachte all die Wärme, die sie in diesem Haus erfahren hatte, mit in die Ehe. Manchmal kam es Chevalier so vor, als wäre er ein trockener Schwamm und saugte all das Verpasste nun auf.

Elise war zierlich und schlank wie ihre Tochter und lief agil vor ihm durch den Gang in die Küche. »Gilles sitzt draußen auf der Terrasse und sieht aufs Meer hinaus.« Sie flüsterte: »Bertrand hat ihn gebeten, nicht ständig im Betrieb herumzulaufen und Befehle zu geben; schließlich hat er sich vor einem Jahr zurückgezogen.«

Chevalier senkte die Stimme. »Nun ist er sauer?«

»Er fühlt sich unnütz.« Sie hob die Schultern und lächelte traurig. Chevalier konnte sehen, wie es sie schmerzte.

»Tut mir leid.«

»Eines Tages musste es so kommen. Solange Gilles dort war, konnte Bertrand nicht zum Chef werden.«

Elise hatte Chevalier vom ersten Augenblick an gemocht. Das hatte er gespürt. Ihr Verhältnis war mittlerweile besser, als es das zu seiner eigenen Mutter je gewesen war.

»Du hast uns nichts erzählt.«

Elise hörte den leichten Tadel in seiner Stimme und lächelte gewinnend. »Wenn die Kleine da ist, freut er sich wie verrückt. Da will ich nicht davon anfangen.«

Die Küche war ein großer Raum mit einem langen Tisch. Durch die Fenster und die auf die Terrasse hinausgehende Tür sah Chevalier hinter dem parkähnlichen Garten das Blau des Meeres. Ein wundervoller Ort, den seine Schwiegermutter mit Liebe geschaffen hatte.

»Ich werde Sandrine davon erzählen. Vielleicht kommt sie öfters her, oder Gilles besucht uns und kümmert sich um die Kleine, wenn sie arbeitet. Ich gehe mal hinaus.«

Sein Schwiegervater saß an einem Gartentisch und las die *Sud Ouest*. Er war ein kräftig gebauter Mann, dem man ansah, dass er in seinem Leben viel gearbeitet hatte. Die ehemals roten Haare wehten nun schlohweiß im Wind, und als er nun aufsah, erinnerte er Chevalier an den alten Jean Gabin.

Er lächelte breit. »Clément. Was verschafft uns die Freude?«

»Der Dienst.« Elise kam Chevalier zuvor, der sich setzte, während seine Schwiegermutter im Haus verschwand. Er wusste schon jetzt, dass sie mit Kaffee und Gebäck wiederkehren würde.

Gilles begriff offenbar, dass er alleine gekommen war, und auch auf seinem Gesicht machte sich Enttäuschung breit.

Chevalier beließ es dabei. »Es geht um Luc Moyon.«

»Bist du zuständig?«

Chevalier nickte. »Ich bin neu hier auf der Insel und dachte mir, du könntest ein wenig aus dem Nähkästchen plaudern.«

»Was kann ich dir schon erzählen?«, tat Gilles ab.

»Der größte Austernzüchter der Insel mit Verbindungen in jedes Mauseloch weiß mehr als die allermeisten. Wie laufen die Dinge hier ab, und wo stand Moyon dabei?«

Gilles schien sich über das Lob zu freuen. Er hatte es Chevalier anfangs nicht leicht gemacht. Anscheinend hatte sein Schwiegervater sich einen anderen Mann für seine Tochter gewünscht als einen Polizisten aus zerrütteten Verhältnissen mit einem Bruder, der im Gefängnis saß.

Seit ihrer Hochzeit und Manons Geburt und vor allem, seit sie nach La Rochelle gezogen waren, hatte sich das Verhältnis deutlich verbessert. Chevalier hatte Gilles immer gemocht, alleine schon, weil er seine Tochter über alles liebte und auf Händen trug. Als sein Schwiegervater gehört hatte, dass sie herziehen wollten, war er sofort losgezogen, um ihnen das passende

Haus zu besorgen. Ohne sein Zutun hätten sie nie den Zuschlag bekommen.

Gilles faltete die Zeitung zusammen und legte sie auf den Tisch. »Was hat man dir denn erzählt?«

»Moyon war ein Sonderling, der es durch stoisches Beharren auf seinem Willen seiner Umwelt schwer gemacht hat. Wie er Bürgermeister und dann Mitglied im Conseil Général geworden ist, bleibt mir dabei unverständlich.«

Gilles verstand und nickte. »Die Leute blicken immer nur auf die Seite, die sie sehen wollen. Luc hatte wie jedermann gute und schlechte Eigenschaften. Ich gebe zu, lag man mit ihm in Konflikt, konnte er unerträglich werden. Das ist die Seite, die man dir bisher gezeigt hat. Auf der anderen Seite war er ein Macher, der sich nicht beirren ließ. Er gab erst auf, wenn nichts mehr ging. Deswegen haben die Leute ihn wohl auch gewählt. Sie haben gesehen, dass da einer mit Ideen kommt, die alle belächeln, sich später aber lohnen. Die Leute haben ihm zugetraut, Dinge durchzusetzen, die gut für die Insel waren.«

»Zum Beispiel?«

»Das Fahrradwegenetz und die Erweiterung des Naturschutzgebietes mit der Option, dass die Touristen an manchen Stellen die Tiere beobachten können. Nun kommen die Besucher vermehrt im Frühjahr und Herbst und bringen Geld.«

»Nachhaltige Projekte standen bei Moyon in der politischen Arbeit im Vordergrund?«

»Das war seine Passion, die er auch in seinem Weingut lebte. Hier kam er manchmal an seine Grenzen, da zum Beispiel seine Idee, ein Windrad zu installieren, gnadenlos gescheitert ist.«

Schade, dachte Chevalier. Ein bisschen vom Atomstrom wegzukommen, könnte Frankreich nicht schaden.

»Welche Erfahrungen hast du mit ihm gemacht?«

»Persönlich?«

Chevalier nickte.

»Ich bin beiden Seiten seines Wesens begegnet. Er hat uns Austernzüchter kritisiert. Wir würden mit der Pazifischen Auster heimische Muschelarten verdrängen, solches Geschwätz.« Gilles winkte ab, und Chevalier musste grinsen. Er konnte sich vorstellen, wie sein Schwiegervater dagegengehalten hatte.

»Hatte er denn recht?«

Gilles hob die Hände und verzog unschlüssig das Gesicht. »Die Pazifische Auster breitet sich schnell aus, das stimmt. Andererseits können die Fischer sie sammeln und auf dem Markt einen zusätzlichen Euro verdienen.«

Es schien Gilles nicht wohl bei der Antwort zu sein, immerhin war es sein Vater gewesen, der die Zucht der Pazifischen Austern Ende der Sechzigerjahre auf die Insel gebracht hatte.

»Selbst als er aus der Politik ausgeschieden war und wir als Erste einen Austernautomaten auf der Insel aufgestellt haben, ging ein Protestschreiben von Luc Moyon beim Bürgermeister ein. Unethisches Verhalten gegenüber Tieren war sein Hauptargument, um uns den Automaten zu verbieten.«

Chevalier sah überrascht von dem Notizblock auf. »Der Bürgermeister damals warst doch du, oder?«

»Zu der Zeit nicht mehr. Arthur Pozzera hat das schnell geklärt.«

»Dein Nachfolger im Bürgermeisteramt?«

»Genau.« Gilles konnte sich ein Grinsen nicht verkneifen. Ihre Blicke kreuzten sich kurz, dann schüttelte Chevalier lächelnd den Kopf.

»Gut, wenn man weiß, wen man anrufen muss.«

Elise kam wie erwartet mit Kaffee und einem Teller, auf dem Galettes Charentaises lagen. Sie schenkte ein und setzte sich zu ihnen.

»Was waren seine guten Seiten?« Chevalier nahm dankend eine Tasse Kaffee entgegen.

»Er war bedingungslos korrekt.«

Elise schaltete sich ein. »Seine Frau trinkt. Wir waren auf einem Geburtstag, da ist sie übel aufgefallen. Für ihn war das ein Grauen.«

Chevalier nickte bedauernd. »Er hat sich danach zurückgezogen.«

Gilles nahm eine Galette. »Angeblich war das nicht der Grund.«

»Sondern?«

»Arthur hat einmal eine Bemerkung gemacht, dass eine Sache nicht sauber gelaufen ist.«

Chevalier horchte auf. Es war wie so oft. Nichts war am Ende so, wie es am Anfang schien. »Das ist ja interessant. Worum ging es?«

»Das hat er nicht weiter ausgeführt. Er meinte, dass Luc Moyon und Jules Leglise ein Problem gehabt hätten.«

Nun konnte Chevalier nicht mehr folgen. »Wieso denn jetzt Leglise?«

Gilles hob die Schultern. »Das musst du selbst herausfinden.«

»Ich fand Moyon immer unangenehm.« Elise tätschelte Gilles den Oberarm. »Und Leglise kam arrogant und herrisch daher. Ein richtiger Pinsel. Ich bin froh, dass du dich nicht mehr mit solchen Leuten abgeben musst.«

Chevalier lächelte. Der Kommentar hätte von Sandrine stammen können. »Zuletzt war Luc Moyon krank und verängstigt. Man hat ihn bedroht.«

»Bedroht?« Gilles hob die Augenbrauen. »Wieso das?«

»Wir wissen es nicht. Dieser Arthur Pozzera kannst du ihn anrufen und herausfinden, worauf er sich bezogen hat, als er die Unregelmäßigkeiten im Zusammenhang mit Moyon ansprach?«

Sein Schwiegervater nickte. »Nur, egal, was es ist: Ich kann mir nicht vorstellen, dass Luc Moyon deswegen getötet wurde. Möchtest du ein paar Austern mitnehmen?«

Kurz darauf parkte Chevalier an der Plage de la Conche des Baleines, dem Bassin der Wale, und lief über die Düne zum Strand. Er hatte eigentlich keine Zeit und war im Dienst, doch er vermochte es nicht, hier vorbeizufahren, ohne anzuhalten.

Es herrschte Ebbe. Das Meer hatte sich zurückgezogen und gab einen breiten Streifen nassen Sandes frei, auf dem Menschen in der Sonne spazierten und Kinder Sandburgen bauten. Andere sonnten sich auf dem trockenen Teil des Strandes oder ließen Drachen steigen. Das Meer glitzerte silbern im Licht.

Chevalier seufzte. Er vermisste Sandrine und Manon und hätte zu gern mit den beiden den Rest des Tages hier verbracht.

Kurz entschlossen zog er die Schuhe aus und krempelte die Hosenbeine hoch. Er lachte auf. Dieses Mal bestand nicht das Risiko, sich einen Kommentar einzufangen.

Dann lief er durch den heißen Sand, der ihm die Fußsohlen zu verbrennen schien, in den kühlen feuchten Bereich, den das Meer freigegeben hatte. Er ging vor zu der für ihn faszinierenden Stelle, wo sich Wasser und Land trafen. Die Wellen liefen bis zu einem Punkt auf und zogen sich wieder zurück, während Einsiedlerkrebse ihre schützende Muschelschale durch die Gischt schleppten.

Ein paar Männer waren mit den Rechen im Sand und gruben Muscheln aus, die sie am Abend kochen würden. Seine Schwiegermutter pflegte sie in einem Sud aus Wein, Kräutern, Knoblauch und Crème fraîche zuzubereiten. Dazu reichte sie Baguette und ein Glas Sancerre. Wundervoll.

Eine Möwe beäugte ihn mit zur Seite gelegtem Kopf und schien abzuschätzen, ob er ihr etwas zu fressen geben würde. Als sich ihre Hoffnung nicht erfüllte, spazierte sie davon.

Chevalier schloss die Augen und atmete tief die salzige Luft ein, während die Wellen kühl um seine Füße spülten und die Sonne ihn wärmte. Es würde ihn Kraft kosten, sich nicht einfach in den Sand fallen zu lassen und sitzen zu bleiben, sondern ins Kommissariat zu fahren. Er genoss seinen Mikro-Urlaub, bis sein Handy klingelte.

»Chef?« Es war Sirac. »Wo sind Sie?«

»Hatte gerade ein Gespräch und mache mich auf den Rückweg.« Chevalier schirmte das Telefon so ab, dass das Brausen der Brandung möglichst nicht bis zu dem Mikrofon vordrang. Es gelang ihm wohl nicht, denn der Kollege schwieg irritiert. »Was ist los?« Chevalier schaltete die Unterdrückung der Umgebungsgeräusche ein.

»Wir haben Alexandre Moyon auf den Kameras der Mautstelle entdeckt. Er fährt vor der vermutlichen Tatzeit am Sonntag um 18.37 Uhr auf die Insel und verlässt diese um 21.47 Uhr, nachdem Moyon nach vorläufiger Schätzung der Gerichtsmedizin bereits tot ist.«

Chevaliers Puls beschleunigte sich. »Welches Fahrzeug?«

»Peugeot 3006. Baujahr 2015. Adrien hatte den Wagen auf der Liste.«

»Sehr gut. Ich habe Alexandre Moyon bei seiner Mutter angetroffen. Seine Wohnung in Niort muss durchsucht werden. Heute noch. Kümmern Sie sich sofort um einen Durchsuchungsbeschluss. Die Kollegen sollen vor allem alle Sneakers einsammeln und ins Labor schicken. Wenn der Abdruck passt und sie Luc Moyons Blut daran finden, haben wir sehr wahrscheinlich unseren Täter. Fahren Sie mit nach Niort. Was ist mit Lenka Duchamps?«

»Sie haben sie in Deutschland aus dem Bus geholt. Sie wird am Abend wieder hier sein.«

»Sie darf nicht zurück aufs Gut. Haltet sie bis morgen fest. Ich will sie sprechen, bevor wir uns Alexandre schnappen.«

Sie legten auf, und Chevalier sprang vor einer hohen Welle davon, die wie aus dem Nichts aufzutauchen schien und auf den Strand brauste.

Er kehrte um und hatte es jetzt eilig. Es ging voran, und es wäre zu schön, wenn es gelänge, den Fall derart zügig abzuschließen. Ein Einstand nach Maß.

Wieder läutete sein Telefon. Es war Commandant Sébastien Simon. »Der Präfekt will uns sehen. Jules Leglise hat sich bei unserem Oberboss beschwert.«

»Jetzt erst?« Chevalier grinste, als er Simon lachen hörte. Er sah zurück auf die Brandung, die tagein, tagaus stoisch auf den Strand lief, ohne je eine wirkliche Pause zu machen.

Simons Lachen erstarb. »Er wollte Ihnen sicherlich die Chance geben, es sich noch einmal zu überlegen.«

»Da kann er lange warten. Ich bin auf der Île de Ré. In etwa einer Stunde kann ich an der Präfektur sein.«

»*D'accord*. Wir treffen uns dort. Wie sieht es aus?«

»Vieles deutet auf ein innerfamiliäres Geschehen hin. Noch heute durchsuchen wir die Wohnung eines der Söhne. Wenn wir dort Indizien finden, gibt es morgen eine erste Verhaftung.«

»Das wird den Präfekten freuen.«

Sie legten auf.

Chevalier ging zum Auto, doch auf dem Gipfel der Düne blieb er einen Augenblick stehen und drehte sich um. Die Weite des Atlantiks dehnte sich blau in der Sonne vor ihm aus, und er staunte einmal mehr über den Kontrast zwischen der Schönheit dieser Region und der hässlichen Fratze des Verbrechens, das sich hier ereignet hatte.

Präfekt Didier de Daillon verkörperte für Chevalier die Arroganz in Person. In einer maßgeschneiderten Uniform thronte er wie ein Abkömmling des Sonnenkönigs hinter einem wuchtigen Schreibtisch, der zum antiken Interieur des riesigen Büros passte. Chevalier konnte den Mann auf Anhieb nicht leiden. Gib ihm eine Chance, ermahnte er sich selbst.

Sie setzten sich auf die Besucherstühle und warteten, bis der Präfekt einen Brief gelesen und unterzeichnet hatte, wobei er sich immer wieder über den gepflegten silbergrauen Schnauzer strich. Dann erhob sich de Daillon und begrüßte Chevalier in seiner Behörde mit ein paar Sätzen, deren Freundlichkeit so echt war wie die Ansage in einer Warteschleife.

Der Präfekt kam sofort zum Thema. »Mein Freund Jules Leglise hat mich kontaktiert, da er aus Reihen meiner Beamten keinerlei Informationen zum Stand der Ermittlungen erhält.«

Simon blieb völlig gelassen. »Wir dürfen aus rein rechtlichen Gründen keine Informationen weitergeben, und ich erwarte, dass sich die Kollegen der Kommandantur daran halten.«

De Daillon wiegte den Kopf und strich sich dabei durch das volle Haar. »Leglise ist nicht irgendwer.«

»Aus meiner Perspektive ist er ein Bürger wie jeder andere. Da gibt es keine Ausnahmen.«

Chevalier war überrascht, wie deutlich Simon dem Präfekten konterte, der das Thema dann auch fallen ließ.

»Nun gut, lassen wir das. Wie ist der Stand der Dinge, die Pressemeute hat Lunte gerochen. Es sind bereits mehrere Anfragen eingegangen. Die *Sud Ouest* bringt morgen einen Beitrag zum Mord.«

Chevalier fasste die aktuelle Lage zusammen, nicht ohne auf die Ungereimtheiten zwischen den Drohbriefen und einer Verwicklung von Alexandre Moyon hinzuweisen. »Es fällt mir schwer zu glauben, dass ein Sohn seinem Vater solche Briefe schickt, um ihn dann derart grausam zu ermorden.«

De Daillon hob die Schultern. Ein Rubin in seiner Krawattennadel fing das schräg einfallende Sonnenlicht ein und blitzte rot. »Sie sagen selbst, er sei verwirrt. Da ist alles möglich.«

Chevalier wollte dagegen argumentieren, doch Sébastien Simon stieß ihn unter dem Tisch an.

Wenig später waren sie zurück auf der Straße und gingen zu den Autos, die auf dem Place du Maréchal Foch gleich gegenüber parkten.

»De Daillon ist wie alle Politiker. Er will Ergebnisse, die in sein politisches Kalkül passen, und sieht in Alexandre Moyon den geeigneten Täter, um die Sache schnell zu beenden. Alles, was dagegenspricht, hat er vom Tisch gewischt.«

Chevalier nickte. De Daillon war nicht der erste politische Beamte, der ihm begegnete. Er hatte bisher keinen der durchweg arroganten und herrischen Männer gemocht. Wenn es ihnen zupasskam, ließen sie einen fallen wie eine heiße Kartoffel.

Simon dozierte weiter und führte aus, was Chevalier schon lange wusste. »In solchen Momenten zu diskutieren ist sinnlos und bringt ihn gegen Sie auf. Wenn die Ermittlungen das Gegenteil beweisen, können wir sagen, wir haben auf Basis der damaligen Fakten argumentiert und unsere Zweifel deutlich gemacht.«

»Sie haben ihm Kontra gegeben.«

Simon schloss seinen Wagen auf und sah Chevalier über das Autodach hinweg an. »Ich kann es nicht leiden, wenn jemand nur seiner Position wegen in Schutz genommen wird.«

»Da haben wir etwas gemeinsam.«

Sie trennten sich. Kurz darauf zeigte Chevaliers Smartphone den Eingang einer neuen Nachricht an.

Komme dann mal nach La Rochelle. A.

Chevalier verdrehte die Augen und schrieb:

Bleib, wo du bist, Alphonse. Ich will dich nicht sehen.

Sandrine brachte routiniert das schlanke Austernmesser zwischen die Schalen der Muschel, zog es ein wenig weiter und durchtrennte den Schließmuskel. Sie drehte sanft die Klinge und hob die flache Seite ab. Den gewölbten Teil mit dem Muschelfleisch drückte sie auf einem Tablett ins Eis, das Chevalier dort verteilt hatte.

»Fertig.«

Sie nahmen das Tablett und gingen hinaus auf die Terrasse, wo sie die Austern zu Baguette und einem Sauvignon Blanc von der Île de Ré stellten.

Chevalier entspannte sich ein wenig, war in Gedanken aber weiterhin bei seinem Fall und der Nachricht seines Bruders. Als er ins Büro gekommen war, hatte er die Räume verlassen vorgefunden. Sirac war unterwegs in Richtung Niort, die beiden anderen Kollegen schon nach Hause gegangen. Auf dem Schreibtisch fand er die verlangten Unterlagen.

Moreau hatte gute Arbeit geleistet und die Daten der Familienmitglieder wie gefordert zusammengestellt.

In der Mappe lagen eine Kopie von Alexandres Fahrzeugzulassung und die Fotos der Überwachungskamera. Sie waren gestochen scharf und zeigten Nummernschild und Fahrer in dem Moment, als der Wagen auf die Insel fuhr und diese wieder verließ.

Alexandre Moyon war ohne Zweifel zur Zeit des Mordes auf der Île de Ré gewesen.

»Zum Wohl, Clément!« Sandrine hatte Wein eingegossen. Für sich lediglich einen Schluck, da sie stillte. »*Hello, McFly, somebody at home?*«

Er grinste über das uralte Zitat aus dem Film *Zurück in die Zukunft*. »Fehlt nur noch, dass du mir Kopfnüsse gibst.« Er trank. »Wir stehen kurz vor einer möglichen Aufklärung.«

»Wer?«

»Alexandre.«

Sie stellte das Glas ab. »Das glaube ich nicht.«

»Die Beweise sagen etwas anderes.«

Sandrine nahm eine der Austern und tröpfelte Zitronensaft hinein, dann löste sie mit einer winzigen Gabel das Muschelfleisch. »Das passt nicht zu dem Alexandre, den ich kenne. Er war so sanft.«

»Früher vielleicht. Du hättest ihn erleben sollen. Er ist wirklich durchgeknallt.« Er sah zu, wie sie die Auster schlürfte, und griff ebenfalls zu.

»Aber?« Sandrine kannte ihn so gut, dass sie den geringsten Zweifel spürte, der in ihm saß.

»Die Drohbriefe passen meiner Meinung nach nicht ins Bild. Auch dass Moyon längere Zeit gequält wurde, wirkt falsch. Eine Affekttat traue ich Alexandre zu, einen geplanten Mord mit vorhergehender Folter nicht. Sirac ist nach Niort. Wenn wir Blutspuren an Alexandres Schuhen finden, ist er allerdings geliefert. Ich warte auf einen Anruf.«

Chevalier mochte die Auster ohne Zitronensaft und löste sofort ihr Fleisch. Er aß. Gilles' Austern – oder waren es nun die seines Schwagers Bertrand? – schmeckten wahrscheinlich nicht besser oder schlechter als die der anderen Züchter der Insel, doch wie dem auch sei, diese Austern hatten einen besonders intensiven Geschmack. Für ihn verkörperten sie wie keine andere Meeresfrucht die Gesichter der See. Eine Schale hart und fest wie ein Stein und dann ein perlmuttfarbenes, sanft schimmerndes Inneres, worin die weiche Muschel geschützt lag. Die etwas salzige Note des Muschelfleischs komplettierte seine Wahrnehmung.

Chevalier räumte die Teller beiseite und erwärmte die Lauchcremesuppe, die ihm seine Schwiegermutter zu den Austern in den Korb gestellt hatte.

Kurz darauf, sie saßen beim abschließenden Käse, knarzte das Babyfon, und Manons Weinen war zu hören.

»Ich gehe.« Er stopfte sich das letzte Stück Baguette mit Cœur Poitevin, einem Blauschimmelkäse aus Ziegenmilch, in den Mund und lief kauend nach oben. Dort nahm er seine weinende Tochter auf den Arm, nicht ohne sie mehrfach zu küssen, und trug sie nach unten, wo Sandrine ihr die Brust gab.

Chevalier lehnte sich zurück und nahm einen Schluck Wein. Der Abend war angenehm warm, und Chevalier erinnerte sich an seinen Abstecher zum Strand. »Ich war nach dem Besuch bei deinen Eltern an der Plage de la Conche des Baleines.«

Sandrine grinste. »Das gibt sich.«

»Hoffentlich nicht, dafür ist es zu schön, dort zu sein.« Er deutete auf den Hinterbau. »Was hast du im Atelier vor?«

Ihre Augen begannen zu leuchten. »Zuerst müssen wir das Dach kontrollieren und sehen, wie sich das Atelier heizen lässt. Ich werde alles weiß streichen. In die hintere Ecke kommt ein Schrank mit den Materialien. Lagern will ich die Bilder auf dem Speicher, damit sie nicht feucht werden. Da ich den Flaschenzug habe, kann ich die Bronzeplastiken fertig machen. Ich habe heute Mittag neue Skizzen angefertigt. Hoffentlich liefert die Spedition bald meine Tonfiguren, dann kann ich endlich weiterarbeiten.«

Sie sprach weiter über ihre Vorstellungen. Chevalier bewunderte seine Frau für ihre Begeisterungsfähigkeit. Ihre Augen strahlten, und sie war kaum mehr in der Lage, still zu sitzen, so sehr wollte ihre Energie sich entladen. Er liebte es, wenn sie so war.

Manon war satt und machte in die Windel.

Chevalier erhob sich. »Mein Job.« Er trug das Baby nach oben und war eben fertig mit dem Wickeln, als er im Garten sein Handy läuten hörte. Behutsam knöpfte er den Strampler zu.

Manon schlief schon wieder ein, und so legte er sie vorsichtig in die Wiege, strich ihr über den Kopf und ging nach unten.

Sandrine sprach mit dem Anrufer über ihren Beginn in La Rochelle, dann gab sie den Hörer an Chevalier weiter.

»Sirac?«

Sie nickte.

»Wir haben ihn, Chef! Douanier hat an den Schuhen, die das gleiche Profil haben wie der gesicherte Abdruck, Blut gefunden, das der Blutgruppe nach zu Luc Moyon passt. Bis morgen um acht Uhr haben wir das abschließende Ergebnis. Ich habe eine Streife zur Begleitung geordert.«

»Sehr gute Arbeit, Sirac. Sie können morgen später kommen.«

»Nein, da will ich dabei sein.«

»Verstehe. Sie, Moreau und ich fahren zum Château Roux. Abfahrt acht Uhr fünfzehn. Vorher befragen wir Lenka Duchamps.«

Sie legten auf, und er sah in Sandrines fragendes Gesicht. »Alexandre?«

Chevalier nickte.

MITTWOCH, 16. JUNI

Es war erst halb acht am Morgen, als Chevalier sein Rad an einem der Fahrradständer anschloss, die vor dem Kommissariat standen. Er liebte es, die kurze Strecke durch den Parc Alcide d'Orbigny und den Parc Charruyer zu fahren, die man anstelle der alten Befestigungsanlagen der Stadt angelegt hatte. Für ihn, den Großstädter, war es schön, ohne Auto oder U-Bahn zur Arbeit gelangen zu können, was ihm weder in Paris noch in Lyon vergönnt gewesen war. Selbst der Gedanke an seinen Bruder trat momentan in den Hintergrund, denn Alphonse hatte sich nicht mehr gemeldet.

Sirac erwartete ihn bereits. »Lenka Duchamps sitzt im Vernehmungsraum.« Er war perfekt rasiert, und jedes Haar lag an seinem Platz.

»Wo hat sie die Nacht verbracht?«

Sirac grinste. »Unten in einer der Zellen, die normalerweise für die Säufer und Randalierer vorbehalten sind.«

Lenka Duchamps sah verstört auf, als Chevalier gemeinsam mit Moreau den Befragungsraum betrat und ihr gegenüber Platz nahm. Auch hier war alles neuwertig. Indirekte Beleuchtung und eine technische Vollausstattung mit Kameras, der Möglichkeit, Beweise zu zeigen und sogar Filme vorzuführen, sowie einer Aufnahmevorrichtung zum Mitschneiden der Befragungen.

Während Moreau die Daten aufnahm und, leise über die Technik maulend, das Band in Gang setzte, musterte Chevalier die Polin. Sie trug wieder Jeans und ein einfaches Sweatshirt und sah müde aus. Die Falten um ihre Augen traten deutlich hervor, und ihre blonden Haare wirkten platt gedrückt. Die Nacht im Gefängnis hatte Spuren hinterlassen.

Lenka Duchamps malte nervös mit den Händen Kreise auf das glatte Holz des Tischs.

Chevalier bemerkte, dass der tiefrote Nagellack abgesplittert war. Die Frau tat ihm leid. Sie war mehr oder weniger gezwungen, für die Moyons zu arbeiten, und musste Streit, Alkoholsucht und nun auch noch Mord erleben.

Er begann das Gespräch in ruhigem Ton. »Warum sind Sie weggefahren, ohne uns oder Ihren Arbeitgebern Bescheid zu geben?«

Ihr Akzent war stark, als sie den Kopf hob und antwortete: »Ich musste nach Hause.«

»Sie waren von mir vorgeladen.«

»Es war wichtig.« Lenka Duchamps sah wieder auf den Tisch.

»Ohne mich oder Madame Moyon zu informieren?«

Sie erhob die Stimme. »Das ist meine Sache. Oder?«

Chevalier blieb ruhig. »Eigentlich schon, aber nicht, wenn man die Tatsache bedenkt, dass Sie Zoé Fabre bereits in der Nacht auf Montag anriefen und ihr vom Tod Luc Moyons berichteten.«

Der angriffslustige Ausdruck auf Lenka Duchamps Gesicht zerfiel, doch sie schwieg.

Adrien Moreau räusperte sich, und Chevalier nahm den Geruch von Alkohol wahr. »Waren Sie an der Ermordung von Luc Moyon beteiligt?«

Sie lachte schallend. »Das ist *niedorzeczność* … Wie sagt man? Unsinn. Ich will nach Hause, weil meine Mutter im Sterben liegt.« Tränen traten ihr in die Augen. »Madame habe ich nichts gesagt. Sie war ohnehin so betrunken, dass sie ins Bett gepinkelt hat. Wem hätte ich etwas erzählen sollen? Ihr? Jean?

Lassen Sie mich fahren. Bitte. Ich muss bei ihr sein, wenn es zu Ende geht.«

Chevalier ignorierte ihren flehenden Blick. »Wieso sollte die Frage des Kollegen unsinnig sein? Wie sollten Sie ansonsten vom Tod Luc Moyons erfahren haben, es sei denn, Sie waren beteiligt? Die Saline liegt ein ganzes Stück vom Weingut entfernt.«

»Ich habe nichts damit zu tun, hören Sie doch.«

»Von wem haben Sie die Information bekommen? Decken Sie jemanden?«

»Ich sage nichts mehr.« Lenka Duchamps verschränkte die Arme vor der Brust.

»Dann muss ich Sie in Gewahrsam nehmen, so leid es mir auch tut. Eine Fahrt nach Polen kommt in diesem Fall nicht infrage.«

Sie brauste plötzlich auf. »Wieso geht jeder mit mir um, wie es ihm passt? Bin ich nur die polnische Bedienstete, die den Mund zu halten hat und gefälligst ihre Arbeit machen soll? Kann man mir drohen, wie immer es einem gefällt?«

»Das …«

Lenka Duchamps ließ Chevalier nicht zu Wort kommen. »Luc Moyon hat mich in die Ehe mit Philippe gedrängt und praktisch gezwungen, hierzubleiben. War ich seine Sklavin?«

»Wieso das? Sie sind eine freie Bürgerin.«

Sie senkte den Blick. »Sie haben mich ertappt, als ich Geld gestohlen habe.« Ihr Kopf ruckte nach oben. »Na und? Es war nicht für mich, sondern für meine Mutter, denn sie war damals schon krank und konnte die Arztrechnungen nicht bezahlen.«

Tränen liefen ihr über das Gesicht und tropften lautlos auf den Tisch. »Er würde mich anzeigen, ich würde ins Gefängnis kommen, meinte er, und nie wieder in Frankreich arbeiten dürfen. Ich brauche das Geld. Also habe ich eingewilligt. Philippe geheiratet und fortan die Säuferin versorgt.«

»Warum war es Monsieur Moyon so wichtig, dass Sie bleiben?«

»Mich hatte er in der Hand. Also würde ich kaum herumlaufen und erzählen, was für ein stinkender Verein diese Familie ist.«

»Sie haben Luc Moyon demnach gehasst.«

Ihr Blick wanderte zu Moreau. »Ja, und es tut mir nicht leid um ihn. Ich habe auch kein Mitleid mit diesem Weibsbild aus Les Portes-en-Ré. Sie alle leben ihre Tage, wie sie möchten. Ich bin hier wie gefangen.«

»Und Madame Moyon?«

»Wenn sie nicht trinkt, ist sie gut zu mir. Sie ist auch ein Opfer.«

»Ein Opfer von Luc Moyon?« Sie gab keine Antwort. »Noch einmal: Woher wussten Sie von Moyons Tod?«

Lenka Duchamps weinte stumm vor sich hin, als Adrien Moreau die Hand auf den Tisch krachen ließ. »Woher?!«

Sie fuhr zusammen, und ihr Blick flog zu Chevalier, der tief einatmete, aber schwieg. Er mochte solche Vernehmungsmethoden gegenüber jemandem wie Lenka Duchamps nicht, doch sie mussten weiterkommen.

»Eine Antwort oder wir nehmen Sie in Untersuchungshaft.«

Sie registrierte wohl Chevaliers Bedauern und nickte. »Er war es nicht. Nur er war nett zu mir. Der andere hat mich immer angeschrien.«

»Wen meinen Sie?«

»Den Sohn.«

»Alexandre?«

Sie sah Chevalier überrascht an. »Ich weiß nicht …«

»Erzählen Sie? Letzte Chance.« Nun war auch er mit seiner Geduld am Ende.

Lenka Duchamps weinte wieder. »Ich hörte ein Auto auf den Hof fahren. Philippe hatte Besuch von der aus dem Laden. Es war nicht zu überhören. Also bin ich ans Fenster und habe Alexandre gesehen, der aus dem Wagen getaumelt ist und zum Wasserhahn lief, der gleich unter meinem Fenster ist.« Sie zögerte. »Auf seinem Hemd waren Flecken, die Blut gewesen sein könnten – das konnte ich im Licht der Hoflampen sehen –, und er weinte und redete vor sich hin.«

»Was hat er am Wasserhahn gemacht?«

»Sich gewaschen und das Hemd ausgezogen. Er ist dann im Unterhemd weggefahren.«

»Was hat er vor sich hingeredet?«

»Ich konnte … ihn nicht verstehen.« Sie blickte die Polizisten flehentlich an.

»Und dann rufen Sie in Les Portes-en-Ré an, um zu erzählen, Luc Moyon sei tot?«

Sie flüsterte die Worte: »›Vater ist tot, wie konnte das nur passieren?‹, sagte er.«

Chevalier hatte genug gehört. Er stand auf. »Wir werden Sie wegen der Falschaussage bezüglich des Alibis belangen. Inwiefern Sie nach Polen dürfen, wird die Staatsanwältin entscheiden. So lange bleiben Sie hier.«

Im Hinausgehen sah er auf die niedergeschlagen dreinschauende Frau. Sie tat ihm in der Seele leid.

Es dauerte, bis sie den Haftbefehl von der Staatsanwaltschaft erhielten, und so wartete Chevalier in seinem Büro und las die Berichte der Kollegen, die er an wenigen Stellen korrigierte.

Draußen startete das Leben in einen sonnigen Tag. Die Ersten führten ihre Hunde aus und sahen zu, wie diese sich in den Grünstreifen erleichterten. Andere kamen von der Bäckerei. Baguettes ragten aus Einkaufstaschen. Ein Verkaufswagen mit der Aufschrift *Fromagerie Leclerque* rollte gemächlich über den Boulevard de Cognehors. Der Fahrer hatte das Fenster geöffnet und blies den Qualm seiner Zigarette in die Luft. Ein Morgen wie jeder andere.

Sophie Lambert klopfte an die Tür. »Ich habe die Unterlagen aus dem Büro Moyons durchgesehen. Außer den Drohbriefen war nichts dabei, was auffallen würde. Die Zahlen des Weinguts sehen gut aus, soweit ich das beurteilen kann. Ich würde gerne die Kollegen des Dezernats für Wirtschaft drüberschauen lassen.«

Chevalier nickte. »Gute Idee, auch wenn wir den Fall wahrscheinlich heute abschließen.«

Sie nickte. »Luc Moyon unterhielt ein Schließfach beim Crédit Agricole in Saint-Martin-de-Ré.«

Chevalier merkte auf. »Das müssen wir uns in jedem Fall ansehen. Besorgen Sie bitte eine Verfügung.«

Als Chevalier auf den Parkplatz kam, warteten Sirac und Moreau vor dem Renault. Sirac unterhielt sich angeregt mit einer uniformierten Polizistin, die entspannt an einem der Streifenwagen lehnte.

Wenig später fuhren sie auf der N 237 vorbei am Supermarkt der Kette *E.Leclerc* in Richtung der Insel. Sirac steuerte den Talisman und achtete darauf, den Streifenwagen, der ihnen folgte, nicht zu verlieren.

»Sie kennen die Gardienne de la Paix?«

»Aurélie Guerlin war vor ein paar Wochen mit mir auf einer Fortbildung.« Die Frage war dem Kollegen sichtlich unangenehm.

Chevalier grinste in sich hinein. »Hübsch«, merkte er an.

Ein Lächeln huschte über Siracs Gesicht. »Wir gehen vielleicht einmal zusammen aus.«

Sie erreichten das Château Roux gegen neun Uhr und fuhren an dem geöffneten Tor vorbei direkt zu dem danebenliegenden Haus der Moyons. Alexandres Peugeot stand in der Einfahrt.

Chevalier deutete auf das Fahrzeug. »Er ist anscheinend da.«

Sirac nickte. Er war angespannt und stellte den Renault gleich daneben. Aurélie Guerlin und ihr Kollege, ein hünenhafter Mann im Rang eines Brigadiers de Police namens Perez, parkten ein Stück weiter am Straßenrand.

Sie hatten abgesprochen, dass die beiden den Eingang im Auge behalten sollten, während Chevalier mit Sirac und Moreau die Verhaftung vornehmen würden. Alle trugen auf Chevaliers Geheiß Sicherheitswesten.

Sie gingen zur Tür. »Die Waffen lassen wir stecken.«

In der Küche brannte Licht, doch niemand war zu sehen. Sirac drückte auf den Klingelknopf.

Das Schrillen verhallte im Haus, ohne dass sich etwas rührte.

Sie sahen einander fragend an, dann klingelte Sirac ein weiteres Mal.

Irgendwann erschien eine schemenhafte Gestalt hinter der geriffelten Scheibe der Haustür und zog diese zögerlich auf.

Magali Moyons Augen waren rot geädert, doch sie schaute den Polizisten wach und klar entgegen.

»Ist Ihr Sohn Alexandre zu Hause? Sein Wagen steht in der Einfahrt.«

Trotz der beginnenden Hitze des Tages trug sie über einem ungebügelten T-Shirt eine verfilzte Wollweste, die sie nun enger um den dürren Körper schlang. »Was wollen Sie von ihm?« Ihre Stimme war brüchig wie morsches Holz.

»Das sagen wir ihm persönlich.«

Ihre Augen flackerten kurz, und Chevalier wusste, dass sie verstanden hatte und nun versuchen würde, ihren Sohn zu schützen. »Ich weiß nicht …«

Alexandres Stimme unterbrach den angefangenen Satz. »Ich bin hier in der Küche.«

Magali Moyon trat zögerlich beiseite und ließ die Beamten ein.

In der Küche stand Alexandre Moyon zwischen Tisch und Schrank an die Spüle gelehnt und schaute ihnen mit ausdruckslosem Gesicht entgegen. »Was wollen Sie von mir?« Moyon trug eine Sporthose, darüber ein Polohemd und wirkte in seiner lässigen Haltung entspannt.

Chevalier hielt den Haftbefehl in die Höhe, ließ dabei den Mann aber nicht aus den Augen. »Ich nehme Sie fest. Sie stehen unter Verdacht, Ihren Vater ermordet zu haben. Sie können einen Anwalt … «

»Sind Sie noch ganz bei Trost?« Moyon unterbrach ihn in ruhigem Ton und trank aus seiner Tasse. »Wer hat Sie denn auf diese Schnapsidee gebracht? Mein Bruder?« Er stellte die Kaffeetasse auf das Ablaufbrett, wobei Chevalier sah, dass seine Finger leicht zitterten. Der Mann schauspielerte, er stand unter höchstem Stress. »Lassen Sie mich das lesen.«

Vorsichtig reichte Chevalier den Haftbefehl weiter und wartete. Die Küche war unordentlich. In der Spüle türmte sich schmutziges Geschirr, auf dem Tisch lagen Krümel von Baguettes und Croissants zwischen den Seiten einer Zeitung.

Der Mord hatte es auf die erste Seite der *Sud Ouest* geschafft. Ein kleines schwarz-weißes Foto zeigte den jungen Luc Moyon. Ein Luftzug ließ auf dem staubigen Linoleum Wollmäuse wie Schiffchen übers Meer dahinsegeln. Lenka Duchamps fehlte ganz offensichtlich bereits nach zwei Tagen.

»Blödsinn, ich war in Niort.« Moyon ließ die Hand mit dem Haftbefehl sinken und strich sich mit der anderen unwillig die Haare aus der Stirn. Seine Züge verhärteten sich. »Ich habe den Alten nicht umgebracht. Das ist die Wahrheit, und jetzt verschwinden Sie.«

Chevalier blieb ruhig. »Sie müssen mitkommen. Sie sind gesehen worden, wie Sie zur Tatzeit auf den Hof fuhren und sich gereinigt haben. Vermutlich vom Blut Ihres Vaters. Außerdem: Die Kameras an der Gare de Péage haben aufgezeichnet, als Sie um die Tatzeit herum auf die Insel kamen und sie wieder verließen.« Moyon winkte ab, doch Chevalier fuhr fort: »Zudem haben wir an Ihren Schuhen Blutspuren gefunden.«

Alexandre Moyon war verblüfft. »Sie waren in meiner Wohnung?« Dann begriff er, dass er in der Falle saß. Keuchend stieß er hervor: »Er hat mir geschrieben, ich soll zur Saline kommen.«

Chevalier lachte humorlos auf. »Und nach dem Streit über Jahre und der Funkstille zwischen Ihnen fahren Sie sofort zu ihm, wenn er darum bittet? Nachdem Sie ihn bei seinem Besuch bei Ihnen in Niort so rüde haben abblitzen lassen?«

»Es war so! Die Nachricht hatte eine Dringlichkeit, der ich mich nicht entziehen konnte.«

»Dann würde ich sie gerne einmal lesen.« Chevalier streckte die Hand aus.

»Ich habe sie gelöscht, so wie er es verlangt hat.«

Chevalier schüttelte den Kopf. »Sie verstehen, dass ich das nicht glauben kann. Wir sollten fahren.«

Moyon warf den Haftbefehl achtlos auf den Boden. »Sie können mich mal.«

Chevalier ließ das Papier liegen und behielt Moyon im Auge, während Moreau sich reflexartig bückte und nach dem Blatt fasste.

Chevalier wurde laut. »Sie kommen jetzt mit, Monsieur Moyon, sonst verpassen wir Ihnen ein Paar Handschellen und führen Sie ab.«

Alexandre Moyon sprang unvermittelt vor und ließ Moreau die Faust mit aller Wucht auf den Rücken krachen. Der schrie überrascht auf und stolperte vorwärts gegen Chevalier, der gegen den Küchenschrank gepresst wurde.

Alle riefen durcheinander. Magali Moyon schlug entsetzt die Hände vor den Mund, als ein Schuss durch die Küche peitschte und knapp neben Chevaliers Gesicht ins Holz fuhr. Er drückte Moreau aus der Schussbahn, als Moyon zur Tür sprang.

Chevalier riss Sirac zur Seite. Keine Sekunde zu früh. Alexandre Moyon wandte sich im Türrahmen um und schoss wieder, wobei er wie von Sinnen brüllte: »Ich habe den Alten nicht umgebracht, auch wenn mich die polnische Schlampe gesehen hat! Als ich zur Saline kam, lag er tot im Schuppen.«

Er verschwand, und es herrschte jene dröhnende Stille, die auf den Knall einer Waffe folgt, die auf engstem Raum abgefeuert wurde.

Vor dem Haus wurde wieder geschossen.

»Alle in Ordnung?«, rief Chevalier.

Sirac nickte. Sein Gesicht zeigte den Anflug eines Schocks.

Moreau rührte sich nicht, nickte nur und sah auf das leere Waffenholster an seiner Seite. »Er hat mir die Pistole abgenommen.«

Niemand hörte ihm zu, denn draußen gellten plötzlich Schmerzensschreie.

Sirac erreichte als Erster die Tür und stürmte hinaus. Chevalier gleich dahinter, das Telefon schon am Ohr.

Auf der Schwelle der Haustür angekommen, erkannte er, dass es die Schreie einer Frau waren. Aurélie Guerlin lag auf dem Boden und krümmte sich, während sie die Hand auf die linke Seite drückte, knapp unterhalb der Schutzweste. Ein dunkler Fleck verfärbte ihr hellblaues Uniformhemd. Sie schien in Richtung des Hauses unterwegs gewesen zu sein, als Alexandre Moyon sie aus dem Dunkel des Hausgangs heraus angeschossen hatte. Der Pulverdampf hing noch blau stinkend in der Diele.

Der Peugeot schoss rückwärts aus der Einfahrt und raste davon. Kieselsteine und Dreck spritzten in die Luft. Weitere Schüsse hallten über den Hof. Sirac umklammerte mit beiden Händen die Dienstwaffe und feuerte dem davonrasenden Fahrzeug hinterher. Dann schrie er seinen Schock und seine Frustration laut hinaus.

Der Streifenwagen wurde angelassen. Perez wollte hinterherbrausen, als Chevalier ihn stoppte.

Bevor er auf den Beifahrersitz sprang, packte er Sirac an den

Schultern und sah ihm eindringlich in die Augen. »Ruf einen Helikopter und drücke Verbandszeug auf die Wunde. Aurélie muss sofort ins Krankenhaus. Wenn das erledigt ist, bring Moreau weg.«

»Aber …«

»Tu, was ich dir sage!«

Perez jagte mit Vollgas davon, noch ehe Chevalier die Tür schließen konnte, und stieß zwischen zusammengebissenen Zähnen hervor: »Er hat mich auch getroffen, aber nur die Weste erwischt. Tut höllisch weh. Das Schwein schnappe ich mir jetzt.«

»Bleiben Sie ruhig. Ein Unfall bringt uns nicht weiter. Wir kriegen ihn. Von der Insel kommt er nicht runter.«

Chevalier rief in der Leitstelle an und erfuhr, dass der Helikopter schon geordert war. Er veranlasste, dass die Brücke zum Festland gesperrt und die Polizeistationen auf der Insel in erhöhte Bereitschaft versetzt wurden.

Sie hatten Glück im Unglück. Ein Fahrradfahrer lag an der Einmündung zur D735 eingeklemmt unter seinem Rad auf dem Boden. Er verstand sofort, als er sie mit Blaulicht und Martinshorn heranbrausen sah, und wies in Richtung Saint-Martin-de-Ré.

Die Département-Straße verlief schnurgerade zwischen den Weinfeldern. Perez raste sie mit weit über einhundert Stundenkilometern entlang, bis sie kurz vor den ersten Häusern von Saint-Martin-de-Ré beobachteten, wie der Peugeot links in einen schmalen Weg zwischen den Reben abbog.

Als sie ihm folgten, bemerkte Alexandre Moyon die Verfolgung und erhöhte die Geschwindigkeit, doch dem gut motorisierten Streifenwagen hatte der Peugeot nichts entgegenzusetzen. Perez fuhr wenig später schon dicht hinter Moyon.

Chevalier griff nach dem Mikrofon und aktivierte den Außenlautsprecher. »Halten Sie sofort an, und verlassen Sie dann mit erhobenen Händen Ihr Auto.«

Plötzlich flammten die Bremslichter des Peugeot auf, und Moyon riss den Wagen nach links in einen ungeteerten Feldweg. Der Peugeot brach aus und pflügte einige Rebstöcke um, bevor er wieder stabilisiert wurde und weiterfuhr.

Perez war zu schnell und schoss an der Einmündung vorbei. Er bremste so heftig, dass die Gurte einrasteten, rammte den Rückwärtsgang rein, setzte mit durchdrehenden Reifen zurück und bog ebenfalls ab.

Moyons Vorsprung hatte sich vergrößert. Doch sie holten schnell auf. Chevalier klammerte sich an den Haltegriff. Der Streifenwagen flog und holperte in aberwitzigem Tempo über die Schlaglöcher, aber Perez hielt ihn in der Spur.

Gerade als sie, in eine Staubfahne gehüllt, wieder an Moyon dran waren, geriet der Peugeot vor ihnen auf den unbefestigten Seitenstreifen und kam ins Schlingern. Der Versuch gegenzulenken misslang. Die Hinterräder brachen aus, und das Heck schrammte in den gegenüberliegenden Graben. Der Wagen drehte sich in voller Fahrt um die eigene Achse und schoss ungebremst über eine sanfte Bodenwelle, wodurch die Räder den Kontakt zum Untergrund verloren. Der Motor jaulte laut auf. Schließlich neigte sich die Karosserie nach vorne, dann kam der Aufprall. Inmitten eines unbestellten Feldes bekam zuerst das linke Vorderrad Kontakt. Staub flog auf. Der Peugeot rotierte um seine Längsachse und schlug krachend erst mit der Seite und dann dem Dach auf den trockenen, betonharten Acker.

Teile flogen umher. Das Dach knickte ein, Splitter von Fenstern und Lampen segelten glitzernd durch das Sonnenlicht zu Boden. Der Wagen machte eine halbe Umdrehung und stand wieder auf den Rädern. Dann war alles still. Totenstill.

Perez hatte den Streifenwagen kaum angehalten, als Chevalier die Tür aufriss.

»Rettungshubschrauber und Feuerwehr!« Er sprang aus dem Wagen und sprintete die wenigen Meter über das Feld zur Unfallstelle, während Perez die Rettungskräfte alarmierte. Der Motor des Peugeot war erstorben, und nur das leise Geräusch des erhitzten Motorblocks tickerte in der Stille.

Die Heckklappe des zerbeulten Wagens war abgerissen worden. Eine Hintertür hing schief an einer Angel. Alle Scheiben waren durch den Druck des einknickenden Daches zerborsten. Der Airbag blähte sich im böigen Wind, wo zuvor die Frontscheibe gewesen war..

Chevalier beugte sich vor, um in den schmalen Spalt zu schauen, der von der Fensteröffnung übrig war. Moyons Körper war eingeklemmt. Er blutete stark aus einer Verletzung am Kopf. Ohne fremde Hilfe würde er den Mann niemals bergen können, das sah Chevalier sofort.

»Ich habe ihm nichts getan«, stammelte Alexandre Moyon und stöhnte laut auf. Er murmelte weiter Unverständliches vor sich hin. Dann verlor er das Bewusstsein. Wider besseres Wissen zerrte Chevalier am Stumpf des Türgriffs, doch die verklemmte Tür rührte sich nicht einen Millimeter.

»Die Feuerwehr soll Werkzeug mitbringen, um die Karosserie aufzuschneiden. Ich brauche Verbandszeug!«

Perez stürzte mit dem Verbandskasten heran, und sie stoppten die Blutungen, soweit ihnen die beengten Verhältnisse das erlaubten, dann standen sie stumm in der Sonne.

Chevalier vernahm das Kreischen der Möwen. Das Meer war nur wenige hundert Meter von ihrem Standort entfernt. Irgendwo tuckerte ein Traktor durch die Weinberge, hier aber war nur lautlose Leere.

Kurz darauf war die Feuerwehr vor Ort. Der Hubschrauber kam wenig später und flog genau in dem Moment heran, in dem es den Feuerwehrleuten gelang, den Peugeot so weit aufzuschneiden, dass man Moyon bergen konnte. Der Verletzte lag wie tot auf der Trage, und in Chevaliers Kopf hallten Moyons letzte Worte wider: »Ich habe ihm nichts getan.«

Der Helikopter hob ab. Eine Handvoll Möwen, die dem Treiben gleichgültig zugesehen hatten, stob kreischend auseinander. Verpackungen von medizinischem Erstversorgungsmaterial flogen wie Herbstlaub in die Luft. Dann war Moyon auf dem Weg in eine Klinik in La Rochelle.

Chevalier sah zu Perez. »Was denken Sie?«

»Wird knapp, Monsieur le Commissaire.«

Sie sahen zu, wie der Helikopter erst zu einem winzigen Punkt am Himmel dahinschmolz und schließlich ganz verschwand.

Der Vormittag war weit fortgeschritten, und die Wärme des Tages begann aufzuziehen. Auf dem Château herrschte angespannte Routine, wobei die weißen Gestalten der Spurensicherung die Szene beherrschten.

Chevalier hatte den Commandant informiert und weitere Streifenpolizisten hinzugezogen, die den Tatort weiträumig absperrten.

Sophie Lambert war hergefahren und kam gleich zu Chevalier, der auf einer der Bänke vor dem Hofladen saß. »Aurélie Guerlin wird operiert. Sie hat laut Notarzt gute Chancen, sich vollständig zu erholen.«

Chevalier atmete auf. »Wo ist Moreau?«

»Sirac hat ihn nach Hause gebracht?« Sie verband die Antwort mit einer impliziten Frage.

Chevalier deutete mit einer knappen Handbewegung an, dass Moreau alkoholisiert war.

»Verstehe.« Sie sah Chevalier neugierig an, doch der ersparte sich einen Kommentar. »Wie geht es weiter?«

Chevalier hob die Schultern. »Alexandre hat abgestritten, seinen Vater getötet zu haben. Der sei bereits tot gewesen, als er auf der Saline ankam.«

»Schutzbehauptung.«

»Vermutlich«, sagte er, doch wenn er ehrlich war, glaubte

Chevalier seiner eigenen Aussage nicht so richtig. Tiefe Zweifel an Alexandres Täterschaft nagten an ihm. Der Mann hatte die Tat abgestritten, als er zwischen Leben und Tod hing. War er im Delirium überhaupt in der Lage gewesen, zu lügen? Immer wieder hörte er Moyon murmeln, er habe dem Vater nichts getan.

»Monsieur le Commissaire, wir können die Waffe von Lieutenant Moreau nicht finden.« Michel Douanier war zu ihnen getreten.

Chevalier deutete in Richtung Saint-Martin-de-Ré. »Ich gehe davon aus, dass sie in dem Unfallfahrzeug des Schützen liegt. Fragen Sie Brigadier Perez, er wird Ihnen den Weg zeigen. Suchen Sie bitte nach dem Smartphone von Alexandre Moyon. Ich vermute, es befindet sich ebenfalls in dem Wrack des Wagens oder bei seinen Kleidungsstücken im Krankenhaus.«

»Warum das?«

»Checken Sie die Nachrichten. Auch die gelöschten. Angeblich hat sein Vater ihn am Sonntagabend auf die Saline bestellt.«

»Wird erledigt.«

»Haben wir ein Telefon von Luc Moyon gefunden?«

Douanier schüttelte den Kopf. »Soweit ich weiß, nicht.«

Chevalier wandte sich an Sophie. »Fragen Sie Magali Moyon. Sie wird wissen, ob und welches Smartphone ihr Mann genutzt hat.«

Douanier verschwand in dem Augenblick, als Simons schwarzer Citroën C5 vorfuhr.

Der Commandant war in Uniform, hatte die Jacke aber abgelegt und auf die Krawatte verzichtet. Er setzte sich die Schirmmütze auf und steuerte direkt auf Chevalier zu. »Ihr Bericht, Monsieur le Commissaire.« Sébastien Simon war sichtlich unzufrieden, was ihm niemand verdenken konnte.

Chevalier fasste kurz zusammen, was sich zugetragen hatte.

»Wo ist Moreau?« Simons Augen wanderten suchend umher.

»Ich habe ihn nach Hause bringen lassen. Er wird später einen Bericht abfassen und das Geschehen aus seiner Sicht schildern.«

Simon brauste auf. »Lässt sich wie ein Anfänger die Waffe wegnehmen!«

Chevalier versuchte zu beschwichtigen. »Er wurde genauso überrascht wie wir alle.«

»Er müsste hier sein und Rede und Antwort stehen.«

»Der Kollege war psychisch nicht in der Lage, am Ort des Geschehens zu bleiben.«

Sébastien Simon öffnete den Mund für eine harsche Bemerkung, sah dann Chevaliers Blick und nickte stattdessen. »Eine gute Entscheidung. Wir sollten weitere Unruhe vermeiden. Ich erwarte den Bericht noch heute. Der Präfekt wird nicht begeistert sein.«

»Das bin ich auch nicht, *mon Commandant*.«

Simon zuckte mit den Schultern. »Immerhin haben wir den Täter.« Dann ging er ins Haus.

Sophie Lambert lächelte. »Das war ein Lob.«

Chevalier winkte ab. »Rufen Sie Sirac an. Er soll Moreau Beine machen und ihn von der Flasche weghalten.« Völlig unverhofft zuckte das Bild toter Menschen in einem düsteren Raum durch seinen Kopf. Chevalier verzog das Gesicht.

»Ist Ihnen nicht gut, Chef?« Sophie Lamberts braune Augen schauten besorgt.

»Schlechtes Déjà-vu.«

»Bataclan?«

Er sagte nichts und zögerte, da ihm die Worte fehlten, und nickte stattdessen traurig. »Manchmal kommt es wieder. Ich … ein anderes Mal.«

Sophie legte ihm unverhofft die Hand an den Oberarm. »Schauen Sie nach vorne.«

Das Hôpital St-Louis war das größte Krankenhaus der Stadt. Chevalier verband schöne Erinnerungen mit der Klinik, da Manon hier zur Welt gekommen war. Bei allem, was er bislang hatte erleben müssen und dürfen, war die Geburt seiner Tochter der glücklichste Moment seines Lebens gewesen, so klischeehaft das auch klingen mochte. Den schlimmsten hatte er in Paris gehabt. Er verdrängte den Gedanken.

Heute lag die Sache anders.

Sophie Lambert und er fanden einen freien Parkplatz und betraten auf der zweiten Etage die Schleuse zur Intensivstation, wo sie sich einen der Schutzkittel überstreiften.

Chevalier klingelte an der Pforte, und eine Pflegerin öffnete ihnen. Die Atmosphäre war geschäftig und strahlte eine professionelle Ruhe aus, als sie hinter der jungen Frau in blauer OP-Kleidung den Flur zum vierten Raum entlanggingen.

»Hier liegt Ihre Kollegin Aurélie Guerlin. Ich schicke den Stationsarzt.«

Die Verletzte lag inmitten eines Gebirges von Apparaturen in einem typischen Krankenhausbett. Ihre Gestalt wirkte verloren zwischen all der Technik, wobei sie noch ohne Bewusstsein oder sediert war. Schläuche führten von ihren Armen zu Pumpen, die Medikamente computergesteuert in ihre Venen abgaben.

»Ich bin Dr. Lucien Toure.«

Chevalier drehte sich um und schaute einem Mann von gut zwei Metern ins Gesicht. Der dunkelhäutige Arzt reichte ihm eine unangenehm schlaffe, feuchte Hand, und Chevalier musste den Impuls unterdrücken, die Finger an der Hose abzuwischen.

»Die Patientin ist den Umständen entsprechend glimpflich davongekommen. Das Projektil hat kein wichtiges Organ oder Knochen durchschlagen. In wenigen Tagen kann sie auf die Normalstation und dann rasch in die Reha entlassen werden, sofern keine Komplikationen auftreten.« Er schaute zu Chevalier. »Der Zustand des Unfallopfers ist deutlich kritischer.«

Sie gingen zwei Krankenzimmer weiter. Der Raum war die identische Kopie des Zimmers von Aurélie Guerlin, nur dass Alexandre Moyon beatmet wurde. Eine Wand aus Monitoren überwachte jede Körperfunktion. Beide Beine steckten in Schienen.

»Es besteht eine Chance, dass er das übersteht, wenngleich ich sie nicht wirklich hoch einschätze.«

Chevalier sah zu dem Arzt auf. »Wann kann ich ihn befragen?«

Toure lachte humorlos auf, was unangenehm klang. »Multiple Knochenbrüche, Verletzungen der Organe. Blutverlust aufgrund äußerer und innerer Blutungen, dazu mehrere Traumata im Hirn. Gesetzt der Fall, er überlebt, ist es wahrscheinlich, dass er geistig behindert bleibt.«

Bestürzt räusperte sich Chevalier. »Nach dem Unfall hat er noch gesprochen.«

Toure hob die massigen Schultern. »Der Druck im Kopf hat sich wahrscheinlich nach und nach erhöht.«

Chevalier versuchte es weiter. »Und wenn der unwahrscheinliche Fall eintritt und es doch nicht so schlimm kommt?«

»Vernehmungsfähig ist er bestenfalls in ein paar Wochen. Haben Sie sonst noch Fragen?«

Chevalier verneinte und verabschiedete sich von dem unbeteiligt dreinschauenden Mann. Er sah zu Sophie Lambert. »Das hätte nicht sein müssen! Jetzt werden wir ohne die Aussage des mutmaßlichen Täters den Fall alleine basierend auf Beweisen und Indizien abschließen. Ich hasse das. Ein letzter Zweifel bleibt immer hängen. Dazu der Einsatz von heute Vormittag. Ich kann die Schlagzeile praktisch vor mir sehen: *Missglückte Polizeiaktion endet in Desaster.*« Er schaute zu Boden. »Wir hatten es so gut im Griff.«

Sophie nickte. »Adrien hat leider einen Fehler gemacht.«

Chevalier machte mit der Hand eine wegwerfende Bewegung. Sein Schutzanzug raschelte.

»Wir liegen mit Alexandre Moyon doch richtig, Clément?« Sie sprach ihn mit dem Vornamen an und wiederholte die Frage vom Mittag. Auch sie hegte Zweifel.

»Wir werden unsere Schlussfolgerungen erhärten und alle Zweifel ausräumen. Wenn wir nachweisen können, dass die von Moyon erwähnte Nachricht nie existiert hat, fühle ich mich besser.«

Er dachte nach. Die Brutalität der Tat, die Motivation, es zu tun, Alexandres Aggressionen und seine angeknackste Psyche, seine Anwesenheit zum Tatzeitpunkt – alles passte, und doch war ihm nicht wohl bei der Sache.

Eine Stimme riss ihn aus seinen Gedanken. »Sind Sie Commissaire Chevalier?«

Er wandte sich um. »Wer möchte das wissen?«

Eine schlanke, hochgewachsene Frau sah ihn aus grauen Augen fragend an. Sie hatte die Haare offenbar eilig zusammengebunden. Einzelne Strähnen lösten sich bereits aus dem Zopf. »Mein Name ist Chloé Moyon.«

Chevalier fiel auf, dass die Sandalen nicht zur Bluse passten, deren Kragen aus dem Schutzanzug ragte. Es musste ein eiliger Aufbruch gewesen sein.

Sie deutete auf das Kontrollfenster, ohne hinzusehen. »Was ist passiert? Sie hätten ihn doch schützen müssen!« Ihre Stimme war voller Vorwurf. Sie blickte unter Tränen durch die Scheibe, hinter der das Beatmungsgerät rhythmisch pumpte und zischte, wobei sich der Oberkörper wie fremdgesteuert in gleichem Takt bewegte. »Schauen Sie ruhig hin, Monsieur.«

Chevalier musste sich zusammenreißen. Nach all dem, was Alexandre angerichtet hatte, nun solche Vorwürfe. »Es tut mir leid, doch Ihr Mann hat die Situation selbst verursacht«, stieß er gepresst hervor. »Er war derjenige, der eine Waffe entwendet und eine junge Kollegin schwer verletzt hat. Sie liegt nur zwei Zimmer weiter. Gehen Sie ruhig rüber.«

Chloé Moyon taumelte entsetzt von dem Fenster zurück. »Das wusste ich nicht. Aber … «, sie verstummte und setzte wieder an, »wie konnte er das tun? Warum? Am Telefon sagte er, dass er nichts mit der Sache zu tun hat. Wieso diese Gewalt?« Drei Schritte weiter fand sie an der Wand Halt und ließ sich auf einen Stuhl fallen.

Chevalier trat zu ihr. »Wann haben Sie mit ihm gesprochen?«

»Ich rief ihn unmittelbar nach unserem Telefonat an und verlangte Antworten. Er war total durchgedreht, so wie in seinen schlimmsten Zeiten.«

»Das hätten Sie besser gelassen.«

Wieder ein erstaunter Blick aus den grauen, geröteten Augen. Die Erkenntnis hielt Einzug. »Sie glauben, ich …«

Sophie Lambert setzte ein gewinnendes Lächeln auf. »Nein, Sie haben normal reagiert. Ich hätte meinen Mann auch angerufen, nur konnte leider niemand mit Monsieur Moyons Reaktionen rechnen. Was hat er gesagt?«

Tränen liefen ihr wie kleine Kristallkugeln über die Wangen und tropften auf den Schutzkittel, den auch sie trug. »Alexandre hatte diese Nachricht von Luc bekommen und war durch irgendetwas daran so weit beunruhigt, dass er zur Saline gefahren ist.«

»Warum haben sie sich nicht beim Château getroffen?« Sophie sah zu Chevalier, der mit einem Kopfnicken andeutete, dass sie weiterfragen sollte.

»Das weiß ich nicht.«

»Wir werden uns die Nachricht anschauen, wenn es gelingt, sie wiederherzustellen.«

»Er hat gesagt, Luc sei bereits tot gewesen und als er aus dem Auto gestiegen ist, sei eine Person zwischen den Büschen verschwunden.«

Chevalier zog zweifelnd die Augenbrauen zusammen. »Und warum hat er bei uns dazu keine Aussage gemacht? Es hätte ihn entlastet.«

»Angst. Er hatte panische Angst davor, eingesperrt zu werden. Ich denke, Alexandre ist davon ausgegangen, dass ihm niemand glauben und er in Untersuchungshaft kommen würde.«

»Oder Ihr Mann hat Sie angelogen.«

»Oder das, ja, oder das.« Ihr Blick schweifte von Chevalier zur Zimmertür und verharrte darauf. »Ich hätte es niemals für möglich gehalten, dass er zu so etwas fähig ist.«

»Können Sie weitere Angaben zu den Vorkommnissen der Nacht machen?«

»Nein, er hat das Gespräch abgebrochen, hat noch ins Telefon geschrien, dass ich ihm vertrauen müsse, und aufgelegt.« Sie weinte wieder. »Was denken Sie?«

Chevalier hob entschuldigend die Schultern. »Die Beweise sprechen gegen Ihren Mann, und die Ereignisse des heutigen Tages haben uns weitestgehend davon überzeugt, dass er seinen Vater ermordet hat. Die Angst vor einer Untersuchungshaft bringt einen Menschen normalerweise nicht dazu, auf andere zu schießen.«

»Nein, normalerweise eigentlich nicht.« Sie stand auf und wischte sich die Tränen aus dem Gesicht. »Doch Alexandre ist nicht *normal*, und ich glaube ihm trotz allem.«

Sie saßen mit den Kollegen und den leitenden Polizisten des Kommissariats in einem großen Konferenzraum, dessen Jalousien gegen die Sonne heruntergelassen waren, und warteten auf den Präfekten, der noch für diesen Abend eine Pressekonferenz anberaumt hatte. Auch hier war alles noch neu und sauber, allerdings zeigten die Polster der Stühle die ersten Kaffeeflecken.

Commandant Simon war in Anwesenheit einer Staatsanwältin namens Clothilde Fournier erschienen. Chevalier schätzte die Frau auf etwa fünfzig und war froh, dass sich eine erfahrene Anwältin um den Fall kümmern würde. Obwohl die Klimaanlage brummte, war es stickig in dem Raum. Chevalier war müde. Simon und die Staatsanwältin unterhielten sich angeregt über den vermeintlichen Fahndungserfolg.

Endlich sprang die Tür auf, und Didier de Daillon eilte in vollem Ornat in den Raum. Sein Adjutant folgte ihm auf dem Fuß. De Daillon nahm Platz und nickte in die Runde. »Bitte die Beweislage.«

Simon stand auf und hüstelte. »Der Spurenlage nach weist alles auf diesen Alexandre Moyon hin. Eine der DNA-Spuren, die wir am Körper von Luc Moyon gefunden haben, ist eindeutig ihm zuzuordnen. Darüber hinaus passt der blutige Schuhabdruck zu einem Paar Schuhe, das wir in Niort im Rahmen einer Durchsuchung seiner Wohnung sicherstellen konnten. Er war zur Tatzeit nachweislich auf der Saline. Erhärtet werden die Fakten durch Aufnahmen der Kameras, die sich an der Gare de Péage der Pont de l'Île de Ré befinden.« Er blickte zu Chevalier, der übernahm.

Er stand auf, und ihm wurde bewusst, dass er sich hier zum ersten Mal präsentierte, seit er in La Rochelle war. »Die Hausangestellte Lenka Duchamps hat den Verdächtigen in der Tatnacht auf dem Château Roux gesehen, wo er sich und seine Kleidung gewaschen hat. Eingedenk der gezeigten Aggressionsbereitschaft von heute ist er vermutlich unser Täter.«

De Daillon strahlte über das ganze Gesicht und nickte Chevalier anerkennend zu. »Was für ein Einstand! Einen Mord in zwei Tagen aufgeklärt. Mein Glückwunsch. Ich denke, wir treten vor die Presse.« Ohne auf Chevaliers Reaktion zu warten, wandte er sich an seinen Adjutanten. »Bereiten Sie eine Erklärung vor und informieren Sie die Journalisten.«

Der Präfekt wollte eilig aufspringen, doch Chevalier hob die Hand. »Verzeihen Sie bitte, Monsieur le Préfet.«

Alle Augen richteten sich auf ihn. De Daillon sank mit Unverständnis im Gesicht auf seinen Stuhl zurück. »Was denn noch?«

Chevalier ignorierte Simons Blick, der ihn zu durchbohren

schien. »Nur der Vollständigkeit halber: Alexandre Moyon hat uns gegenüber behauptet, der Vater sei tot gewesen, als er auf die Saline gekommen ist. Zudem hat er seiner Frau gesagt, er habe eine Person davongehen sehen, als er den Tatort erreichte.«

»Das sind Schutzbehauptungen«, warf Clothilde Fournier, die Staatsanwältin, ein. Die übrigen im Raum nickten beifällig.

Chevalier schloss sich ihnen an. »Ich sehe das genauso, doch möchte ich an dieser Stelle darauf hinweisen, dass wir ohne Geständnis sind und alleine auf Basis einer – zugegebenermaßen erdrückenden – Beweis- und Indizienfülle argumentieren. Ein gewisser Grad an Unsicherheit bleibt.«

Der Präfekt sah Chevalier überrascht an, während Simon geschäftig in seinen Unterlagen wühlte. »Konkretisieren Sie das bitte.«

»Es gibt Drohbriefe gegen Luc Moyon, die wir dem Verdächtigen bisher nicht zuordnen konnten. Zudem behauptet Alexandre Moyon, sein Vater hätte ihn mittels einer Nachricht zur Saline bestellt. Ich schlage daher vor, dass meine Kommission die Unklarheiten ausräumt, bevor der Fall zu den Akten geht.«

De Daillon drehte an seinem Manschettenknopf und schaute zur Staatsanwältin. »Was meinen Sie?« Sein Ton war ungeduldig.

Clothilde Fournier wand sich ein wenig. »Wenn es sein muss, werde ich das in der Pressekonferenz einfließen lassen, damit wir uns absichern.«

Der Präfekt stand auf, schaute Chevalier missbilligend an und rauschte aus dem Zimmer. Die Staatsanwältin folgte ihm, nicht ohne Chevalier ebenfalls einen grimmigen Blick zuzuwerfen.

Simon war sofort zur Stelle. »Ich hatte Sie doch gewarnt!«, stieß er zwischen den Zähnen hervor.

Chevalier blickte Sébastien Simon direkt in die Augen. »Mir geht das Ganze zu schnell.«

Der Commandant stöhnte auf. »Seien Sie einfach zufrieden.«

»Bin ich ja, nur sagt mir mein Bauchgefühl das Gegenteil.«

Simon schlug ihm freundlich auf die Schulter. »Dann gehen Sie lecker essen. Vielleicht hört es danach auf.«

Sie traten hinaus auf den anonymen Gang, wo sich die Gruppe zerstreute.

»Was passiert mit Moreau?«, erkundigte sich Chevalier.

Commandant Simon wirkte unschlüssig. »Wir werden sehen. Sein Bericht liegt mir bislang nicht vor. Die Waffe ist wieder aufgetaucht. Die KTU untersucht noch, obwohl das Ergebnis auf der Hand liegt. Die Interne aus Bordeaux wird sich der Sache des Lieutenant annehmen.« Er sah eindringlich zu Chevalier. »Gewisse Punkte werden nicht an die große Glocke gehängt, gegebenenfalls aber nicht verschwiegen. In den offiziellen Unterlagen taucht da ja nichts auf, dank Ihrer Intervention.«

Der Pressesaal war bis auf den letzten Platz besetzt, als Chevalier mit Commandant Simon, Staatsanwältin Fournier und dem Präfekten eintrat. Der Raum war zwar recht groß, doch das Interesse der Presse war derart rege, dass auch zwischen den Stuhlreihen Reporter auf die Aussagen der Polizei warteten. Es summte wie in einem Bienenstock. Sie nahmen an einem langen Tisch Platz. De Daillon in der Mitte, daneben der Commandant und auf der anderen Seite die Staatsanwältin.

Chevalier setzte sich neben Simon. Er lehnte sich zurück und blickte in die Runde. Pressekonferenzen waren nie sein Part, hier sprachen die Chefs. Ihn würde man nur ansprechen, wenn die Sache nicht so glatt lief wie erwartet.

Schlagartig kam Bewegung in die wartende Meute. Kameras wurden angeworfen, und das Rücken von Stühlen war zu hören, bevor gespannte Ruhe einkehrte.

Chevalier erkannte auf den Kameras die Logos aller größeren Fernsehsender und wusste von Simon, dass sich Reporter der regionalen und überregionalen Printmedien angemeldet hatten.

Der Präfekt warf sich in Positur und ergriff das Wort. Dies hier war seine Arena, und er wusste sich zu zeigen. Eloquent und ausschweifend erörterte er Luc Moyons Verdienste in der Region, bevor er zu seinem tragischen Tod und der raschen Aufklärung des Falles kam. Hierbei begrüßte er Chevalier als neuen Kommissar der Kriminalpolizei und dankte ihm sogleich für die geleistete Arbeit.

Chevalier zog im Stillen vor dem Präfekten den Hut. De Daillon trug die Ergebnisse im Brustton der Überzeugung vor, dass es keinerlei Zweifel an der Täterschaft eines nicht namentlich benannten Mannes geben konnte. Geschickt vermied er es, Details preiszugeben, und bat die Presse um Verständnis, dass er aus fahndungstaktischen Gründen weder den Namen des vermeintlichen Täters noch Einzelheiten zur Tat selbst sowie der Festnahme bekannt geben konnte. Sie klebten an seinen Lippen und notierten fleißig. Anschließend ließ er Fragen zu.

Eine Hand schoss sofort in die Luft, und die sich meldende Journalistin erhielt sogleich das Wort.

»Ségolène Meunier von *Sud Ouest*, Lokalredaktion La Rochelle.« Sie stand auf, ganz im Bewusstsein der Wirkung, die sie auf die übrigen Leute im Saal hatte. Großgewachsen und schlank, mit einem Gesicht, das auch auf der Titelseite der *Vogue* hätte zu sehen sein können. Sie fixierte Chevalier mit grünen Augen. »Monsieur le Commissaire, wie ich vernommen habe, war die heutige Festnahme beziehungsweise der Festnahmeversuch auf dem Château Roux ein Fehlschlag. Der Verdächtige konnte entkommen und hat hierbei eine Polizistin schwer verletzt?«

Chevalier schrak auf und schaute nach rechts. De Daillon nickte unmerklich. »Ja, es gab ein Problem, das solchen Einsätzen immer innewohnt.« Die Augen aller Anwesenden richteten sich auf ihn. Er wurde nervös, denn jedes seiner Worte würde sofort in die Öffentlichkeit kommen. »Dem Verdächtigen gelang es im Rahmen der Festnahme, eine Waffe an sich zu bringen und auf eine

Kollegin zu schießen, die sich zu keinem Zeitpunkt in Lebensgefahr befand. Ihr geht es den Umständen entsprechend gut. Zurück zur Festnahme: Um weitere Verletzte zu vermeiden, ließen wir den Verdächtigen zunächst entkommen. Es ist uns im Verlauf der Aktion dann gelungen, den Mann zu stellen und dingfest zu machen.«

Die Reporterin warf die schwarzen Haare über die Schulter. »Sie meinen, er ist verunglückt und liegt im Krankenhaus.«

Chevalier nickte. »Wie ich sagte: ›dingfest zu machen‹.«

»Mir hat heute Abend eine Quelle zugetragen, dass Alexandre Moyon, ihr namenloser Verdächtiger, nicht der Mörder ist. Meine Quelle war sich da ganz sicher, da sie den wahren Täter kennt.« Ein Raunen ging durch den Saal, Kameras klickten, und das Surren der Aufnahmegeräte war zu hören. Ségolène Meunier genoss ihren Auftritt.

Chevalier war so verblüfft, dass er für den Moment nicht wusste, wie er hierauf reagieren sollte.

Staatsanwältin Clothilde Fournier ergriff das Wort. »Sie sind noch nicht lange im Geschäft, Mademoiselle Meunier. Ich glaube, Sie sind im Begriff, Wichtigtuern aufzusitzen, wie wir sie in Fällen mit regem Interesse der Öffentlichkeit oft beobachten. Die Indizienlage ist eindeutig ...«

»Alexandre Moyon war erst auf der Saline, als sein Vater gefoltert und tot in der Hütte lag.«

Chevalier hielt den Atem am. Sie kannte unveröffentlichte Fakten. Sie würden ordentlich in die Bredouille geraten, wenn die Diskussion weiter um diesen Punkt kreiste.

Er kam dem Präfekten zuvor, der bereits den Mund geöffnet hatte. »Das kann sich jeder zusammenreimen.« Die Aufmerksamkeit richtete sich wieder auf ihn. Er zwang sich zur Ruhe. »Der Tote ist von einem Spaziergänger gefunden worden, und wir wissen alle, dass er das anderen erzählt hat. Ich würde wetten, dass bereits eine Stunde nach der Schießerei des heutigen

Morgens Alexandre Moyons Name als Täter in La Couarde-sur-Mer gehandelt wurde. Ich will Ihre Punkte hier nicht vom Tisch wischen, und wir werden sie einer intensiven Überprüfung unterziehen. Bis dahin sind das jedoch unbewiesene Behauptungen, denen wir unsere Fakten gegenüberstellen. Nennen Sie uns Ihren Informanten und …«

»Sie wissen, dass ich das nicht kann.« Die grünen Augen funkelten dunkel vor Wut.

»Nun gut.« Didier de Daillon sah die Chance, der Diskussion ein Ende zu bereiten. »Das sollte aufgeklärt werden, nur nicht hier und jetzt. Gibt es weitere Fragen?« Er ignorierte Ségolène Meunier und erteilte einem anderen Reporter das Wort.

Die Brisanz der Situation ebbte ab, und bis zum Ende der Pressekonferenz kam es zu keinen weiteren Problemen.

Chevalier beobachtete die Journalistin, die sich auf ihren Stuhl fallen ließ und mit versteinerter Miene wartete, bis die Konferenz zu Ende ging.

Als sie endlich den Presseraum verließen, zog der Präfekt Chevalier und Simon zur Seite. Er war sichtlich angefressen. »Wie konnte diese Pressetante an ihre Informationen gelangen?«

Chevalier hob die Schultern. »Von mir hat sie sie nicht, und ich denke nicht, dass die Kollegen geplaudert haben.«

»Woher hat sie sie dann?«

»Vom Täter?«

»*Ça m'énerve*, Monsieur le Commissaire.« De Daillon unterstrich seine Worte, indem er die Augen verdrehte. »Wir haben unseren Täter, und das bleibt die offizielle Version. Klären Sie das mit Mademoiselle Meunier. Sorgen Sie dafür, dass sie nicht weiter auf den Busch klopft.« Er wandte sich abrupt um und stapfte davon.

Sébastien Simon grinste finster. »Sollten Sie recht behalten, wird er Ihnen auf ewig dankbar sein, doch wenn nicht …« Er hob den Zeigefinger und bewegte ihn mahnend hin und her.

Sie gingen durch die Eingangshalle zurück, als Chevalier Ségolène Meunier erkannte, die sich im Eingangsbereich aufgehalten haben musste und jetzt auf ihn und Simon zuhielt.

Sie war unübersehbar wütend. »Was fällt Ihnen ein, mich vor den Kollegen derart abzukanzeln?«

Der Wachhabende sah auf, doch Chevalier bedeutete ihm, dass alles in Ordnung sei. »Kommen Sie, das hier ist nicht der richtige Ort, um ein solches Gespräch zu führen.« Er wandte sich zum Gehen.

»Das werde ich …«

Chevalier drückte auf den Aufzugknopf. »Es gibt Kaffee. Der ist wirklich gut.«

Ségolène Meunier klappte den Mund zu und trat neben ihn, während Simon winkte und zusah, dass er davonkam.

In Marie Szenecs Büro heizte Chevalier die Kaffeemaschine vor und hantierte mit den Tassen, während die Journalistin sich an den Türrahmen lehnte und ihm zusah.

»Lernt man das in Lyon?«

»Was?« Chevalier sah gespielt überrascht auf. Die Reporterin hatte sich erkundigt. Sie schien ihre Arbeit gut zu machen, und er mahnte sich zur Vorsicht. Ségolène Meunier war jung und hungrig. Sie würde auf nichts und niemanden Rücksicht nehmen, wenn eine gute Story winkte. Er konnte sie instrumentalisieren, musste aber äußerst vorsichtig sein. Sie durfte nur das erfahren, was sie ohnehin schon ahnte.

»Leute, die eine andere Meinung haben, mundtot zu machen?«

»Nein, das war nicht die Absicht. Meiner Erfahrung nach bringt es nichts, in der Öffentlichkeit zu diskutieren, wenn die zur Sprache gebrachten Fakten brisant sind.« Die Kaffeemaschine mahlte die Bohnen und ließ dann Kaffee in die beiden darunterstehenden Tassen laufen.

»Zum Beispiel in einer Pressekonferenz?«

»Ja.« Er reichte ihr freundlich lächelnd eine der Tassen und ging voran in sein Büro.

Sie setzte sich an seinen Besuchertisch und sah sich um. »Schönes Bild. Von Ihrer Frau?«

Chevalier hatte eines seiner Lieblingsbilder von Sandrine mitgebracht, um alleine durch seine Anwesenheit die sterile Atmosphäre des Büros zu vertreiben. Im Moment lehnte es an der Wand, die es einmal zieren sollte.

»Hausaufgaben gemacht?« Er sah, wie ein Lächeln ihre Lippen umspielte. Sie würde in ihrem Job eines Tages erfolgreich werden.

»Ich weiß gerne, mit wem ich es zu tun habe.«

Chevalier betrachtete gedankenverloren das Bild. Es zeigte ein abstrahiertes Gesicht, das ungemein traurig dreinschaute. Sandrine hatte es *»La femme en deuil«* genannt, und Chevalier fand, dass es keinen besseren Titel hätte tragen können.

»Es heißt: *›Die trauernde Frau‹*. Immer wenn ich im Verlauf der Aufklärung eines Falls so weit bin, dass ich aufgeben möchte, sehe ich es mir an. Es erinnert mich an das Opfer und seine Hinterbliebenen. Sie haben den Anspruch, dass ich alles gebe; sie haben es verdient.«

Ségolène Meunier hatte ihm interessiert zugehört, und Chevalier erkannte an ihrem Blick, dass sie ihm nicht mehr feindlich gesinnt war. »Haben Sie in diesem Fall alles gegeben?«

»Ich denke schon«, meinte er zögerlich.

»Aber?« Sie war eine aufmerksame Zuhörerin.

»Mir fehlt das Geständnis von Alexandre Moyon, und so lange besteht die Möglichkeit, dass wir uns täuschen. Bis dahin werde ich weiter ermitteln. Wer ist Ihre Quelle?«

Sie hob die Schultern. »Ich könnte es Ihnen nicht sagen, selbst wenn ich wollte. Ich habe heute Mittag eine Nachricht erhalten, die aus drei Sätzen bestand.« Sie zog ihr Smartphone hervor und las vor: *»Alexandre Moyon ist nicht der Mörder. Luc Moyon war* *bereits tot und gefoltert, als sein Sohn in die Hütte kam. Sagen Sie das den Bullen.«* Sie ließ das Gerät sinken. »Bevor Sie fragen: Die Nachricht kam über OnionShare. Man kann sie nicht zurückverfolgen.«

Chevalier war enttäuscht. »Das kann jeder geschrieben haben.«

»Warum sollte das jemand tun?«, hakte sie verwundert nach.

»Um Alexandre reinzuwaschen. Seine Frau, die Familie oder wer auch immer.«

Die Journalistin schüttelte den Kopf. »Unwahrscheinlich. Ich neige dazu, der Nachricht Glauben zu schenken. Sie sind noch nicht fertig mit Ihren Ermittlungen, Monsieur le Commissaire.« Sie leerte ihre Tasse, stand auf und sah ihn fragend an.

Chevalier zögerte kurz. Jetzt kam der kritische Augenblick. Sie hatte ihn eingeweiht und erwartete nun eine Gegenleistung. »Hören Sie, was ich Ihnen gleich mitteile, habe ich nie gesagt und werde es immer leugnen. Sie bewahren darüber Stillschweigen?«

Er wartete, bis sie nickte. Es war riskant, der Reporterin Fakten zu liefern, doch er hoffte, auf diesem Weg weiteren Spekulationen vorzubeugen. Außerdem war sie in Kontakt mit dem Schreiber der Nachricht. Er musste sie ins Boot holen, um an diesen heranzukommen. »Alexandre Moyons DNA konnte an der Leiche sichergestellt werden. Da beide sich länger nicht gesehen haben, ist sie vermutlich in der Tatnacht dorthin gelangt.«

»Das sagt nichts darüber aus, ob Luc Moyon zu dem Zeitpunkt noch gelebt hat.« Wieder schaltete die Reporterin schnell.

Chevalier fuhr fort. Nun wurde es kritisch. »Die Abdrücke von Alexandre Moyons Schuhen waren am Tatort, und zwar in der Blutlache, die sich um die Leiche seines Vaters gebildet hatte. Zudem ist er zur Tatzeit beziehungsweise kurz darauf auf dem Château beobachtet worden, wie er sich und seine Kleidung gewaschen hat.«

»Das sagt immer noch nichts zu der Frage, ob sein Vater noch lebte, als er ihn fand.«

Wieder hatte sie recht. »Bleiben die Motive. Alexandre Moyon hatte über Jahre massiven Streit mit seinem Vater, unterstellte diesem, dass der seiner Frau gegenüber zudringlich geworden wäre und die von ihm stets beschützte Mutter schlug.«

»Jetzt spekulieren *Sie*.«

Es machte Chevalier Spaß, mit Ségolène Meunier zu diskutieren, denn sie stellte die richtigen Fragen. »Stimmt, doch warum schießt er heute auf mehrere Menschen und versucht zu fliehen, wenn er unschuldig ist?«

Nun blieb sie ihm eine Antwort schuldig.

»Er war in der letzten Zeit psychisch auffällig, was zur Trennung von seiner Frau führte, die das auf die familiären Probleme in Alexandres Elternhaus zurückführte. Er war voller Wut.«

Ségolène Meunier dachte nach. Dann hob sie die Schultern. »Wie soll es weitergehen?«

Chevalier grinste innerlich. Er hatte sie neugierig gemacht, ohne allzu viel preiszugeben, denn er hatte lediglich De Daillons Ausführungen ergänzt. Würde sie die Fakten in einem Artikel verarbeiten, müsste sie zudem ihren eigenen Auftritt an diesem Abend infrage stellen. »Wir beantworten die offenen Punkte. Sie behalten das, was ich Ihnen erzählt habe, für sich und schreiben ansonsten, was Sie wollen. Doch Sie lassen uns teilhaben, wenn neue anonyme Nachrichten eingehen. Von mir bekommen Sie im Gegenzug exklusiv Informationen vor dem Rest der Presse.« Er hielt ihr seine Visitenkarte hin, die so neu war, dass man den Farbdruck riechen konnte.

Sie griff danach und nickte. »Abgemacht.«

Als er nach Hause kam, fand er Sandrine im Atelier. Sie hatte ihren alten Tisch vor das Fenster geschleppt. Hierauf lag eine der Tonskulpturen, die sie noch in Lyon gebrannt hatte. Sandrines rote Haare waren verwuschelt. Sie trug einen dünnen Overall, der mit Farbklecksen bedeckt war, und bearbeitete den Rohling mit einem feinen Spachtel.

»Sie wurde mit den anderen heute von der Spedition geliefert. Jetzt kann ich endlich die Wachsrohlinge herstellen.« Sie sah kurz von ihrer Arbeit auf und strahlte glücklich.

Chevalier ging zu ihr und küsste sie auf die Wange. Ihre Hände arbeiteten flink und mit hoher Präzision. In der hinteren Ecke gleich neben dem Rolltor zum seitlichen Weg stand eine breite Holzkiste, in der sie Sandrines Tonarbeiten mit Stroh und sonstigem Polstermaterial verpackt hatten.

»Wurde auch Zeit. Ist eine Figur beim Transport kaputtgegangen?«

»Nein.« Chevalier konnte sehen, wie sie darauf brannte, die Figuren zum Guss vorzubereiten. »Ich dachte, wenn Manon schläft, kann ich die Wachsfiguren peu à peu fertigstellen.«

Ihre Tochter lag im Kinderwagen und schlummerte. Ein Netz schützte sie vor zudringlichen Insekten.

Chevalier war nicht überzeugt, denn die Unterbrechungen durch die Kleine würden den Arbeitsprozess und die Konzentration, die Sandrine hierzu brauchte, immer wieder stören, doch sie sehnte sich danach, neben Kind und Haushalt wieder künstlerisch zu arbeiten. »*Un demi?*«

»Bier wäre fein.«

Kurz darauf war er umgezogen und reichte ihr ein Kronenbourg sans alcool in einer der winzigen Bierflaschen, die deutsche Käufer so oft zum Grinsen brachten.

Sandrine trank von dem alkoholfreien Bier, während sie in einem Gefäß Silikonmasse anrührte.

Das Verfahren war denkbar simpel. Es nannte sich »*Cire perdue*«, verlorenes Wachs. Man erstellte eine originalgetreue Wachskopie der Skulptur. War diese fertig, kam sie in die Gießerei. Dort wurde die Kopie mit Schamott übergossen. War dieser

Mantel ausgehärtet, erhitzte man das Ganze, sodass das Wachs hinauslief. Es ging verloren und hinterließ den Hohlraum, der dann mit Bronze ausgegossen wurde.

Sandrine befestigte das Original auf dem Tisch und begann, die Skulptur mit Silikon zu überziehen, woraus die Negativform für die Wachsfigur entstehen würde. Sie nahm einen Pinsel und trug die erste Schicht auf, während Chevalier von seinem Tag erzählte. Nach und nach überzog eine hauchfeine glänzende Schicht den Tonkorpus. Schließlich sah Sandrine von ihrer Arbeit auf. »Wie sieht es aus? Gehen wir morgen zu den Leroys an die Saline?«

Chevalier schrak auf. »Was hast du gesagt?«

Sie wiederholte ihre Frage.

»Ja, ich denke schon. Tut mir leid, ich war …«

»… bei der Arbeit. Ich dachte, der Fall wäre geklärt?« Sie drehte die Skulptur und machte an einer anderen Stelle weiter.

»Mir gehen Alexandre Moyons Leugnen und die Nachricht an die Reporterin nicht aus dem Sinn. Stell dir einmal vor, wir haben uns getäuscht.«

Sandrine antwortete nicht gleich. Sie strich das Silikon über den Rücken der Figur und achtete darauf, nicht zu dick aufzutragen. »Du sagst doch selbst, dass du kaum Zweifel hast.«

»Trotzdem.«

»Mein penibler Mann.« Sandrine beugte sich vor und küsste ihn auf die Wange. »Warte ab, bis Alexandre vernehmungsfähig ist, und versuche, die Nachricht nachzuverfolgen. Mehr kannst du nicht tun. Gib mir bitte das Silikon.«

Er reichte ihr das Gefäß und wollte gerade neue Argumente ins Feld führen, als Manon zu weinen begann.

DONNERSTAG, 17. JUNI

Am nächsten Morgen verfasste Chevalier eine Flut von Berichten zu den Vorgängen des vergangenen Tages.

Madame Le Calvez, die Eigentümerin seiner Lieblingsbäckerei, hatte ihn ehrfürchtig mit »Monsieur le Commissaire« angesprochen, was ihn so lange irritiert hatte, bis er gesehen hatte, dass die *Sud Ouest* ein Foto der Pressekonferenz auf der Titelseite gebracht hatte, das auch ihn zeigte.

Chevalier hatte schlecht geschlafen und war mehrmals aufgeschreckt, als die Bilder des Vortages durch seine Träume wanderten und sich mit denen des Horrors aus dem Bataclan abwechselten. Doch die Radfahrt ins Kommissariat half ihm, seinen Kopf freizubekommen, und so nahm er sich die Zeit, durch das Gebäude zu laufen, um sich vorzustellen und die Abteilungen kennenzulernen. Die Kunde von der schnellen Lösung des Falls war schon durchgedrungen, und man begegnete ihm überall mit freundlichem Respekt.

Gegen Mittag trat er ins Büro der Kollegen, wo er auf Sirac, Sophie und Moreau traf, der wortlos zu Boden schaute. »Ich habe einen Bericht zu den Vorgängen auf dem Château Roux geschrieben«, sagte Chevalier. »Wir sollten uns abstimmen, um Widersprüche zu vermeiden.« Er verteilte Kopien und verließ den Raum.

Später ging er dann zum Kommandanten. Simon hatte es sich nicht nehmen lassen, am Mittag einen Umtrunk zu organisieren, um den Fahndungserfolg gebührend zu feiern.

Chevalier war nicht glücklich darüber, denn eigentlich hatte er vorgehabt, den Tag zu nutzen und sich in der Kommandantur denen vorzustellen, die ihn bisher nicht kannten. Außerdem wollte er sich mit der Technik und dem Intranet vertraut machen.

Auf dem Rückweg passierte er wieder das Büro der Kollegen, als er durch die angelehnte Tür Sophie hörte.

»Der Chef rettet dir den Arsch, Adrien!«

»Unsinn.« Moreaus Stimme klang unsicher.

»Er hätte dich dabehalten und einen Alkoholtest anordnen können, dann wärst du jetzt weg vom Fenster. Stattdessen schreibt er einen Bericht, der dich raushaut. Ich finde, es ist an der Zeit, dass du aus deiner Schmollecke kommst.«

Moreaus Antwort war nicht zu verstehen, doch als Chevalier das Büro betrat, war es der Kollege, der zuerst grüßte.

Chevalier erwiderte den Gruß und kam dann gleich zur Sache. »Auch wenn der Kommandant die Lösung des Falls feiert, aus meiner Sicht sind Punkte offen, die wir klären sollten, da Alexandre nach wie vor am Tod seines Vaters unschuldig sein kann. Wir müssen Lucs Nachricht an Alexandre finden. Außerdem brauchen wir ein Bewegungsprofil von Alexandres Smartphone. Wenn er zur Tatzeit auf der Saline war, weist dies wieder auf seine Täterschaft hin, ansonsten von ihm weg.«

Moreau räusperte sich. »Es gibt Probleme mit Luc Moyons Schließfach. Staatsanwältin Fournier hat uns die Durchsuchung untersagt. Der Fall sei geklärt.«

Chevalier nickte bekümmert. »So ist die Marschroute: Deckel drauf. Solange nichts Neues auftaucht, gehen wir von Alexandres Täterschaft aus.«

Sirac klickte auf ein Fenster auf seinem Bildschirm. »Der Mobilfunkbetreiber, bei dem sowohl das Smartphone von Luc als auch das von Alexandre Moyon angemeldet waren, lässt uns wissen, dass ohne einen richterlichen Beschluss keine Auskünfte erteilt werden. Gleiches gilt für die Provider der Web-Accounts.«

»Die werden wir ebenso wenig bekommen wie den Beschluss zur Durchsuchung des Schließfachs. Der Präfekt und die Staatsanwältin wollen die Sache abschließen.«

»Alexandres Gerät liegt bei der KTU, die versucht, die aufwendigen Sperren zu knacken. Sie rechnen nicht vor der kommenden Woche mit Ergebnissen.«

Sophie stand auf und holte sich ein Glas Wasser. »Für Alexandre sprechen sein Leugnen und die Nachricht an die Reporterin, gegen ihn alle Beweise.«

Chevalier sah in die Runde und erkannte viele Zweifel in den Gesichtern seiner Leute. »Was denken Sie?«

Sophie seufzte. »Haken wir den Fall ab, kann es sein, dass ein Täter davonkommt.«

»Wo wollen wir denn weitermachen, Sophie?«, warf Moreau ein, doch er erhielt keine Antwort.

Chevalier stand auf. »Ich glaube, wir sollten uns anderen Fällen zuwenden und den Fall ›Moyon‹ in Ruhe zu Ende bringen. Sofern ausstehende Ergebnisse eintrudeln, werden wir alles neu bewerten. Kommt nichts dabei raus, gehen wir von Alexandres Täterschaft aus und legen den Fall zu den Akten. Sollte er aufwachen, wird seine Aussage Klarheit bringen.«

Moreau nickte. »Und wenn er stirbt, ist es auch egal.«

Das sah Chevalier allerdings ganz und gar anders. Hier ging es um die Wahrheit und vor allem um die Schuld oder Unschuld eines Menschen. Doch er sparte sich einen Kommentar, denn er war froh, dass Adrien Moreau friedlich war.

Sandrine fuhr zügig durch die Weinfelder der Île de Ré und summte gut gelaunt ein Lied.

Auch Chevalier, der auf dem Beifahrersitz Platz genommen hatte und die sommerliche Landschaft an sich vorbeirauschen ließ, freute sich auf den Abend, obwohl es ihn ein wenig befremdete, zu Besuch bei Menschen zu sein, die weder er noch Sandrine richtig kannten. Seine Frau war hier pragmatischer, da es in Künstlerkreisen üblich war, dahinzutreiben und bei Fremden haltzumachen, mit ihnen Zeit zu verbringen und dann weiterzuziehen.

Chevalier war kurz davor gewesen, den Besuch abzusagen, da Leroy Teil einer Ermittlung gewesen war und er übles Gerede vermeiden wollte. Doch andererseits hatten die Zeugen bestätigt, dass Leroy auf der Feier gewesen war. Außerdem freute sich Sandrine ungemein auf den Abend. Er hatte das Strahlen in ihren Augen gesehen und geschwiegen.

Sie hatte mittags Laure Leroy eine Nachricht geschrieben und angeboten, eine Vorspeise mitzubringen, was Laure gern angenommen hatte. Nun stand auf der Rückbank neben Manons Babyschale und dem Wickelrucksack eine Kühlbox mit einer Flasche Pineau de Charentes und einem Salat aus den hiesigen Melonen.

Das Ganze war schnell zubereitet. Chevalier hatte Kugeln aus den Melonenhälften gestochen, während Sandrine eine Vinaigrette aus Zitronensaft, Chili, Ahornsirup und Fleur de Sel gerührt hatte. Diese würden sie später über die Melonenkugeln und den Jamón Ibérico träufeln und ein bisschen Basilikum darüberstreuen.

Das Wetter spielte an diesem Abend mit, wenn auch Météo-France für das Wochenende Regen vorhersagte.

Chevalier entspannte sich. Er hatte sich entschlossen, den Mordfall als erledigt und als einen großen Erfolg für seine erste Ermittlungsarbeit in La Rochelle zu betrachten, obwohl ihn ein ungutes Gefühl nicht verlassen wollte. Er drängte den Gedanken genauso weit in den Hintergrund wie den an Alphonse und war fest entschlossen, diesen Abend in vollen Zügen zu genießen.

Kurze Zeit später erreichen sie La Couarde-sur-Mer und bogen gleich darauf von der D735 auf die Route de Loix ab. Anschließend hielten sie sich in Richtung Plage de la Charge Neuve, in dessen Nähe die Saline der Leroys lag.

Als sie ausstiegen, war die Stimmung überwältigend. Die Sonne stand tief und tauchte das Land in sanftes Licht, während die Hitze des Tages allmählich in eine angenehme Wärme überging.

Chevalier stieg aus und fühlte die warme Luft auf seiner Haut. Als der Motor erstarb, waren da nur noch die immerwährend kreischenden Möwen oben am Himmel und hier unten das Konzert der Grillen. Er roch das Meer, dessen Rauschen in der Ferne zu hören war, und atmete tief ein. Eine Kumuluswolke sah in der Abendsonne aus, als stünde sie in Flammen, während der Strandhafer golden glänzend mit dem schneeweißen Salz darum zu wetteifern schein, wer besser in die ruhige Landschaft passte.

Sandrine trat zu Chevalier und lehnte sich an seine Brust. »Alles in Ordnung?« Eine rote Haarsträhne wehte ihr ins Gesicht, die er zärtlich zurückstrich.

Er küsste sie und lächelte. »Ein Traum.«

Sie lösten sich voneinander und nahmen den Kinderwagen aus dem Kofferraum, in den sie Manon behutsam legten, um sie nicht zu wecken. Dann folgten sie den Stimmen, die der leichte Wind zu ihnen herübertrug.

Laure und Christian Leroy hatten um ihre Hütte, die die Sauniers »Cabane« nannten, Windlichter entzündet und einen Tisch zusammen mit einfachen weißen Monobloc-Stühlen neben die Becken in die untergehende Sonne gestellt, an dem bereits zwei Paare saßen.

Die Gastgeberin war eine drahtige, braun gebrannte Frau, die mit einem offenen Lächeln auf sie zukam. »Ihr müsst Clément und Sandrine sein. Ich bin Laure.« Sie schüttelte ihnen die Hand und lugte in den Kinderwagen. »Wie reizend sie ist! Meine sind schon aus dem Haus. Kommt mit.«

Sie stellte ihnen die anderen Paare vor: Jacques und Julie Bernard, ein jüngeres Paar, die beide Lehrer am Lycée in Saint-Martin-de-Ré waren, sowie Théo und Leonie Braconnier, die ihren Ruhestand auf der Insel verbrachten. Sie waren vor einer Weile aus Paris hierhergezogen.

Christian Leroy öffnete die Tür zur Cabane. »Allez, Monsieur le Commissaire, ich brauche Hilfe.« Er grinste breit.

Chevalier ging zur Tür, während Julie, eine quirlige, zierliche Frau, um die Kindertrage wuselte und unentwegt redend Manon anstrahlte, die unbeeindruckt weiterschlief.

Das Innere der Cabane wurde von einem langen Tisch dominiert, der entlang der gesamten Rückwand verlief und auf dem die verschiedensten Gerätschaften lagen, die zur Verarbeitung des Salzes gebraucht wurden. Gleich links neben der Tür standen ein Gasherd und ein Küchenschrank.

Leroy hielt Chevalier die Hand hin. »Wir duzen uns hier alle. Christian.«

»Clément.« Er schlug ein.

»Zuerst richten wir einen Salat aus Meeresbohnen, Tomaten und Paprika an.«

Ein Topf stand bereits auf dem Gasherd. Leroy hatte darin Wasser erhitzt und einen Aufsatz zum Dampfgaren aufgesetzt. Dessen Deckel hob er nun an, und zum Vorschein kamen die grünen Stängel, die verblüffend an Bohnen erinnerten. »Du kannst sie hier überall finden. Wein?«

Chevalier nickte und hielt kurz darauf ein Wasserglas in der Hand, das Leroy mit einem Weißwein füllte.

»Ein Colombard-Verschnitt aus dem Armagnac. Die einen finden ihn ausdruckslos, doch ich mag seine feine Säure.« Sie tranken.

Chevalier mochte den Wein. »Wobei brauchst du meine Hilfe?«

Leroy lachte. »Eigentlich brauche ich nur jemanden für ein nettes Gespräch. Ich bereite als Hauptgericht eine Mouclade saintongeaise oder charentaise zu.« Er stellte einen weiteren Topf auf den Gasherd und ließ ein großes Stück Butter darin schmelzen.

Chevalier betrachtete Leroy. Mit seinen ausgeblichenen, vom Wind verfilzten Haaren und dem muskulösen gebräunten Körper, der an diesem Abend in Shorts und Tanktop steckte, erinnerte er nicht im Entferntesten an einen ehemaligen Lehrer.

Leroy dünstete Schalotten in der Butter an und gab Safran dazu. Dabei pfiff er vor sich hin. »Für die Farbe«, erklärte er und wies auf das gelbe Gewürz. »Denkst du gerade darüber nach, wie ein Lehrer seine sichere Pension aufgeben kann, um das hier zu tun?«

Chevalier lachte. »Nein. Das kann ich mir sogar vorstellen, nicht aber, wie du als Lehrer ausgesehen hast und ob du streng oder locker gewesen bist.«

»Ich war verhasst, weil ich den Beruf gehasst habe.« Leroy zerpflückte Petersilie und warf sie in den Topf, dann goss er ordentlich Cognac hinzu. Er hielt die Flasche kurz in die Höhe. »Hier von der Insel. Hat eine gute Qualität.«

»Wieso gehasst?«

»Geht dir dein Beruf nicht manchmal auf den Geist?« Christian drehte einen Korkenzieher in eine Flasche Weißwein und zog sie auf.

Chevalier dachte einen Augenblick nach. »Schon, aber nicht oft. Verbrechen aufzuklären halte ich für eine sinnvolle Arbeit, da ich die Kriminellen bestraft sehen will.«

Der Wein gluckerte in den Topf. »Und wenn sie davonkommen, obwohl du dir sicher bist, dass sie es waren?«

Chevaliers Zweifel an der Lösung des Falls kehrten unvermittelt zurück, und wenn er daran dachte, dass womöglich ein brutaler Mörder davonkam, zog sich sein Magen zusammen. »Dann hasse ich den Job.« Sie lachten und tranken einen Schluck Wein.

»Ich war Lehrer an einer Brennpunktschule inmitten eines *quartier sensible*. In dem Problemviertel hatten wir fast ausschließlich Schüler aus dem Maghreb oder mit schwarzafrikanischen Wurzeln. Darunter waren einige motivierte und intelligente Kinder, doch in unserem System haben die kaum eine Chance. Da ist bereits die Adresse ein Grund, sie nicht zum Vorstellungsgespräch einzuladen.« Christian Leroy seufzte.

Chevalier nickte und sah zu, wie Leroy Miesmuscheln zu dem Wein-Cognac-Sud gab und eine ordentliche Portion Crème fraîche darüberträufelte.

»*Et voilà*. Uns bleibt eine Viertelstunde für die Vorspeise.« Doch Leroy machte keine Anstalten hinauszugehen. »Ich habe es im Schuldienst nicht mehr ausgehalten. Du rackerst dich ab – für nichts. Der Salzgarten hier war wie eine Befreiung. Du siehst täglich, was du gearbeitet hast. Da ist es zweitrangig, wie lange du brauchst und was du verdienst.«

Chevalier konnte ihn verstehen und nickte.

Leroy nahm die angebrochene Flasche und zog die Tür der Cabane auf. »Ihr habt euren Mörder?«

»Ja, sieht so aus«, antwortete Chevalier, dessen Zweifel jetzt, da er mit Abstand auf das Geschehen schaute, zunahmen.

»Ich kenne diesen Alexandre nicht.«

Chevalier hob beschwichtigend die Hände. »Sei mir nicht böse, doch ich spreche nie über meine Fälle.«

Leroy nickte. »Kann ich verstehen.«

Chevalier musste auch nichts erzählen. In der *Sud Ouest* hatte Ségolène Meunier alle Einzelheiten des vergangenen Abends detailliert dargelegt und sogar ein Foto von Alexandre aufgetrieben.

Leroy wiegte den Kopf. »Théo da draußen behauptet, er sei am Sonntagabend so gegen neunzehn Uhr mit seinem Fahrrad unterwegs gewesen und habe unweit von Moyons Salzgarten einen Mann gesehen. Angeblich hat der sein Hemd ausgezogen und es in eine Tüte gestopft, bevor er ein T-Shirt überstreifte. Das war nicht Alexandre Moyon, sagt er.«

Chevalier zuckte mit den Schultern. »Das kann jeder gewesen sein. Eventuell hat der Mann ja auf einer der anderen Salinen gearbeitet und war verschwitzt.«

Leroy schien mit der Antwort nicht zufrieden zu sein. »Frag Théo selbst.«

Chevalier schmunzelte. »Ja, aber nach dem Essen, sonst bekomme ich Ärger mit Sandrine.«

Sie gingen hinaus und setzten sich zu den anderen, die sich angeregt unterhielten. Es ging um Erziehung und Jacques' Meinung, dass die Kinder heute zu wenig diszipliniert seien und mehr Zeit mit den sozialen Medien verbrachten als mit einem guten Buch. Jacques wirkte mit seiner metallgefassten Brille und den halblangen braunen Locken wie ein Lehrer aus dem Bilderbuch. Er strich sich die Strähnen häufig aus der Stirn. Doch er war ein guter Erzähler und hatte Witz. Während sie gekocht hatten, war immer wieder seine Stimme, gefolgt von schallendem Lachen, zu hören gewesen.

Als Chevalier und Leroy hinzukamen, erstarb die Diskussion allmählich, da alle zusahen, wie Sandrine die Melone mit Schinken auspackte, auf Teller verteilte und die Vinaigrette und das Basilikum darübergab. Chevalier goss Pineau in die Gläser, und kurz darauf sprach niemand mehr. Alle aßen in genüsslichem Schweigen.

Später half Chevalier dem Gastgeber, die Muscheln und den Salat fertig zu machen. Leroy schüttelte die Miesmuscheln im Topf hin und her, um sie mit der Sauce zu verbinden. Chevalier mischte die nun abgekühlten Meeresbohnen unter die Paprika und die Tomaten und gab ein vorbereitetes Dressing aus Olivenöl, Balsamico-Essig und Gewürzen darüber, die er nicht erkannte.

Sie aßen im nachlassenden Abendlicht, und irgendwann zogen sie sich Pullover und Jacken an, denn vom nahen Atlantik zog kühle Luft herüber.

Chevalier und Sandrine genossen die Einladung. Sie lachten, lernten einiges über die Gewinnung von Salz, aber auch über das Intrigenspiel in den Ministerien von Paris, wo Théo dreißig Jahre Dienst getan hatte.

Zwischendurch stillte Sandrine die Kleine und stellte sie den anderen vor. Gegen elf waren die Kerzen heruntergebrannt, und der Wein neigte sich dem Ende zu.

Julie, Sandrine und Laure räumten Töpfe und Geschirr in Körbe, um sie zu Hause zu spülen, während die Männer Stühle und Tische in die Cabane trugen.

Als Chevalier wieder hinaustrat, hatten Jacques und Julie seine Frau in ein Gespräch verwickelt. Wie er am Rande mitbekam, ging es darum, dass Sandrine Kunstkurse an der Schule in Saint-Martin-de-Ré anbieten könnte. Die Schüler wären sicherlich begeistert, meinte Julie. Ihr selbst schien die Idee am besten zu gefallen.

Leroy und Théo standen derweil am Rand eines der Becken und rauchten eine Zigarette.

Chevalier trat hinzu. »Christian hat mir erzählt, dass du am Sonntag gegen neunzehn Uhr einen Mann beobachtet hast, der sich zwischen den Salinen umgezogen hat?«

Théo sah erst kurz zu Leroy und dann zu Chevalier, danach strich er sich mit der Hand über die glänzende Glatze. »Das ist richtig. Ich fahre abends oft zu den Salinen, denn man kann dort unterschiedliche Vögel beobachten und manchmal sogar einen Fischotter.« Er winkte ab. »Wie dem auch sei. Gewöhnlich fahre ich nach Loix und von dort am Meer vorbei zur Gezeitenmühle und weiter bis zur Plage de la Mer du Nord, um dann nach Les Prises zurückzukehren. Da wohnen wir. Ich habe einen Schlenker durch die Salinen bis hierher zum Salzgarten von Laure und Christian gemacht. Es war wie in einem Traum. Die Sonne und das blitzende Meer zu meiner Rechten und die Marée und Salzgärten auf der anderen Seite. Ich war mehr oder weniger alleine unterwegs, als ich kurz hinter dem Betrieb des Austernzüchters *Les huîtres de Mer* einen Mann auf einem verwilderten Grundstück stehen sah. Er riss sich gerade das Hemd von der Brust.«

»Wie muss ich das verstehen?«

Théo riss die Arme über seinem ansehnlichen Bauch auseinander. »Die Knöpfe sind weggeflogen, so heftig hat er daran gerissen. Man hätte meinen können, es stünde in Flammen.«

Chevalier nickte. »Kannst du dich an das Hemd erinnern? Wie sah es aus?«

»Nicht so bunt wie meins.« Er grinste und nestelte an seinem Hawaiihemd, das von bunten Papageien geziert wurde. »Ich denke, es war einfarbig. Blau. Es hatte dunkle Flecken.«

»Was geschah dann?«

»Er wischte sich die Hände daran ab und streifte ein weißes T-Shirt über. Darauf verschwand er in einer Cabane, die dort steht. Ich bin dann weiter.«

»Wie sah der Mann aus?«

»Völliger Durchschnitt, wenn du verstehst, was ich meine.« Théo nahm die Brille ab und massierte sich den Nasenrücken. »Verliert auch die Haare, ist aber noch nicht so weit wie ich.« Er grinste. »So groß wie du, Clément.«

»Dick, dünn?«

»Weder noch.«

Chevalier erkannte, dass Théos Erinnerung begrenzt war. »Würdest du ihn wiedererkennen?«

»Ja.«

»Kannst du mir auch die Stelle zeigen, wo das war?«

»Klar. Aber ich dachte, ihr habt euren Täter … ?«

»Schon, doch ich gehe gerne allem nach.«

»Ein ganz Gründlicher, was?«

Chevalier lächelte. Die Wahrheit liegt eben im Detail, ging es ihm durch den Kopf. »Morgen Mittag? Ich rufe dich wegen der Uhrzeit an.«

Théo nickte. »Können wir machen.«

»Ist Clément wieder bei der Arbeit?« Sandrine legte den Arm um Chevaliers Hüfte.

Théo riss die Augen auf und klimperte unschuldig mit den Lidern. »Nein, wie kommst du denn darauf?«

Chevalier und Sandrine lachten und machten sich dann mit Manon auf den Weg.

Zu Hause stellte Chevalier gerade in der Duschkabine das Wasser an, als Sandrine unvermittelt zu ihm kam. Sie schlang die Arme um seinen Hals und küsste ihn leidenschaftlich, während sich ihr Körper an seinen drängte. Wenige Sekunden später lagen sie nur oberflächlich abgetrocknet im Bett und genossen es, alles Denken abzuschalten und sich nur ihrer Lust hinzugeben.

Später lag Sandrine in seinem Arm und schlief. Sie atmete ruhig, und jedes Ausatmen kitzelte ihn am Hals. Ihre Züge waren so vollkommen gelöst, dass Chevalier sich fragte, ob er selbst jemals derart entspannt gewesen war. Ihn trieben seit Längerem entweder seine Fälle oder, neuerdings, sein Bruder Alphonse um. Er wollte noch nicht schlafen, sondern den Augenblick genießen. Sandrine drehte sich ein wenig, und er sah wieder, dass sie sogar im Nacken Sommersprossen hatte. Er küsste sie sanft, um sie nicht zu wecken. Vom Hafen drangen gedämpfte Geräusche durch das geöffnete Fenster ins Zimmer.

Irgendwann, er hing irgendwo zwischen Wachen und Schlafen, vibrierte sein Smartphone.

Vorsichtig, um sie nicht zu wecken, löste er sich von Sandrine, die unwillig brummelnd zur Seite rollte, und schlich auf Zehenspitzen hinaus in den Flur. Auf dem Display erkannte er wieder die Nummer seines Bruders.

Komme nächste Woche.

Chevalier wusste, dass es sinnlos war zurückzuschreiben, denn es würde nichts ändern.

Frustriert schlug er gegen die Wand.

FREITAG, 18. JUNI

»Wollen wir zu Mittag eine Kleinigkeit essen gehen?« Sirac stand in der Tür zu Chevaliers Büro, dem es endlich gelungen war, alle Programme ans Laufen zu bringen.

Chevalier lächelte. »Gute Idee. Wie ist der Stand der Dinge in Sachen Drohbriefe?«

Sirac setzte sich auf den Stuhl gegenüber dem Schreibtisch. »Die Technik untersucht den Drucker in Alexandre Moyons Wohnung darauf hin, ob diese dort ausgedruckt wurden.«

Chevalier nickte. »Unserem Psychologen habe ich bereits die Inhalte der Briefe vorgelegt. Er sieht eine klare Steigerung der Aggressivität und glaubt, dass der Schreiber der Täter sein könnte.«

»Gibt es Neues zum Smartphone?«

Sirac schüttelte den Kopf. »Nein. Man macht uns da auch keine große Hoffnung.«

»Und aus dem Krankenhaus?«

»Alexandre ist nach wie vor ohne Bewusstsein.«

Chevalier stand auf und seufzte. »Also dann … Wohin gehen wir?«

»Ein Stück weiter die Straße herunter gibt es ein kleines Restaurant, *La Cloche d'Or*, in dem wir ab und zu das Wochenende einläuten. Ich habe uns vorsichtshalber schon mal einen Tisch reserviert.«

Sie gingen in das Büro der Lieutenants. Sophie hatte sich bereits die Handtasche umgehängt und sprang auf. »*Cloche d'Or?*«

Sirac nickte.

»Begleiten Sie uns, Lieutenant?« Chevalier blickte zu Moreau, der nur kurz aufsah.

»Nein, ich habe zu tun.«

»Dann bis später.«

Sie verließen das Kommissariat und überquerten die Straße, um nach wenigen Metern zu einem kleinen Restaurant zu gelangen, auf dessen überdachter Terrasse ihnen der reservierte Tisch zugewiesen wurde.

»Was können Sie mir empfehlen?« Chevalier sah zu Sophie.

»Der Koch stammt aus dem Gebiet um Chalosse. Das ist in der Nähe von Dax. Dort gibt es spezielle Rinder, von denen er das Bœuf de Chalosse zubereitet. Dazu Sauce béarnaise und Pommes frites.« Sie verdrehte genießerisch die Augen.

Chevalier folgte dem Rat und orderte das Gericht, während sich Sirac für die Moules de Bouchot marinière, Miesmuscheln in Weißweinsauce, entschied und Sophie die Magret de Canard nahm, zarte Entenbrust. Dazu bestellten sie Rosé aus dem Cognac.

»Sie trinken Alkohol?« Chevalier schaute den Kollegen fragend an.

Sirac blickte an Chevalier vorbei ins Restaurant und lachte humorlos auf, dann schaute er ihn wieder an. Als er zu sprechen begann, klang seine Stimme ungewohnt leise. »Meine Eltern stammen aus einer Stadt namens Blida in Algerien. Mein Vater war Journalist und arbeitete für eine der Tageszeitungen dort. Als 1992 Muhammad Boudiaf zurückkehrte und der Staatsrat die Macht übernahm, schrieb er dagegen an und wurde 1995 verhaftet. Sie ließen ihn nach ein paar Monaten laufen und warnten ihn davor, weiter gegen die Regierung zu agitieren. Doch er ließ sich nicht beirren, obwohl sie ihm mehrmals auflauerten und ihn zusammenschlugen.«

Sirac schwieg einen Moment. Sein Blick schien wieder in

weite Ferne zu wandern. »Dann kamen die Islamisten und brachten Blida unter ihre Kontrolle. Der Konflikt entartete im *triangle de la mort*. In dem Todesdreieck zwischen unserer Stadt, Algier und Larbaa kam es immer wieder zu Massakern an der Bevölkerung, von denen niemand wusste, ob die Islamisten oder die Armee dahintersteckten. Vater wurde von ihnen bedroht und entschloss sich, nach Frankreich auszuwandern. Doch kurz bevor es so weit war, kamen die Islamisten zu uns nach Hause. Vater habe verbotene Sender gehört und geschaut.« Sirac räusperte sich. »Es war ein Vorwand, da sie ihn für seine Artikel bestrafen wollten.«

Der Wein wurde serviert, aber Sirac schenkte sich Wasser aus der Karaffe ein und trank einen Schluck. »Sie traten die Tür unserer Wohnung ein. Ich war erst zwei Jahre alt, doch mein Bruder Abdel – er war acht – schreit seit jener Nacht im Traum. Sie haben unseren Vater vor unseren Augen misshandelt und gefoltert. Mutter und Abdel mussten zusehen.«

Wieder machte er eine Pause. »Wir fanden ihn am folgenden Tag in den Bergen hinter der Stadt. Er war verstümmelt.« Sirac griff nach dem Weinglas. »Seitdem hat unsere Familie es nicht mehr so mit den Regeln des Islams. *Santé*.«

Sie tranken.

»Das muss furchtbar für Sie gewesen sein. Wann sind Sie hergekommen?«, meinte Chevalier betroffen. Oft hatte er geglaubt, die Vorkommnisse in seiner Familie wären besonders hart gewesen, doch gegenüber dem, was Sirac erzählte, erschien ihm seine Kindheit schon fast als glücklich. Er beobachtete aufmerksam das Gesicht des jungen Kollegen, der sichtlich unter der tragischen Familiengeschichte litt.

»Zur Jahrtausendwende. Unser Flugzeug landete am zweiten Januar 2000 in Paris. Der Bruder unserer Mutter lebte in La Rochelle, also sind wir hierhergekommen. Sie hatte in Blida einen kleinen Lebensmittelladen und eröffnete einen neuen in Royan.

Es hat für uns zum Leben gereicht. Aber jetzt genug davon. Wie haben Sie sich eingelebt, Clément?«

Chevalier hob sein Glas erneut. »Ich denke, wir sollten uns duzen. Wo ich bisher gewesen bin, war das unter den engsten Kollegen immer so.«

Sie stießen miteinander an.

»Meine Frau Sandrine und ich, wir gewöhnen uns an den Alltag hier. Ich suche noch nach ein paar Partnern zum Tennisspielen, und Sandrine tastet sich langsam in der Kunstszene vor. Sie hat möglicherweise ein Angebot für Kunstunterricht an einem Lycée. Mal sehen, wie wir das nach den Sommerferien regeln können.«

Sophie lächelte. »Beim Tennis wüsste ich Abhilfe. Mein Mann Denis spielt im Tennisclub Rochelle TC. Wenn du willst, Clément, werde ich ihn fragen, inwieweit dort noch Platz ist.«

Chevalier nickte erfreut. »Sehr gern. Mach das.«

Das Essen wurde serviert – und es war vorzüglich. Der Koch hatte das feste, marmorierte Fleisch auf den Punkt gebraten und in Streifen geschnitten, die er kunstvoll auf dem Teller angerichtet hatte. Auf der knusprigen Kruste sah man einen Hauch des groben Salzes, mit dem das Fleisch gewürzt war.

Chevalier strich ein wenig der Sauce béarnaise darüber und schloss genießerisch die Augen. Es schmeckte köstlich. »Ein guter Tipp.« Er sah zu Sophie und der Entenbrust auf ihrem Teller. Die würde Chevalier probieren, wenn er mit Sandrine hierherkäme.

Sirac zupfte eine Muschel aus der Schale und steckte sie sich in den Mund. »Und? Wie war die erste Woche mit uns, Chef?«

Chevalier grinste. »Ach, es bleibt noch Luft nach oben.«

Die beiden lachten.

»Nein, Spaß beiseite. Dafür, dass wir uns vorher nicht kannten, lief es hervorragend.«

»Was ist mit Adrien?«, wollte Sophie wissen und verzog leicht den Mund.

»Man wird ihn befragen. Die Interne hat sich angekündigt. Sein Problem«, Chevalier machte eine vielsagende Pause, »bleibt vorerst unter der Decke.«

Sophie zögerte. »Warum hast du ihn aus der Schusslinie genommen?« Sie hatte sich sichtlich zu der Frage durchringen müssen.

Chevalier hob die Schultern. »Ich weiß es nicht. Es war wie ein Reflex. Kollegen hängt man nicht hin.«

Sophie lächelte, und Sirac gab einen zustimmenden Laut von sich.

Sie plauderten eine Weile über die Polizei in La Rochelle, und Chevalier gewann nach und nach einen Überblick, wie die Dinge hier liefen. Einzelne Abläufe waren anders als in Lyon, die Prinzipien blieben indes dieselben.

Es tat ihm gut. Die Sonne schien weiterhin, auch wenn feine Wölkchen am Himmel die Wetterumstellung bereits ankündigten. Es war ein Augenblick zum Wohlfühlen. Satt und vom Wein gehobener Stimmung fühlte Chevalier sich in diesem Moment in La Rochelle angekommen, auch wenn die »Causa Alphonse« ihn bedrückte. Doch was im Leben war schon perfekt?

Théo wartete bereits, als Chevalier zur verabredeten Zeit mit der BMW vorfuhr und ihm einen Helm hinhielt. Er grinste. »Motorradausflug?«

»In Ordnung. Noch hält das Wetter, und man kommt besser durch.« Théo setzte den Helm auf und stieg hinten auf die Maschine.

Sie fuhren kurz auf der D735 und bogen dann zur Segelschule *Centre nautique de la Couarde* ab. Kleine Segelboote und Katamarane glitten mit geblähten bunten Segeln durch eine künstlich angelegte Bucht. Eltern standen am Rand und sahen ihren Kindern zu oder dösten auf einem Handtuch an der Plage de la Mer du Nord in der fahlen Sonne.

Théo leitete Chevalier auf einen geteerten Weg. Er tuckerte in kleinem Gang weiter und wünschte sich, mit Sandrine auf dem Sozius unendlich diesem Weg folgen zu können. Die Île de Ré versprühte an diesem Tag ihren ganzen Charme.

Kurz darauf – die am vergangenen Abend erwähnte Austernzucht kam gerade in Sicht – zupfte ihn Théo am Ärmel und wies nach rechts. Chevalier bog ab und folgte einem Seitenweg landeinwärts, bis Salinen und Karstgelände aufhörten und die Weinfelder die Landschaft dominierten.

»Hier.« Théo deutete auf ein eingezäuntes Grundstück, auf dem nichts war außer braunem, trockenem Boden und gelbem Dünengras. Weiter hinten erkannte Chevalier im Schatten windschiefer Kiefern eine Hütte, die an die Cabanes der Sauniers erinnerte.

Er stellte den Motor ab und wartete, bis sein Begleiter ächzend vom Sattel rutschte.

»Dafür bin ich leider zu alt.« Sein breites Grinsen strafte seine Worte Lügen. »Der Mann stand dahinten neben der Hütte. Die Tür war am Sonntagabend offen.«

Chevalier drückte ein windschiefes Tor aus Maschendraht auf und ging, Théo im Schlepptau, hinüber zu der Hütte. Sie war aus Holz gezimmert, das mit der Zeit verwittert war. Als er daran rüttelte, zeigte sich, dass der äußere Eindruck täuschte. Die Tür war aus massiven Bohlen gefertigt worden und stabil.

Ein silbern glänzendes Vorhängeschloss hing offenbar noch nicht lange dort, um den Riegel zu blockieren. Das Dach war mit Dachpappe dicht gedeckt und würde das, was sich hinter der Tür befand, trocken halten.

Chevalier umrundete die Hütte, als ein dicker Käfer ihm ins Gesicht flog. Er wischte das Tier beiseite.

»Wem auch immer das Grundstück gehört, er kümmert sich darum.«

Kurz stand er unschlüssig da und betrachtete die fensterlose

Cabane. Dann zuckte er mit den Schultern. »Ich danke dir, Théo. Es kann sein, dass wir dir noch Fotos von Verdächtigen vorlegen, damit du abgleichst, ob einer von ihnen der Mann war, den du beobachtet hast. Lass uns wieder gehen. Ich bringe dich nach Hause.«

SAMSTAG, 19. JUNI

Chevalier saß müde im Wohnzimmer und sah in den noch immer regennassen Hof hinaus. Die Meteorologen hatten recht behalten. Am Morgen war die Temperatur auf unter zwanzig Grad gefallen, und leichter Regen war über das Land gezogen.

Claude hatte ihm bei seinem morgendlichen Kaffee, den er zu seinem Bedauern von nun an auf das Wochenende beschränken musste, vollmundig schönes Wetter für den Sonntag prognostiziert. Er hatte ein Glas hinter seinem Tresen poliert und über den Vieux Port in den grauen Himmel geschaut, dann abgewinkt und gemeint, am Abend sei das Schlechtwetter vorbei. Was den Regen anging, hatte er sich nicht geirrt, doch noch immer segelten dunkle Wolkenberge vom Atlantik heran.

Ein Samstag voller Arbeit lag hinter Chevalier, doch er hatte es genossen, denn es war ein ganzer Tag mit seiner Familie gewesen.

Sandrine war das schlechte Wetter ganz recht gewesen, denn so konnte Chevalier nicht auf den Gedanken kommen, ans Meer zu fahren. Sie hatte ihn dazu verdonnert, sich um Manon zu kümmern und, sofern ihre Tochter schlief, ihr selbst beim Überziehen der restlichen Rohlinge mit Silikon zur Hand zu gehen.

Sandrine stand unter Zeitdruck. Vor eineinhalb Jahren hatte sie die Ausschreibung gewonnen, für eine Kirche in Burgund Kreuzwegstationen aus Bronze anzufertigen, die entlang der Wände des Kirchenschiffs angebracht werden sollten. Der Auftrag musste bis zum Ende des Jahres abgeschlossen sein.

Wie Sandrine so war, hatte sie die Zeit ins Land gehen lassen und mit kleineren Arbeiten den perfekten Umgang mit dem Material geübt, bevor sie ihre Entwürfe angegangen war. Die Schwangerschaft und ihr Umzug hatten das Ihre dazu beigetragen, dass sie die zwölf Skulpturen nun rasch fertigstellen musste. Elf der Stationen hatte sie so weit modelliert, dass sie die Wachsfiguren erstellen konnten, für die Station *Jesus stirbt am Kreuz* fehlte bis auf die Zeichnung weiterhin alles.

Sie arbeiteten wie am Fließband. Sandrine erledigte den kritischen ersten Anstrich, woraufhin Chevalier weiteren Silikon dick auftrug, sodass der Überzug flexibel und stabil zugleich wurde. War das Material getrocknet, packten sie das Ganze in einen Mantel aus Gips. Während die eine Arbeit zum Trocknen beiseitegestellt wurde, kam die nächste Figur an die Reihe.

Mit kurzen Unterbrechungen, in denen sie aßen, Manon wickelten und bespaßten, verbrachten sie den ganzen Tag im Atelier. Mittlerweile standen zehn Skulpturen in dickem Gipsmantel auf dem Tisch. Was nun anstand, waren das Öffnen der Hülle entlang der Trennfuge und das Abstreifen der Silikonform vom Original. Doch heute würden sie das nicht mehr schaffen.

Von oben drang das Rauschen der Dusche zu ihm herunter. Chevalier erhob sich und ging in die Küche, um sich ein Bier zu holen, als es an der Haustür klingelte. Er sah verwundert auf. Hatten seine Schwiegereltern ihren Besuch angekündigt?

Er hoffte es nicht, denn dann war ihr ruhiger Abend passé. Lustlos trat er in den Flur und zog die Tür auf. Chevalier erstarrte. »Was willst du?« Er hatte nicht damit gerechnet, dass sein Bruder so bald auftauchen würde, und schon gar nicht hier, in seinem Zuhause. »Wir sind fertig miteinander.«

Alphonse hatte ein falsches Lächeln aufgesetzt, das verblasste. »Willst du mich nicht hineinbitten?« Er nuschelte. Seine Augen waren gerötet. Kein Zweifel, er war high.

Chevalier stieß einen angewiderten Laut aus. »Den Teufel

werde ich tun! Hau ab. Ich will, dass du aus unserem Leben verschwindest.«

Sie starrten einander an. Wind rauschte in den Büschen und ließ Tropfen von den Blättern regnen. Alphonse hatte sich seit ihrer letzten Begegnung kaum verändert. Er war hager, wie so viele Junkies. Das Haar trug er lang und zu einem Pferdeschwanz gebunden. Aus seinem T-Shirt ragten dünne Arme, die von Tätowierungen bedeckt waren.

Jetzt bleckte er die schadhaften Zähne eines Heroinabhängigen. »Du tust, was ich dir sage, oder ich vernichte dich.«

Chevalier trat dicht an ihn heran und nahm den Nikotingestank wahr, der von Alphonse ausging. Sie hatten beide die Augen ihrer Mutter geerbt, doch die seines Bruders wirkten so tot wie die Knopfaugen eines Plüschtiers. Er war unrasiert.

Chevalier musste seine Wut unterdrücken. »Mach, was du willst, aber bis dahin: Scher dich zum Teufel.«

Alphonse lachte humorlos auf, zog die Nase hoch und sah an der Fassade des Hauses hinauf. »Schön hast du es hier. Im Knast wird das anders sein.«

Chevalier nickte. »Ich vertraue da auf deine Erfahrung. Was hast du dir denn reingezogen, um hier den harten Hund zu spielen?« Er tippte sich an die Nase. »Junkie.«

Alphonse wollte Chevalier am Kragen packen, doch der stieß ihn so heftig zurück, dass er stolperte und rücklings in den Kies krachte. Wutschnaubend sprang Alphonse auf. Ein widerliches Grinsen erschien auf seinem Gesicht. »Huh, unser Muttersöhnchen wird ja richtig wild. Muss sein Nest verteidigen.«

»Lass Maman aus dem Spiel.«

Alphonse lachte auf. »Oh, den Namen unserer Mutter soll ich nicht beschmutzen? Du hast ja keine Ahnung, wer sie war. Bis Montag hast du Zeit, dich zu entscheiden, danach …« Er brach ab und blickte an Chevalier vorbei.

Sandrine trat mit feuchtem Haar auf die Schwelle. Sie hatte

sich eilig in Jeans und T-Shirt geworfen und war barfuß heruntergelaufen. Ihre grünen Augen funkelten wütend. »Du ziehst auf der Stelle Leine, sonst rufe ich eine Streife.« Aufrecht, wie sie dort stand, glich sie einer streitbaren Amazone, und trotz der Situation liebte und bewunderte Chevalier sie einmal mehr.

Auch auf Alphonse zeigte der Auftritt Wirkung. Er senkte den Kopf wie ein kleiner Junge, drehte sich um und ging. Erst als er das Grundstück verlassen hatte, schrie er: »Du weißt Bescheid, Clément. Montag!«

Chevalier spürte Sandrines Blick brennend auf seiner Wange. »Lass uns reingehen.«

Doch sie hielt ihn am Arm fest. Ein Tropfen aus ihren Haaren lief ihr über das Gesicht. Sie schien es nicht zu bemerken. »Du erzählst mir auf der Stelle, womit er dich unter Druck setzt, und wage es nicht, mich anzulügen.«

Sie gingen hinein. Manon schlief in einem Hängebettchen, das Chevalier im Wohnzimmer aufgehängt hatte. Sie hatte die Hände zu kleinen Fäusten geballt und atmete tief und ruhig.

Als er sich umwandte, blickte ihn Sandrine ungehalten an. »Was kann dieses Schwein uns antun?«

»Lass es gut sein. Ich bekomme das hin.«

Sie wurde selten laut, doch nun schrie sie ihn derart an, dass Manon im Schlaf zusammenzuckte. »Gib mir eine Antwort! Ist es wegen der Verdächtigungen in Lyon? Hast du Alphonse gewarnt?«

Chevalier nickte.

Sandrine schloss die Augen. »Du bist ein Idiot, Clément.«

Er schwieg und sah sie traurig an. Einige Sekunden bewegte sich niemand, dann trat sie zu ihm.

»Warum?« Ihre Stimme war voller Vorwurf.

»Ich dachte, er ist mein Bruder.«

»Er ist ein verkommener Junkie, der dealt. Sieh ihn dir doch an! Die verdreckten Klamotten, das ständige Schniefen. Du weißt, wie die sind. Jérôme war ein Kommilitone an der Kunsthochschule, der hat ab und an einen Joint geraucht, doch dann ist er vom Haschisch auf Heroin umgestiegen. Weißt du, ich habe ihn gemocht und, als es ihm dreckig ging, auch unterstützt.«

Sie lachte bitter auf. »Zum Dank hat er mir einen Ring gestohlen, den ich von meiner Großmutter hatte. Ich habe daran gehangen, und er wusste das, doch diesen Typen ist alles egal. Das muss dir bei Alphonse doch klar gewesen sein?«

»Ja schon, aber …« Er brach ab.

Sie trat einen Schritt zurück. »Was wolltest du wiedergutmachen?«

Chevalier sah seine Frau an. Sie durchschaute ihn schneller, als er selbst es tat. Er seufzte. »Ich bin mit Mutter gegangen, damals, als unsere Eltern sich getrennt haben.« Seine Stimme klang rau bei der Erinnerung. »Die Zeit war schwer, wie du weißt. Weg von Metz, den Freunden, von Papa und Alphonse. Sie war eine Getriebene. Wir sind immerzu weitergezogen, von einer Stadt in die andere und dann in Paris von einem Arrondissement in das nächste.«

»Warum?«

Chevalier hob die Schultern. »Ich habe sie das oft gefragt. Sie ist mir stets ausgewichen. Meinte, zu lange an einem Ort lasse sie einrosten. Es war eine Lüge. Sie hatte vor irgendetwas eine irrationale Angst. Später dann bekam sie Depressionen, litt unter Verfolgungswahn … und ging eines Abends in die Seine.«

Sandrine nickte. Sie kannte die Geschichte. »Und wo ist da ein Grund für dein schlechtes Gewissen Alphonse gegenüber?«

»Maman war trotz ihrer Unruhe eine gute Mutter. Es war chaotisch bei uns, und wir sind nie an einem Ort wirklich angekommen, doch sie hat mich zu dem gemacht, der ich bin. Außerdem fand ich bei ihr Wärme, Liebe. Sie war die ersten Jahre recht normal und hat viel gearbeitet, um uns über Wasser zu halten. Abgedriftet ist sie erst, als ich wegging.«

»War das der Grund?«

»Nein, ich denke nicht.«

Sandrine nahm sich ein Glas Wasser und setzte sich auf einen der Sessel. »Was war mit Alphonse?«

Chevalier strich sich mit einer Hand durchs Haar und hob die Schultern. »Er blieb in Metz. Vater war ein kalter und herrischer Mensch. Hatte immer etwas auszusetzen und traktierte einen mit kleinen und großen Strafen. Wir ließen Alphonse bei ihm zurück. Materiell ging es den beiden besser als Mutter und mir. Vater leitete ein Autohaus und verdiente gut. Ich glaube allerdings nicht, dass er Alphonse ein Zuhause gegeben hat. Ich denke, mein Bruder war einsam … und neidisch auf mich, weil ich Mutter hatte. Ich sehe ihn noch weinen, als wir gefahren sind.«

Sandrine wirkte nun betroffen. Ihr Blick hatte jede Schärfe verloren. »Warum ist er nicht mit euch gegangen?«

»Unsere Eltern hatten sich auf das ›Modell‹ geeinigt.«

»Der arme Kerl.« Sie schüttelte ungläubig den Kopf. In ihrer Welt hatte es so etwas nie gegeben.

Chevalier nickte. »Zu Beginn seiner Pubertät kam es zwischen den beiden zu großen Streitereien. Eines Abends stand Alphonse bei uns vor der Tür. Da war er vielleicht dreizehn. Ein mageres Kind, das erwachsen sein musste. Er hat Mutter fest umarmt, wollte sie kaum mehr loslassen. Man hätte ihn damals auffangen können, doch kurz darauf ist Vater aufgetaucht und hat ihn mitgenommen.«

»Was hast du dazu gesagt?«

»Wenn ich ehrlich bin, war ich froh, als er wieder weg war. Vaters Art hatte Alphonse geprägt, und so begann er, mich zu schikanieren. Als er beim Abschied die Treppe herunterging, hat er sich umgewandt und mir in die Augen geschaut. Da war nichts als Hass und Neid.«

»Du konntest nichts für die verfahrene Situation.«

Chevalier sah beschämt unter sich. »Maman hat mich gefragt, ob Alphonse bei uns bleiben solle. Sie wollte dann mit Vater reden.«

Verstehen trat in ihren Blick. »Du hast Nein gesagt.« Es war keine Frage.

Chevalier nickte.

»Und daraufhin ist er abgerutscht, und du fühlst dich schuldig daran.«

Chevalier hob die Schultern. »Ja. Verstehst du? Hätte ich Ja gesagt, würde er vielleicht genauso glücklich sein wie wir.«

»Du bist manchmal ein Träumer, dabei siehst doch gerade du tagein, tagaus, was da draußen los ist.«

»Das eine ist der Job, das andere die Familie.« Chevalier hob die Schultern. Wenn er ehrlich war, konnte er selbst nicht glauben, wie naiv er gewesen war. Und er hasste sich dafür.

»Und was genau war in Lyon?«

»Er hat mich überredet.« Chevalier hob abwehrend die Hände. »Ich weiß, du hast mich gewarnt.« Er senkte den Kopf, konnte ihr nicht in die Augen sehen.

Alphonse war wie aus dem Nichts aufgetaucht. Hatte plötzlich vor ihrer Wohnungstür im Stadtteil Croix-Rousse gestanden und sie in eines der kleinen Restaurants zum Essen eingeladen. Der Abend war harmonisch gewesen, und Alphonse hatte sich von einer charmanten Seite gezeigt. Chevaliers schlechtes Gewissen begann wieder zu schlagen, und ihm fiel nicht auf, wie verkrampft sich sein Bruder gegenüber Sandrine verhielt. Sie schien ihn zu verunsichern. Von diesem Abend an versuchte er, Chevalier ohne sie zu treffen. Er gab dem Ganzen zu Sandrines Ärger nach, wobei sie ihn ständig warnte, Alphonse sei ein Krimineller mit Drogenproblemen.

»Wir hatten in Lyon ausgemacht, dass du ihn nicht zu nahe an dich heranlässt.« Nun klang ihre Stimme wieder streng und unnachgiebig.

Eine ganz andere, schöne Erinnerung zuckte plötzlich durch seinen Kopf. Sie hatten an einem lauen Abend auf dem winzigen Balkon ihrer Wohnung gestanden, die sich in einem der ehemaligen Weberhäuser befand, und auf die weite Stadt hinabgeschaut, die sich wie ein Teppich unter ihnen ausgebreitet hatte. Er hatte die Aussicht geliebt …

Chevalier schob die Gedanken beiseite. Er sprach nun leise weiter. »Das habe ich auch getan. Wir haben uns wenig gesehen. Wie du weißt, hat Alphonse für einen Drogenring aus Belgien Kurierfahrten gemacht.«

Sandrine nickte. »Das Heroin aus Antwerpen. Alphonse wurde mit einem Kilo des Zeugs bei Charleville-Mézières erwischt und ging für drei Jahre in den Knast. Sie hätten ihn besser dabehalten.«

»Ich dachte, er wäre sauber. Immerhin hatte er einen Job.«

»Das hast du geglaubt? Du bist Polizist.« Sandrine konnte es nicht fassen.

»Ja, verdammt! Du hattest von vornherein etwas gegen ihn.« Er klang barscher als beabsichtigt.

Sandrine sah Chevalier verwundert an. »Natürlich. Er kann mir nicht einmal in die Augen schauen, das macht mich misstrauisch. Vielleicht sieht er in mir eure Mutter, oder was weiß ich? Jedenfalls konnte und kann ich ihn nicht leiden. Was war los mit dir, Clément, du bist doch sonst nicht so naiv?«

Er hob wieder die Schultern, weil er selbst nicht mehr verstand, was damals in ihm vorgegangen war. »Ich habe mich für ihn verantwortlich gefühlt.«

Sandrine verdrehte die Augen.

»Er rief an und fragte, ob ich überprüfen könne, ob die Kollegen einen Einsatz gegen ihn planten. Er sei unschuldig, habe sich komplett aus diesen Kreisen zurückgezogen, und wenn sein Chef davon etwas mitbekomme, würde er entlassen. Ich habe mich überreden lassen, aber nichts gefunden. Doch dann ist mir ein Einsatzplan in die Hände gefallen. Alphonses Wohnung sollte von den Kollegen der Drogenfahndung ins Visier genommen werden.« Er schwieg und sah sie nur an.

»Was hat er gemacht?«

»Er hat das Telefonat, in dem ich ihn warnte, mitgeschnitten.«

Sandrine schlug mit der Hand auf den Tisch. »*Merde, ce salaud!* Von wegen Autohaus! Da bist du deinem Dealer-Bruder ja schön auf den Leim gegangen.«

»Jetzt dringt er auf mich ein, dass ich ihn warne, wenn es hier am Hafen zu Razzien kommt. Am Montag will er eine Antwort.«

Sie schaute ihn fragend an.

Chevalier schüttelte entschlossen den Kopf. »Kommt nicht infrage.«

Ihre Augen waren voller Furcht. »Was tust du, wenn er seine Drohung wahr macht und das Tape veröffentlicht?«

»Er wird es nicht tun, denn dann geht er wieder ins Gefängnis. Gewinnen kann er dadurch nichts.«

Sandrine wandte sich unglücklich ab. »Dann wollen wir hoffen, dass du recht behältst.«

Sie lagen im Bett, und Sandrine an seiner Seite atmete regelmäßig und ruhig. Diffuses Licht von einer der Straßenlaternen fiel durch die Lamellen der Fensterläden und malte Streifen auf Wände und Boden. Chevalier lag noch wach und zerbrach sich über Alphonse den Kopf.

Sein Smartphone klingelte. Chevalier griff danach und registrierte mechanisch die Uhrzeit. Elf Uhr fünfundfünfzig. Das Display zeigte den Eingang eines Videoanrufs an, unbekannte Rufnummer.

Sicher ist es Alphonse, der mich weiter unter Druck setzen will, dachte Chevalier. Der wird sich wundern. Er nahm das Gespräch an. »Ja?«, knurrte er unfreundlich.

Doch das Gesicht, das auf dem Display erschien, war nicht das seines Bruders. Eine schrecklich entstellte Fratze, übel zugerichtet und verquollen, die Chevalier das Blut in den Adern gefrieren ließ, starrte ihn an, dann schrie der Mann vor Schmerzen auf.

Chevalier sprang auf und war in wenigen Schritten in der Kammer neben dem Kinderzimmer, die einmal sein Büro werden sollte. »Wer sind Sie?«

Der Mann schrie erneut.

Chevaliers Puls raste. »Wer sind Sie, und was geschieht mit Ihnen, verdammt noch mal?«

»Ich bin Jules Leglise, der Präsident des Département-Rats. Ich …« Der Mann stieß einen weiteren Schmerzensschrei aus.

»Hören Sie auf damit! Sofort!« Chevalier brüllte nun. Er wusste nicht, ob sein Schreien gewirkt hatte, jedenfalls endete die Quälerei, und Leglise sank mit zusammengekniffenen Augen wimmernd in sich zusammen, als eine Hand ihn unbarmherzig zurück vor die Kamera zog.

»Los!« Die Stimme war verzerrt und klang gedämpft.

Leglise begann zu stammeln: »Monsieur le Commissaire? Monsieur Chevalier? Er droht, mich zu töten, wenn Sie nicht herkommen. Allein! Kommen Sie, bitte, ich halte das nicht mehr aus.« Nichts erinnerte mehr an den arroganten und herrischen Mann, der Chevalier kürzlich am Telefon so angeblafft hatte. Leglise begann zu weinen.

»Wohin soll ich kommen?« Chevalier konnte sich nur mühsam unter Kontrolle halten.

»Tour de la Lanterne. Schnell, bitte!« Leglises Stimme klang nur noch matt.

Dann war die Leitung tot, und Chevalier starrte benommen auf sein Smartphone. Schweiß rann ihm in Strömen über den Körper.

Sandrine war hellwach, als er ins Schlafzimmer stürmte. »Warum hast du so geschrien, Clément? War das Alphonse am Telefon?«

»Nein. Jules Leglise, der Président du Département, wurde entführt. Er wird gefoltert. Der Täter hat mich aufgefordert, alleine zur Tour de la Lanterne zu kommen.«

Sie richtete sich abrupt im Bett auf. »Da gehst du nicht ohne Unterstützung hin, Clément!«

»Ich bin doch nicht verrückt. Ich sorge für Verstärkung.« Er schlüpfte eilig in Jeans und T-Shirt und lief nach unten. Sandrine folgte ihm. Sie fröstelte, und er legte ihr die Arme um die Schulter. »Keine Angst, Chérie. Ich passe auf. Versprochen.«

Sie sah ihm mit vor Angst geweiteten Augen zu, wie er Turnschuhe anzog und die Dienstwaffe aus dem Tresor nahm. Dann griff er nach dem Smartphone und wählte die Nummer Moreaus, der in dieser Nacht Bereitschaftsdienst hatte. Das Freizeichen erklang, wieder und wieder. Doch der Kollege meldete sich nicht. »Wo ist der Kerl? Er hat Dienst, verdammt noch mal!«

Schließlich rief Chevalier die Zentrale an und forderte eine Streife ohne Blaulicht und Martinshorn. Er erklärte die Situation und gab die Anweisung, dass zwei Beamte zu Fuß die Rue des Fagots herunterkommen sollten. Er würde sie an der Ecke zur Rue des deux Moulins treffen. Weitere Polizisten sollten sich im Hintergrund bereithalten, ebenso ein Rettungswagen.

Nachdem er Simon geweckt und die Lage erläutert hatte, küsste er Sandrine. Impulsiv griff sie nach seiner Hand, um ihn am Gehen zu hindern. Sanft machte er sich frei, küsste sie abermals und lief hinaus.

Sein Fahrrad fand wie von selbst den Weg, denn es war derselbe, den er jeden Morgen nahm, um Baguettes und Croissants zu kaufen, doch nie zuvor war er derart gerast, und nie zuvor hatte sich die Strecke länger angefühlt. Die Nacht war feucht und kühl. Es war so still geworden, dass er außer seinem eigenen Atem und dem Surren der Reifen auf der nassen Fahrbahn nichts hörte, sah man von dem Summen ab, das eine Stadt immer tief aus ihrem Bauch heraus abgab.

Die Rue de la Monnaie kreuzte die Rue des Fagots dort, wo sie als Rue St. Jean du Pérot in Richtung Stadt weiter verlief. Die Restaurants lagen bereits alle im Dunkeln, und nur aus einer Bar drangen noch Stimmen auf die Straße. Eine graue Katze huschte vor Chevalier über die Fahrbahn und suchte zwischen den Stühlen einer Sushi-Bar Schutz.

Er stieg vom Rad und drückte sich an den Zaun einer Villa. Der Garten war ungepflegt, das konnte er selbst im Dunkeln erkennen.

Ging man die Rue des Fagots hinunter, ragte nach wenigen Schritten vor einem die Tour de la Lanterne in die Höhe. Chevalier sah den Schein der Strahler, die den Turm in orangefarbenes Licht tauchten, mit dem die Sehenswürdigkeiten der Stadt angeleuchtet wurden. Die Häuser reichten eng an die Fahrbahn der Rue des Fagots heran. Zwei Laternen erhellten das Dunkel, sodass er sich eng an die Hauswände auf der linken Seite drücken musste, um ungesehen bis zur Ecke gegenüber dem Turm zu gelangen, der Teil der mittelalterlichen Stadtbefestigung war. Jenseits der Stadtmauer lag der Parking Saint-Jean-d'Acre, ein Parkplatz, der vom Turm aus gut zu überblicken war.

Chevalier schaute auf die Uhr: Viertel nach zwölf.

Eine eingehende Nachricht ließ sein Smartphone vibrieren.

Wo bleiben Sie, Chevalier? Er blutet schon.

Sein Puls beschleunigte sich, und er wollte gerade auf eigene Faust losgehen, als zwei Uniformierte aus dem Schatten der Häuser traten.

Er zeigte seinen Ausweis und erklärte leise die Lage. Die Augen des jüngeren Polizisten verrieten seine Angst. Er war ein großgewachsener, muskulöser Mann und mochte kaum älter als zwanzig Jahre alt sein. *Mazeau*, stand auf dem Namensschild an seiner Uniformjacke.

Chevalier sah die beiden an. »Wir gehen folgendermaßen vor:

Sie beide folgen mir bis zur Ecke gegenüber dem Turm. Ich werde hinüberlaufen, während Sie im Schatten der Häuser auf mein Zeichen warten. Sobald ich anrufe, läuft einer von euch hinauf zur Rue sur les Murs und sperrt diese in Richtung der Tour de la Chaîne ab. Der andere sichert weiter hier unten ab, damit der Täter nicht zum Hafen entkommen kann. Alle Geräte auf lautlos schalten.« Er drückte einem der beiden eine Visitenkarte mit seiner Telefonnummer in die Hand und wartete, bis sie ihn einmal angewählt hatten.

Sie nickten ihm dann sichtlich beklommen zu und folgten Chevalier.

Hinter der nächsten Straßenecke rührte sich nichts. Mücken tanzten im Licht der Scheinwerfer. Vom Jachthafen drang ein betrunkenes Lachen über das Wasser.

Chevalier merkte, wie ihm der Schweiß ausbrach. Er setzte an, um zum Eingang des Turms zu laufen, als erneut jemand schrie. Leglise!, durchfuhr es Chevalier. Furcht erfasste ihn.

»Er ist oben auf dem Turm. Der Schrei kam von dort«, raunte einer der Uniformierten und deutete nach oben.

Chevalier lief los, wobei er sich bewusst war, ein gutes Ziel abzugeben.

Das Kopfsteinpflaster war noch immer feucht, und um ein Haar wäre Chevalier gestürzt, als Leglise wieder aufschrie.

Er erreichte das Geländer neben dem Eingang und sah, dass die Tür zum Turm offen stand. Nun verlangsamte er seinen Schritt und schlich voran.

Unvermittelt trat eine schlanke, dunkel gekleidete Person aus dem Schatten des Flurs. Chevalier reagierte sofort. Er sprang vor, ergriff die Arme seines Gegenübers und warf ihn zu Boden. Ein kurzer Aufschrei der Überraschung erklang, doch Gegenwehr blieb aus. Ruckartig drehte Chevalier dem Unbekannten den Arm auf den Rücken und stemmte sein Knie daneben. »Sie sind festgenommen.«

»Commissaire Chevalier?« Die Stimme – es war die einer Frau – war voller Angst.

»Wer sind Sie?«

»Ségolène Meunier, könnten Sie mich bitte loslassen?«

Chevalier erkannte die Reporterin, die sich stöhnend umdrehte, als er den Griff löste. Er atmete heftig und versuchte, sich zu beruhigen. »Was machen Sie hier? Sind Sie noch ganz bei Trost?« Er hielt sie am Oberarm fest.

»Ein Mann hat mich vor fünfzehn Minuten angerufen und gesagt, wenn ich eine Story haben wolle, müsse ich hierherkommen. Doch als ich in den dunklen Flur getreten bin und oben jemand schrie, habe ich es mit der Angst zu tun bekommen. Ich bin wieder raus … und Ihnen direkt in die Arme gelaufen.« Sie versuchte, seine Hand abzuschütteln.

»Wir hatten eine Absprache, schon vergessen? Warum haben Sie uns nicht informiert?«, zischte er.

»Ach, hören Sie auf. Soll ich bei jeder Story um euren Geleitschutz bitten? Was machen *Sie* überhaupt hier?«

»Ich wurde auch angerufen.« Chevalier ließ sie los.

»Er hält jemanden fest und quält ihn. Sie haben ihn eben ja selbst schreien gehört.«

Chevalier sah die Reporterin ernst an. »Ich weiß. Sie warten hier. Sie …« Er brach jäh ab, denn im Inneren des Turms wurde das Licht eingeschaltet.

»Hilfe!« Der Ruf kam von oben.

Chevalier griff nach seiner Dienstwaffe und ging langsam zur Tür. »Sie verschwinden von hier. Verstanden?«, sagte er über die Schulter zu der Reporterin. Dann trat er durch die Tür. Der Turm, das wusste er von einem Besuch im vergangenen Jahr, hatte einst als Gefängnisturm gedient. Die acht Etagen, die sich bis in die schmale Spitze erstreckten, wurden durch eine enge Wendeltreppe erschlossen.

Gleich hinter dem Eingang lag die Salle des Gardes. Die Loge, an der die Touristen die Tickets kauften, war verwaist. Der Raum war ansonsten leer, und so machte sich Chevalier mit vorgehaltener Waffe an den Aufstieg. Stiegen und Wände waren aus unverputzten hellen Steinen gemauert.

Er schwitzte in der stickigen Luft. Nach vielleicht fünfzehn Stufen erreichte er die Salle du désarmeur des nefs. Dieser Saal reichte wie der erste über die ganze Grundfläche des Turms. In tiefen Nischen befanden sich Fenster, durch die das Licht der Scheinwerfer hereinfiel und sich in der glatten Oberfläche der unregelmäßigen Bodenplatten spiegelte. Niemand war zu sehen.

Chevalier zögerte weiterzugehen und wischte sich den Schweiß von der Stirn. Der Täter saß in der Falle und musste das wissen. Um hier herauszukommen, würde er sich verstecken oder Chevalier überwältigen müssen, oder es gab einen alternativen Ausgang. Nur wo? Die Wendeltreppe war der einzige Zugang, soweit Chevalier wusste.

Er überlegte kurz, ob er die Gendarmen hinzuziehen sollte, doch Leglise lebte noch, und er wollte ihn nicht zusätzlich in Gefahr bringen. Es war zu riskant.

Also ging er weiter, Stufe um Stufe. Auf der folgenden Etage lag der Dortoir, ein Gefangenenraum ohne Fenster. Wieder leuchtete er mit der Lampe seines Handys und inspizierte mit vorgehaltener Waffe alle Ecken, in denen sich jemand verstecken konnte, doch auch da entdeckte er niemanden.

Der Weg über die Wendeltreppe nach oben fiel ihm umso schwerer, je höher er stieg. Wie ein schwarzes Maul ragte der Turm über ihm auf und schien ihn verschlingen zu wollen. Chevalier schob seine irrationalen Ängste beiseite. Prompt nahmen die Sorgen um Leglise wieder Überhand. Seit den Schreien war einige Zeit vergangen. Sollte der Täter ihn weiter gefoltert haben, wollte Chevalier nicht in der Haut des Politikers stecken. Diese Stille! Ob er bereits tot war?

Chevalier zermarterte sich weiter das Hirn. Wenn er lebte,

was würde mit Leglise passieren, wenn er, Chevalier, auf der Bildfläche erschien? Der Entführer hatte Ségolène Meunier nicht umsonst angerufen. Er wollte Publicity. Dazu der traditionsreiche Schauplatz seiner Inszenierung: die Tour de la Lanterne. Eines der Wahrzeichen der Stadt. Chevalier zweifelte nicht daran: Eine Machtdemonstration oder etwas in der Art stand bevor, und der bedauernswerte Leglise würde im Zentrum des Schauspiels stehen.

Entschlossen nahm Chevalier die erste Stufe und schlich weiter nach oben. Er hielt inne und lauschte.

Da war ein Geräusch. Jemand atmete heftig, dann erklang ein schmerzvolles Wimmern. »Hilfe! Wieso hilft mir denn niemand?«

Leglise! Er lebte noch.

Ein Luftzug traf Chevaliers Gesicht. Schleunigst ging er in die Knie und richtete die Waffe aus, doch nichts rührte sich. Er spähte um die nächste Drehung der Treppe. Grelles Licht fiel durch eine Tür, die zwischen den Etagen lag, in den Aufgang. Sie stand offen und führte ins Freie. Wieder erinnerte er sich an die Besichtigung. Der Chemin de Ronde, der Wehrgang, der um die gotisch anmutende Spitze des Turms verlief, bot einen Blick über den Hafen und die ganze Stadt. Am Tage drängten sich hier die Touristen.

Was hinter der Tür war, konnte Chevalier nicht ausmachen, denn ein Scheinwerfer war unmittelbar dahinter an einer der Zinnen befestigt und beleuchtete gleißend hell den Bau.

Chevalier überlegte. Sollte er hinausgehen, um Leglise zu suchen, stand zwar der Weg für den Entführer frei, um über die Treppe zu entkommen, doch unten warteten ja die Kollegen. Hoffentlich, ging es ihm durch den Kopf.

Vorsichtig lief er zur Türöffnung und bückte sich unter den Schein des Strahlers, um zumindest einen Teil des Wehrgangs einzusehen.

Er erschrak. Ein Mann hockte zwischen zwei Zinnen, die den umlaufenden Balkon umgaben. »Hände hoch.«

»Bitte nicht, bitte nicht schießen. Sie müssen mir helfen, er hat …« Jules Leglise war kaum noch zu verstehen. Sein Gesicht sah noch schlimmer aus als während des Anrufs.

Chevalier lief zu ihm hinüber, wobei er die Tür nicht aus den Augen ließ.

Leglise war an den Händen gefesselt. Chevalier beugte sich vor, um den Knoten zu lösen, als er erkannte, dass die Arme des Mannes blutüberströmt waren, die Kleidung von Blut durchtränkt. Er steckte die Waffe ins Holster und drehte behutsam Leglises Handgelenke nach oben. Aus tiefen Schnitten quoll im Rhythmus des Herzschlags immer wieder neues Blut hervor!

»Mein Gott.« Eilig riss er sich das T-Shirt vom Leib und schrie ungeachtet der Gefahr: »Kommt …« Weiter kam er nicht. Eine Mündung drückte sich ihm hart in den Nacken.

»Leise, sonst muss ich Sie erschießen. Ihre tumben Kollegen stehen dort unten und rühren sich nicht.« Der Mann griff an Chevaliers Seite und zog dessen Waffe hervor. Er lachte leise. »Sie haben sich Zeit gelassen, Monsieur le Commissaire.«

Chevalier lief es kalt den Rücken hinunter. Er wagte nicht, sich umzudrehen. »Lassen Sie mich seine Hände verbinden.«

»Nur zu.« Die Stimme war gedämpft. Offensichtlich trug der Entführer eine Strumpfmaske.

Chevalier zerriss mit Mühe den Stoff seines T-Shirts und begann, die Wunden zu versorgen. »Was wollen Sie? Was soll das hier?«

»Sie haben so wundervoll versagt. Luc ist tot und sein Sohn wird es auch nicht mehr lange machen. Spüren Sie den Ring, an dem ich Sie durch die Manege führe.«

Die Erkenntnis traf Chevalier mit voller Wucht. Alexandre Moyon hatte die Wahrheit gesagt. Die Nachricht, er solle sich mit dem Vater treffen, hatte ihn in die Falle gelockt, die dann verlässlich zugeschnappt war: Alexandre kommt zur Saline, findet den toten Vater und hinterlässt in seiner Panik Spuren. Es war zu erwarten, dass der labile Alexandre angesichts der familiären Situation versuchen würde, seine Anwesenheit zu vertuschen. Chevalier und seine Kollegen konnten die Beweise nur in eine Richtung interpretieren: Alexandre war der Mörder.

Der Täter kennt die Familienverhältnisse der Moyons sehr gut, schoss es Chevalier durch den Kopf. Doch was sollte die Entführung von Leglise?

»Was hat Moyon Ihnen angetan?« Er deutete auf Leglise. »Und was ist mit ihm?«

»Ein Tipp: Suchen Sie bei Jean Moyon. Dort finden Sie den Weg in die dunkle Vergangenheit von Luc und Leglise. Vielleicht erkennen Sie so auch mich.« Plötzlich erhöhte er den Druck der Waffe und zwang ihn zu Boden. Chevalier musste Leglises bislang unverbundene Hand loslassen. »Ich gehe nun besser, bevor Ihre Männer auf dumme Gedanken kommen. Machen Sie sich auf die Suche, Monsieur le Commissaire. Ich bin noch nicht fertig.«

Chevalier rollte instinktiv zur Seite. Der Mann hatte sich aufgerichtet, riss den gerade angelegten Verband von Leglises Armen und ließ den halb bewusstlosen Mann mit einem Fußtritt nach hinten in die Tiefe stürzen. Jules Leglise verschwand, ohne einen Ton von sich zu geben.

Während Chevalier vor Entsetzen einen Augenblick erstarrte, lief die dunkel gekleidete Gestalt zur Wendeltreppe, wobei er Chevaliers Waffe achtlos hinunter ins Treppenhaus schleuderte.

Chevalier sprang auf, um ihm zu folgen, doch er schlug sofort lang hin. Ein straff gespanntes Seil verlief von einem eisernen Ring zu der Stelle, an der wenige Sekunden zuvor noch Jules Leglise gesessen hatte.

Chevalier sah hinunter und erkannte einen Körper, der kopfüber hinabhing und leicht pendelnd immer wieder gegen die

Wand des Turms schlug. Er wählte die Nummer der Kollegen. »Ich brauche Hilfe auf dem Wehrgang. Einer von euch kommt zu mir, der andere verfolgt den Kerl, der jeden Moment unten ankommen müsste. Er ist schwarz gekleidet, mittelgroß, mit Strumpfmaske. Die Ambulanz soll kommen. Beeilt euch.«

Dann versuchte er, den reglosen Körper am Tau nach oben zu ziehen, doch ihm fehlte die Kraft dazu.

Chevalier ließ es bleiben und griff erneut zum Telefon, um eine Ringfahndung einzuleiten.

Es dauerte nicht lange, dann waren Schritte auf der Treppe zu hören. Mazeau, der junge Uniformierte, stürzte herbei.

Sie packten das Seil mit vier Händen und zogen. Zunächst rührte sich wieder nichts.

»Wo ist Ihr Kollege?« Chevalier keuchte vor Anstrengung.

»Unten. Mehr weiß ich nicht.«

Beide stemmten sie die Füße gegen die Mauer und legten sich mit ihrem ganzen Gewicht ins Zeug. Endlich gelang es, das Seil Stück für Stück über die Balustrade zu ziehen. Chevaliers Handflächen brannten, und er hörte am Schnaufen des Kollegen, dass auch er sich völlig verausgabte.

Als einige Meter des Seils hinter ihnen lagen, entdeckte Chevalier den Täter unten auf dem Parkplatz. Er hielt inne, und auch Mazeau hörte auf, am Seil zu ziehen, und sah in die Tiefe. Der Mann hatte Ségolène Meunier am Arm gepackt und zerrte sie auf den Parkplatz unterhalb des Turms. Sie stolperte neben ihm her und hielt sich die Wange. Der Mann deutete nach oben auf Leglise. Es war nicht zu verstehen, was er ihr sagte, doch als die junge Journalistin nur wie erstarrt nach oben zu dem herabbaumelnden Körper sah, riss er an ihrem Arm.

»Du sollst fotografieren! Los!« Die dröhnende Stimme war in der Stille der Nacht bis zu den Zinnen des Turms zu verstehen. Ségolène Meunier schien zusammenzuzucken und hob dann die Kamera.

Sirenen waren in der Ferne zu hören, und erstes Blaulicht zuckte zwischen den Häusern, als die dunkel gekleidete Gestalt die Reporterin von sich stieß und zwischen den Booten eines Verleihers verschwand. Ségolène Meunier stürzte.

»Los, weiter ziehen«, befahl Chevalier. »Dieser Mistkerl! Wo ist der Kollege?«

Er erhielt keine Antwort, stattdessen griff Mazeau wieder das Seil fester. Irgendwann kamen Füße zum Vorschein, und kurz darauf gelang es ihnen, Leglise ächzend über die Kante und auf den Boden der Plattform zu ziehen.

Beide hielten einen Augenblick inne und rangen nach Luft. Dann beugte sich Chevalier über den reglosen Körper. Das Gesicht schimmerte im orangegelben Licht des Strahlers wachsweiß. Er drückte den Finger an den noch warmen Hals, fand jedoch keinen Puls. Auch am Handgelenk spürte er keinen Herzschlag. Betroffen schüttelte er den Kopf.

Mazeau ging in die Knie und begann mit einer Herzdruckmassage, während Chevalier müde gegen die Wand sank. Sie lösten sich mit den Wiederbelebungsversuchen ab, bis die Notärzte kamen. Sie pumpten das verbliebene Blut durch den Körper und bliesen Luft in die Lungen, doch es war zu spät.

»Er ist tot. Offenbar verblutet.« Der Arzt hob bedauernd die Schultern.

Wind kam auf, und Chevalier fröstelte. Eine Gänsehaut überzog seinen nackten Oberkörper, und er seufzte, erschöpft und mit dem vernichtenden Gefühl, versagt zu haben.

SONNTAG, 20. JUNI

Sie standen in der Salle Jéhan Marichon, eine halbe Etage über dem Wehrgang. In diesem Augenblick wurden die sterblichen Überreste von Jules Leglise abtransportiert. Der Raum hatte hohe neogotische Fenster und war mit einem seltsam gemusterten Boden ausgelegt, was momentan jedoch niemanden interessierte.

Commandant Simon trug Hemd und Uniform, deren Bügelfalten so scharf waren, dass man glaubte, sich daran schneiden zu können. Chevalier fragte sich, wie er mitten in der Nacht derart perfekt aussehen konnte. Er selbst hatte ein graues T-Shirt übergestreift, das ihm irgendwer gereicht hatte. Zudem war seine Jeans mit Blutflecken überzogen.

Er hatte Sandrine kurz informiert und geschockt zurückgelassen. In ihrer Welt gab es die Kunst und den Schöngeist, nicht die Brutalität, mit der er sich tagtäglich auseinandersetzen musste. Chevalier war darüber froh, denn wenn er nach Hause kam, konnte er seine Berufswelt abstreifen und in ihre eintauchen. Das gab ihm Kraft.

»Was für ein riesengroßer Mist, ein Desaster!« Präfekt de Daillon war in Fahrt und vergaß jede Etikette. »Erst Moyon, dann eine angeschossene Kollegin und Verletzte beim Einsatz. Und ich bin noch dumm genug, mich vor die Presseidioten zu setzen, um ihnen den falschen Täter zu präsentieren! Und was macht der wahre Mörder? Er schlachtet den Präsidenten des Département-Rats ab. Was für ein Desaster«, wiederholte er. »Morgen kommen die Reporter wie Schmeißfliegen angeschwirrt. Da können wir uns auf was gefasst machen! Paris wird reagieren und Beamte der Direction de la Surveillance du Territoire schicken.« Er sah Sébastien Simon aufgebracht an. Der nickte nur. Die Spezialeinheit der Police national wurde automatisch auf den Plan gerufen, wenn eine politisch motivierte Tat nicht auszuschließen war.

Simon wandte sich an Chevalier. »Wie beurteilen Sie die Lage?«

Chevalier schreckte auf. Er war völlig fertig und wollte nur weg von diesem Turm. Seine Hände brannten wie Feuer, doch das war zweitrangig. Ihn interessierte die Frage, ob sie wichtige Hinweise übersehen hatten. Außerdem machte er sich Vorwürfe, den Widersprüchen der Fahndung nicht vehementer nachgegangen zu sein. Da waren die Erpresserbriefe, und da war Alexandre Moyon, der noch halb im Delirium seine Unschuld beteuert hatte.

Er räusperte sich. »Wir hatten keine Chance. Jules Leglise war von Anfang an verloren.« Er schüttelte den Kopf. »So wie ich das sehe, ist der Täter auf einem privaten Kreuzzug. Er wollte Leglise töten. Es muss in der Vergangenheit einen Vorfall in Verbindung mit den Opfern gegeben haben, bei dem er zu Schaden gekommen ist. Nun sinnt er auf Rache.«

»Wieso jetzt?«

Chevalier zuckte mit den Schultern. »Das kann ich Ihnen nicht sagen.«

»Sie hatten Kontakt. Wie müssen wir uns das vorstellen?«

»Der Mann hat Ségolène Meunier und mich gezielt hierhergelockt. Er hätte mich auf dem Wehrgang und die Reporterin vor dem Turm ohne Probleme töten können, doch das war nicht seine Absicht. Er will die Menschen, die ihm Schlechtes zugefügt haben, nicht nur bestrafen, indem er sie umbringt, sondern er möchte, dass die ganze Welt davon erfährt. Deshalb hat er die Reporterin hierhergerufen. Mir wollte er einen Tipp geben, damit wir herausfinden, wo der Grund für seine Rache liegt. Ich soll über Jean Moyon in die Vergangenheit der Opfer gehen und dort suchen.«

De Daillon hob die Brauen. »Da werden Sie vermutlich auch ihn finden.«

Chevalier nickte. »Das ist er bereit zu akzeptieren. Ich hatte das Gefühl, wenn die vermeintlichen Missetaten von Moyon senior und Leglise ans Tageslicht kommen, ist ihm alles andere egal.«

Simon schaltete sich ein. »Er hat demnach mit allem abgeschlossen. Kann man das so sagen?« Chevalier nickte. »Aber wieso stellt er sich nicht?« Simon dachte kurz nach. »Der Mann ist noch nicht fertig.« Er sah Chevalier fragend an, der die Hände ausbreitete.

»Er hat weitere Taten angedeutet.«

Sie sahen einander beklommen an.

»Dann müssen wir uns also beeilen! Wann vernehmen Sie Jean Moyon?«, fragte de Daillon.

Chevalier blickte den Präfekten an. »Wir sollten langsam vorgehen. Der Täter hat Luc Moyon ermordet, aber auch dessen unschuldigen Sohn Alexandre mit in die Sache hineingezogen. Was, wenn er das Gleiche mit Jean Moyon vorhat? Sozusagen, um Luc Moyon gänzlich auszulöschen?«

De Daillon blies die Backen auf. »Das sieht nach der ultimativen Revanche aus.«

Chevalier stimmte ihm zu. »Ich möchte mit Bedacht vorgehen, damit nicht noch ein Unschuldiger zu Schaden kommt. Der Täter machte auf mich einen kühlen und berechnenden Eindruck. Vermutlich läuft er normalerweise als netter Kerl, den alle mögen, durch La Rochelle.«

De Daillon sah auf die Uhr. »Also dann: Wie geht es weiter?«

Chevalier wechselte einen Blick mit Simon, der nur nickte. »Wir waren bislang auf das familiäre Umfeld und die dortigen

Probleme fixiert. Da Jules Leglise als weiteres Opfer hinzugekommen ist, erweitern wir den Ermittlungsradius. Alle Verbindungen müssen aufgedeckt werden, die zwischen den beiden bestanden. Sie haben lange im Conseil Général zusammengearbeitet.«

Chevalier schwieg einen Moment nachdenklich, dann fuhr er fort: »Da der Täter mich speziell auf Jean Moyon angesetzt hat, suchen wir natürlich zuerst dort. Momentan klären wir die Vorgänge des Abends. Wo war Leglise vorher, wo wurde er gekidnappt und so weiter? Einen ersten Bericht gibt es morgen.«

»Gut. Was hat diese Meunier mitbekommen?« De Daillon sah besorgt von einem zum anderen.

Simon wischte sich eine Fluse vom Jackenärmel. »Ich habe vorerst eine Nachrichtensperre verhängt und ihr Handy konfisziert. Sie hat wütend protestiert, und wir können nicht mit Gewissheit sagen, ob es ihr nicht doch gelungen ist, vorher eins der Bilder an die Redaktion zu senden.«

»Ich telefoniere mit dem Chefredakteur der *Sud Ouest*.«

Chevalier blickte den Präfekten nachdenklich an. Er hatte so seine Zweifel, ob das einen Effekt haben würde. »Der Täter hat ein Boot gestohlen und ist über das Wasser entkommen.«

»Wer informiert die Familie des Toten?«

Ein paar Sekunden herrschte Schweigen.

»Das werde ich übernehmen«, entschied der Kommandant.

Chevalier sah dankbar zu Simon hinüber und ergänzte: »Wir müssen das Büro des Opfers durchsuchen und seine Unterlagen zu Hause sichten. Dafür brauchen wir möglicherweise einen Durchsuchungsbeschluss.«

Am Sonntagmorgen hatte sich Chevalier mit Sirac und Sophie im ansonsten menschenleeren Präsidium eingefunden, um ihnen die Ereignisse der Nacht zu schildern, die er auch in einem Bericht zusammengefasst hatte.

Er war hundemüde, denn an Schlaf war lange nicht zu denken

gewesen. Erst nachdem Sandrine Manon gestillt und ihn dann in die Arme gezogen hatte, konnte er ein wenig Ruhe finden. Die beiden würden den Tag bei seinen Schwiegereltern verbringen, und er sollte, wenn es die Zeit zuließe, mit dem Motorrad nachkommen.

Sirac hatte einmal mehr Tee gekocht und stellte einen Teller mit Gebäck auf den Tisch. »Soul Food.« Er grinste.

Das Gebäck entlockte Sophie das erste Lächeln des Tages. »Was ist das denn Leckeres?«

»*Macroud el Louse*, algerische Mandelschnitten.«

Sie reichten den Teller mit dem zuckrig-klebrigen Gebäck herum, und alle griffen zu.

Die Tür sprang auf, und Moreau kam verkatert hereingeschlurft. Er war unrasiert und wirkte übernächtigt.

Chevalier spürte Ärger in sich aufsteigen. »Wo waren Sie in der vergangenen Nacht? Sie hatten Bereitschaftsdienst.«

»Zu Hause. Habe das Telefon nicht gehört. Was ist denn los? Sonntagsdienst?«

Chevalier fasste die Ereignisse der Nacht ein weiteres Mal zusammen, wobei er einen vorwurfsvollen Ton anschlug. »Sie sehen, ich hätte Ihre Unterstützung gut gebrauchen können.«

Moreau schien betroffen zu sein. »Ich werde künftig darauf achten. Da sind wir also in die falsche Richtung galoppiert.«

»Ich hatte den Präfekten vor voreiligen Schlüssen gewarnt.« Chevalier trank von Siracs vorzüglichem Tee und genoss das köstliche Mandelgebäck.

»Ob er das heute noch weiß?« Adrien Moreau schaute spöttisch.

Chevalier grinste schief, dann wurde er wieder ernst. »Ich habe vorhin mit Commandant Simon telefoniert. Madame Leglise steht unter Schock. In der Nacht hat sie zugestimmt, dass wir uns im Arbeitszimmer des Mannes umsehen. Ich werde nachher dorthin fahren.«

»Schlimme Sache.« Moreau sah zu Chevalier. »Wir müssen das schnell lösen, sonst taucht eine Truppe aus Paris auf und reißt den Fall an sich.« Es war der erste Beitrag Moreaus in seiner Gegenwart, der nicht provokant war, konstatierte Chevalier.

»Leider ja.« Chevalier sprang auf und trat an das Whiteboard, an dem jetzt der Name *Leglise* neben dem Moyons stand. »Alexandre Moyon können wir nach gestern Nacht von der Liste streichen.« Er hielt inne. »Der arme Kerl. Hat nichts verbrochen, gerät dennoch in Panik, verliert die Nerven und wird wegen der Schüsse auf uns und die Kollegen ins Gefängnis wandern, *wenn* er den Unfall überhaupt überlebt. Wie dem auch sei: Jean Moyon rückt nun in unseren Fokus. Wir müssen hierbei umsichtig vorgehen. Der Täter hat Alexandre mit in die Angelegenheit hineingezogen, nur um seine Rache auszudehnen, und das Gleiche kann er mit Jean vorhaben.«

Er dachte kurz nach und fügte dann hinzu: »Da ich heute Nachmittag nach Les Portes-en-Ré muss, werde ich im Anschluss an meinen Besuch bei der Familie Leglise auf dem Château Roux vorbeischauen und Jean befragen. Was uns interessiert, sind sämtliche Verbindungen zwischen den beiden Opfern. Sirac, du nimmst dir Leglises Vergangenheit vor. Von besonderer Bedeutung ist die Zeit, in der er mit Moyon im Conseil Général war. Sophie, du kümmerst dich bitte um Leglises privates Umfeld: gemeinsame Freunde, Geschäftspartner und so weiter.«

Chevalier wandte sich an Moreau: »Lieutenant Moreau, Ihre Aufgabe ist es, die finanzielle Situation der Familie Leglise zu durchleuchten. Wir brauchen von der Staatsanwaltschaft Beschlüsse – und wie Sie bereits sagten: Es muss schnell gehen. Gleich morgen früh würde ich gerne sein Büro im Maison de la Charente-Maritime in Augenschein nehmen.« Er bemerkte die skeptischen Blicke der Kollegen. »Kommt Leute, einen Versuch ist es wert. Sie begleiten mich, Lieutenant.«

Moreau nickte, sagte jedoch nichts.

Sophie schüttelte nachdenklich den Kopf. »Der Täter möchte also, dass wir die Vergangenheit der beiden Opfer aufrollen, um zu verstehen, warum er mordet. Um dir das zu sagen, bestellt er dich und diese Journalistin extra zur Tour de la Lanterne und geht das Risiko ein, geschnappt zu werden …«

Chevalier betrachtete die Tafel. »In seinen Augen haben die beiden etwas verbrochen, was an die Öffentlichkeit gehört und wofür sie den Tod verdient haben. Die zentrale Frage ist, was das war, denn hier liegt der Schlüssel zu dem Fall. Damit sind wir wieder bei Jean Moyon.«

Sirac stand auf und räumte die Teetassen weg. »Außerdem sollten wir herausfinden, warum unser Täter gerade jetzt mit dem Morden beginnt.«

»Du meinst, es gibt einen aktuellen Anlass?«

Sirac schaute über die Schulter zu Chevalier. »Ein Ereignis muss die Morde ausgelöst haben, oder?«

»Wieso sagt der Mann uns nicht, worum es geht?«, fragte Sophie und seufzte. »Er hat doch seine Rache gehabt.«

»Er ist noch nicht fertig.« Moreau und Chevalier hatten wort- und zeitgleich die Antwort gegeben und sahen sich verblüfft an.

»Entweder will er den Schaden für Luc Moyon vergrößern – denk an seinen Hinweis auf Jean Moyon –, oder es gibt weitere Kandidaten, die er im Visier hat.«

Sophies Augen waren sorgenvoll, als sie Chevalier ansah.

Es klopfte, und Michel Douanier trat ein. Der untersetzte Mann ließ die Schultern hängen. Die Augen hinter den Brillengläsern wirkten müde. Er sah hinaus in die Sonne und kniff die Lider zusammen.

»Ein erster Bericht. Nur eins vorweg: Wir hätten uns die Nacht sparen können.« Der Leiter der Kriminaltechnik setzte sich auf einen der Besucherstühle und schlug den schmalen Ordner mit dem Bericht auf. »Ihre Waffe ist im Eimer, Monsieur le Commissaire. Das verwendete Seil stammt aus einer Massenproduktion. Man kann es meterweise von der Rolle kaufen. Segler benutzen es häufig.«

Douanier blätterte eine Seite um. »Auf dem Parkplatz unterhalb des Turms stand ein kleiner Lieferwagen der Marke Peugeot. Er war unverschlossen, also haben wir ihn uns näher angeschaut und Leglises Portemonnaie im Laderaum gefunden. Der Wagen gehört einer Schreinerei aus Aytré und wurde vermutlich am vergangenen Abend gestohlen. Dem Eigentümer war das Fehlen nicht einmal aufgefallen.«

»Was ist mit Überwachungskameras?«

»Wir sichten die Kameras in der Nähe, haben aber kaum Hoffnung, da der Betrieb am Ortsrand steht.«

Chevalier wiegte den Kopf. »Der Täter hat sich gut vorbereitet.«

Douanier nickte. »Er kannte sich offenbar aus. Hat das Büro aufgebrochen und gezielt den Fahrzeugschlüssel entwendet.«

»Was sagt der Eigentümer?«

»Seine Aussage war wenig hilfreich. Die Schlüssel hängen seitlich an einer Theke, auf die jeder schaut, der den Laden betritt. Wissen wir, wo man Leglise entführt hat?«

Chevalier schüttelte den Kopf. »Bisher nicht. Ich spreche heute mit der Familie, danach lässt sich der Radius hoffentlich einschränken.«

»Wenn Sie herausfinden, welches Auto er gefahren hat, lässt sich das Fahrzeug möglicherweise über den Hersteller orten.«

»Wie das?« Moreau wirkte erstaunt.

Douanier grinste. »Bei neueren Fahrzeugen bieten die Firmen über Apps viele Möglichkeiten. Man kann zum Beispiel aus der Ferne den Benzinstand checken, nachschauen, wann die nächste Wartung ansteht und so weiter. Meistens gehört eine Geolokalisierung zum Paket, die es ermöglicht, das Auto jederzeit zu orten. Ich denke, der Président du Département fährt ein neues und nicht gerade billiges Fahrzeug. Da wird eine solche App sicher genutzt.«

»War auf dem Handy eine diesbezügliche App?«, hakte Sirac nach.

Douanier schüttelte den Kopf. »Nein, die muss er auf einem anderen Gerät gehabt haben … oder ein Mitarbeiter seines Fuhrparks.«

Chevalier nickte. »Ich kümmere mich darum.«

»Was ist mit seinem Handy?«, warf Sirac ein.

»Das Gerät lag auf dem Wehrgang. Wir konnten es mit dem Fingerabdruck des Toten öffnen. Er hat es für dienstliche Zwecke benutzt. Außer den zuletzt gewählten Teilnehmern hat er ausschließlich dienstlich relevante Anschlüsse angewählt.«

Chevalier überflog die Liste der Nummern. »Die letzten Anrufe gingen an Mademoiselle Meunier und mich. Leglise hatte demnach noch ein privates Gerät.«

Douanier machte sich eine Notiz und sah dann auf. »Vermutlich. Das werden die Angehörigen wissen.«

»Was noch?«, erkundigte sich Chevalier.

»Das ist bisher alles. Die Analyse der Mikrospuren läuft.«

Douanier verabschiedete sich, und Chevalier sah in die Runde. »Ich denke, das war es vorerst. Heute, am Sonntag, kommen wir nicht weit. Wir bleiben den Tag über alle in Bereitschaft und Kontakt. Sobald etwas Neues herauskommen sollte, werden die Kollegen benachrichtigt.«

Chevalier verließ das Kommissariat und trat in den späten Sonntagvormittag hinaus. Es war heiß, und der Verkehr lief nur träge auf dem Boulevard de Cognehors. Die Menschen saßen entweder zu Hause an einem schattigen Platz oder bereiteten das Menü für ein Mittagessen vor, das sonntags gerne einmal bis weit in den Nachmittag dauern konnte. Wer das Sonntagsessen auf den

Abend verschoben hatte, war vermutlich zu einem der Strände rings um La Rochelle oder auf der Île de Ré gefahren.

Seine BMW stand gleich neben dem Eingang im Schatten der Überdachung. Er hatte die vollverkleidete Maschine vor knapp zehn Jahren gekauft, als sie aus dem Polizeidienst ausgemustert worden war. Chevalier liebte das alte Motorrad. So viele Erinnerungen verband er mit den Touren, die Sandrine und er damit unternommen hatten. In den letzten beiden Jahren war er allerdings wenig gefahren, da ihm der irrwitzige Verkehr der Großstadt zunehmend bedrohlich vorgekommen war.

Er setzte Jethelm und Sonnenbrille auf und musste grinsen. Sandrine zog ihn immer auf und meinte, er sehe damit wie ein amerikanischer Motorrad-Cop aus, doch sie liebte die Maschine nicht weniger als er.

Die BMW startete mit dem gewohnten satten Motorgeräusch und rollte surrend zur Ausfahrt.

Sie waren kaum einen Monat zusammen gewesen, als sie ihre erste Motorradtour in die Provence unternommen hatten. Sie waren damals auf der Autobahn an den stinkenden Raffinerien in Feyzin vorbeigefahren, hatten ab Vienne dann die Landstraße entlang der Rhône genommen und waren gemütlich bis nach Montélimar gerollt, wo sie für Sandrine eine Stange weißes Nougat mit Mandeln gekauft hatten. Am Mittag erreichten sie bei bestem Frühlingswetter Avignon und gönnten sich im Schatten des Papstpalastes einen Snack. Was für wundervolle Erinnerungen das waren!

Chevalier fädelte sich in den spärlichen Verkehr ein, wobei er weiter seinen Gedanken nachhing.

Sie waren später zu den Alpilles gefahren und der sich nach oben schlängelnden Straße hinauf nach Les Beaux gefolgt. Er hatte es geliebt, die Maschine von einer in die nächste Kurve zu steuern, während er Sandrines Arme um seine Hüften spürte. Obwohl es erst Mai gewesen war, glich der Besucherstrom dort oben einer Prozession. Touristen aus aller Herren Länder schoben sich durch die engen Gassen. Allerdings wurde ihr Aufstieg zum Schloss mit dem grandiosen Ausblick bis in die Camargue belohnt. Sie hielten später an einem Weingut und nahmen an einer Degustation teil.

Gegen Abend fanden sie ein kleines Hotel in der Ebene von Saint-Martin-de-Crau. Es lag inmitten der grünen Wiesen, die dort ständig gewässert wurden, damit das begehrte Heu wachsen und irgendwo auf der Welt von edlen Pferden gefressen werden konnte.

Er erinnerte sich an das wundervolle Licht und die langen Baumalleen und an den Geruch von Sandrines Haut, als sie sich in dieser magischen Atmosphäre geliebt hatten.

Ein Auto hupte und riss Chevalier aus seinen Gedanken. Fast wäre er mit einem Pkw kollidiert, als er sich in den Kreisel am Ende des Avenue Léopold Robinet einfädeln wollte. Die kurze Nacht zeigte ihre Wirkung. Er konzentrierte sich und bog in den Boulevard Joffre ab, dem er bis zur Gare de La Rochelle folgte. Kurz darauf rollte er durch Les Minimes und stellte die BMW vor einem Haus ab, das von der Straße aus kaum zu erkennen war.

Ein wenig wehmütig ließ er die Hand über den Tank des Motorrads gleiten und nahm dann Helm und Sonnenbrille ab. Irgendwann einmal würde er wieder mit Sandrine gemeinsam losziehen.

Eine schlichte Holztür führte durch die mannshohe Mauer in den Garten des Hauses. Üppige Pflanzen ragten über die Mauerkrone. Eine Bougainvillea stand in voller Blüte. Ihre magentafarbenen Blüten leuchteten intensiv in der Sonne. Er drückte auf den Klingelknopf und wartete eine Zeit lang. Nichts tat sich, doch gerade, als sein Finger wieder über dem Knopf schwebte, knarzte es in der Gegensprechanlage.

»Wer ist dort?« Die junge Stimme klang unfreundlich.

»Commissaire Chevalier von der Kriminalpolizei.«

Es surrte, und das Tor sprang auf.

Leglises Haus war weit weniger prätentiös, als er es von dem überheblichen Präsidenten des Départements erwartet hätte. Auf dem eher lang gezogenen Grundstück stand ein schnörkelloses Haus im Stil der Region. Es gefiel Chevalier. Unverputzt, aus rohem Stein gemauert, hatte es über der zweiten Etage ein Pultdach aus roten Ziegeln, aus denen die Schornsteine hervorragten. Wie üblich waren an den Fenstern in den sandsteingefassten Fensternischen blau lackierte Läden angebracht, die im Augenblick gegen die Sonne geschlossen waren.

Ein Pool reflektierte gleißend hell das Sonnenlicht. Dennoch nahm Chevalier kaum an, dass an diesem Tag ein Mitglied der Familie geschwommen war.

Die Haustür wurde geöffnet, und eine braunhaarige Frau von vielleicht dreißig Jahren trat ins Freie, vermutlich die Tochter des Hauses. Sie war klein und schlank. Der harte Blick, mit dem sie Chevalier musterte, war diesem jedoch Warnung genug, Ella Leglise nicht zu unterschätzen.

Er streckte ihr die Hand hin, stellte sich vor und drückte der jungen Frau sein Mitgefühl aus.

Ella Leglise nickte knapp. »Meiner Mutter geht es sehr schlecht, wie Sie sich denken können. Wie kann ich Ihnen helfen?« Sie musterte den Helm in seinen Händen, machte aber keine Anstalten, Chevalier hineinzubitten.

»Ich müsste Ihrer Mutter ein paar Fragen stellen und wollte auf das Angebot zurückkommen, die Papiere Ihres Vaters zu sichten. Ich hoffe, darin Hinweise auf seinen Mörder zu finden.«

Ella Leglise schüttelte den Kopf. »Ich bin Anwältin und weiß, dass ich das nicht zulassen muss. Vorhin habe ich mir ein erstes Bild gemacht und bei seinen Unterlagen einen Drohbrief gefunden. Kommen Sie, ich zeige Ihnen das Schreiben.«

Chevalier war verärgert über die Kehrtwende und die schroffe

Abfuhr, allerdings verstand er, was vor sich ging. Anne Leglise, die Frau des Ermordeten, hatte unter Schock gestanden, als sie Simon zugesagt hatte, dass sie das Arbeitszimmer durchsuchen konnten. Ihre Tochter pfiff sie nun zurück. Sie würde höchstwahrscheinlich zuerst einmal aussortieren, was die Polizei nicht sehen durfte. Er betrachtete Ella Leglises Profil und erkannte, dass sie aus demselben Holz geschnitzt war wie ihr Vater.

Im Haus war es angenehm kühl. Die Einrichtung bewies Geschmack. Wenige ausgesuchte, edle Teppiche lagen auf dem glänzenden Holzboden und passten perfekt zur ledernen Couchgarnitur. An den Wänden aller Räume, die Chevalier einsehen konnte, hingen Bilder, von denen Sandrine einige gefallen hätten.

Anne Leglise kauerte auf dem Sofa und schaute geistesabwesend hinaus ins Freie. Der Ausblick war sensationell. Aus dem Panoramafenster sah man zwischen den Bäumen des Parc des Pères die See tiefdunkelblau leuchten. Anne Leglise schien jedoch davon nichts wahrzunehmen.

Er grüßte und wartete einige stumme Sekunden, doch die Ehefrau des Ermordeten rührte sich nicht.

»Maman. Der Commissaire hat Fragen an dich«, schaltete sich Ella ein. Sie war hereingekommen und hielt Chevalier nun ein Schreiben hin.

DU WIRST STERBEN, stand in großen schwarzen Lettern darauf.

Chevalier runzelte die Stirn. »Wann ist der Brief angekommen?«

»Er kam als Mail. Vor drei Tagen.«

»Wie hat Ihr Vater darauf reagiert?«

Ella Leglise hob die Schultern. »Ab und an bekam er Drohbriefe, die er meistens nicht ernst nahm. Das gehört dazu, als Politiker. Man trifft laufend Entscheidungen, die irgendwen stören und der dann glaubt, einem Angst machen zu müssen. Inwiefern er diese Drohung hier an die zuständigen Stellen weitergegeben hat, kann ich nicht sagen.«

»Wussten Sie davon?«

Ella Leglise nestelte an ihrer schwarzen Bluse. »Ja, er hat mir die Schmierereien meistens gezeigt.«

»Wir werden den Computer untersuchen, eventuell lässt sich die Nachricht zurückverfolgen. Bitte lassen Sie den Rechner unberührt.«

Sie nickte, doch Chevalier glaubte nicht, dass sie sich an die Anweisung halten würde.

»Waren Sie dabei, als er ermordet wurde?« Anne Leglise hatte sich ihnen inzwischen zugewandt. Chevalier sah in resignierte braune Augen. Sie tat ihm in ihrem Schmerz leid. Tiefe Furchen zeigten sich in ihrem Gesicht.

Anne Leglise hatte die blondierten Haare zu einem Pferdeschwanz gebunden und trug einen schwarzen Jumpsuit. Anders als ihre Tochter war sie hochgewachsen und wirkte so, als wäre sie normalerweise eine selbstbewusste Frau, die sich ihrer Stellung in der Gesellschaft bewusst war. Doch nun war ihre Stimme nur ein Flüstern. »Jemand sagte mir, ein Commissaire de Police sei vor Ort gewesen?«

»Ich glaube …«

Sie unterbrach ihn mit einer herrischen Geste. »Wollen Sie nicht antworten?«

Chevalier nahm tief Luft. »Ja, ich war zugegen.«

»Versager!« Sie spie ihm das Wort förmlich entgegen. Speichel troff von ihren Lippen.

»Maman!« Ella Leglise fuhr ihre Mutter scharf an, doch Chevalier hob die Hände.

»Ich konnte Ihrem Mann nicht helfen. Der Täter hatte ihm vor meinem Eintreffen die Pulsadern aufgeschnitten, und als ich versuchte, Ihren Mann zu verbinden, drückte der Entführer mir eine Pistole in den Nacken.«

Bei seinen harten Worten schrak sie auf. »Hat er … Hat er gelitten?«

Chevalier seufzte. Er konnte die Frage leider nicht verneinen. »Bevor ich kam, wurde er misshandelt. Wie und womit, entzieht sich meiner Kenntnis. Das wird die Obduktion klären.«

»Was ist passiert?« Anne Leglise flüsterte wieder, und Tränen quollen ihr aus den Augen.

»Er wurde vom Wehrgang gestoßen und hing kopfüber an einem Seil über dem Abgrund. Ein Kollege und ich haben Ihren Mann hinaufgezogen.« Chevalier zeigte seine schwieligen Hände. »Doch es war zu spät. Alle Wiederbelebungsversuche waren vergebens. Es tut mir sehr leid.«

Ella Leglise weinte nun ebenfalls.

Chevalier gab den beiden Zeit zum Trauern. Er wartete, bis sich Mutter und Tochter wieder ein wenig gefasst hatten. »Wann hat Ihr Mann gestern das Haus verlassen, Madame Leglise?«

Sie tupfte sich mit einem Taschentuch eine Träne aus dem Augenwinkel. »Um neunzehn Uhr. Ich war noch hier, bin dann aber zu Freunden, bei denen wir eingeladen waren. Es kam zum Streit, weil er urplötzlich zu einer Besprechung musste.« Chevalier sah in ihren Augen die Verzweiflung. »Warum nur habe ich ihn nicht aufgehalten?«

»Es hätte sicher nichts geändert. Der Täter hätte heute oder morgen zugeschlagen.«

Anne Leglise sah ihn dankbar an. Jetzt lagen dunkle Ringe unter ihren Augen, die sich auf der blassen Haut deutlich abhoben.

»Um was für eine Besprechung hat es sich gehandelt? Und mit wem? Hat Ihr Mann sich dazu geäußert?«

Sie hob die Schultern und antwortete barsch: »Jules hat solche Dinge nicht mit mir geteilt.« Sie blickte zu ihrer Tochter, die sich offenbar zu einer Antwort genötigt sah.

»Ich weiß es auch nicht.« Ella Leglise strich sich eine der langen kastanienbraunen Strähnen aus dem Gesicht.

»Mit dir hat er mehr gesprochen als mit mir. Aber du warst ja ohnehin sein Liebling. Die tolle Rechtsanwältin.« Annes Stimme klang bitter.

Ella Leglise sah Chevalier kurz entschuldigend an, dann wandte sie sich wieder ihrer Mutter zu. »Maman, das bringt uns nicht weiter.«

Madame Leglise starrte wieder aus dem Fenster.

»Mit welchem Fahrzeug war Ihr Mann gestern unterwegs?«

»Einem schwarzen DS 9. Ein Hybrid.«

Chevalier machte sich Notizen. »Wissen Sie das Kennzeichen?«

Beide schüttelten den Kopf. »Er fährt das Auto erst wenige Wochen«, fügte Anne Leglise hinzu. Sie sagte das, als wäre ihr Mann noch am Leben.

»Ihr Gatte hatte neben dem Diensthandy ein privates Gerät?«

Ella Leglise nickte anstelle ihrer Mutter. »Er trennte das strikt, Beruf und Privatleben. Haben Sie nur ein Telefon gefunden?«

Chevalier bestätigte das. »Das Diensthandy.«

Die Tochter sah ihn verblüfft an. »Er wird das private Handy dabeigehabt haben. Ohne das ist er nie aus dem Haus gegangen!« Sie zog ein Smartphone hervor, tippte und aktivierte den Lautsprecher. Sofort ertönte eine elektronische Stimme, die darauf hinwies, dass der Teilnehmer nicht zu erreichen sei. Das Gerät war ausgeschaltet.

Chevalier notierte sich die Nummer. »Gibt es einen Tresor, ein Bankschließfach oder Ähnliches? Sie verstehen, wir müssen uns ein Bild machen.«

»Ein kleiner Tresor befindet sich oben im Schlafzimmer, da sind unsere Uhren und der restliche Schmuck drin«, antwortete Anne Leglise. »Von einem Bankschließfach weiß ich nichts.«

Chevalier sah zu ihrer Tochter hinüber, die den Kopf schüttelte, doch er erkannte in der Art, wie sie dabei zur Seite sah, dass sie nicht die Wahrheit sagte.

»Bei welcher Bank war Ihr Vater Kunde?«

»Banque Paribas.«

Chevalier schickte sich an zu gehen. Seine Fragen waren beantwortet. »Vielen Dank für Ihre Zeit. In den kommenden Tagen werden wir nochmals auf Sie zukommen, um die Unterlagen im Arbeitszimmer zu sichten. Eventuell liegt hier die Antwort auf viele unserer Fragen.«

Draußen atmete er auf, froh, der bedrückenden Stimmung im Haus entkommen zu sein, und griff nach seinem Telefon. Moreau war sofort am Apparat.

»Leglise war Kunde bei der Banque Paribas. Versuchen Sie bitte, schnellstmöglich die Konten zu sperren und herauszufinden, ob es ein Bankschließfach gibt.«

»Mal sehen, ob ich sonntags etwas erreiche.«

Sie legten auf, und Chevalier rief Sirac an. »Wir müssen unbedingt Jules Leglises Dienstwagen finden, ein DS 9.«

»Ich weiß nicht, ob heute im Maison de la Charente-Maritime jemand ist.«

»Versuch es. Ein Notdienst wird vielleicht zu erreichen sein. Finde heraus, ob der Wagen zu orten ist und wo er sich jetzt befindet. Außerdem benötigen wir den Zweitschlüssel. Wenn das heute noch klappt, ruf mich an; wir treffen uns dann am Auto. Leglise hatte gestern Abend angeblich überraschend eine Sitzung. Sophie soll in Erfahrung bringen, mit wem er sich getroffen hat. Die Technik muss versuchen, Leglises Privathandy zu orten oder zumindest herauszufinden, wo es zuletzt eingeloggt war. Kümmert euch um den Verbindungsnachweis. Ich schicke dir die Nummer. Danach kommt die Horrorarbeit: die Suche nach Verbindungen zwischen Legise und Luc Moyon.«

Chevalier blieb im Kreisel von Rivedoux-Plage auf der D735. Alle Straßen waren nun stark befahren, aber nicht so verstopft wie im Juli und August. Er hatte sich für diese Route entschieden, denn die Landstraße folgte bis zum Fort de la Prée dem Küstenverlauf.

Es herrschte Flut, und die Sonne strahlte so kraftvoll von einem azurblauen Himmel herab, dass ihm die Erlebnisse der letzten Nacht wie ein schlechter Traum vorkamen, auch wenn er die Erschöpfung immer mehr zu spüren begann. Die Menschen waren guter Stimmung. Sie strebten den Stränden zu oder saßen auf den Terrassen und aßen zu Mittag. In vielen Restaurants wurden Austern angeboten, die hier, an der dem Festland zugewandten Seite der Insel, dem Pertuis Breton, ideale Lebensbedingungen fanden.

Die alte Festungsanlage lag, im typischen Vauban-Stil gebaut, zu seiner Rechten, dahinter glänzte der Atlantik.

Hinter dem Fort beschleunigte er das Motorrad und überholte mehrere Wohnmobile, die langsam dahinfuhren. Die BMW hatte 95 PS, was die neuen Maschinen gleichen Hubraums alle überboten, doch solange er alleine fuhr, reichte die Beschleunigung aus, um an den Fahrzeugen vorbeizufliegen.

Hinter Saint-Martin tauchte er in die Weinfelder ein und bog kurz darauf in die baumbestandene Straße ab, die zum Château Roux führte.

Auch hier herrschte sonntägliche Ruhe. Die Hallen waren verschlossen und nicht ein Mitarbeiter hielt sich auf dem Hof auf, sah man von dem täglich geöffneten Hofladen ab, vor dem sich wieder Touristen zeigten.

Von der Verkäuferin erfuhr Chevalier, dass Jean Moyon an Sonntagen meistens zu Hause war, und fuhr den kurzen Weg dorthin.

Kindergeschrei war zu hören, als er die Maschine vor dem modernen Haus abstellte. Im Pool der Moyons wurde heftig geplanscht.

»Die sind oft so laut.«

Chevalier wandte sich um und sah Jérôme Batz, der über die

mit Tonschindeln bewehrte Mauer seines Gartens lugte. Er trug an diesem Tag keinen Strohhut, und Chevalier bemerkte, dass seine Haare bis auf einen graumelierten Kranz einer glänzenden Glatze Platz gemacht hatten.

»Sie sehen aus, als könnten Sie ein Glas Wasser vertragen.«

Chevalier blickte zum Haus der Moyons.

Doch Batz winkte ab. »Die laufen Ihnen nicht davon.«

Chevalier musste lachen und ging zu der schmalen Holztür in der Mauer. Der Garten dahinter wirkte vernachlässigt. Die Beete waren ausgetrocknet, die Büsche über den Weg gewuchert.

Batz folgte seinem Blick. »Früher sah das hier anders aus, aber wenn man eine Kranke pflegt, fehlen Zeit und Kraft.« Sie gingen zu einer Terrasse, die von einer Kiefer beschattet wurde. »Setzen Sie sich.«

Chevalier ließ sich auf einen der bequemen Stühle fallen, als Batz ins Haus ging und kurz darauf auch schon wieder mit einem Krug und zwei Gläsern auftauchte.

Sie tranken, und Chevalier genoss das kühle Wasser, in das Batz einen Schuss Sirop de Grenadine gerührt hatte.

»Wie ist denn das Nachbarschaftsverhältnis mit Moyon so?«, fragte Chevalier und wies mit dem Kopf zum Grundstück nebenan. »Das Haus ist ja schon eine Ansage.«

Batz lachte. »Passt zu Jeans Frau. Die könnten Sie mir schenken. Hübsch ist sie, aber unentwegt am Meckern. Ab und zu kracht es dann ordentlich. Im Sommer stehen die Fenster auf, und man bekommt alles mit, ob man will oder nicht. Meistens geht es ums liebe Geld. Sie lebt gerne auf großem Fuß, und er versucht, sie zu bremsen. Ich frage mich, woher sie die Kohle nehmen. Wie dem auch sei, im Endeffekt knickt er immer ein. Markiert auf dem Château den starken Mann; zu Hause ist er ein Pantoffelheld. Was glauben Sie, was die Bude gekostet hat? Da muss er eine Menge Wein und Pineau verkaufen.«

»Was macht Madame Moyon beruflich?«

»Arbeitet halbtags. Wo, kann ich nicht sagen. Seit einiger Zeit mault sie eher darüber, dass er nie da ist. Ansonsten scheint die Ehe in Ordnung zu sein. Sobald er Zeit hat, unternehmen sie alle zusammen etwas, und hier und da hört man die beiden beim Sex.« Er grinste.

»Und sonst?«

»Die Kinder sind gut erzogen, von Affären habe ich bisher nichts mitbekommen. Mehr kann ich Ihnen leider nicht sagen.«

»Was war mit Luc Moyon?«

Batz zuckte mit den Schultern. »Der war nicht oft da drüben. Ich glaube, er mochte seine Schwiegertochter und das ganze großkotzige Gehabe nicht.«

»Wie haben Sie sich kennengelernt, Moyon und Sie?«

»Im vergangenen Jahr, während der Bauarbeiten nebenan, war er fast jeden Tag auf der Baustelle und hat den Handwerkern auf die Finger geschaut, bevor er zur Saline ist. Wir sind ins Gespräch gekommen. Er blieb ab und an auf ein Glas. Ich habe dann zeitweise auf der Saline geholfen. Damals hat er oft aus dem Nähkästchen geplaudert. Glauben Sie nicht, dass ich ihn ausgefragt hätte, er kam von sich aus ins Reden.«

Batz wischte sich den Schweiß von der Stirn. Er hatte dunkle Ringe unter den Augen. Die Pflege seiner Frau schien beinahe über seine Kräfte zu gehen.

»Wovon sprach er denn konkret?«, hakte Chevalier nach.

»Über Streit und Versöhnung mit den Kindern und der Frau. Das Übliche. Meistens hatten aber die anderen Schuld, klar. Hab's nicht wirklich verstanden, war mir aber auch egal. Mich interessieren die Probleme anderer Leute nicht, ich habe genug mit den eigenen zu kämpfen.«

Chevalier sah sich auf der Terrasse um. Es war schön, hier zu sitzen. Überall standen Stockrosen. Eine windschiefe Zeder spendete Schatten. Um die Sitzecke herum waren Hochbeete angelegt, doch alles wirkte verwahrlost. Pflanzen drückten sich zwischen den Betonplatten nach oben, und Unkraut besiedelte trockene Blumentöpfe. Als Madame Batz noch gesund gewesen war, muss das hier ein wundervoller Ort gewesen sein, schoss es Chevalier durch den Kopf. »Wie geht es Ihrer Frau, Monsieur Batz?«

Batz senkte den Blick. »Giselle schläft den ganzen Tag, wenn das Morphium wirkt.« Er räusperte sich und senkte die Stimme. »Der Arzt meinte gestern, es geht zu Ende.«

Wie traurig! Chevalier empfand echtes Mitgefühl. »Das tut mir leid.«

»Dann bin ich ganz alleine. Kinder waren uns leider nicht vergönnt.« Batz blickte abwesend in den Garten und erinnerte Chevalier damit an Anne Leglise. Er räusperte sich und kehrte aus seiner Gedankenwelt zurück. »Haben Sie Lucs Freundin gefunden?«

»Ja, danke nochmals für die Information.«

Sie saßen einen Moment schweigend beisammen. Der Geruch der nahen Salinen wehte mit einer sanften Brise herüber.

»Wie friedlich es hier ist!« Chevalier hatte mehr zu sich als zu Batz gesprochen, denn seine Gedanken waren wieder in die vergangene Nacht gereist.

»Wie die Ruhe vor dem Sturm.« Batz sah ihm fest in die Augen.

Chevalier erkannte die Trauer darin und nickte. »Ich wünsche Ihnen viel Kraft.« Dann erhob er sich und machte sich auf den Weg nach nebenan.

Die Glocke war kaum im Haus verhallt, als ein Mädchen von vielleicht zehn Jahren die Tür aufzog.

»Hallo, ich heiße Clément. Ist dein Papa da?«

Sie nickte. »Und Mama und Oma. Und Elaine und Cyrille auch.« Ihre blauen Augen sahen ihn offen an.

Eine Frauenstimme erklang aus einem der Räume. »Wer ist da, Michelle?«

Das Mädchen wandte sich um und lief in den Gang. »Clément.«

»Wer?« Francine Moyon trat in den Flur. Sie war eine attraktive Frau, von der ihre Tochter offenbar die blauen Augen geerbt hatte. Sie sah kritisch auf Chevalier, den sie in seiner dünnen Lederjacke mit dem Helm unter dem Arm offensichtlich nicht als Polizist identifizierte.

Er zog seinen Dienstausweis aus der Tasche und stellte sich vor.

»Ist etwas mit Alexandre?«

Chevalier schüttelte den Kopf. »Nein, es geht um eine andere Sache.«

Sie nickte sichtlich verunsichert und ging ihm voran in das große Wohnzimmer, dessen Glasfronten von der Straße zu sehen waren. Ein dunkler Steinboden war hier verlegt worden und verlief weiter in die offene Küche.

Auf dem Tisch standen noch Teller und Schüsseln vom Mittagessen. Überall lag Spielzeug herum.

»Sie müssen entschuldigen. Wir haben nicht mit Besuch gerechnet.« Sie war Chevaliers Blick gefolgt und strich sich verlegen das dünne Baumwollkleid glatt.

Er winkte ab. »Meine Tochter ist erst zwei Monate alt, doch ich glaube, wenn sie älter ist, wird es bei uns ähnlich werden.«

Sie schenkte ihm ein dankbares Lächeln, hinter dem er die Frage sehen konnte, warum er hergekommen war.

Jean Moyon saß am Pool, die Beine im Wasser, und sah den Kindern beim Baden zu. Magali Moyon lag auf einer Liege und schlief mit leicht geöffnetem Mund.

Als Jean Chevalier kommen sah, wurde er blass. »Ist was mit Alexandre?«

»Nein, nein«, beeilte er sich zu antworten. »Wir müssen uns unterhalten.«

Jean schwang die Beine aus dem Becken und rieb sie oberflächlich mit einem Handtuch trocken. Sie setzten sich im Schatten des Hauses an einen kunstvoll gearbeiteten Holztisch, auf dem ein Teller mit Obst und eine Karaffe mit Wasser standen.

Chevalier begann ohne Umschweife. »Eines vorweg: Dies ist ein vertrauliches Gespräch. Alles, was gesagt wird, unterliegt der Nachrichtensperre, die wegen des Falls verhängt wurde. Bitte beachten Sie das. Mit niemandem ein Wort darüber!« Beide nickten. »Jules Leglise wurde in der vergangenen Nacht ermordet.«

»Jules?« Es war Francine Moyon, die entsetzt reagierte. Sie hatte sich eine Hand vor den Mund geschlagen und starrte Chevalier fassungslos an.

»Sie kennen sich?«

Die Eheleute wechselten blitzschnell einen Blick.

Jean übernahm es zu antworten. »Über Vater. Die beiden waren befreundet. Wieso kommen Sie zu uns?«

»Weil es derselbe Täter war, der Ihren Vater ermordet hat.«

Es dauerte einige Sekunden, bis die Information bei den beiden ankam. »Das heißt, dass ... Alexandre unschuldig ist?«

Chevalier nickte und sah Jean Moyon in die weit aufgerissenen Augen. »Ihr Bruder wurde in eine Falle gelockt, in die wir alle getappt sind.«

Plötzlich wurde Jean Moyon laut. »Sie haben ihn auf dem Gewissen! Wären Sie und Ihre Kollegen nicht aufgetaucht, würde er nicht in diesem Zustand im Krankenhaus liegen.«

Die Kinder hatten bei dem Ausbruch des Vaters aufgehört zu spielen, und Magali Moyon wälzte sich im Schlaf unruhig auf die Seite.

Chevalier blieb ruhig. Er kannte diese Momente, in denen die Angehörigen versuchten, Schuld auf andere abzuwälzen. »Hätte er sich nicht der Verhaftung entzogen, würde er noch heute als freier Mann aus dem Gefängnis spazieren. Der Unfall war Folge seiner unvernünftigen Reaktion.«

Jean wollte etwas darauf erwidern, schwieg jedoch, als Francine die Hand auf seine legte. Plötzlich wurde ihm der zweite Teil der Nachricht bewusst. »Jules ist tot?« Jean schüttelte ungläubig den Kopf. »Ermordet.«

Chevalier nickte. »Die Frage, die diese neue Sachlage mit sich bringt, ist die, *warum* Ihr Vater und Jules Leglise gezielt Opfer desselben Täters wurden. Anders gesagt, wir suchen alle Querverbindungen zwischen den beiden, um die Motivlage zu ergründen. Hierbei spielt es keine Rolle, zu welchem Zeitpunkt es diese Verbindung gab.«

Jean schien ihn nicht gehört zu haben. Er sah unverwandt auf einen Punkt auf dem Tisch.

»Hängen die Taten denn überhaupt sicher zusammen?«

Chevalier sah zu Francine, die die Frage gestellt hatte. »Ohne Zweifel. Beide Männer erhielten annähernd identische Drohbriefe, die mit an Sicherheit grenzender Wahrscheinlichkeit vom selben Täter stammen.« Er würde kein Wort über die Hinweise des Mörders verlieren, die dieser ihm gegeben hatte. »Was können Sie mir sagen?«

Wieder wechselten die Eheleute einen Blick, dann nickte Jean Moyon seiner Frau zu.

»Ich bin Hauptgesellschafterin und Mitgeschäftsführerin eines Unternehmens, das mein Mann mit Jules Leglise 2015 gegründet hat.«

Chevalier versuchte, seine Verblüffung zu verbergen. Wieso hatten sie ihm das nicht sofort erzählt? »Worum handelt es sich hierbei?«

Jean ergriff sofort das Wort, und es war, als wollte er seinen Gedanken entfliehen. »Das Château wirft momentan ordentlich Geld ab, doch vor ein paar Jahren hatten wir mehrere katastrophale Ernten, sodass uns langsam die Substanz verloren ging. Jules kam auf die Idee, gemeinsam an einer eigenen Marke zu arbeiten, die ökologischen Vin de France kreiert.«

»Die Reform von 2009«, merkte Chevalier an.

Francine nickte. »Die Reform des europäischen Weinmarktes machte es möglich, dass wir aus allen Regionen Frankreichs Wein ankaufen und ihn so verschneiden, dass ein dauerhaft gleicher Geschmack entsteht. Kein Terroir, keine je nach Wetter jährlich schwankende Qualität, sondern ein Cuvée, den der Kunde kauft, weil er weiß, was er bekommt. Seit drei Jahren tragen wir nun für die gesamte Produktion das Bioweinsiegel.«

»Ich dachte, Vin de France sei nichts für den Weinliebhaber?«

Jean winkte ab. »So kann man das nicht sagen. Nehmen Sie zum Beispiel Xavier Vignon aus dem Rhônetal. Er legt Wert auf ausgeglichene Weine, die das Terroir sogar betonen. Wundervolle Weine, obwohl sie lediglich als Vin de France klassifiziert werden. Die Bezeichnung sagt ja nur aus, dass die Weine nicht als Appellation d'Origine Protégée oder als Indication Géographique Protégée eingestuft werden, da die Hersteller keine genauen Herkunftsaussagen über den Wein abgeben können. Wir verfolgen die Strategie der Geschmackskonstanz bei Bioweinen. Da der Wein überwiegend in den Export geht und man auf den Absatzmärkten, zum Beispiel in den USA, Wert auf erwartbaren Geschmack und ökologische Produkte legt.«

»Können Sie mir genauere Angaben zu dem Unternehmen machen? Name, Geschäftsführer und so weiter?«

»Domaine de la Vieille Maison. Ein Kunstname. Meine Frau hält vierzig Prozent der Anteile, ebenso Jules Leglise. Zwanzig Prozent sind im Besitz von Thierry Durand.«

»Wer ist das?«

»Er führt die Geschäfte gemeinsam mit meiner Frau. Wir vermarkten die Weine unter dem Namen der Domaine und beschränken uns ansonsten auf die Sortenbezeichnung. Jules hat …« Jean räusperte sich. »Er hatte beste Verbindungen. Er hat dafür gesorgt, dass unsere Weine in den Zeitschriften besprochen wurden und über seine Kontakte den Export insbesondere in die USA hochgefahren.«

»Das Geschäft scheint gut zu laufen?« Chevalier sah auffällig zum Haus hinüber.

Jean lächelte. »Ja, es war die richtige Entscheidung. Das Château Roux ist meine Liebe, doch unser Einkommen resultiert zu großen Teilen aus der Domaine.«

»Und nun sind Ihr Vater und Jules Leglise tot.«

Der Gedanke schien Jean wieder einzuholen. Er sank in sich zusammen und schüttelte wiederholt den Kopf.

»Wie war Ihr Verhältnis zu Jules Leglise?«

Francine blies die Backen auf. »Rein geschäftlich. Er spielte in einer anderen Liga, wenn Sie verstehen, was ich meine. Ab und an kam er zur Domaine und machte sich wichtig. Ansonsten sah ich ihn nur auf den Gesellschafterversammlungen.«

»Und Sie?« Chevalier wandte sich an Jules. »So ähnlich. Ich kannte ihn nur über Vater.«

»Was hat er zu der Domaine gesagt?«

Francine malte mit den Fingern Kreise auf den Tisch. »Vater hat früher selbst Weine aus der Region überregional vertrieben. Noch dazu gemeinsam mit Jules.«

Chevalier machte sich eine Notiz. »Was ist aus dem Projekt geworden?«

Die Moyons sahen sich wieder an, für Chevalier mittlerweile ein Zeichen dafür, dass sie sich auf Antworten für kritische Fragen verständigten.

»Sie haben die Domaine, soweit ich weiß, um 2010 gegründet, um ähnlich wie wir heute Wein zu verschneiden und zu verkaufen, jedoch keinen Ökowein«, fügte Jean hinzu. »Ich war damals an der Université Victor Segalen in Bordeaux und habe Önologie studiert. Warum sie die Domaine 2014 geschlossen haben, ist mir nicht bekannt.«

Wer's glaubt, ging es Chevalier durch den Kopf. »Aber Sie waren doch damals schon im Geschäft?«

»Zu der Zeit war ich im Süden, wo ich ein halbes Jahr auf

einem anderen Weingut gearbeitet habe, um Erfahrungen zu sammeln. Francine hatte mich begleitet. Unsere zweite Tochter Elaine war gerade geboren, und da wollte ich alle bei mir haben.«

»Wie ging es mit den beiden weiter, nachdem sich Ihr Vater aus dem Gut und den Ämtern zurückgezogen hat?«

Jean zuckte mit den Schultern. »Jules hatte selten Zeit, und Vater war auf seiner Saline. Sie trafen sich ab und an zum Essen in La Rochelle, darüber hinaus war da nichts mehr.«

»Und die Saline? Was geschieht nun damit?«

»Wird an Christian Leroy verkauft. Ich habe weder Zeit noch Lust auf ein weiteres Projekt.«

»Das ging ja schnell.«

In Les Portes-en-Ré herrschte das Chaos eines sonnigen Sonntags, wenn die Rochelais ans Meer strebten, doch hier war nichts davon zu spüren. Über dem Haus seiner Schwiegereltern lag die Ruhe eines gemütlichen Nachmittags im Kreis der Familie.

Sandrines Bruder Bertrand und seine Frau Joceline waren gerade im Aufbruch, als Chevalier vorfuhr.

Sein Schwager war Gilles wie aus dem Gesicht geschnitten, hatte aber den weichen Mund der Mutter und deren braune Haare geerbt. Er war ein wortkarger Mann, den die harte Arbeit auf dem Meer geprägt hatte. Bei Chevaliers Anblick lächelte er. »Hast einiges zu tun, wie ich höre.«

Chevalier grinste müde. »Einen solchen Start hätte es nun auch nicht gebraucht.«

Bertrand senkte die Stimme, als er leise fragte. »Stimmt es, dass Jules Leglise gestern Nacht ermordet wurde?«

Chevalier hatte Sandrine von seinen Erlebnissen erzählt, doch sie schwieg gegenüber Dritten, selbst wenn es sich um ihre Familie handelte. »Woher weißt du davon?«, erkundigte er sich daher.

»Im Internet wird …«

Chevaliers Handy klingelte. Es war Sophie Lambert. Und sie

klang ernst. »Salut, Chef, hast du die Nachrichten schon gesehen? Im Netz kursiert ein Video, das zeigt, wie Leglise geschlagen wird.«

»Steckt Ségolène Meunier dahinter?«

»Nein, sie hat sofort hier angerufen und ihre Unschuld beteuert. Ich glaube auch nicht, dass sie es war. Der Filmausschnitt wurde nicht auf dem Wehrgang gedreht.«

Chevalier ging mit seinem Smartphone ins Netz und fand den Clip sofort. Er war wie eine GIF-Datei gestaltet. Kein Ton. Man sah quälende Sekunden lang, wie Jules Leglise ins Gesicht geschlagen wurde. Es war blutig und verquollen und hatte einen schmerzerfüllten Ausdruck. Tränen strömten Leglise aus den Augen. Am oberen Bildrand lief der Schriftzug:

Jules Leglise: tot und bestraft.

»Ich hab es«, murmelte Chevalier betroffen.

»Die Fernsehsender sind dran und bringen in Eilmeldungen Informationen zu Leglises Tod. Der Präfekt will sich noch heute äußern. Vermutlich füttert Mademoiselle Meunier die Medien nun mit Details.«

»Da wirst du richtigliegen. Ich bin im Moment auf der Île de Ré. Ich rufe euch gleich zurück. Wir müssen darauf reagieren.«

Sie legten auf, und Chevalier blickte zu Bertrand. »Tut mir leid. Ich muss gleich wieder los, wie du dir vorstellen kannst.«

Sein Schwager schlug ihm auf die Schulter. »Viel Glück.«

Chevalier nickte und rief Simon an, der sofort am Apparat war.

»Was für eine riesengroße Scheiße!«

Er hätte nicht erwartet, dass der Kommandant derart die Fassung verlieren würde, doch ihm war klar, unter welchem Druck sein Vorgesetzter stand. »Der Präfekt schiebt uns die Schuld für die Panne zu.«

»Mit Verlaub, mon Commandant, das ist Unsinn: Wir sind nicht schuld daran.«

»Erzählen Sie das diesem aufgeblasenen Affen!«

Die Aussprache Simons klang verwaschen, und Chevalier verstand. Sein Chef hatte beim Essen Wein getrunken, der ihm nun die Zunge löste.

»Unsere Experten müssen den Clip zurückverfolgen, ich befürchte jedoch, dass wir da nicht weiterkommen. Der Täter wird einen solchen Fehler nicht machen. Ansonsten stehen wir erst am Anfang. Zudem sind uns heute, am Sonntag, die Hände gebunden. Wir suchen nach Leglises Wagen, um so hoffentlich den Ort zu finden, an dem er entführt wurde. Zwischen Luc Moyon und Jules Leglise gibt es aus der gemeinsamen Zeit im Département-Rat garantiert viele Überschneidungen, die wir alle prüfen müssen. Das wird Zeit in Anspruch nehmen.«

»Ich weiß.« Simon seufzte. Er hatte sich offenbar ein wenig beruhigt. »Morgen bekommen Sie zwei zusätzliche Mitarbeiter.«

Chevalier nickte zufrieden. »Das wird helfen. Moreau und ich werden gleich in der Früh die Maison de la Charente-Maritime aufsuchen und mit den Mitarbeitern sprechen. Ich denke, dass Dr. Roussel bis dahin die Obduktion durchgeführt hat. Außerdem möchte ich einen Profiler ansprechen. Es ist an der Zeit, die Handlungsweise unseres Mörders besser zu verstehen.«

»Machen Sie das. Ich genehmige Ihnen das Profiling.«

»Besorgen Sie einen Durchsuchungsbeschluss für Leglises Büro?«

Simon zögerte. »Das wird schwer, doch ich versuche es.«

Sie verabschiedeten sich und legten auf.

Chevalier ging um das Haus herum. Auf der Terrasse fand er Sandrine und ihre Eltern, die ihn fragend und besorgt ansahen. »Tut mir leid. Ich muss bald wieder los. Ihr habt den furchtbaren Film von Leglises Folterung gesehen?«

Sandrine nickte bedrückt. »Bertrand hat ihn uns gezeigt.« Sie zog Chevalier in eine Umarmung. »Nimm dir zehn Minuten und iss eine Kleinigkeit.«

Er sah die Sorge in ihren grünen Augen und küsste seine Frau sanft. »Mach ich, doch zuerst muss ich mit den Kollegen telefonieren.« Chevalier lief ein Stück durch den Garten, weg von den anderen, und setzte sich auf eine Bank, die Elise so hatte aufstellen lassen, dass man einen unverstellten Blick auf die See hatte. Ein Segelboot kreuzte gegen die Wellen. Gischt spritzte auf. Weiter entfernt erkannte Chevalier ein Containerschiff auf dem Weg nach Norden. Einige Sekunden war er versucht, einfach hier sitzen zu bleiben, dann wählte er die Nummern der Kollegen und wartete, bis sich jeder von ihnen eingewählt hatte.

»Wir haben wohl alle den Clip gesehen«, begann Chevalier. »Das ist unschön und macht Druck, ändert die Lage aber nur wenig. Da die Politik bald auf den Plan treten wird, müssen wir uns jedoch beeilen. Commandant Simon stellt uns morgen zwei weitere Kollegen zur Verfügung. Die beiden sollen die beruflichen Wegbegleiter der Opfer befragen.«

Chevalier beobachtete die Möwen, die im Wind segelten, ohne mit den Flügeln zu schlagen. »Wenn wir nachweisen können, dass der Mord nicht politisch motiviert war, halten die Beamten aus Paris sich raus. Jean Moyons Frau Francine führt ein Unternehmen, das Weine verschneidet und vorwiegend in den Export bringt. Domaine de la Vieille Maison. Ein weiterer Gesellschafter war Leglise. Sophie, schau dir den Laden bitte einmal an. Im Übrigen hat Luc Moyon zuvor mit Leglise eine ähnliche Firma betrieben, später aber geschlossen. Ich möchte wissen, warum, denn man verdient ordentlich Geld mit dem Export von Weinen. Ich habe die Nummer des privaten Handys.«

Sirac antwortete: »Ich lasse es triangulieren. Leglises Pkw verfügt übrigens über eine Ortungsfunktion. Ich bin auf dem Weg zum zuständigen Mitarbeiter. Er hat die App auf einem PC im Büro.«

»Gib mir bitte Bescheid.«

Kurz darauf beendeten sie das Telefonat. Chevalier ging zurück zu seiner Familie. Seine Schwiegereltern und Sandrine unterhielten sich leise, während Manon strampelnd auf einer Decke auf dem Boden lag. Er legte sich zu seiner Tochter. Sie schien die Wolken zu beobachten, denn sobald sich eine der kleinen Schäfchenwolken durch ihr Gesichtsfeld bewegte, strampelte sie heftig mit Armen und Beinen und gab aufgeregte Laute von sich, als wollte sie mit ihnen fliegen.

»Willst du von dem Lamm haben, Clément? Wir hatten Agneau de Pauillac rôti.«

Chevalier nickte nur. Das Nächste, was er wahrnahm, war Sandrine, die ihn sanft an der Schulter schüttelte. Er war eingeschlafen.

»Dein Essen ist fertig.«

Er rappelte sich müde auf, nicht ohne zuvor Manon zärtlich auf die weiche Wange geküsst zu haben.

Sandrine sah ihn eindringlich an. »Hat er sich gemeldet?«

»Wer?«

»Alphonse!« Sie verdrehte die Augen.

Chevalier fiel aus allen Wolken. An seinen Bruder hatte er den ganzen Tag nicht gedacht. Er schüttelte den Kopf. Kurz flammte Alphonses Bild vor seinem inneren Auge auf, und ein ungutes Gefühl beschlich ihn, als er an die Frist dachte, die ihm sein Bruder gesetzt hatte. »Nein.«

Sandrine senkte die Stimme, als sie sagte: »Ich habe nachgedacht. Ich möchte nicht, dass du dich mit ihm triffst.«

»Ich muss mit ihm sprechen, sonst macht er alles kaputt.«

Sie warf ihm einen genervten Blick zu. »Er richtet ohnehin überall Schaden an, wo er auftaucht. Du solltest eine Aussage machen, dann hast *du* das Heft in der Hand und nicht er.«

»Ich verliere meinen Job.«

Sandrine wusste, wie sehr er an seinem Beruf hing, und

grinste schief. »Dann wirst du Austernzüchter. Papa hilft dir gerne.«

Er rollte die Augen. »Gib mir Zeit. Ich verspreche dir, mich auf nichts einzulassen.«

Sie nickte, griff nach der Wickeltasche und begann, Manon zu wickeln.

Chevalier trat an den Tisch und setzte sich seinem Schwiegervater gegenüber.

»Bist ganz schön fertig, was?« Gilles sah ihn fragend an.

»Die Nacht war hart.«

Elise brachte einen Teller. Sie hatte den Lammrücken im Ganzen gebraten und ihm drei Koteletts abgeschnitten. Dazu hatte sie Rosmarinkartoffeln und Ratatouille auf den Teller gegeben. »Ist leider nicht mehr so schön rosé wie vorhin. Das kommt durch das Wärmen.«

Chevalier winkte ab. Das Fleisch war in seinen Augen perfekt gegart. Ein Duft nach Rosmarin, Zwiebeln und Knoblauch stieg ihm in die Nase und ließ ihn voller Appetit zugreifen.

Er aß mit Genuss und lauschte dem Gespräch, das sich um Manon und Sandrines Arbeit drehte. Ihre Mutter war bereit, zweimal die Woche auf die Kleine aufzupassen, damit Sandrine wieder ihrer Kunst nachgehen konnte. Chevalier freute sich für sie.

Er wandte sich seinem Schwiegervater zu. »Du kanntest Leglise?«

Gilles sah ihn an, als hätte er bereits auf die Frage gewartet. »›Kennen‹ wäre zu viel gesagt. Er tauchte vor der Jahrtausendwende in Saintes auf, wo er sich als Unternehmer versuchte. Wenn ich mich nicht täusche, gründete er ein eigenständiges Biolabel und hatte Filialen in mehreren Städten. Wie das gelaufen ist, kann ich dir nicht sagen, jedenfalls hat die Biokette La Vie Claire die Filialen übernommen, als er Bürgermeister von Saintes wurde. Das war er aber nur wenige Jahre, denn seit 2008 war er Präsident des Département-Rats. Wir sind uns mehrmals begegnet, allerdings nie beruflich.«

»Du hast erwähnt, Luc Moyon und Jules Leglise hätten ein Problem gehabt, und wolltest Arthur Pozzera fragen, was das genau gewesen ist.«

Gilles nickte. »Ich hätte dich noch angerufen, doch es war nicht viel, was er mir erzählt hat.« Chevalier wartete, bis sein Schwiegervater sich genötigt sah weiterzusprechen. »Arthur weiß definitiv, dass Leglise etwas gedeichselt hat, um eine Anzeige zu vermeiden. Luc Moyon muss mit von der Partie gewesen sein.«

»Wo hat Pozzera diese Information aufgetan?«

»Er war sich nicht mehr sicher und glaubt, dass das schon zehn Jahre zurückliegt. Es ging um ein Grundstück.«

»Dann werden wir ins Grundbuch schauen.«

Sie plauderten noch einen Moment, als Chevaliers Telefon klingelte. Sirac rief an.

»Wir haben Leglises Auto lokalisiert. Es steht in Villeneuve les Salines, Rue Philippe Chabaneix.«

»Wo ist das? Dann komme ich sofort dorthin.«

»Lass das lieber«, erwiderte Sirac. »Wir treffen uns und fahren gemeinsam. Der Stadtteil ist ziemlich … durchwachsen. Dort, wo der Wagen parkt, sind viele Sozialwohnungen. Dort leben zum Teil problematische Leute.«

Chevalier seufzte. »Dann hoffen wir, dass der DS 9 noch dort steht. In Lyon wären in einem solchen Viertel nach vierundzwanzig Stunden die Räder abmontiert und eine Scheibe zertrümmert.«

Sirac lachte. »Wir sind in der Provinz, vergiss das nicht, Clément.«

Den Rückweg schaffte Chevalier in sensationellen fünfunddreißig Minuten. Die BMW flog nur so an langen Autokolonnen vorbei durch den Sonnenschein. Sandrine würde noch eine Weile mit der Rückfahrt warten, um dem Stau zu entgehen.

An der Auffahrt der Brücke herrschte Stillstand, da ein Wohnwagen umgekippt war und seinen Inhalt über die Fahrbahnen ergossen hatte. Ein Brigadier verstellte Chevalier kurz den Weg, doch als er den Dienstausweis zückte, durfte er passieren und brauste alleine über die Brücke hinüber nach La Rochelle.

Sirac erwartete ihn vor dem Kommissariat. Er trug Jeans und Poloshirt. Gerade verstaute er zwei Schutzwesten im Kofferraum des Renault. »Man weiß ja nie«, antwortete er auf Chevaliers fragenden Blick.

Sie fuhren den Boulevard André Sautel hinauf, vorbei an dem riesigen Einkaufsmarkt *E.Leclerc* und folgten dann der vierspurigen N237 in Richtung Süden.

Sirac warf Chevalier einen raschen Blick zu. »Bist du schon mal hier gewesen?«

Er zuckte zusammen. Seine Gedanken hatten sich um Alphonse und die Frage gedreht, wie er sich aus der Zwickmühle befreien konnte, ohne selbst Schaden zu nehmen. Eine Selbstanzeige war der letzte Ausweg. »Nein, ich habe mir aber schon gedacht, dass auch La Rochelle sein Problemviertel hat.«

Über die Ausfahrt Villeneuve les Salines verließen sie die Nationalstraße. Gleich darauf wusste Chevalier, was Sirac gemeint hatte. Schmucklose Hochhäuser, Cités, wie man sie in ganz Frankreich finden konnte, reihten sich aneinander. Anfangs wirkten die Gebäude noch gepflegt. Als sie etwas tiefer in die Siedlung kamen, mischten sich jedoch immer mehr heruntergekommene Wohnkomplexe dazwischen. Sie befanden sich in einer klassischen Banlieue.

Zu seiner Überraschung stand der DS 9 tatsächlich unversehrt auf einem Parkplatz direkt vor einem Wendehammer.

Sie stiegen aus und entriegelten mit dem Ersatzschlüssel Leglises Fahrzeug. Dann zogen sie dünne Gummihandschuhe über und öffneten die Türen. Das Innere das Wagens roch angenehm nach den Ledersitzen, die von der mittlerweile tief stehenden

Sonne dermaßen aufgeheizt waren, dass sich Chevalier kaum daraufsetzen konnte.

Sirac startete den Motor und schaltete die Klimaanlage ein. Dann durchsuchte er die Taschen an den Türen und das Fach in der Mittelkonsole. Ohne Erfolg. Erst als er ein kleines Klappfach unmittelbar unter dem Lenkrad öffnete, fand er Leglises Smartphone. »Ah, da ist es ja!«

Er nahm das aufgeheizte Gerät an sich und versuchte, den Bildschirm zu entsperren, doch das Display öffnete sich nicht und fragte nach einem Code. »Mist.«

Chevalier grinste. »Was hast du denn erwartet? Der Mann war Politiker.« Er sah sich um. Das Haus gleich neben dem Parkplatz war niedriger als die umliegenden Gebäude und schien erst kürzlich gestrichen worden zu sein. Auf einem Balkon trocknete Wäsche auf einem Ständer. Trotz der frischen Farbe beschlich Chevalier ein Gefühl der Tristesse. Das Viertel passte nicht zu dem Bild, das er bisher von La Rochelle gewonnen hatte, und erinnerte ihn umso mehr an die Problemviertel von Paris und Lyon.

Was hatte einen Mann wie Leglise in diese Gegend verschlagen? Seine Frau hatte eine Besprechung erwähnt. Aber hier? Chevalier schüttelte den Kopf. Nie im Leben! Alphonse hingegen würde hierher passen.

Chevalier beugte sich vor, um unter den Wagen zu schauen. »Was haben wir denn da?« Ein schmales Mäppchen war hinter das Vorderrad gerutscht und von außen unsichtbar geblieben. Er klappte es auf und erblickte eine Reihe von Kreditkarten. Chevalier zog eine goldene Visakarte aus einem Fach. Sie war auf den Namen Jules Leglise ausgestellt.

Sirac war zu ihm getreten und hob einen Kugelschreiber auf, der zertreten neben dem DS 9 lag. Er trug den Schriftzug des Départements. »Könnte auch von Leglise stammen. Der Entführer wird ihm hier aufgelauert haben.« Er blickte sich über die Schulter um. »Kein schlechter Ort, um jemanden zu überwältigen. Im Dunkeln bist du quasi unsichtbar. Du betäubst dein Opfer und wirfst es in den Laderaum deines Wagens.«

Der Kollege zog sein Handy hervor und ließ das Video von Leglises Folterung ablaufen. »Sieh dir mal den Hintergrund an. Könnte das hier nicht die Seitenwand des Kleintransporters sein?« Er zeigte auf etwas auf dem Display des Smartphones.

Chevalier nickte. »Gut möglich. Die KTU soll das prüfen.« Er durchsuchte weiter die Fächer, bis er auf eine kleine Karte stieß, auf der zwei Zahlenfolgen vermerkt waren. Wenn sie Glück hatten, handelte es sich dabei um eine PIN und eine SuperPIN. Er reichte die Karte dem Kollegen. »Versuch es mal hiermit.«

Kurz darauf erhellte sich Siracs Gesicht. »Ich bin drin!« Er tippte auf die zuletzt gewählte Nummer. »Ein Festnetzanschluss aus La Rochelle.« Wieder bearbeitete er die Tastatur. »Im Netz nicht zu finden. Ich bitte Adrien festzustellen, wem der Anschluss gehört.« Sirac ging um den DS herum und betrachtete ihn von allen Seiten, während er telefonierte.

Chevalier öffnete unterdessen den Kofferraum, in dem sich jedoch nichts befand außer dem obligatorischen Regenschirm, auf dem er das Logo des Départements erkannte, sowie eine Sicherheitsweste, einen Verbandskasten und ein Warndreieck.

»Daira Benaissa, vierunddreißig Jahre alt. Sie wohnt …« Sirac war zu Chevalier getreten. Er hob den Arm und zeigte auf das niedrige Gebäude. »Dort.«

Sie machten sich wortlos auf den Weg zum Eingang des Hauses. Auf den Klingelschildern suchten sie vergeblich nach besagtem Namen. Lediglich die Appartementnummern waren aufgedruckt.

»Was nun?« Sirac sah Chevalier ratlos an. Eine Gegensprechanlage hatte offenbar niemand für nötig erachtet.

»Irgendwo klingeln. Wir fragen uns durch. Sie wird hier wohnen, sonst wäre Leglise nicht hergekommen.«

Es dauerte nicht lange, bis im ersten Stock ein Fenster aufgerissen wurde. »*Quoi?*« Ein muskulöser Mann im Unterhemd lehnte sich über die Fensterbrüstung.

Chevalier hielt seinen Dienstausweis in die Höhe. »Wir suchen eine Frau namens Daira Benaissa.«

Auf dem unrasierten Gesicht des Mannes erschien ein abfälliges Lächeln. »*La putaine!* Was hat die Hure denn ausgefressen?«

»Das ist aber keine schöne Ausdrucksweise«, sagte Chevalier mit zusammengezogenen Augenbrauen. »Wir dürfen Ihnen nichts weiter dazu sagen. Also, wo können wir sie finden?«

»Dritte Etage. Appartement Nummer sechs. Viel Spaß. Ob der *bougnoul* auch mal darf?« Er grinste anzüglich zu Sirac hinüber und schloss das Fenster.

Sirac wollte dem Mann etwas Passendes hinterherrufen, doch Chevalier legte ihm die Hand auf den Arm.

»Lass dich nicht provozieren.«

Sirac unterdrückte seine Wut. »Er behandelt mich wie einen Bürger zweiter Klasse. *Bougnoul*. Kameltreiber! Soll sich doch in seiner eigenen Umgebung umsehen, der Penner!«

Chevalier enthielt sich eines Kommentars. Er betätigte den passenden Klingelknopf, und nach wenigen Sekunden sprang die Tür summend auf.

Im Haus stank es nach abgestandenem Essen. Die Stufen hinauf zu den Stockwerken waren schmutzig. Chevalier wäre jede Wette eingegangen, dass im vergangenen Jahr hier weder ein Besen noch ein feuchter Lappen zum Einsatz gekommen war.

Auf der ersten Etage blieben sie stehen. Chevalier orientierte sich und klopfte an einer der Wohnungstüren.

»Was wollt ihr denn noch?« Der Mann, der in der Tür erschien, war der, der Sirac eben so respektlos behandelt hatte. Er war korpulenter als gedacht. Missmutig schabte er an seinem unrasierten Gesicht.

»Sie haben einen Beamten der Kriminalpolizei beleidigt«, erklärte Chevalier betont ruhig. »Das zieht eine Anzeige nach sich. Wie heißen Sie?«

Der Mann lachte spöttisch auf. »Wollt ihr mich verarschen?«

Chevaliers Stimme wurde scharf. »Innerhalb von zehn Sekunden sehe ich Ihren Personalausweis, sonst wird Sie der *bougnoul*«, er zog das Schimpfwort drohend in die Länge, »in Handschellen legen. Sie haben mein Wort darauf.«

In das Gesicht des anderen trat nun Angst. Sein besorgter Blick flog von Chevalier zu Sirac. »Tut mir leid, war echt nicht so gemeint.«

Chevalier ging nicht darauf ein. »Ich warte.«

Der Mann stürzte in die Wohnung und kam kurz darauf mit dem Personalausweis zurück.

Chevalier griff danach und fotografierte dann den Ausweis mit seinem Handy. »Antoine Dubois. Ich verwarne Sie wegen Beamtenbeleidigung. Ein diesbezügliches Schreiben wird Ihnen kurzfristig zugestellt werden.«

Sie ließen den sichtlich verunsicherten Mann stehen und stiegen weiter die Treppe hinauf. Ein Grinsen umspielte Siracs Lippen.

In der dritten Etage herrschte eine gänzlich andere Atmosphäre. Böden und Fenster waren geputzt. Keine Graffiti verunzierten die weiß gestrichenen Wände.

Wieder drückte Chevalier auf eine Klingel.

Eine Frau von etwa Mitte dreißig öffnete ihnen die Tür. »Sie wünschen?«

Chevalier brauchte eine Sekunde, um sich von seiner Überraschung zu erholen. Daira Benaissa passte so gar nicht in dieses Haus. Sie war elegant in einen Hosenanzug gekleidet, der ihre schlanke Figur betonte. Ihre schwarzen, perfekt frisierten Haare glänzten selbst im fahlen Licht des Treppenhauses. Sie trug ein teures Make-up, das ihre orientalische Attraktivität unterstrich. Madame Benaissa war eine schöne Frau.

Sie stellten sich vor.

Daira Benaissa schien nicht überrascht zu sein. »Sie kommen sicher wegen Jules, nicht wahr? Die Presse stürzt sich ja geradezu auf die Geschichte.«

Chevalier nickte.

»Ich habe diesen *cretin* im ersten Stock bereits gehört. Darf ich vorgehen?« Ohne auf eine Antwort zu warten, lief sie barfuß vor ihnen her durch einen kurzen Korridor und führte sie in einen großen Raum mit amerikanischer Küche, der ebenso geschmackvoll und modern wirkte wie die Bewohnerin dieser Wohnung selbst. Sie musterte die Polizisten schmunzelnd. »Sie fragen sich, was ich in dieser Umgebung mache, oder?«

Chevalier nickte wieder. »Dubois nannte Sie eine …« Er zögerte.

»Eine Hure. Habe ich gehört.« Sie winkte ab.

»Ja.«

Sie ging in die Küche und kam kurz darauf mit einem Tablett und drei Gläsern zurück und stellte es auf den Tresen. »Perrier?« Daira Benaissa schenkte das Wasser ein und bot ihnen an, auf den Barhockern Platz zu nehmen. Dann musterte sie Chevalier eine Weile über den Rand ihres Glases hinweg. »Meine Kunden sind keine Freier im herkömmlichen Sinn. Oftmals sind es Männer, die im Laufe der Zeit gelernt haben, meisterlich zu schauspielern.«

»Inwiefern?«

Sie erwiderte ruhig Chevaliers Blick. »Sexuell Abnorme, die ihre Neigung verstecken.«

Er war verblüfft. »Sadomasochismus?«

»Das ist ein Beispiel, ja. Schon einmal etwas von BDSM gehört?«

»Ein Akronym für Bondage & Discipline, Dominance & Submission, Sadism & Masochism, also Fesselspiele, Lustschmerz und so weiter«, warf Sirac ein.

Sie nickte, und es war erstaunlich, wie entspannt Daira Benaissa wirkte, fand Chevalier. »Einvernehmlich, kein Zwang«, sagte sie.

»Das heißt, Sie sind auf diese Spielformen spezialisiert? Ist das Ihre … Nische?«

Sie lächelte. »Auf einzelne Formen. Fesseln, Ageplay, Dominance, Petplay und Ähnliches. Keine harten Sachen wie Sadomasochismus.«

Er nickte. »Wie gelangen die Freier an Ihre Adresse?«

»Sie finden sie im Internet, wenn sie die richtigen Adressen kennen, kommen aber vor allem durch Empfehlung zu mir. Für sie ist es gefährlich, denn seit 2016 ist es verboten, unsere Dienste in Anspruch zu nehmen.« Sie sah aus dem großen Fenster nach draußen. »Dieses Umfeld ist schrecklich, doch es gibt keinen besseren Ort. Jeder hier ist mit sich selbst beschäftigt und interessiert sich kaum für das, was nebenan passiert. Gestritten wird lautstark, und genauso ist es mit dem Sex. Es fällt nicht auf, und das gefällt den Männern und Frauen, die herkommen.«

Sie trank einen Schluck von ihrem Perrier, dann blickte sie Chevalier wieder an. »Sie wollen etwas über Jules wissen. Dann fragen Sie, doch wo seine Neigung lag, bleibt mein Geheimnis.«

»Seit wann nahm er Ihre Dienste in Anspruch?«

Daira Benaissa dachte nach. »Er war einer der Ersten. Zum ersten Mal schätzungsweise vor sieben Jahren.«

»Kam er oft zu Ihnen?«

»Nein. Eher selten. Seit dem Verbot noch weniger. Er war eine öffentliche Person und mied verständlicherweise Situationen, die seine Karriere bedrohten.«

»Und doch kam er immer wieder?«, hakte Chevalier nach.

Daira Benaissa nickte. »Ja. Wenn es ihm schlecht ging oder er unter massivem Druck stand.«

»Beruflich oder privat?« Chevalier sah zu Sirac, der sich Notizen machte.

»Egal. Wenn er es nicht mehr aushielt, kam er, um seine sexuelle Befriedigung zu finden.«

»Er war verheiratet.«

Ihr Lachen war unverstellt. Es klang beinahe fröhlich. »Das sind viele, die herkommen, Monsieur le Commissaire. Diejenigen, die offen damit umgehen, finden Partner in der Szene. Die anderen besuchen jemandem wie mich. Ihre Ehepartner können ihnen nicht das geben, was sie brauchen. Sexualität ja, aber nicht den besonderen Kick. Sie verstehen?«

Chevalier verstand es persönlich nicht, denn er konnte sich nichts Schöneres vorstellen, als mit Sandrine zusammen zu sein. Doch er nickte. »Ich vermute, er hat Ihnen auch von sich erzählt?«

Sie zögerte und sah Chevalier einen Moment prüfend an. »Ja«, sagte sie dann. »Hinterher ließ er den restlichen Druck ab, indem er sich manches von der Seele redete.«

»Was war am Samstag?«

»Er war gemeinsam mit seiner Frau bei Freunden eingeladen, doch er hätte den Abend nicht geschafft, da bin ich sicher. Als er hier erschien, stand er so unter Strom, wie ich ihn nie zuvor gesehen habe.« Sie strich sich eine schwarze Strähne aus der Stirn. »Hinterher hat er mir erzählt, dass er bedroht wurde und man einen Freund von ihm bereits ermordet hatte.«

»Luc Moyon.«

Sie hob die Schultern. »Seinen Namen kenne ich nicht. Ich habe versucht, Jules dazu zu bewegen, Anzeige bei der Polizei zu erstatten, doch er wollte partout nicht.«

»Warum?«

»Damit ist er nicht herausgerückt. Ich bin seine Hure, nicht sein Beichtvater. Das wusste er immer zu trennen. Er hätte nie eine Information preisgegeben, die ihm hätte schaden können.«

»Schade«, warf Sirac ein.

»Er meinte, dann müsse er Dinge erzählen, die besser im Verborgenen blieben.«

»Leglise hatte demnach eine Vermutung, aus welcher Richtung die Drohungen kamen?«

»Wie hat er sich ausgedrückt?« Sie schien einen Moment nachzudenken, um sich an den genauen Wortlaut zu erinnern. Dann sagte sie: »Den Knall würde man nicht nur bis Bordeaux, sondern bis nach Paris hören.«

»Ging es um krumme Sachen?«

Daira Benaissa hob ein weiteres Mal die Schultern und lächelte kryptisch.

Chevalier schob die BMW in die Garage und schloss das grüne Holztor. Die Luft war warm. Insekten summten geschäftig durch den frühen Abend. Er atmete den Duft der vielen unterschiedlichen Blüten ein, die hier und in den Nachbargärten den Sommer begrüßten.

Sandrine war schon zu Hause, denn der Berlingo stand in der Einfahrt. Chevalier ging dennoch nicht sofort ins Haus, sondern nahm sich ein paar Sekunden, um alles, was mit dem Fall zusammenhing, abzulegen. Die kurze Nacht und der anstrengende Tag steckten ihm in den Knochen, und er hätte einiges dafür gezahlt, ein paar Tage ausruhen zu können. Doch das war ein Wunschtraum.

Außerdem musste er sich auf das Problem »Alphonse« konzentrieren. Eins war ihm klar: Sandrine würde ihn unter Druck setzen, die Sache zu beenden, indem er eine Selbstanzeige vornahm. Die Folge würde mit an Sicherheit grenzender Wahrscheinlichkeit sein, dass er freigestellt und im schlimmsten Fall suspendiert oder angeklagt werden würde.

Für ihn war das ein heikler Weg, denn er hatte nicht die geringste Idee, wie er es angehen sollte, ohne alles zu verlieren. Unmöglich hingegen war es, sich auf die Forderungen seines

Bruders einzulassen. Er würde nur immer tiefer in den Sumpf von Bestechlichkeit und Kriminalität geraten. Insofern hatte Sandrine recht, doch gab es nicht vielleicht einen Mittelweg?

»*Merde!*« Er fluchte leise und erinnerte sich an den Abend vor nicht einmal vier Monaten, als er den fatalen Anruf getätigt hatte. Er und die Kollegen waren mit einem Mord im Drogenmilieu beschäftigt gewesen. Eigentlich der Klassiker: In den runtergekommenen Sozialbauten im Viertel La Duchère hatten sich zwei Banden um die Vorherrschaft im Drogenhandel gestritten. Anfangs war eine Gang in die Siedlung eingesickert und hatte mittels Einschüchterungen versucht, die rivalisierenden Dealer abzudrängen. Dies gelang zwar, doch eines Tages wurde der Chef der dominierenden Gang erschossen im Parc du Vallon aufgefunden. Es war eine klassische Hinrichtung. Ein aufgesetzter Schuss.

Die Fahndung war ein Horror, da in der Banlieue die Polizei noch verhasster war als der allerschlimmste Feind. Zudem machte ihnen die aus Algerien stammende Familie des Toten laut lamentierend die Arbeit schwer. Sie schreckte nicht davor zurück, der Mordkommission vorzuwerfen, sich keine Mühe zu geben, da der Tote Algerier sei.

An besagtem Abend hatte Chevalier sich durch den Stau im Tunnel de Fourvière bis zum Hotel de Police gequält und sich müde an den Schreibtisch gesetzt, um einen Bericht abzufassen, der nur dokumentieren würde, dass die Ermittlungen tatsächlich stagnierten. Das gesamte Viertel schwieg eisern, die Waffe war nicht registriert, und eigentlich warteten er und die Kollegen im Stillen nur auf den Vergeltungsschlag, um hierüber den alten Fall aufzuklären.

Im Büro war er alleine, da die Teamkollegen ins Wochenende gestartet waren. Gerade als auch er die Segel streichen wollte, fand er auf seinem Schreibtisch die Einsatzpläne der Drogenfahndung. Sie wurden ihnen routinemäßig zugespielt, da ihr Fall im weitesten Sinne auch ein Drogenfall war. Der Name *Alphonse Chevalier* war ihm ins Auge gesprungen, als wäre er mit Leuchtstift markiert. Alphonses Wohnung sollte am selben Abend noch im Rahmen einer groß angelegten Razzia durchsucht werden.

Er hatte keine Sekunde gezögert, hatte sich ein Prepaid-Handy besorgt und seinen Bruder gewarnt.

Chevalier sah zum Himmel empor und beobachtete die Möwen, die am wolkenlosen Himmel segelten. Was musste das für ein Gefühl von Freiheit sein!

Es hatte im ersten Augenblick gutgetan, etwas für Alphonse zu tun. Es war ihm auf eine eigentümliche Weise sogar selbstverständlich vorgekommen, wie eine Art Wiedergutmachung. Dabei hätte ihm sofort auffallen müssen, dass sein Bruder zwar dankbar, aber auf eine Weise reagiert hatte, als wären sie Komplizen und als wäre das Telefonat abgesprochen. Doch das hatte er erst später bemerkt.

Chevalier atmete tief ein. Was war er doch für ein Idiot gewesen! Ein Drogenkranker kannte weder Freund noch Feind und machte auch vor der Familie nicht halt.

Ein paar Wochen später hatte Alphonse ihm vor dem Präsidium aufgelauert und erste Forderungen gestellt, die Chevalier unbeantwortet ließ. Sie hatten zu dem Zeitpunkt schon auf gepackten Koffern gesessen, um hierher nach La Rochelle umzuziehen.

Der Mittelweg konnte wie so oft die Lösung bieten. Er würde zunächst an Alphonse appellieren, wobei er sich keine große Hoffnung auf Erfolg machte. Doch es würde ihm Zeit verschaffen. Er würde sich an die Fersen seines Bruders heften und versuchen, an dessen Smartphone zu gelangen, um den belastenden Mitschnitt zu löschen. Natürlich musste er auch sonstige Datenträger suchen und gegebenenfalls einen Account aus der Cloud entfernen. Dass jemand anders eine Kopie der Aufnahme besaß, glaubte er kaum, denn sein Bruder traute niemandem.

Wenn Alphonse also anrufen sollte, würde er sich mit ihm verabreden.

Chevalier betrat das Haus. Sandrine werkelte im Atelier. Sie hatte in den vergangenen Tagen die Gipsformen um die Figuren geöffnet und die Originale aus ihrem Silikonmantel befreit. Diese standen nun aufgereiht auf dem Regal.

Sie lächelte ihn an. »Wir haben gute Arbeit geleistet, bis auf zwei winzige Stellen sind die Formen perfekt. Für kommende Woche habe ich einen Termin in einer Bronzegießerei bei Nantes. Es gibt zwar eine, die liegt näher, doch ich kenne Arbeiten, die in der Fonderie de Bronze von Mathéo Locbanec gegossen wurden, und die sind absolute Spitze. Fährst du mit, Clément?«

Er nickte, als sein Handy klingelte. Sandrine hielt inne, und er sah, dass in ihren Augen etwas wie Panik aufglomm. Sie dachte offenbar das Gleiche wie er. »Kein Deal, versprochen?«

Chevalier nickte und stellte die Verbindung her, doch es war nicht Alphonse, der anrief, sondern Lieutenant Moreau. Chevalier wirkte offenbar derart erstaunt, dass Sandrine ihn fragend ansah. Er formte mit den Lippen den Namen des Anrufers.

Moreau kam nach kurzer Begrüßung gleich zur Sache. »Ein alter Bekannter hat mich angerufen. Er behauptet, Leglise gemeinsam mit drei Männern in einem Hinterzimmer des *Le Faubourg* gesehen zu haben.«

»Wo ist das?«

»Ein Club in der Nähe des Industriehafens. Hat einen zweifelhaften Ruf, der Laden. Ein Ort zum Abtanzen für die Jugend, manchmal Live-Konzerte und natürlich Drogen. In einer Bar, die dazugehört, gibt's Tabledance. Der Eigentümer ist ein Bulgare namens Bojan Gregoriev. Der hat Verbindungen ins Milieu.«

Chevalier runzelte die Stirn. »Ist der Mann polizeibekannt?«

»Ja.« Moreau hustete und begann dann aufzuzählen. »Ellenlanges Register: Drogen, Hehlerei, was Sie wollen, außer Gewaltverbrechen. Er saß angeblich mit am Tisch.«

»Mit Leglise?« Chevalier war verblüfft. »Kannte Ihr Informant einen der beiden anderen Männer?«

»Ich habe ihm Fotos gezeigt. Jean Moyon war mit von der Partie.«

»Moyon?« Chevalier schüttelte ungläubig den Kopf. »Was soll ihn und Leglise zu einem stadtbekannten Kriminellen treiben?« Moreau antwortete nicht. »Und wer war der vierte Mann?«

»Um das in Erfahrung zu bringen, sollten wir Gregoriev vorladen und vernehmen.«

Chevalier dachte einen Augenblick nach. »Nein. Ich würde ihn gerne observieren lassen. Mal sehen, wohin er uns führt.«

»Soll ich mich darum kümmern?«

Chevalier war verblüfft. »Das wäre gut.«

Sie legten auf, doch noch bevor er Sandrine berichten konnte, schrillte das Handy erneut. Er nahm das Gespräch in der Erwartung an, dass Moreau noch einmal anrief, weil er eine weitere Frage hatte.

»Hallo, Bruder.«

Chevaliers Rücken versteifte sich beim Klang der Stimme, und er sah wie Hilfe suchend zu Sandrine, die heftig mit der Hand in der Luft herumwedelte und lautlos »kein Deal« sagte.

Alphonse wartete einige Sekunden. »Clément, bist du noch da?«

»Ja, doch ich habe dir nichts zu sagen. Und erst recht nicht am Telefon.«

»Was soll das?«

Chevalier lachte trocken. »Gleich wieder so aggressiv, Bruderherz?«

»Provoziere mich nicht. Du weißt, worum es geht.«

»Wir müssen uns unterhalten.«

Alphonse wurde laut. »Nein, du sagst mir jetzt …«

Chevalier fiel ihm ins Wort. »Morgen Abend um neunzehn Uhr in der Cathédrale St-Louis.«

»Willst du mich ver…«

Chevalier legte auf. Sein Telefon vibrierte wieder. Er erkannte, dass es dieselbe Nummer war, und drückte das Gespräch weg.

Sandrine hatte ihn nervös beobachtet, während sie mit einem ihrer Pinsel in der Hand spielte.

Chevalier grinste sie schief an. »Ich muss die Initiative ergreifen, sonst führt er mich vor.«

Sie blieb ernst. »Was hast du vor, Clément?«

»Ich möchte mit ihm reden. Alphonse ist nicht der Typ, der allein ein krummes Ding durchzieht. Er hat sicherlich Hintermänner, die ihm Druck machen. Vielleicht gelingt es mir, ihn zum Ausstieg zu bewegen oder ihn zu überreden, dass er mir wenigstens den Mitschnitt überlässt.«

»Und warum sollte er das tun?«

Er zuckte mit den Schultern. »Blut ist dicker als Wasser.«

Sie lachte ungläubig auf. »Für dich vielleicht. Mach dir keine Hoffnungen.«

Wenn er ehrlich war, glaubte er selbst nicht daran.

MONTAG, 21. JUNI

Sie saßen im Büro der Kollegen. Chevalier hatte dankbar den Tee angenommen, den Sirac ihm angeboten hatte, und nahm einen ersten Schluck des süßen Gebräus.

Er war soeben von der Präfektur gekommen, wo er sich mit Kommandant Simon die Litanei des Präfekten hatte anhören müssen. Dessen einziges Augenmerk schien darauf zu liegen, möglichst schnell den Mord an den beiden Politikern aufzuklären und dann zum Tagesgeschäft überzugehen. Seine Sorge galt dem Eingreifen der übergeordneten Behörden aus Bordeaux oder Paris.

Chevalier war es gleichgültig, ob die Administration der Novelle-Aquitaine im Département Einfluss gewinnen würde, sofern sie seine Ermittlungen nicht behinderte.

De Daillons Blick hatte kurz kritisch auf Chevaliers legerer Kleidung gelegen. Der Präfekt hatte sich aber einen Kommentar gespart. Sie waren irgendwann mit dem Auftrag versehen davongekommen, den Fall schnell zu lösen. Als wäre das nicht ohnehin ihr Bestreben! Simon hatte nur nachsichtig gegrinst. Er schien solche Auftritte bereits zu kennen.

»Wo stehen wir?« Chevalier sah seine Kollegen an und unterdrückte ein Gähnen. Er hatte sich die halbe Nacht im Bett herumgewälzt und kaum ein Auge zugetan, so müde er auch war. Der Druck, den Alphonse auf ihn ausübte, schlich sich in seine nächtlichen Gedanken und raubte ihm den Schlaf.

Sirac begann zu berichten. »Daira Benaissa hat angedeutet, dass Leglise sexuell abnorm war. Das ist vorerst seine Privatsache.

Da Luc Moyon ebenso ein Opfer des Täters ist und er nach allem, was wir wissen, sexuell normal war, liegt hier nicht das Motiv. Interessant ist in meinen Augen, dass Leglise vor Daira Benaïssas Haus gekidnappt wurde. Da er nur selten zu der Frau gegangen ist, muss der Entführer ihn schon länger beobachtet haben.«

»Der Täter stammt demnach von hier.«

Sirac nickte Sophie zu. »Ja.«

»Was ist mit Kameras?«, warf Chevalier ein.

»Auf dem Parkplatz gibt es keine. Wir werten diejenigen aus, die auf dem Weg dorthin Leglise oder den Täter aufgenommen haben könnten.«

Chevalier dachte nach. »Wenn er Jules Leglise länger beobachtet hat, wird er mitbekommen haben, mit wem der sich neben seinen politischen Aktivitäten regelmäßig getroffen hat.« Er sah zu Moreau hinüber, um ihn aufzufordern, das Wort zu ergreifen.

Der Kollege verstand. »Ein Informant hat Leglise mit Bojan Gregoriev in einem Club gesehen.«

»Ja, klar!« Sophie schlug sich mit der Hand gegen die Stirn. »Das ist der Mann, mit dem sich Jean Moyon auf dem Feld gestritten hat! Ich wusste, dass ich ihn kenne.«

»Woher kennst du ihn?«, wollte Chevalier wissen.

Moreau gab an Sophies Stelle die Antwort. »Vor einiger Zeit wurde ein Zuhälter am Hafen fast tot geprügelt. Gregoriev war verdächtig, hatte aber ein Alibi. Wir haben ihn damals vernommen. Wie dem auch sei, der Bulgare hat sich kürzlich mit Jean Moyon und Jules Leglise sowie mit einem weiteren noch unbekannten Mann getroffen.«

Sirac und Sophie sahen einander verwundert an.

»Er wird seit heute Morgen überwacht«, ergänzte Moreau.

»Laut der Prostituierten hat Leglise angedeutet, dass er krumme Dinger gedreht hat«, bemerkte Sirac.

Adrien Moreau blickte von einem zum anderen. »Das heißt, das alles hängt zusammen?«

Chevalier war zufrieden, dass Moreau sich endlich ins Team eingliederte. »Es passt zur Aussage des Täters, wir sollten bei Jean Moyon suchen, um hinter die dunkle Vergangenheit von Luc Moyon und Leglise zu kommen.«

»Eben. Es geht nicht um die Gegenwart.«

Moreau hatte recht. Chevalier nickte. »Trotzdem beleuchtet das Treffen der Männer mehrere Punkte: Es stellt eine aktuelle Verbindung zwischen Moyon und Leglise dar, Jean Moyon ist beteiligt, und es kann sich durchaus um zwielichtige Geschäfte handeln, da Gregoriev ebenfalls anwesend war.«

Sirac schaute kritisch drein. »Das klingt alles nach organisierter Kriminalität. Wie passt da unser Täter rein, der emotional geladen ist?«

Chevalier hob die Schultern. Das war ein guter Einwand. »Ich weiß es nicht. Warten wir ab, ob der Bulgare uns zu neuen Erkenntnissen führt. Wenn über die Observierung bis Mittwoch nichts rausgekommen ist, werden wir Jean Moyon und Gregoriev vernehmen. Ich brauche ein Dossier über den Mann, Sirac.« Er sah auf die Uhr. »Gleich spreche ich mit unserem Psychologen, der ein Profil des Täters anfertigen soll. Danach fahren Monsieur Moreau und ich zur Maison de la Charente-Maritime und sehen zu, dass wir an Leglises Sachen herankommen. Was ist mit dem privaten Handy?«

»Keine weiteren Erkenntnisse.«

»Gibt es Informationen zur Domaine de la Vieille Maison?«

»Ich bin da dran«, gab Sophie zurück.

»Gut. Wenn wir vom Amt kommen, würde ich gerne zur Banque Paribas fahren, um mir ein Bild von Leglises finanzieller Lage zu machen. Gleiches gilt für Luc Moyons Schließfach. Sorgst du für ein Auskunftsersuchen der Staatsanwaltschaft, Sophie?«

Sie nickte.

Die Schaltung stand. Chevalier blickte in ein Gesicht mit wachen, wasserblauen Augen, die ihn intensiv musterten.

Vincent Josserand war ein älterer Kriminalpsychologe aus Bordeaux und hatte sich in den Fall eingearbeitet. Sein Haar war vorzeitig ergraut, besser gesagt: schlohweiß. Aber er trug es halb lang, etwa bis auf die Schultern. Hinter dem freundlich lächelnden Mann sah Chevalier Regale, die mit Büchern vollgestellt waren. Der Psychologe kramte in Papieren, die auf seinem Tisch lagen.

»Lassen Sie uns beginnen«, meinte Josserand dann. »Doch ich sage Ihnen gleich, dass meine Analyse oberflächlich sein wird. Ich brauche Zeit, um die Fakten genauer zu prüfen und mit unserem Analystenteam zu diskutieren.«

Chevalier hatte bereits mehrere Kriminalpsychologen und ihr vorsichtiges Vorgehen kennengelernt. Sie sammelten gemeinhin erst einmal die Fakten einschließlich der Tatortfotos und aller Spuren, die sichergestellt worden waren, und lasen hieraus meist im Team ein Täterprofil ab. Das brauchte seine Zeit, und sie ließen sich nicht gerne zu Schnellanalysen drängen.

Vincent Josserand bildete da keine Ausnahme.

Chevalier räusperte sich. »Es geht uns nicht um eine abschließende Analyse; die können Sie in Ruhe durchführen. Aber ich brauche schon mal etwas Greifbares, damit ich im Umfeld der Opfer gezielter suchen kann.«

»Dann legen Sie los. Schildern Sie mir die Fakten.« Josserand strich sich mit der Rechten durch das Haar und schloss die Augen.

Chevalier fasste alle Resultate zusammen und verwies auf die Fotos, die er dem Psychologen bereits zugesandt hatte.

Dieser schwieg während der ganzen Zeit und begann irgendwann, sich Notizen zu machen.

Als Chevalier geendet hatte, ließ Josserand sich minutenlang Zeit. Schließlich hob er den Blick und begann zu sprechen. »Ihren Schilderungen zufolge schließe ich auf eine Form von Rache, die auf eine tief empfundene persönliche Verletzung zurückzuführen ist. Der Mann ist voller Hass.«

Chevalier unterbrach ihn. »Gehen Sie von einem Einzeltäter aus?«

»Höchstwahrscheinlich. Seine Feindseligkeit ist zweifelsohne Folge einer Demütigung. Er hat nicht Frust oder Kränkung verspürt, sondern echtes Gequältsein. Ihr Täter wurde massiv gequält, wobei dies nicht zwingend körperlich gewesen sein muss. Es kann sich auch um eine Qual mentaler Art gehandelt haben. Dieses objektiv wahrgenommene Unglück hat Hass in ihm hervorgerufen und ist somit nicht ein einziger Reflex, eher ein andauernd existenter Gefühlskomplex.«

»Verstehe ich Sie richtig? Der Mann hasst seine Opfer demnach seit Langem und geht jetzt auf eine Art Rachefeldzug?«

»Ja. Er hat auf die richtige Gelegenheit gewartet. Hassgefühle schlummern manchmal über lange Zeit oder können nicht ausgelebt werden, da anderes im Vordergrund steht. Trotzdem strebt in dem Hassenden alles nach Wiedergutmachung für die erfahrene Demütigung. Er will eine Situation der Macht über den Verursacher seiner Qual. Wissenschaftler sprechen hier von der ›heißen Phase in einer Unterlegenheits-Überlegenheits-Spirale‹. Der Ausgleich erfolgt durch die Tat. Da der Gedemütigte glaubt, ein Recht auf sie zu haben, empfindet er bei seinen Taten keinerlei Skrupel und auch danach keine Reue, sondern Genugtuung und das Gefühl, der Gerechtigkeit endlich Genüge getan zu haben. Die einzige Angst, die er hat, ist die, geschnappt zu werden, bevor er mit seinem Rachefeldzug fertig ist.«

Chevalier unterbrach den Vortrag. »Sie glauben an weitere Opfer?«

»Ihren Ausführungen folgend, steht das außer Frage. Diesbezüglich würde er nicht lügen.«

Chevalier merkte auf. »Wann wird er aufhören?«

»Das lässt sich nicht sagen. Für den Rächenden gilt nicht unbedingt das Talionsprinzip, das ein Gleichgewicht zwischen Tat und Strafe anstrebt wie zum Beispiel das Prinzip im Alten Testament: ›Auge um Auge, Zahn um Zahn.‹ Wann die Tat von ihm als gesühnt angesehen wird, ist personenspezifisch und somit nicht zu prognostizieren. Die Frage, die Sie klären müssen, ist die: Worin bestand die Demütigung? Geht es nun um die Wiederherstellung des Selbstwertes, der Sicherheit oder der Gerechtigkeit? Darauf sollten Sie achten.«

Josserand reckte den Daumen seiner rechten Hand in die Höhe: »Im ersten Fall haben Sie es mit einer narzisstischen Störung zu tun, der eine Traumatisierung vorweggegangen ist, die subjektiv als solche wahrgenommen wurde und daher von außen möglicherweise schwer zu erkennen ist. Die Wiederherstellung von Sicherheit führt zu einem zweiten Aspekt.« Mit dem zusätzlich ausgestreckten Zeigefinger markierte er Punkt zwei. »Wenn der Rächende einen einstmals als sicher empfundenen Zustand erneut zu erreichen sucht und dies zuwege bringt, indem er brutal straft. Er wurde geschädigt und will verhindern, wieder der Leidtragende zu sein. Er sucht Sicherheit.«

Der Psychologe nahm den Mittelfinger dazu. »Und dann ist da – drittens – die Wiederherstellung der Gerechtigkeit. Der Glaube des Täters an eine übergeordnete ausgleichende Kraft ist verloren gegangen, was ihn zu seinen Taten antreibt. Suchen Sie nach Situationen, in denen die beiden Opfer gemeinsam oder nacheinander Konflikte mit Personen hatten, die möglicherweise deren Gerechtigkeitsgefühl verletzt haben. Die Demütigung kann in jedem Lebensbereich passiert sein. Ich vermute, dass die politisch-berufliche Ecke für Ihre Ermittlungen am vielversprechendsten ist. Leider liefert der Drohbrief, den Sie mir haben zukommen lassen, hier keine eindeutige Auskunft.«

Vincent Josserand hielt inne und trank aus seiner Tasse. Chevalier dröhnte der Kopf von den komplizierten Ausführungen, und er nutzte den unterbrochenen Redestrom, um eine Frage anzubringen.

»Wie sind Ihre Erfahrungen aus ähnlich gelagerten Fällen?«

»Meistens kommt es zu einer Klärung der Taten. Die Mörder geben über die Auswahl der Opfer wichtige Hinweise. Die Polizei kann Querverbindungen herstellen. Das muss auch er wissen, und sollte seine Rache weitere Personen betreffen, werden diese durch Ihre Ermittlungen extrem gefährdet, denn er weiß, dass er sich mit seinem Rachefeldzug beeilen muss.«

Chevalier hob die Hände. »Die potenziellen Opfer kann ich erst warnen, wenn ich den Täter und sein Motiv kenne.«

Das Gesicht verschwamm auf dem Bildschirm, als der Analytiker sich ruckartig bewegte, um fortzufahren. »Beschränken Sie sich zunächst auf augenfällige Ereignisse. Die Wucht der Rache zeigt tiefste Verletztheit, die nach Ausgleich schreit. In meinen Augen geht es nicht um eine Lappalie. Hat er auf den Zinnen des Turms wörtlich ›Luc und Leglise‹ gesagt?«

»Ja.«

»Interessant. Das könnte bedeuten, dass er Luc Moyon besser gekannt hat als Jules Leglise. Immerhin verwendet er bei Ersterem den Vornamen.«

Chevalier dachte einen Augenblick nach. »Er hat eine Reporterin zum Tatort gelockt, damit diese die Tat beobachtet und darüber schreibt. Sollen wir der Frau grünes Licht für einen Artikel geben?«

»Natürlich.« Der Psychologe nickte. »Er bekommt seine Öffentlichkeit und sonnt sich in der Gerechtigkeit, die in seinen Augen nun durch ihn hergestellt wird. Sie gewinnen Zeit, Monsieur Chevalier.«

Sie beendeten kurz darauf das Gespräch, und Chevalier sah zu Sandrines Bild. Wer könnte das nächste Opfer sein? Sein erster Gedanke galt Jean Moyon. Er war ein Bindeglied zwischen den Opfern. Doch warum sollte der Täter ihn mit der Nase auf

Moyon stoßen, wenn er diesen umbringen wollte? Andererseits könnte es sein, dass er die Polizei auf Jean Moyon hetzte, um diesen zuerst wirtschaftlich und gesellschaftlich zu vernichten, bevor er ihn umbrachte. Ähnlich war er bereits bei Luc Moyon vorgegangen. Er hatte nicht nur ihn getötet, sondern Alexandre mit hineingezogen.

Chevalier wiegte zweifelnd den Kopf. Dann griff er zum Hörer und organisierte eine Überwachung von Jean Moyon. Sicher war sicher.

Moreau fuhr den Renault auf einen Parkplatz hinter der Maison de la Charente-Maritime. Der Bau war erst wenige Jahre alt und geschmackvoll gestaltet. Ein Großteil der Fassade, die von dunkelbraunen Balkongeländern und gleichfarbigen Fenstern unterbrochen wurde, war mit beigem Sandstein verkleidet. Einzig eine in Chevaliers Augen sinnentleerte Dachkonstruktion, die weit über die Außenmauern des Baus hinausragte, gab dem Verwaltungsbau etwas Gigantomanes.

Sie gingen zur Anmeldung im Foyer und wurden aufgefordert, einen Augenblick zu warten.

»Hat die Reporterin zugesagt?«, wollte Moreau wissen.

Chevalier grinste. Es war eine rhetorische Frage.

»Ich habe das Okay der Staatsanwaltschaft eingeholt und dann gleich mit ihr telefoniert. Ségolène Meunier plant einen umfangreichen Artikel, der sachlich und ohne nennenswerte Spekulationen gehalten sein soll. Wir haben kein Foto freigegeben, auf dem Leglise zu sehen ist. Nur eins mit den Kollegen der Spurensicherung. Die Technik wird versuchen, die Droh-Mail zurückzuverfolgen, macht sich jedoch leider keine Hoffnungen, so auf den Täter zu stoßen. Steht die Observation von Gregoriev?«

Moreau nickte. »Die neuen Kollegen wechseln sich ab.«

Chevalier sah zum Empfang. Man ließ sie unhöflich lange warten, obwohl sie einen Termin ausgemacht hatten.

»*Merde.*«

Chevalier blickte Moreau fragend an. »Was ist los?«

»Madame Valérie Gilot, die Directrice de Cabinet unseres Président du Conseil Régional aus Bordeaux.«

Chevalier verstand. Frankreich hatte sich 2015 eine neue Struktur gegeben und das Département Charente-Maritime zusammen mit elf weiteren in der Großregion Nouvelle-Aquitaine zusammengefasst. Deren oberster Verwaltungschef, sozusagen der Jules Leglise der ganzen Region, hatte seine Kabinettschefin von Bordeaux hierhergeschickt, und wenn diese persönlich zwei Polizisten abholte, mussten sie mit einer Abfuhr rechnen.

Madame Gilot war schlank und trug ein perfekt sitzendes schwarzes Kostüm, das zu ihren kurz geschnittenen grauen Haaren passte. Ihr Lächeln war jovial und freundlich. In den Augen der Mittfünfzigerin schimmerte jedoch eine stählerne Härte.

Sie setzten sich in einem geräumigen Büro an einen kleinen Tisch.

»Nun, meine Herren, die Ermordung Jules Leglises hat in Bordeaux Entsetzen ausgelöst, wie Sie sich vorstellen können.« Sie wartete ihr Nicken ab und fuhr fort. »Leider muss ich Ihnen mitteilen, dass der Président du Conseil Régional beschlossen hat, sämtliche Unterlagen bis auf Weiteres unter Verschluss zu halten. Zuerst muss gesichtet werden, inwiefern hier schützenswerte beziehungsweise geheime Dokumente in schriftlicher oder digitaler Form vorliegen. Unser Haus kann erst anschließend und dann nur auf gerichtlichen Beschluss hin Zugriff gewähren.«

Chevalier versuchte, seinen Unmut zu unterdrücken. »Wie lange wird das dauern?«

»Mindestens eine Woche.«

»Das kann ich nicht akzeptieren«, entgegnete er. »Die Sache hat äußerste Dringlichkeit. Wir haben einen Doppelmord aufzuklären. Es gibt Vermutungen, dass weitere Personen akut bedroht sind. Sie müssen das beschleunigen.«

Valérie Gilot war Widerspruch offenbar nicht gewohnt. Ein harter Zug erschien um ihren Mund. »Machen Sie mir bitte keine Vorschriften, wie ich meine Arbeit zu erledigen habe.«

»Das Gleiche gilt ebenso für Ihre Leute. Wir werden den Staatsanwalt bemühen müssen.«

»Tun Sie das.« Ihr Blick, gepaart mit einem süffisanten Lächeln, sprach Bände. Die Staatsanwaltschaft in La Rochelle würde sich winden wie ein Aal, wenn es darum ginge, den Président du Conseil Régional unter Druck zu setzen.

Chevalier beschloss, ein wenig zurückzurudern. »Hatte Monsieur Leglise einen Referenten?«

Sie genoss ihre Überlegenheit sichtlich und gab sich wieder ganz jovial. »Selbstverständlich. Patrice Aubert. Er ist informiert und steht zu Ihrer Verfügung.«

Chevalier nickte. »Was ist mit Jules Leglises persönlichen Dingen?«

»Sofern Monsieur Leglise solche Unterlagen in seinen Büroräumen aufbewahrte, werden diese nach Überprüfung ausgehändigt. Gleiches gilt für alle Dateien seines Dienstcomputers.«

»Hatte er einen privaten Rechner?«

»Das kann ich nicht sagen. Wenn ja, wird er Ihnen nach der Kontrolle auf sensible Details zukommen.«

Chevalier wollte genervt auffahren, doch Moreau fragte schnell weiter, um die Situation zu retten.

»Wann können wir damit rechnen?«

»Ende der Woche.«

Moreaus Lächeln war verbindlich. »Geht es früher? Sie haben auch ein Interesse daran, dass der Täter schnellstmöglich gefasst wird.«

Valérie Gilot zögerte kurz. »Na gut, ich denke, bis Donnerstag könnten wir durch sein.«

Im Aufzug in den vierten Stock, wo Patrice Aubert sein Büro hatte, platzte Chevalier der Kragen. »Die Daten können wir uns schenken! Die werden so sauber sein, als kämen sie frisch aus der Reinigung.«

Moreau zuckte mit den Schultern. »Haben Sie mit etwas anderem gerechnet?«

Chevalier winkte verärgert ab.

»Lassen Sie uns den Referenten ein bisschen in die Mangel nehmen, das lohnt sich mehr.«

Patrice Aubert schien von Valérie Gilot vorgewarnt worden zu sein. Das Lächeln des dicklichen Mittdreißigers wirkte aufgesetzt, während seine Augen zwischen den Polizisten hin- und herhuschten. Er trug einen Anzug. Sein schütter werdendes Haar hatte er derart gegelt, dass Chevalier vermutete, jedes Härchen würde selbst nach einem Sturz aus dem achten Stockwerk noch an seinem Platz liegen.

Sie wurden in Auberts Büro geführt und nahmen an einem Besprechungstisch Platz. Chevalier fasste die Geschehnisse zusammen. Die Lider seines Gegenübers zuckten, als er die Brutalität der Tat andeutete.

»Wann hat Monsieur Leglise am vergangenen Freitag die Maison de la Charente-Maritime verlassen?«, fragte Chevalier.

»Um siebzehn Uhr – eigentlich relativ früh für ihn«, fügte Aubert hinzu und schenkte ihnen ein weiteres aufgesetztes Lächeln. Der Mann schien sich dahinter verbergen zu wollen.

»Was war denn normal für ihn?«

Patrice Aubert wiegte den Kopf. »Er war stets spät dran. Das Amt und seine sonstigen Aktivitäten haben ihn zeitlich belastet.«

»Von welchen ›sonstigen Aktivitäten‹ sprechen Sie?«

»Er war in mehreren Vereinen und musste wie der Präfekt viele politische Termine wahrnehmen. Dann war da noch die Familie und …« Er zögerte.

»Ja?«

»Nichts.«

Chevalier sah ihn einige Sekunden abwartend an, doch Aubert schwieg. Er hasste es, wenn Menschen etwas andeuteten und es dann nicht ausführten. »Unseren Ermittlungen zufolge stand er unter Druck. Er wurde bedroht.«

Patrice Aubert nickte. »Das war des Öfteren der Fall.«

»Wie hat er auf solche Drohungen reagiert?«

»Er hat sie mir auf den Tisch gelegt.«

»Was war die Folge?« Die ausweichenden Antworten des Referenten zerrten allmählich an Chevaliers Nerven. »Es wäre hilfreich, wenn Sie meine Fragen einfach beantworten würden.«

Patrice Aubert lächelte entschuldigend. »Ich gab die Sache an die Polizei weiter. Wir haben nie eine Antwort erhalten.«

»Wann war das zuletzt?«

»Vor einem oder zwei Monaten.«

Leglise hatte die letzten Drohungen, die ihn erreicht hatten, also geheim gehalten. »Hat er nervös oder ängstlich auf Sie gewirkt? Als sein Referent standen Sie ihm doch sicherlich recht nahe.«

»Nein.« Aubert schüttelte den Kopf. »Wir hatten praktisch nur dienstlich Kontakt.«

Chevalier wechselte einen raschen Blick mit Moreau, der leise lächelte. Sand im Getriebe. Leglise und sein Referent waren offenbar nicht miteinander klargekommen. Da blieb die Loyalität schnell auf der Strecke.

Adrien Moreau fragte weiter. »Rufen Sie sich bitte die vergangenen Wochen in Erinnerung. Gab es spezielle Situationen, die Ihnen aus irgendeinem Grund im Gedächtnis geblieben sind?«

»Der Tod von Luc Moyon.«

»Inwiefern?«

»Leglise«, Aubert sparte sich nun den »Monsieur«, »war schockiert und sagte, dass er den Ermordeten lange gekannt hätte und sie viele gemeinsame Aktivitäten erfolgreich gemeistert hätten.«

»Aktivitäten? Was hat er damit gemeint?«

Aubert hob die Schultern. »Keine Ahnung. Das waren eben seine Worte.«

»Können Sie sich denken, worum es da ging?«

»Nein. Ich arbeite erst seit neun Monaten für Leglise. Wir kannten uns nicht gut.«

»Gab es ein weiteres Ereignis, an das Sie sich erinnern?«

Auberts Augen wanderten zur Decke und blieben dort kurz oberhalb des Fensters hängen. »Vor einigen Monaten habe ich ihn erstmals wütend erlebt. Er bekam einen Anruf, während ich bei ihm im Büro war. Anfangs erkannte er den Anrufer nicht sofort. Nach ein paar Sekunden dann wurde er grob, regelrecht aggressiv, und rief, die alte Geschichte interessiere niemanden mehr.«

»Hat er das Gespräch später kommentiert?«

»Ja. Er meinte, da kämen Leute mit uralten abstrusen Vorwürfen und machten Ärger.«

»Konkreter ist er nicht geworden?«, hakte Moreau nach.

»Nein. Leglise war nicht der große Geschichtenerzähler. Mir gegenüber jedenfalls nicht.«

»Wem gegenüber denn?«, warf Chevalier ein.

»Ich weiß nicht, ob ich …« Patrice Aubert senkte unangenehm berührt den Blick.

Du Heuchler! Chevalier spürte, wie wieder Ärger in ihm aufstieg. Das Gespräch lief in die falsche Richtung. Aubert ließ sie ins Leere laufen. »Villeneuve Les Salines?« Es war ein Schuss ins Blaue, doch Chevalier hoffte, dass er Wirkung zeigen würde.

Der Referent riss die Augen auf und vergaß seine Zurückhaltung. »Sie wissen von Daira Benaissa, der Prostituierten?«

»Das spielt keine Rolle, doch woher wussten *Sie* von ihr?«

Aubert rückte unbehaglich auf seinem Stuhl vor und zurück und druckste herum.

»Ich warte nicht mehr lange, sonst setzen wir das Gespräch im Präsidium fort.«

»Hm, also … Ich bin ihm nachgefahren.« Aubert ließ nervös die Hand auf die Stuhllehne fallen.

Was für ein kleiner Mistkerl, dachte Chevalier. »Was haben Sie ansonsten mitbekommen?« Er lächelte süffisant. »Natürlich rein zufällig.«

»Nichts. Was denken Sie von mir?« Aubert war nun ganz Fleisch gewordene Empörung.

»Nur das Beste.« Wieder grinste Chevalier spöttisch. Er war mit seiner Geduld am Ende. »Passen Sie auf, Monsieur Aubert: Wenn ich nachweisen kann, dass Sie Fakten zurückhalten, gibt es eine Anzeige, die Ihnen in diesem Amt die Kerze ausbläst. Versprochen. Hier und jetzt ist Ihre Chance.« Er spürte, wie Moreau ihm einen überraschten Blick zuwarf.

Patrice Aubert dachte lange nach. Die Sekunden vergingen, und Adrien Moreau hob bereits fragend die Augenbrauen, als der Referent aufstand und eine Schublade seines Schreibtischs aufzog. Er legte ein bedrucktes Blatt vor den Beamten auf den Tisch, dem man ansah, dass es einmal zerknüllt und wieder geglättet worden war.

Chevalier gab sich Mühe zu verbergen, wie angewidert er war. Der Referent war einer jener Typen, die abends die Mülleimer der Kollegen durchwühlten, um die Fehler der anderen aufzudecken, die er sich dann bei Gelegenheit zunutze machen konnte. »Was ist das?« Er sah eine Liste mit Zahlen und Abkürzungen, die er nicht verstand.

Aubert sonnte sich nun sichtlich in seinem Wissen. »Die erste Zahl steht für ein Datum. Wenn Sie die Ziffern auseinandernehmen und gemäß der amerikanischen Schreibweise lesen, wird das deutlich.«

Er hatte recht. »Und weiter?«

»In der zweiten Spalte finden Sie die staatlichen Kontrollnummern der Zertifizierungsstellen für Biowein. Die jeweilige Nummer steht hier stellvertretend für ein Weingut.«

Chevalier blickte verwirrt zu Moreau, der die Schultern hob. »Was habe ich davon?«

Patrice Aubert lehnte sich vor. »Das sind die Prüfungsdaten für die Bioweingüter.«

Chevalier schaute wieder auf die Liste. »Das sind die Daten für die kommenden Monate.«

Aubert nickte und grinste unangenehm. »Ein Schuft, wer Böses dabei denkt.« Er sah auf die Uhr. »Meine Herren, ich denke, mehr kann ich Ihnen nicht liefern. Die Pflicht ruft heute besonders laut, wie Sie sich bestimmt vorstellen können.«

Chevalier fotografierte die Liste ab.

Aubert erhob sich unterdessen und ging voraus zum Aufzug. »Sobald die Computer und Datenträger gesichtet wurden, stellen wir Ihnen diese unaufgefordert zur Verfügung.«

Chevalier hatte weitere Fragen. Ihm war aber klar, dass Aubert sie jetzt nicht beantworten würde. Sie würden ihn vorladen.

Die Aufzugtüren liefen in ihren Schienen bereits aufeinander zu, als Aubert mit einem schmierigen Lächeln bemerkte: »Das dritte Weingut auf der Liste ist die Domaine de la Vieille Maison.«

Chevalier war mit Sophie Lambert unterwegs zur Banque Paribas.

»Wir haben die Domaine durchleuchtet.« Sophie, die am Steuer saß, bog ab. »Das Unternehmen wurde vor sieben Jahren von den Gesellschaftern gegründet. Ich konnte mit dem Finanzbeamten sprechen, der die Steuererklärungen prüft. Er war begeistert. Der Gewinn und damit die Steuereinnahmen haben sich in den vergangenen beiden Jahren verdoppelt.« Sie sah kurz zu Chevalier herüber. »Die Umstellung auf Biowein scheint sich zu rechnen.«

»Der Markt für nachhaltige Lebensmittel funktioniert europaweit immer besser. Sandrine achtet auch sehr auf die Herkunft der Lebensmittel, die bei uns auf den Tisch kommen.«

Sophie nickte. »Das tun wir auch und sind wie viele bereit, mehr auszugeben. Das gilt offenbar genauso für die Kunden der Domaine. Der Finanzbeamte hat gemeint, im Vergleich zu anderen Weinbaubetrieben sei die Verdienstmarge annähernd zweimal so hoch.«

»Ist das viel?« Chevalier kannte sich diesbezüglich nicht aus.

»Er schien jedenfalls verblüfft zu sein.«

»Ich spreche mit der Abteilung für Wirtschaftskriminalität«, sagte Chevalier. »Die Kollegen können sich die Unterlagen mal genauer anschauen. Wenn Moyon die Termine der Kontrollen kannte, gab ihm das die Möglichkeit zur Manipulation.«

Sophie runzelte nachdenklich die Stirn. »Was hätte er davon gehabt?«

»Weiß ich noch nicht.«

Sie bogen auf den Quai Duperré ab und fuhren im Schritttempo an den Touristen vorbei, die am alten Hafen vorbeischlenderten oder in den Cafés und Restaurants saßen und die Sonne genossen.

Als sie an Claudes Café vorbeikamen, trug dieser gerade ein Tablett mit Getränken nach draußen. Er erblickte Chevalier und hob grüßend die Hand.

Dieser winkte zurück.

»Ein Bekannter von dir?«

Er sah zu Sophie. »Das ist mein Stammcafé. Wenn ich morgens Baguettes und Croissants kaufen fahre, trinke ich am Wochenende bei Claude einen Café serré.«

»Dann bist du wach.« Sophie schmunzelte vor sich hin und fuhr an der Porte de la Grosse-Horloge vorbei. Sie umrundete den Block, wobei sie leise über die Einbahnstraßen schimpfte. Da nirgends ein Parkplatz zu finden war, stellte sie den Wagen kurzerhand am Cours des Dames gleich neben der Statue des Admirals Duperré ins Halteverbot. Die Bronzefigur des hier geborenen Marineministers aus dem neunzehnten Jahrhundert war mit Grünspan bedeckt und zeigte einen beleibten Mann, der mit herrischem Blick über den Platz schaute und den Marschallstab geziert in der Hand hielt.

Sophie setzte das Blaulicht auf das Dach des Dienstwagens und grinste Chevalier an. »Den möchte ich sehen, der uns einen Strafzettel verpasst.«

Chevalier hatte bereits den Griff der Autotür in der Hand, als er noch einmal zögerte. »Wen haben wir denn da?« Er wies mit dem Kopf in Richtung Bank.

Ella Leglise verließ soeben die Filiale der Banque Paribas, in der Hand eine Aktentasche.

»Los, komm«, sagte er.

»Was?«

»Leglises Tochter war vor uns da.«

Sie sprangen aus dem Auto und liefen über die Fahrbahn zur Tour de l'Horloge. Auf die Krone des mittelalterlichen Stadttors hatte man einen niedrigen Glockenturm gesetzt, in dem eine Uhr die Zeit anzeigte. Sie stand für den Namen des Gebäudes Pate.

Ella Leglise war bereits ein Stück die Straße hinaufgegangen, die weiter in die Fußgängerzone hineinführte.

Eine Touristengruppe flutete auf Chevalier und Sophie zu. Der Fremdenführer hielt einen Schirm in die Höhe und deutete auf die Uhr. Sie drängten sich durch die träge Masse und kassierten den einen und anderen bösen Blick.

»Verdammt, wo ist sie hin?« Chevalier schaute sich hektisch um. Sie liefen zur nächsten Kreuzung und blickten in beide Richtungen, doch nirgends war die junge Frau zu sehen.

»*Merde!*«, stieß Chevalier hervor. »Nach rechts«, entschied er.

Sie eilten die Straße entlang, als Sophie plötzlich abrupt stehen blieb und auf das Schaufenster eines Juweliers deutete.

Ella Leglise stand mit dem Rücken zu ihnen im Geschäft und schien dem Juwelier einen Gegenstand zu zeigen, den dieser in die Hand nahm und mit einer Lupe begutachtete, die er sich vor das rechte Auge hielt.

Sie betraten den Laden. Eine altmodische Türklingel kündigte sie an.

»Bonjour, Mademoiselle.«

Ella Leglise fuhr herum, als hätte Chevalier ihr einen elektrischen Schlag versetzt. »Was …?« Sie brach ab.

Chevalier zog seinen Dienstausweis hervor.

Der Juwelier schaute distinguiert von Chevalier zu Sophie. Er trug einen teuren Anzug und war perfekt frisiert. »Wie kann ich Ihnen helfen, Monsieur le Commissaire?«

»Worum hat die Dame Sie gebeten, Monsieur …?«

»Fontainier.« Er streckte eine manikürte Hand aus, an der ein mit Brillanten besetzter Ring glitzerte. »Sie bat mich, diese Goldmünze zu taxieren.«

Chevalier ließ sich die Münze geben und wandte sich an Ella Leglise, die den Blick nun gesenkt hatte. »Würden Sie uns bitte ins Kommissariat begleiten?«

Wortlos gingen sie durch das Stadttor zurück zum Auto. Das Leben wogte am Hafen. Ein kleines Kind weinte, weil sein Eis zu Boden gefallen war. Ein Transporter brauste laut hupend vorbei. Stahltrossen schlugen im Wind gegen die Masten der Jachten, doch Chevalier genügte ein Blick auf Ella Leglise, um zu erkennen, dass sie von alldem nichts mitbekam. Ihre Gedanken schienen zu rasen. Sie mussten sich beeilen, wenn sie den Schrecken der jungen Anwältin ausnutzen wollten.

»Was haben Sie dem Schließfach entnommen?«, fragte er.

»Das geht Sie nichts an!«

Chevalier blieb stehen. »Sie boykottieren Ermittlungsarbeiten, bei denen es um den Mord an Ihrem eigenen Vater geht, und

Sie unterschlagen Beweismittel. Es ist Ihnen bewusst, dass Ihre Anwaltszulassung am seidenen Faden hängt. Es wäre in Ihrem Interesse, mit uns zu kooperieren.«

Ihre Stimme wurde eisig, als sie antwortete: »Die Dinge gehörten meinem Vater, und ich werde den Teufel tun, sie der Polizei auszuhändigen.«

Chevalier griff langsam nach der Aktentasche, die Ella Leglise sich über die Schulter gehängt hatte. »Ich beschlagnahme Ihre Tasche, da ich den Verdacht habe, dass sich hierin Beweismittel befinden, die zur Aufklärung zweier Mordfälle führen können.«

Sie griff reflexartig nach dem Taschengurt.

»Sollten Sie sich dem widersetzen, werde ich meine Kollegin anweisen, Ihnen wegen Widerstandes gegen die Staatsgewalt Handschellen anzulegen.« Er senkte die Stimme. »Ich verspreche Ihnen, dass ich hieraus einen offiziellen Vorgang mache, der sofort der Anwaltskammer angezeigt wird.«

Ihre Augen funkelten zornig. »Damit kommen Sie nicht durch.«

Chevaliers Brauen fuhren in die Höhe. »Stellen Sie mich auf die Probe!«

Sie hielt seinem Blick lange stand, dann ließ sie den Taschenträger los.

Ich habe eine Feindin mehr, ging es Chevalier durch den Kopf, als sie wenig später davonfuhren und Ella Leglise mit versteinerter Miene aus dem Fenster starrte.

Chevalier saß in seinem Büro und grübelte, wie er Alphonse würde überreden können, ihm die belastende Aufnahme zu überlassen. Gegenüber Sandrine hatte er sich zuversichtlich gegeben, doch je länger er über das anstehende Gespräch mit seinem Bruder nachdachte, desto unrealistischer erschien es ihm, ihn zu irgendetwas bewegen zu können. Sich zu weigern, auf dessen Forderungen einzugehen, war der einfachste Weg. Alphonse konnte nur verlieren, wenn er Chevalier bloßstellte, denn es bedeutete für ihn Gefängnis. Doch ging es seinem Bruder nur um das Geschäft? Wenn dem nicht so war und Emotionen sein Handeln leiteten, war alles möglich, vor dem es Chevalier graute.

Das Telefon klingelte. Es war Anaïs Roussel, die ihn aus dem immer gleichen Szenario riss, an dessen Ende er selbst ins Gefängnis wanderte.

»Unseren toten Politiker hat der Täter richtig übel zugerichtet.« Er hörte, wie Dr. Roussel an ihrer Zigarette zog und tief inhalierte. »Das erste Opfer war schlimm verprügelt worden, wie Sie sich sicher erinnern. Leglise hingegen hat er regelrecht malträtiert.«

»Wie ist der Täter vorgegangen?«

»Stiche in die Achillessehnen, damit Leglise nicht mehr weglaufen konnte, massive Verletzungen am Kopf, Brandwunden auf Brust und Rücken, Schläge ins Gesicht … Soll ich fortfahren?«

»Danke, es reicht. Er ist verblutet, nicht wahr?«

»Ausgeblutet wie ein geschächtetes Tier. Machen Sie sich keine Vorwürfe mehr, Monsieur le Commissaire. So schnell, wie der Mann gestorben ist, hätte ihn niemand zurück auf die Plattform ziehen können.«

Chevalier schwieg einen Moment. Das bedeutete trotz allem eine Erleichterung für ihn. »Sind Ihnen Besonderheiten aufgefallen, die uns zum Täter führen könnten?«

Wieder zog sie an der Zigarette. »Nein. Immerhin hat der Tote mir nicht das Wochenende versaut.« Sie lachte auf. Es klang bitter. »Das Seil, mit dem Leglise die Hände zusammengebunden wurden, befindet sich in der Kriminaltechnik.«

Chevalier bedankte sich und legte auf.

Sirac war mit Moreau nach Saint-Martin-de-Ré gefahren, um Luc Moyons Schließfach zu durchsuchen, und noch nicht zurückgekehrt.

Sophie kam herein. »Sind Adrien und Sirac noch nicht zurück?« Als Chevalier verneinte, sagte sie lachend: »Die beiden essen unter Garantie am Hafen einen Plat du Jour und freuen sich ihres Lebens.«

Chevalier grinste. »Jeder muss mal Pause machen. Wo ist Ella Leglise?«

»Sitzt unten im Vernehmungsraum und wartet.«

»Ich habe den Inhalt der Tasche zusammen mit Marie Szenec durchgesehen.« Er öffnete eine Datei auf seinem Computer. »Fünfzig Krügerrand und zwanzig Maple Leaf zu je einer Unze Feingold. Wir sprechen hier von einer Summe von rund einhunderttausend Euro.«

Sophie pfiff durch die Zähne. »Daher das gesteigerte Interesse an den Münzen.«

»Das ist weniger spannend als Jules Leglises Beteiligung an einem Fonds in Panama, dessen Ausschüttungen auf ein Konto in der Schweiz laufen. Leglise hat alles fein säuberlich zusammengeheftet, sonst hätten wir ewig gesucht.« Chevalier schüttelte lächelnd den Kopf. »Das Geld kommt seit zwei Jahren und summiert sich inzwischen auf nette 235.000 Euro.«

»Welche Summe hat er in den Fonds gesteckt?«

Chevalier zog ein Papier hervor. »Fünfunddreißigtausend.«

Sophie klappte der Mund auf. »Wo kann man sich beteiligen?« Sie ließ sich auf den Stuhl vor seinem Schreibtisch fallen. »Geldwäsche?«

Chevalier wiegte den Kopf. »Sieht so aus. Die Frage ist, wer oder was steht dahinter? Die Gewinnsummen sind enorm.«

Sophie stand gleich wieder auf. »Fragen wir die Tochter.«

Ella Leglise brauste bereits auf, da hatten Chevalier und Sophie nicht einmal am Tisch im Vernehmungsraum Platz genommen. »Ich werde mich über Sie beschweren. Sie können sich vorstellen, wie der Präfekt darauf reagiert, wenn er erfährt, dass man mich wie eine gewöhnliche Kriminelle hier festgehalten hat.«

Chevalier ließ die Tirade an sich abperlen. »Was ist das für eine Fondsanlage, für die Ihr Vater jährlich circa dreihundert Prozent Rendite erhalten hat?« Er sah sie direkt an.

»Das entzieht sich meiner Kenntnis.« Sie blickte unbewusst zur Seite. Ella Leglise log, da war Chevalier sich sicher.

Er schenkte den Frauen und sich selbst Wasser ein und nahm einen Schluck. »Woher stammt das Gold im Wert von einhunderttausend Euro?«

Sie hob die Schultern. »Er wird es gespart haben.«

Chevalier bemühte sich um Gelassenheit. »Ich hatte vor einiger Zeit in Lyon einen ähnlich gelagerten Fall. Da lief alles auf Steuerhinterziehung hinaus.«

Sie wurde erneut laut. »Er war der Präsident des Département-Rats!«

»Umso schlimmer.«

Sie blickte wie Hilfe suchend zu Sophie Lambert, und plötzlich traten Tränen in Ella Leglises Augen. »Er ist keine dreißig Stunden tot, und Sie ziehen ihn schon in den Dreck!«

»Da liegen Sie falsch«, entgegnete Chevalier ungerührt. »Wir wirbeln ihn nur auf. Produziert hat ihn Ihr Vater selbst.« Chevalier wechselte einen Blick mit Sophie, die schon zuvor mit sanfter Stimme mit Ella Leglise gesprochen hatte und sich nett und verständnisvoll gab. So auch jetzt: »Helfen Sie uns, das Ganze aufzuklären. Vielleicht ist Ihr Vater ja in etwas hineingeraten, ohne die Tragweite zu erkennen.«

Ella Leglise sah sie an, als läge ihr die Frage auf den Lippen, ob Sophie an den Weihnachtsmann glaubte. Doch sie brachte ein kleines Lächeln zustande. »Ich werde in den Unterlagen meines Vaters nachschauen, ob …«

»Das Haus Ihrer Eltern wird in diesem Augenblick durchsucht.«

Sie zuckte nicht einmal mit der Wimper. »Nun, dann muss ich mich nicht selbst bemühen. Wenn Sie keine weiteren Fragen haben, werde ich jetzt gehen.« Sie stand auf. »Für sonstige Auskünfte wenden Sie sich bitte zuerst an Eduard Beaupart. Er ist Rechtsanwalt und mein Partner in der Kanzlei. Ich gehe davon aus, dass ich die Unterlagen und Wertgegenstände zurückerhalte.« Damit rauschte sie ohne ein weiteres Wort aus dem Raum.

»Glaubst du ihr?« Sophie betrachtete ihn mit gerunzelter Stirn.

Chevalier sah auf die hell gestrichenen Wände des Vernehmungsraums. »Sie hat gelogen und weiß, wofür ihr Vater das Geld in Wahrheit erhalten hat.«

»Du denkst, sie will den Anteil haben, der Jules Leglise zustand? Lassen wir auch sie beschatten?«

Chevalier schüttelte den Kopf. »Ich denke, sie ist eine Randfigur.«

Sirac hatte eine Tüte Madeleines mitgebracht. Er und Moreau wirkten entspannt, als sie ins Büro zurückkamen. Ohne nachzufragen, begann Sirac, für alle Tee zuzubereiten.

»Luc Moyons Schließfach ist seit über einem Jahr nicht mehr geöffnet worden. Einsicht hatte, den Unterschriften nach zu urteilen, nur er selbst genommen.«

»Was war darin?«, fragte Chevalier gespannt, der in das Gemeinschaftsbüro der Kollegen gekommen war.

Moreaus Wangen waren gerötet. Es war offensichtlich, wer von beiden gefahren war und wer Wein zum Essen getrunken hatte. »Ein paar Goldmünzen wie bei Leglise, ansonsten Unterlagen zu diversen Grundstücken. Ich denke, es handelt sich unter anderem um die Saline, derentwegen er mit diesem Leroy gestritten hat. Dazu eine Expertise zum Eigentum des Salzgartens. Ich habe sie bislang nicht gelesen. Wichtiger erschien mir das hier.«

Adrien Moreau legte einen Ordner, mehrere Urkunden und Schreiben auf den Tisch. »Die Unterlagen betreffen den ersten

Weinvertrieb, den Luc Moyon mit Leglise 2010 gegründet hat. Ich kenne mich mit Jahresabschlüssen nicht aus, doch dabei scheint ordentlich was rausgesprungen zu sein.«

Sirac verteilte Tee und Madeleines, bevor Moreau weitersprach.

»Was ich nicht verstehe, ist der Grund, warum sie 2014 die Geschäfte eingestellt und die Abfüllanlagen an die neu ins Leben gerufene Domaine de la Vieille Maison verkauft haben. Die neue Domaine macht an anderer Stelle praktisch das Gleiche.«

»Wein zu kaufen, abzufüllen und weiterzuverkaufen«, warf Chevalier ein. »Es könnte sein, dass man so mit den Bioweinen neu starten wollte, zumal Luc ausschied. Vielleicht ging es um eine Imageverbesserung.«

Moreau schüttelte den Kopf. »Wieso hierzu die Firma auflösen? Da benennt man den Laden um und fertig. Der Ortswechsel macht ebenso wenig Sinn. Kein Mensch kommt auf die Idee, eine Domaine zu besuchen, die eine Plörre aus dem großen Weinsee für kleines Geld verkauft. Was soll das also?«

Sie sahen einander fragend an.

Chevalier zuckte mit den Schultern und seufzte. »Was haben Sie ansonsten, Monsieur Moreau? Es muss einen Grund geben, warum Luc Moyon die Papiere in einem Schließfach verwahrt hat, zu dem nur er Zugang hatte.« Er blätterte die Unterlagen durch, als eine CD zu Boden fiel. »Haben Sie die schon gesichtet?«

Moreau schüttelte den Kopf. »Bis morgen schaue ich mir das an.«

Chevalier nickte und blickte hinaus in die Sonne. Das Thermometer sollte in den kommenden Tagen bis auf dreißig Grad klettern. Wie schön wäre es, am Strand zu liegen und sich vom Wind kühlen zu lassen! Er riss sich aus seinen Träumereien. »Was macht Gregoriev, unser Bulgare?«

»Bedient in seiner Kaschemme die Gäste und fährt dann brav mit dem Porsche 911 nach Hause.«

»Was wissen wir über den Mann?«

»Moment.« Moreau tippte auf seiner Computertastatur und aktivierte eine Datei. »Er stammt aus einer Schaustellerfamilie aus Bulgarien. Wie und woher sie kommen, ist unbekannt. Mit vierzehn wurde er in Toulon bei einem Ladendiebstahl erwischt, mit sechzehn ist er bei Narbonne in ein Ferienhaus eingestiegen und mit achtzehn beim Dealen ertappt worden. Er bekam drei Jahre Haft. Das nächste Mal ist er dann erst wieder mit dreißig Jahren in Erscheinung getreten. Da ist er zu Geld gekommen und hat in La Rochelle das *Faubourg* gebaut. Das war vor acht Jahren. Der Laden gilt als Umschlagplatz für Drogen und Hehlerware, doch bisher konnten wir ihm nichts nachweisen.«

Chevalier sprang auf und ging zum Whiteboard, wo er ungeduldig auf die Linie tippte, die zwischen den Namen der Opfer verlief. »Wir treten auf der Stelle! Wo ist die relevante Verbindung? Die Domaine? Sie ist bisher der einzige Anhaltspunkt, der Luc Moyon und Leglise verbindet und zudem mit Jean Moyon zu tun hat. Doch was soll da geschehen sein, was der Grund für die grausamen Taten sein könnte?«

»Lassen wir uns gerade nicht zu sehr von dem Rat eines Täters leiten? Er hat uns auf Jean Moyon aufmerksam gemacht«, wandte Sophie Lambert leise ein.

Chevalier sah sie beifällig an. »Das müssen wir im Auge behalten, Sophie«, sagte er.

»Was bezweckt er mit dem Tipp?«, hakte sie nachdenklich nach.

»Er spannt uns damit vor seinen Karren, und wir können nicht anders, als ihn zu ziehen, da der Kerl uns den Verdacht auf Straftaten nahelegt. Ich denke, mit dem Mord an den Opfern ist er nicht zufrieden. Er will jeweils die ganze Familie ruinieren. Er hat Alexandre mit in die Sache hineingezogen, indem er ihn fälschlicherweise zum Täter machte.«

Sirac sprang auf. »Da fällt mir etwas ein! Vor dem Haus, in

dem Alexandre Moyon wohnt, ist eine Kamera installiert. Wir haben sie ausgelesen.« Er hielt eine Fotografie in die Höhe, die eine nur schemenhaft zu erkennende Gestalt zeigte. »Nachdem dieser Mann das Haus betreten hat, ging das Licht in Alexandres Wohnung an. Sie liegt parterre.«

»Du vermutest also, er hat Alexandre Moyon die Schuhe untergeschoben?« Moreau schaute zerknirscht drein.

»Es sieht so aus«, antwortete Sirac.

Chevalier nickte und fuhr fort: »Nun zeigt der Täter auf Jean. Wir werden garantiert auf Ungereimtheiten stoßen, wenn wir die Domaine unter die Lupe nehmen und die Verdächtigen beschatten. Ich bin aber skeptisch, ob wir hierdurch den Täter entdecken.«

»Bringt uns dann der Blick auf die Domaine überhaupt weiter? Wenn es schlecht läuft, kriegen wir Jean Moyon für irgendetwas dran, und der Täter sitzt zu Hause und lacht sich über uns kaputt«, warf Sophie zweifelnd ein.

Chevalier wiegte ratlos den Kopf. »Das ist das Risiko, doch die Domaine bleibt bisher der einzige Anhaltspunkt, in dem die Dinge zusammenlaufen und Jean mit von der Partie ist. Unser Fahndungsansatz muss aber erweitert werden. Wir müssen vor allem bedenken, dass der Psychologe sich festgelegt hat: Es war eine tiefe Verletzung, die das Morden ausgelöst hat, und es kann nur mit den beiden Ermordeten zusammenhängen. Sehen wir uns Luc Moyon an: ein politisch aktiver Ökowinzer, dessen ganzes Handeln darauf abzielte, die Welt zu verbessern. Was hat er gemacht, um dafür sterben zu müssen? Auf der anderen Seite ist da Leglise, der lange in der Politik aktiv war und ein Vermögen an Schwarzgeld angesammelt hat. Bei ihm werden wir auf so manches krumme Ding stoßen. Doch wo ist hier das Motiv? Was Moyon und Leglise verbindet, ist ihre Zeit im Conseil und die Domaine.«

Moreau wirkte unzufrieden. »An seinen politischen Aktionen

sind wir dran. Ich habe heute Morgen mit Leglises Sekretärin gesprochen. Sie arbeitet seit Langem für ihn und erinnert sich an keine Begebenheit, die gravierend genug gewesen wäre, dass jemand den Mann deshalb hätte töten wollen. Streitereien gab es wohl haufenweise, doch als Auslöser einer solchen Folterung kann sie sich nichts vorstellen.«

Chevalier hob die Schultern. »Sie soll eine Liste dieser ›Streitereien‹ erstellen. Laden Sie bitte auch Patrice Aubert vor.«

»Er ist doch erst kurze Zeit hier«, wandte Moreau ein.

Chevalier lächelte grimmig. »Diese Zecke weiß mehr, als manche Referenten nach zwanzig Jahren über ihre Dienstherren wissen. Aber noch mal zurück: Wir folgen zudem weiter dem Ratschlag des Täters. Fahnden wir in Richtung der Domaine. Was kann dort Auslöser gewesen sein? Gab es einen Unfall in der Anlage? War der Wein gepanscht?«

Sophie schüttelte den Kopf. »Adrien und ich waren damals bereits hier. Ein Weinskandal oder ein schlimmer Unfall wären mir in Erinnerung geblieben.« Sie sah zu Moreau, der bestätigend nickte. »Kleinere Unfälle gibt es in jedem Betrieb.«

Moreau betrachtete gedankenverloren die Tafel. »Woher kann der Täter seine Informationen haben? Er wusste von den Streitereien innerhalb der Familie Moyon, denn nur so konnte er Alexandre und Luc gegeneinander ausspielen. Er weiß – sofern wir davon ausgehen, dass seine Aussagen stimmen –, dass Leglise und Jean etwas am Laufen hatten.«

»Und von Jules Leglises regelmäßigen Besuchen bei einer speziellen Prostituierten«, ergänzte Sophie.

Chevalier gab ihnen recht. »Es muss eine Person aus der unmittelbaren Nähe sein. Ein Vertrauter, jemand, dem man solche Dinge erzählt oder der so dicht ›dran‹ ist, dass er davon erfährt. Wer kommt da infrage?«

Sirac antwortete als Erster. »Moyons Freundin. Die verschmähte Liebhaberin.«

Sophie schüttelte den Kopf. »Unser Täter ist ein Mann.«

»Wer noch?«, fragte Chevalier in die Runde. Alle schwiegen. »Sophie, du siehst dir Patrice Aubert und seine Vorgängerin oder seinen Vorgänger an. Sirac, du fährst mit mir zur Domaine und durchleuchtest zudem deren Mitarbeiter und die der aufgelösten Gesellschaft. Irgendwo muss der Kerl doch sein!«

Der Mittag war warm und sonnig, als Chevalier vor das Kommissariat trat, um mit Sirac zur Domaine zu fahren, die im Ortsteil Les Rivauds lag, nicht weit von den ehemaligen U-Boot-Bunkern der Deutschen.

Das Gebäude war für Chevalier eine Enttäuschung und gar nicht so, wie er sich ein Weingut vorstellte. Es erinnerte eher an einen reinen Produktionsbetrieb.

Neben einer lang gezogenen Halle, die von schmalen Beeten mit vertrockneten Blumen eingefasst war, befanden sich hohe Stahltanks, vor denen ein Tanklastwagen für Lebensmittel stand. Ein langer Schlauch war an einem Stutzen angeschlossen. Die Pumpe brummte.

»Nachschub.« Sirac deutete hinüber und grinste ironisch. »So stellt man sich doch eine Domaine vor, oder?«

Chevalier schüttelte den Kopf. »Das nimmt einem jede romantische Illusion vom Betrieb eines Winzers, der den Traubenmost liebevoll ausbaut und den Wein dann sorgfältig in die Flasche bringt. Domaine de la Vieille Maison – Weingut vom alten Haus, dass ich nicht lache! «

»Hier wird lediglich abgefüllt. Was denkst du, wie viele Flaschen die hier produzieren?«

»Keine Ahnung«, antwortete Chevalier. »Eine ganze Menge jedenfalls.«

Sie parkten und stiegen aus. Vom nahen Hafen war Gepolter zu hören. Der Eingang der Domaine lag am Ende der Halle. Sie öffneten die unverschlossene Tür und betraten einen schmucklosen Vorraum, der bis auf einen Metalltisch und vier Stühle leer war. Die Luft war stickig. An den Wänden hingen Fotos von Weinbergen und Schlössern.

»Soll wohl den schönen Schein wahren«, raunte Sirac, als sich eine Tür öffnete und ein klein gewachsener, korpulenter Mann hindurchtrat. Chevalier schätzte ihn jenseits der fünfzig.

Der Mann lächelte und streckte eine speckige Hand aus. »Thierry Durand, Sie müssen die Herren von der Polizei sein.« Durands braune Augen ruhten forschend auf Chevalier und Sirac, die sich auswiesen. »Was kann ich für Sie tun?«

»Wir untersuchen die Todesfälle ›Jules Leglise‹ und ›Luc Moyon‹. Wir haben Fragen zu dieser Firma und dem Vorgängerunternehmen, das die Toten und Sie gemeinsam gegründet und wieder aufgelöst haben.«

Durands Miene verdüsterte sich, während er Chevalier ansah. »Das sind furchtbare Ereignisse, doch ich wüsste nicht, wie ich Ihnen weiterhelfen kann.« Er umfasste unwillkürlich die Revers seines Sakkos.

»Die Morde wurden unserer Meinung nach von demselben Täter ausgeführt. Daraus schließen wir, dass es eine gemeinsame Vorgeschichte zwischen den Opfern und dem Täter gibt. An diesem Unternehmen waren beide beteiligt. Daher fragen wir uns, ob hier möglicherweise Zusammenhänge zutage treten.«

»Hier?« Durand war sichtlich nervös. Er zögerte. »Kommen Sie, ich zeige Ihnen, was wir hier machen.«

Sie folgten ihm durch ein Büro, in dem zwei Angestellte am Computer arbeiteten und erstaunt aufsahen, als sie vorbeigingen. Durch eine schalldichte Tür betraten sie die lang gezogene Halle, in der das Klirren der Flaschen widerhallte. Licht fiel durch großflächige Fenster.

Alles war klinisch sauber. Nirgends lagen Verpackungen oder sonstiger Abfall herum.

»Hier ist das Herzstück unserer Unternehmung.« Durand

hob die Stimme, damit sie ihn im Lärm des Produktionsbetriebs verstehen konnten. Er führte sie zum anderen Ende der Halle, wo ein Mitarbeiter mit einem Gabelstapler leere Weinflaschen auf einer Palette hereinfuhr und unter eine Maschine stellte. Dann drückte er einen Knopf, und die Flaschen wurden in einem Arbeitsgang angehoben und auf ein Fließband befördert. Dieses schob sie langsam weiter, sodass sie sich wie von selbst in eine Schlange reihten und zur nächsten Station glitten.

»Wir können pro Stunde zweitausend Gebinde abfüllen. Das macht pro Tag grob gerechnet vierundzwanzigtausend Einheiten maximal.«

Sie liefen weiter und sahen zu, wie die gerade angelieferten Flaschen gespült wurden.

»Sie werden dann vorevakuiert, und die Luft wird durch CO_2 oder Stickstoff ersetzt.«

Chevalier wusste nicht, warum das geschah, fragte aber nicht nach.

Durand war in seinem Element. Der korpulente Mann lief flink wie ein Wiesel zwischen den Stationen umher. »Sie werden sodann schonend, also ohne viel Druck, befüllt, und wieder kommt CO_2 dazu, um das Niveau zu regulieren.«

Wein floss in die Flaschen, und es ging weiter. Korken wurden maschinell in die Flaschenhälse gedrückt, Hülsen aufgesetzt und zugedrückt.

Sie mussten sich beeilen, um mit Durand Schritt zu halten.

»Danach werden die Flaschen von außen gewaschen und getrocknet, dann kommen die Etiketten darauf.«

Sirac sah anerkennend zu Chevalier, der ebenso beeindruckt war und beobachtete, wie in zwei kurzen Drehungen die gefüllten Flaschen mit Etiketten versehen wurden.

Durands Augen strahlten. »Und jetzt kommt das Beste.«

Die Flaschen wurden automatisch geordnet, ein Greifer nahm zwölf davon auf, packte sie in einen Karton und steckte Trennpappen dazwischen. Im nächsten Arbeitsschritt verklebte eine weitere Maschine die Weinkartons, die dann automatisiert auf Paletten gepackt und mit einer Folie eingewickelt wurden. Ein Gabelstapler nahm diese auf und rollte sie zu einem Lkw, der an der Laderampe wartete.

»Alles ohne großen Personaleinsatz. Kommen Sie.«

Sie folgten Durand in sein Büro, wo er ihnen Plätze anbot.

»Beeindruckend«, gab Chevalier zu.

»Wir arbeiten praktisch *just in time*. Die Lkw bringen die Bioweine zu den Tanks, diese werden automatisch verschnitten, also entsprechend eines voreingestellten Mischungsverhältnisses zu einem speziellen Cuvée gemischt und abgefüllt. Draußen stehen die Lastwagen, die sofort auf die Autobahn zu den Kunden fahren.« Er strahlte.

»Wie groß ist die abgefüllte Menge?«, wollte Chevalier wissen.

»Wir sind nicht immer voll ausgelastet und füllen im Schnitt fünf Millionen Flaschen pro Jahr oder, anders gesagt, 37 500 Hektoliter Wein ab. Das sind umgerechnet knapp zwei Tankwagen pro Tag.«

»Nur für sich selbst?«

»Ja. Wir kaufen von festen Lieferanten in ganz Frankreich Übermengen auf, also Wein, den der Produzent nicht selbst vermarktet.«

»Alles Bio?« Sirac sah vom iPad auf.

Durand nickte. »Weiß, rot, rosé. Viel Volumen kommt aus dem Languedoc.« Er faltete die Hände über dem stattlichen Bauch.

»Wer zertifiziert Ihre Weine?« Sirac fertigte seine Notizen mit dem Pen auf dem Tablet an.

»ECOC, das ist die größte Zertifizierungseinrichtung in Frankreich.«

»Wie sieht es mit den Erträgen aus?« Chevalier wusste, dass Durand hierauf nicht antworten musste.

»Eigentlich ein Betriebsgeheimnis. Da ich allerdings davon ausgehen kann, dass Sie ohnehin Einblick bekommen können, kann ich es Ihnen auch sagen: Nach Abzug der Kosten bleiben uns etwa zwanzig Cent pro Flasche.« Durand zog die Jacke aus und hängte sie über die Rückenlehne seines Sessels. Der Raum war klimatisiert, doch auf dem blauen Hemd zeigten sich Schweißflecken.

»Das sind bei fünf Millionen Flaschen eine Million Euro für drei Gesellschafter«, stellte Chevalier fest. »Und Francine Moyon sitzt in der Geschäftsführung?« Er sah sich suchend um.

Durand lächelte. »Sie ist einmal pro Woche im Betrieb, um Unterschriften zu leisten. Der Rest läuft über meinen Schreibtisch.«

»Sie bekommt ein Gehalt?«

Durand nickte.

Chevalier lächelte dünn. »Die Steuer, ich verstehe. Warum wurde der Betrieb hierher verlegt, nachdem die …« Er sah Hilfe suchend zu Sirac.

»Domaine M&L.«

»… nachdem die Domaine M&L geschlossen wurde?«

Durand rutschte auf die Stuhlkante vor. »Was hat das mit den Morden zu tun? Das ist fast zehn Jahre her.«

»Beide Opfer waren Gesellschafter. Was war damals mit Ihnen?«

»Ich war leitender Angestellter. Luc Moyon und Jules Leglise haben mich erst an dieser Firma beteiligt.«

»Großzügig.« Chevalier sah Durand ein paar Sekunden nur schweigend an. Schweiß erschien auf dessen Stirn. »Warum die Verlegung?«

»Der alte Betrieb wurde zu klein. Als Luc aussteigen wollte, haben wir dort geschlossen und sind hier mit neuer Gesellschafterstruktur gestartet.«

Sirac tippte auf das iPad. »Wenn ich mir das alte Gelände unten beim Hafen von La Pallice anschaue, sehe ich keinen großen Unterschied zwischen der Geländegröße und den Gebäuden dort und hier.«

Durand zuckte mit den Schultern. »Dann fahren Sie hin und gucken es sich noch mal genauer an. Es ging nicht mehr.«

»Wieso haben Sie die damalige Firma geschlossen und eine neue gegründet? Hätte es nicht ausgereicht, das alte Unternehmen hierher zu verlagern und es, wenn der Name nicht gepasst hätte, umzubenennen?« Chevalier sah zu Sirac, der nickte. »Für mich macht das keinen Sinn.«

»Das hatte steuerliche Gründe. Mir war das egal, Hauptsache, die Beteiligung sprang für mich heraus.«

»Gab es in Ihrer Zeit in beiden Unternehmen besondere Vorkommnisse?«

»Inwiefern?«

»Kamen Personen zu Schaden, gab es Klagen, irgend so etwas also?«

Durand schaute zur Decke und dachte nach. Dann sah er wieder zu Chevalier und hob die Schultern. »Da fällt mir nichts ein. Es gibt immer Streitereien mit Lieferanten, Abnehmern oder Mitarbeitern. Wieso fragen Sie?«

Chevalier erhob sich. »Es muss einen Grund für die Morde geben.«

Thierry Durand stand ebenfalls auf, sichtlich irritiert. »Und den vermuten Sie hier auf der Domaine?«

Chevalier blickte ihn direkt an. »Das wissen wir bisher nicht. Wir loten alle Möglichkeiten aus.«

Sie ließen den Mann sichtlich verwirrt zurück.

Chevalier fuhr in Richtung Hafen von La Pallice. »Wo ist das alte Betriebsgrundstück?«

»Praktisch um die Ecke.«

Er tippte die Adresse ins Navigationssystem.

»Was denkst du?« Sirac sah aus dem Fenster auf vorbeiziehende Betriebe, die zunehmend schäbiger wurden.

»Es gibt keinen konkreten Grund, an Durands Geschichte zu zweifeln. Die beiden anderen können wir nicht mehr fragen.«

»Wer wird für Leglise einsteigen?«

»Seine Tochter und ihre Mutter werden die Anteile halten. Sie müssen nichts tun und erhalten dennoch ordentliche Ausschüttungen.«

Das Navi verkündete, dass sie ihr Ziel erreicht hatten, woraufhin sie einander erstaunt ansahen. Auf dem Grundstück neben ihnen befand sich nichts außer Unkraut, das zum Teil verdorrt war.

»Warum hat man den neuen Betrieb nicht hier aufgebaut?«

Auch Sirac war ratlos und schüttelte den Kopf, als sein Telefon läutete. Er stellte die Verbindung her und lauschte eine Weile, bevor er wieder auflegte. »Kameras haben den gestohlenen Transporter aufgenommen, wie er auf den Parkplatz vor der Tour de la Lanterne fährt. Da war es noch hell. Ein Mann ist ausgestiegen. Das Gesicht war leider von einer Kappe mit Schirm verdeckt. Er ist hinten eingestiegen und lange im Laderaum geblieben. Als sich die Türen wieder öffnen, ist es dunkel. Leglise wird herausgezerrt. Er taumelt und hält die Arme um sich geschlungen.«

»Er hatte Schmerzen«, warf Chevalier ein. »War der Kidnapper auf den Aufnahmen zu erkennen?«

»Ein Teil des Gesichts ist einmal in den Winkel der Kamera gekommen. Die Kollegen vergrößern uns den Ausschnitt. Laut mitlaufender Uhrzeit war das, kurz nachdem er dich und Ségolène Meunier angerufen hat.«

»Also nichts Neues.« Chevalier gab einen unwilligen Laut von sich, sah wieder hinaus auf die Brache und fuhr dann los. »Merkwürdig. Was macht übrigens Mademoiselle Guerlin?«

»Sie hat sich von der Schussverletzung ein wenig erholt und

liegt auf der Normalstation. Ich habe sie gestern besucht. Sie gibt sich die Schuld an allem.«

»Das ist Unsinn.«

»Habe ich ihr auch gesagt.«

Chevalier sah zu ihm hinüber. Der junge Kollege wirkte unglücklich. »Was ist los?«, fragte er.

Sirac hob nur die Schultern.

»Du hast Interesse, und sie gibt dir kein Zeichen?«

Sirac wand sich sichtlich auf dem Beifahrersitz.

Chevalier lächelte. »Du musst das Gespräch nicht mit mir führen, weißt du?«

»Ach, warum nicht?« Er seufzte. »Sie war abweisend, und ich frage mich, ob das daran liegt, dass ich Algerier bin.«

»Du bist Franzose.«

Sirac grunzte. »Auf dem Papier.«

»Ich würde sie einladen, sobald sie aus dem Krankenhaus entlassen wird. Dann bekommst du deine Antwort.«

»Ich weiß nicht …«

»Lauf nicht vor der Wahrheit davon, so unangenehm sie auch sein mag. Klarheit ist immer besser als Ungewissheit«, schloss Chevalier das Thema ab. Er fragte sich, ob er am Abend seinen eigenen Ratschlag beherzigen würde.

Die Cathédrale St-Louis lag im weichen Licht der frühen Abendsonne. Es würde noch einige Stunden hell sein, doch sie stand bereits recht tief. Die Menschen strömten aus der Stadt über die Place Verdun, um einen der Busse zu erreichen, die hier starteten. Weiter hinten drehte sich das Karussell, und Maître Gims sang *Est-ce que tu m'aimes?*

Chevalier hatte lediglich ein paar Minuten vom Kommissariat bis hierher gebraucht und schloss das Rad an einem der Bügel an, die auf der Verkehrsinsel gleich vor dem Kircheneingang standen.

Die Kathedrale war eine dreischiffige Basilika im Barockstil, deren Fassade aus hellem Sandstein bestand. Wäre er nicht so angespannt gewesen, hätte er gelächelt. Seine Vorstellung von einer französischen Kathedrale leitete sich von den großen Gotteshäusern in Paris, Chartres, Reims oder Amiens ab, und St-Louis konnte da nicht im Ansatz mithalten. Gras wuchs aus den Ritzen der Mauern, und Feuchtigkeit zog in die unteren Steine. Eine verwitterte Holzrampe ermöglichte Rollstuhlfahrern, barrierefrei in die Kirche zu gelangen, doch Chevalier wusste nicht, ob er ihr einen lieben Verwandten im Rollstuhl anvertraut hätte.

Er lief die Stufen zum Eingang links neben dem Hauptportal hinauf, atmete einmal tief ein und betrat den Windfang. Die Tür quietschte leise in den Angeln, als er sie aufzog. Ein Schwall Luft aus dem Inneren, in die sich die Gerüche nach Weihrauch und brennenden Kerzen mischten, zog an ihm vorbei.

Im Kircheninneren war es angenehm kühl. Was ihm als Erstes ins Auge sprang, war der durch hohe Fenster im Vergleich zur Kuppel hell erscheinende Chor, obwohl die Abendsonne von Westen hereinfiel. Es herrschte absolute Ruhe, und nur das Motorengeräusch eines vorbeifahrenden Busses drang gedämpft in die Kathedrale.

Bis zur Vierung standen in Reihen Stühle mit hohen Lehnen und Korbgeflecht. Rechts unmittelbar davor ragte eine hölzerne Kanzel in das Mittelschiff.

Die Kirche war menschenleer, und so ging Chevalier langsam durch den Mittelgang in Richtung Altar, wobei er immer wieder in die Seitenschiffe blickte.

Gerade als ihn die blau und golden gehaltene Decke der Vierung ablenkte, hörte er Alphonses Stimme.

»Hast du vor, ein Heiliger zu werden?«

Chevalier wandte sich nach rechts und erblickte seinen Bruder, der sich auf einer der Bänke des Seitenschiffes fläzte, die durch die Kanzel fast verdeckt wurden. Er lächelte spöttisch. Chevalier ging zu Alphonse hinüber und setzte sich so in die Bank, dass er ihn im Auge behalten konnte. »Zeig mir dein Handy.«

»Was?«

»Ich rede mit dir nur, wenn ich sicher bin, dass du nicht wieder mitschneidest.«

Alphonse zog sein Smartphone aus der Tasche und legte es auf die Bank. Er entsperrte es mit dem rechten Zeigefinger und ließ ihn die Diktierfunktion sehen. Sie war ausgeschaltet. Chevalier tat das Gleiche mit seinem Handy. Dann zog er ein Messgerät aus der Tasche, das er über die Kleidung seines Bruders gleiten ließ.

»He«, begehrte dieser auf. »Lass das!«

»So oder gar nicht.«

Alphonses weißes T-Shirt hatte einen Fleck, und auch die Hose hätte längst eine Wäsche vertragen können. Unrasiert, wie er war, glich er einem Landstreicher.

Das Messgerät zeigte keine weiteren elektronischen Geräte an, und Chevalier setzte sich wieder.

Alphonse zog ein Fläschchen hervor und streute sich weißes Pulver auf den Handrücken, um es sich von dort in die Nase zu ziehen.

Chevalier spürte Ärger in sich aufsteigen. »Was ist das für ein Dreck?«

»Spezialmischung. Vier Teile Koks, vier Teile Heroin und zwei Teile Fentanyl. Ist scharf wie Pavianscheiße.« Alphonse zog das Pulver in die Nase. Dann grinste er, während seine Augen einen glasigen Ausdruck bekamen.

»Zweigst dir ein bisschen von deinen Lieferungen ab, was?« Chevalier war angewidert.

»Kümmere dich um deinen eigenen Scheiß, klar?« Alphonse war high und blickte zum bunt ausgemalten Altarraum und der dahinterstehenden Marienstatue. Sein Gesichtsausdruck wurde weicher. »Weißt du noch, wie Vater uns zur Messe geschleppt hat?«

Chevalier musste trotz des Zorns auf seinen Bruder lächeln. Die Erinnerung half ihm, seine Anspannung ein wenig zu lösen. »Wir haben immer nur Blödsinn gemacht.«

»Und hinterher eine Ohrfeige dafür kassiert. Kannst du dich erinnern, wie ich mal an Ostern der Frau in der Bank vor mir Wachs in die Handtasche gekippt habe?« Alphonse lachte meckernd.

»Vater ist fast geplatzt, so sauer war er auf dich, aber er hat den Mund gehalten, damit es nicht rauskommt.«

Alphonses Gesicht wurde ernst. »Die Prügel danach waren übel.« Er schüttelte den Kopf. Das Lächeln war aus seinem Gesicht verschwunden. »Er war ein Tyrann.«

»Warum hat Mutter nie aufbegehrt?«, erwiderte Chevalier. »Hatte sie so große Angst vor ihm?«

Alphonse zuckte mit den Schultern. »Du kanntest sie besser als ich, schließlich bist du mit ihr auf und davon!«

Chevalier sah zu ihm hinüber und bemerkte den vorwurfsvollen Ausdruck in seinen Zügen. Er mahnte sich zur Vorsicht. Nach der Line, die sich Alphonse in die Nase gezogen hatte, konnte die Stimmung so jäh umschlagen wie das Wetter im Gebirge. »Ich habe sie nie durchschaut«, sagte er ruhig. »Es war, als liefe sie vor irgendetwas davon. Wir sind fünfmal umgezogen, davon dreimal in Paris.«

Alphonse gestikulierte wild mit einer Hand. »Sie war eine andere als die, die sie dir vorgespielt hat. Vater hat nach der Trennung des Öfteren seine Bemerkungen abgelassen. Darüber, wo sie herkam und was sie vor ihrer Ehe so gemacht hat.«

»Was hat sie denn gemacht?«

»Pah!«, fuhr Alphonse auf. »Finde es heraus. Du wirst dich wundern.«

»Warum?«

Er kicherte nun wie ein Kind, das mit einem Geheimnis ein anderes aufzog. »Verrate ich dir nicht. Aber wenn du die Büchse der Pandora öffnest, wirst du damit leben müssen. Es gibt sogar Unterlagen.«

Chevalier sah in Gedanken seine Mutter vor sich, die ihm aus einem Buch vorlas oder mit ihm scherzte.

Alphonse betrachtete ihn von der Seite und lachte hämisch. »Wankt die Heilige auf ihrem Sockel bereits? Das ging ja schnell.«

Chevalier beschloss, sich nicht provozieren zu lassen. »Wo sind die Unterlagen, von denen du sprichst?«

»Die habe ich sicher weggepackt.«

»Würdest du sie mir geben?«

Das Gesicht seines Bruders wurde hart. »Ihr habt mich in Metz bei diesem Widerling gelassen, und es war euch völlig gleichgültig, was mit mir geschieht.«

»Ich hatte keinen Einfluss auf das Ganze«, wehrte Chevalier den Vorwurf ab. Die Stimmung schlug um.

»Nein?« Das Wort hallte von den Kirchenmauern wider. »Meinst du, ich habe nicht mitbekommen, dass du mich wieder loswerden wolltest? Die Zimmertür war dünn. Ich musste nicht einmal das Ohr daranlegen, um zu hören, wie du ihr ausgeredet hast, mich aufzunehmen. Glaube bloß nicht, dass ich dir das jemals verzeihe.«

Chevalier brauste auf: »Du warst wie Vater und hast mich tyrannisiert. Ja, ich wollte dich nicht bei uns haben. Das tut mir heute leid.«

Alphonse schrie nun. »Ja, weil ich das Telefonat mitgeschnitten habe. Was war denn neulich? Du und die arrogante Schlampe von deiner Frau, ihr habt mich rausgeworfen. Dir tut nur leid, dass du mich gewarnt hast.«

Wie recht er hatte! Chevalier riss sich zusammen. »Lass Sandrine aus der Sache bitte raus.«

»Diese Bitch hält sich für was Besseres.«

Chevalier sprang auf und packte Alphonse am Kragen. »Das sagst du nie wieder!«

Doch sein Bruder lachte nur. »Da kommt das wahre Gesicht des ach so ehrenwerten Clément Chevalier zum Vorschein. Wenn du nicht spurst, knöpfe ich mir deine Alte vor, während dich deine Kollegen in der Mangel haben.«

Chevalier griff den Kragen fester, aber sein Bruder grinste ihn unbeeindruckt an.

»Hast du gemeint, mit ein paar nostalgischen Anekdoten könntest du mich weichklopfen?« Er hielt sein Handy in die Luft. »Lass mich auf der Stelle los. Wir müssen über meine Planung reden.«

Chevalier stieß ihn von sich und setzte sich zurück auf die Bank. »Wenn ich dich in der Nähe von Sandrine oder Manon sehe, kannst du was erleben.«

Alphonse wieherte vor Lachen. »Huh! Da habe ich aber Angst. Halt's Maul und hör mir zu! Ich habe Kontakte zu Leuten, die den Hafen La Pallice dazu nutzen wollen, um ... sagen wir mal, um Waren nach Frankreich zu bringen. Da macht sich ein Verbündeter bei der Polizei gut.«

»Du redest von Drogen, und die Antwort lautet nein.«

»Du vergisst offenbar das Telefonat ...«

»Wenn du es an die große Glocke hängst, gehst du mit mir in den Knast. Du kannst den Mitschnitt nicht verwenden, ohne dich selbst in Schwierigkeiten zu bringen.«

Alphonses Gesicht verzog sich vor Wut. »Das ist mir so was von egal. Hauptsache, du kriegst es ab, so wie ich damals. Ich will dich leiden sehen.«

Chevalier schloss die Augen. Kein Argument würde Wirkung erzielen. Es ging hier um die Rache einer zutiefst verletzten Seele. Wie sehr sich an diesem Punkt seine privaten Probleme und der aktuelle Fall ähnelten! Du bist im Auge des Sturms, Clément, dachte er, schon der kleinste Fehler würde alles zerstören. Sandrine hatte recht: Mit netten Worten würde er hier nie und nimmer weiterkommen.

Er rückte dicht an Alphonse heran und blickte in dessen selbstgefälliges Gesicht. »Sieh dich doch an, Bruder! Deine verdreckten Klamotten und wie du stinkst. Du bist nur irgendein Handlanger, ein Junkie, ein Waschlappen, mit dem sich deine Bosse nicht einmal den Hintern abwischen würden. Ich erzähle denen, dass du mit mir kooperiert hast und sie ans Messer liefern wolltest, um die eigene Haut zu retten und straffrei aus der Affäre zu kommen.«

»Das glauben die dir nie!« Alphonse spie ihm die Worte entgegen, doch seine Augen sagten etwas anderes. In ihnen glomm Furcht.

»Lass es drauf ankommen. Genau bei der Version bleibe ich auch, wenn ich im Gerichtssaal gegen dich aussage: Alles war geplant. Dass ich dich in Lyon gewarnt habe, war Teil des Deals. Und heute haben wir uns getroffen, um zu klären, wie wir die Bande drankriegen.« Es war eine Flucht nach vorne.

Alphonse schlug mit der Faust auf die Kirchenbank und brauste auf: »Damit kommst du nicht durch, du Mistkerl!«

Chevalier lachte. »Sie werden mir glauben, weil sie mir glauben wollen. Einen Verräter in den eigenen Reihen will niemand haben. Es ist auch ganz leicht. Ich habe im Bataclan mein Leben riskiert, und du bist ein Junkie. Wen von uns beiden wird man für den Lügner halten? Was meinst du? Aber keine Angst, Bruderherz«, er spuckte das Wort in die stille Kirche, »deine Komplizen lassen einen Hanswurst wie dich beim ersten Zweifel über die Klinge springen.«

»Du Dreckskerl!« Alphonse sprang auf und packte ihn seinerseits am Kragen. »Ich mache dich auf jeden Fall fertig.«

Chevalier kam auf die Füße und gab seinem Bruder einen Stoß, um sich aus seinem Griff zu befreien. »Lass es. Rache geht immer nach hinten los. Ich habe mich mit meinem Chef besprochen« – das war eine glatte Lüge – »und biete dir an, mit mir zusammenzuarbeiten. Wenn wir deine Hintermänner überführen können, sorgen wir dafür, dass deine Straftaten unter den Tisch fallen und du eine neue Identität bekommst.«

Alphonse zögerte. Ein Hoffnungsschimmer glomm in seinen Augen auf. »Du … weißt nicht, mit wem du dich da anlegst.«

»Kriminelles Pack. Habe mehr als einen von ihnen in den Knast gebracht. Wir geben dir Polizeischutz.«

»Ich muss darüber nachdenken.« Alphonse trat in den Gang und ging eilig in Richtung Eingangsportal davon.

Chevalier folgte ihm langsamer nach draußen.

Wärme und Verkehrslärm schlugen ihnen entgegen.

Vor dem Portal sahen sie sich an.

Chevalier hielt Alphonse die Hand hin. »Ich meine es ernst. Morgen an der Plage des Minimes? Um neunzehn Uhr?«

Sein Bruder schlug ein und nickte, doch etwas in seinen Augen ließ in Chevalier alle Alarmglocken schrillen.

Alphonse verschwand in der Rue Gargoulleau. Er passierte schnellen Schrittes das Musée des Beaux-Arts und erreichte wenig später die Markthallen, vor denen aufgespannte pinke Regenschirme über dem Platz zu schweben schienen.

Chevalier folgte seinem Bruder in gebührendem Abstand und war froh darüber, dass er sich in der Masse der Menschen verbergen konnte.

Alphonse wandte sich nach links einem Bistro zu, das sich am Rande eines kleinen Platzes befand, und verschwand unter den Arkaden, die in La Rochelle die Passanten bei schlechtem Wetter schützten.

Chevalier spähte um die Ecke und sah, wie sich sein Bruder an einen der Bistrotische setzte, die auf der dem Platz zugewandten Seite im Schutz der Arkade standen. Es waren kaum Tische besetzt, und so huschte er seitlich in das Bistro, um nicht von Alphonse gesehen zu werden.

Aus dem Schatten heraus beobachtete er, wie sein Bruder auf

einen Mann einredete. Alphonses ganze Haltung hatte etwas Unterwürfiges.

Der andere sagte kaum ein Wort und hörte aufmerksam zu. Chevalier schätzte ihn auf Anfang dreißig. Dem Typus nach handelte es sich um einen Maghrebiner. Sandrine hätte ihn als »Kerl mit Geld, aber ohne Geschmack« beschrieben, Chevalier als »klischeehaften Kriminellen aus einer Banlieue«, der es dort nach oben geschafft hatte. Er trug eine protzige Golduhr, eine dicke goldene Kette und Kleidung der allerteuersten Marken. Sofern Chevalier sich nicht täuschte, lag der Schlüssel eines deutschen Nobelkarossenherstellers neben ihm auf dem Tisch.

»Was trinken Sie?« Eine gepflegte Frau mit schwarz schimmerndem Haar war hinter der Theke aufgetaucht. Auch sie stammte augenscheinlich aus Nordafrika. Chevalier fragte sich unwillkürlich, ob sie mit Alphonses Gesprächspartner verwandt war.

»*Un Demi* bitte.«

Sie zapfte das Bier und schob das Glas über die Theke, während er Münzen abzählte und auf einen Teller legte. Er nahm das Bierglas und ging zu einem der Tische.

»Draußen ist es schöner«, sagte sie in seinem Rücken.

Chevalier winkte dankend ab und tat so, als vertiefte er sich in sein Smartphone, während er in Wahrheit weiter die Geschehnisse unter den Arkaden beobachtete.

Der Fremde hatte sich nach vorne gelehnt und schien Alphonse zusammenzustauchen, denn dieser hatte den Kopf eingezogen, sah betreten zu Boden und nickte in einem fort.

Die kriecherische Art seines Bruders widerte Chevalier an. Ein Laufbursche der untersten Kategorie, den jeder treten durfte, wie er wollte.

Unvermittelt sprang der Fremde auf und kam ins Café. Er trat an die Theke und warf achtlos einen Zwanzig-Euro-Schein auf den Tresen. Unfreundlich schnarrte er auf Arabisch der Frau etwas zu. Wie Alphonse senkte sie demütig den Blick und zählte das Wechselgeld ab. Dann war der Mann verschwunden.

Chevalier leerte sein Glas und verließ mit einem Kopfnicken die Bar. Sein Bruder hatte bereits einen Vorsprung. Ohne sich umzusehen, trottete er mit hängenden Schultern ein paar Straßen weiter, um in einer Absteige namens *Cygne blanc* zu verschwinden.

Chevalier grunzte. »Von wegen ›*Weißer Schwan*‹*!*« Das Äußere des Hauses ließ vermuten, dass die Zimmer die reinsten Löcher waren.

Sandrine hatte ihm zugehört, während sie die Hähnchenkeulen kräftig mit Salz und Pfeffer würzte. »Wie meinst du das, er hat merkwürdig geschaut?«

Chevalier hatte Möhren und Pilze geputzt, diese in Scheiben geschnitten und würfelte nun Knoblauch, Zwiebeln und Speck. »Als ich ihm angedroht habe, alles wie ein abgekartetes Spiel aussehen zu lassen, um die Dealer dingfest zu machen, bekam er es kurz mit der Angst zu tun. Doch auf mein Angebot, ihn als Kronzeugen in ein Zeugenschutzprogramm zu bringen, reagierte er merkwürdig. Er hat zwar gesagt, er wolle es sich überlegen, aber seine Blicke haben etwas anderes erzählt. Kennst du das, wenn Leute lächeln, ohne dass die Augen beteiligt sind?«

Sie nickte und stellte einen Bräter auf den Herd, erhitzte Öl darin und briet die Zwiebeln, den Knoblauch und den Speck an. »Er will dich reinlegen.«

»Ich denke, er wird es auf jeden Fall versuchen. Er hat mir deutlich gezeigt, dass er sich für früher rächen will. Außerdem ist er vor diesem Widerling am Tisch gekrochen. Er hat vor dem Pack wahnsinnige Angst. Ich erwarte nicht, dass er den Mut aufbringt, gegen diese Leute anzugehen.«

Die Hähnchenkeulen kamen in den Topf, und es zischte laut, während sie anbrieten.

»Was wirst du unternehmen?« Chevalier hörte die Furcht in Sandrines Stimme. Sie trat zu ihm und legte ihre Hände auf seine Schultern.

Am liebsten wäre er ihrem flehenden Blick ausgewichen, doch er hielt ihm stand. »Ich versuche herauszubringen, wer der Typ ist, mit dem er am Tisch saß.« Er grinste. »Ich habe ein gutes Foto gemacht. Dann bewerte ich die Sache neu.«

»Binde Sirac mit ein. Er kann dir vielleicht helfen.«

»Ich kenne ihn dazu nicht gut genug. Dafür ist alles zu frisch. Zudem will ich keinen der anderen mit in die Sache hineinziehen.« Er löste sich von ihr und wendete die Keulen im Bräter.

Sandrine trat hinter ihn und legte jetzt die Arme um seine Brust. »Ich habe Angst. Um dich und darum, dass Alphonse unser Leben ruiniert.«

»Ich hoffe, ich konnte ihn verunsichern. Dann lässt er uns eventuell in Ruhe.« Er drehte sich zu ihr um und bemerkte, dass ihre Augen voller Hoffnung waren. Mit Mühe brachte er ein Lächeln zustande. »Wird schon werden. Die Keulen.«

Sandrine goss Rotwein an und gab Rosmarin und Thymian hinein. Sie setzte den Deckel auf und stellte die Uhr. »Zwanzig Minuten, dann kommen die Möhren und Pilze dazu. Möchtest du einen Aperitif, Clément?« Sie schien ein wenig beruhigt zu sein.

Chevalier nickte und holte den Pastis 51, während Sandrine mit Wasser und Eis in den Hof ging.

Die Flasche war kalt, als er sie aus dem Kühlschrank nahm und geistesabwesend betrachtete. Er würde seine Pistole zu dem nächsten Treffen mit Alphonse mitnehmen.

Sie gingen früh an diesem Abend zu Bett und unterhielten sich noch lange. Sandrine berichtete von Manon, die immer mehr von ihrer Umwelt wahrnahm.

Chevalier zog seine Frau an sich und genoss es, ihren Körper dicht neben sich zu spüren. Er atmete ihren vertrauten Duft tief ein und küsste sie.

»Jacques und Julie, du weißt, die Lehrer aus St.-Martin-de-Ré, wir haben sie bei den Leroys kennengelernt, haben mich heute Nachmittag angerufen. Sie haben mit der Rektorin gesprochen, die Interesse an zusätzlichem Kunstunterricht zeigt. Ich werde in der kommenden Woche mal zu dem Lycée fahren. Meine Eltern kommen dann her und schauen nach Manon.«

Er spürte ihre Freude. »Sollte der Fall es zulassen, werde ich dich begleiten.«

Sie schmiedete bereits Pläne, was ihn in Anbetracht der Gefahr schmerzte, die ihnen vonseiten seines Bruders drohte. »Wenn Maman es einrichten kann, werde ich vor dem Unterricht immer Milch abpumpen, dann habe ich den Rücken frei.«

Chevalier nickte, doch seine Gedanken kreisten um Alphonse. Wenn es ihm nicht gelang, sich aus dieser Bredouille zu befreien, war die Frage nach der Organisation ihres Unterrichts hinfällig.

Irgendwann spürte er, wie die Müdigkeit in ihn hineinkroch und seine Glieder bleischwer wurden. Er ließ sich in den Schlaf fallen und hoffte, dass die Nacht etwas besser würde als die vorherige, in der ihn die Gedanken an seinen Bruder nach kurzer Zeit geweckt hatten, um ihm dann vollends den Schlaf zu rauben.

Als sein Handy läutete, zeigte die Uhr kurz vor Mitternacht. Chevalier brauchte Zeit, um zu sich zu kommen, und tastete orientierungslos auf dem Nachttisch herum, bis er nach dem vierten Klingeln den Apparat fand. Sandrine drehte sich leise murrend zur Seite und schlief weiter.

»Ja?« Er wusste, dass er grob klang, doch das war ihm in diesem Moment gleichgültig.

»Brigadier Morisseau hier.«

»Wer?«

»Mein Kollege und ich wurden zur Observation des Bulgaren Bojan Gregoriev abgestellt.«

Chevalier setzte sich auf. Sofort war er hellwach. »Richtig. Tut mir leid; ich war noch halb im Schlaf. Was liegt an?«

»Es findet ein Treffen statt, und wir wurden angewiesen, Sie in einem solchen Fall anzurufen, Monsieur le Commissaire.«

Chevalier sprang auf. »Ich komme. Haben Sie vielen Dank, Brigadier Morisseau!«

Bald kurvte er im Berlingo durch die menschenleeren Straßen des Hafengebietes. Gewerbehallen und andere Betriebe lagen verlassen im fahlen Licht der Straßenbeleuchtung. Nichts rührte sich. Lediglich ein Fuchs huschte unmittelbar vor ihm durchs Licht der Scheinwerfer. Chevalier gelang es gerade noch rechtzeitig zu bremsen.

Das *Le Faubourg* lag am Boulevard Émile Delmas. Chevalier kannte die Ecke. Während des Tages hatte man von hier aus eine direkte Sicht über das Hafenbecken auf die U-Boot-Bunker, die die deutsche Wehrmacht hinterlassen hatte.

Er stellte das Auto auf dem Parkplatz neben dem Club ab und lief zu dem Citroën hinüber, den Morisseau ihm beschrieben hatte. Er stieg in den Fond. »Guten Abend, die Herren.« Er hatte in aller Eile Kaffee gekocht und reichte Thermoskanne und Pappbecher nun den freudig überraschten Polizisten, die sich als die Brigadiers Paul Morisseau und Jacques Lambertin vorstellten. Die beiden waren in Zivil. »Einen kurzen Bericht bitte.«

Morisseau war ein massiger Mann, der den Beifahrersitz mehr als ausfüllte. Er schenkte sich und seinem Kollegen Kaffee ein und nippte an seinem Becher. »Vor etwa einer Stunde ist Gregoriev mit dem Porsche vorgefahren und in die Stripbar gegangen. In dem Laden ist heute, am Montag, nichts los. Kurz nach ihm kamen zwei weitere Pkw. Die Halter haben wir ermittelt. Es handelt sich um Jean Moyon, der noch jemanden dabeihatte, und Florian Morel.«

»Moyon ist mir bekannt. Wer ist der andere?« Paul Morisseau wandte sich halb zu ihm um. »Morel lebt in Saint-Jean-d'Angély, einem Ort auf halber Strecke zwischen La Rochelle und Angoulême.«

»Wissen wir mehr über ihn?«

Brigadier Morisseau schüttelte den Kopf. »Morgen.«

Chevalier nickte. »In Ordnung. Ich denke, Sie beide haben sich ein Glas verdient. Sie gehen in die Bar und beobachten, was passiert.« Er schmunzelte. »Nicht an den Stangen natürlich.«

Sie grinsten sich an, dann stiegen die Polizisten aus und verschwanden hinter der Tür mit dem roten Licht.

Chevalier sah sich um. Der Club mit seinen Tanzflächen schien montags geschlossen zu haben. Außer dem Polizeiwagen befanden sich sieben weitere Fahrzeuge auf dem Parkplatz. Er erkannte Gregorievs Porsche und Moyons Toyota Land Cruiser. Daneben parkte ein unscheinbarer Seat Leon.

Er stieg aus und schlich im toten Winkel einer Kamera, die den Parkplatz überwachte, hinüber zu dem Wagen. Soviel Chevalier im fahlen Licht der Parkplatzbeleuchtung erkennen konnte, war die Wagenfarbe Silber. Er ging in die Hocke und sah in das Fahrzeug, war aber zu seinem Ärger der Dunkelheit wegen nicht in der Lage zu erkennen, was sich im Inneren des Fahrzeugs befand.

Chevalier beugte sich zum Nummernschild hinunter und entdeckte auf dem blauen Feld neben der Zahlenfolge den Aufkleber der Region Nouvelle-Aquitaine mit dem stilisierten Löwenkopf. Darunter wies eine *16* auf das Département Charente hin, dessen Präfektur in Angoulême ansässig war.

Chevalier ging in die Hocke und kroch zum Heck des Autos, wo ein Aufkleber neben der linken Rücklampe angebracht war: *Agence ECOC*. Er grinste. »Bonsoir, Monsieur Morel! Jetzt wissen wir, wo Sie arbeiten.« Er lief zurück zum Streifenwagen und nahm wieder im Fond Platz.

Es dauerte eine Weile, bis die Tür der Bar aufschwang und die beiden Polizisten zum Wagen kamen.

»Lahmer Laden«, meinte Paul Morisseau. »Die Tänzerinnen sind unmotiviert, da nur eine Handvoll Gäste da ist. Wir haben ein Bier getrunken und ein wenig aus der Hüfte fotografiert.«

Er öffnete auf seinem Smartphone ein körniges Foto, auf dem Jean Moyon und drei weitere Männer zu sehen waren. Der Brigadier hatte einen idealen Winkel erwischt. Von Moyon sah man das Profil, die Gesichter der anderen, die sich um einen halbrunden Tisch drängten, zeigten sich in der Totalen.

Chevalier deutete auf die Männer. »Jean Moyon, daneben Thierry Durand, der Geschäftsführer der Domaine. Das ist vermutlich Bojan Gregoriev?«

Morrisseau nickte.

»Und das Florian Morel.«

Lamberti ergriff zum ersten Mal das Wort. »Als ich zur Toilette gegangen bin, konnte ich Fetzen des Gesprächs auffangen. Es ging um eine Warenlieferung, die morgen Abend an einer Domaine erwartet wird?«

Chevalier ignorierte die Frage. Er lächelte. »Sehr gute Arbeit, meine Herren. Es kommt Bewegung in die Sache.«

DIENSTAG, 22. JUNI

Simon sah aus wie immer: wie aus dem Ei gepellt. Sie hatten sich früh an diesem Morgen in Chevaliers Büro getroffen. »Sie gehen also davon aus, dass auf der Domaine de la Vieille Maison gepanscht wird?«

»Ja«, antwortete Chevalier. »Wieso sollten sich sonst der Geschäftsführer, ein Teilhaber, ein stadtbekannter Krimineller und der Prüfer der ECOC abends in einer halbseidenen Stripbar treffen und eine Warenlieferung besprechen, die außerhalb der üblichen Geschäftszeiten ankommen soll?«

Simon nickte und rollte seinen Bleistift auf dem Schreibtisch hin und her, während er nachdachte. »Finden wir dort unseren Mörder? Was meinen Sie?« Sein Ton verriet große Zweifel.

Chevalier atmete tief ein. »Nein, ich denke, nicht. Wie Sie wissen, hat mir der Täter den Tipp gegeben, bei Jean Moyon und Jules Leglise zu stochern, um ihm vielleicht auf die Schliche zu kommen. Der Kriminalpsychologe liest aus diesem Verhalten, dass der Mann, den wir suchen, um jeden Preis seine Rache bekommen will, selbst auf die Gefahr hin, überführt zu werden. Allerdings glaube ich nicht, dass er uns so unmittelbar zu sich führen würde.«

»Wie soll diese Rache denn noch aussehen? Luc Moyon und Jules Leglise sind tot.«

»Ihm geht es darum, die Familien der beiden maximal zu schädigen. Luc Moyon ist tot, sein Sohn Alexandre liegt im Koma, und wenn wir heute Abend zuschlagen, wandert Jean eventuell ins Gefängnis, wird auf jeden Fall aber einen wirtschaftlichen Schaden erleiden. Denn die Strafen werden üppig ausfallen.«

Simon verstand. »Leglise ist tot, und sein Ansehen wird in der Öffentlichkeit ruiniert.«

»Außerdem werden wir die Vermögenswerte vorerst beschlagnahmen, die in dem Schließfach sichergestellt wurden.«

»Woher kann der Täter aber all das wissen?«

Chevalier hatte auf die Frage gewartet. »Wir durchleuchten das Umfeld der Opfer und konzentrieren uns auf die Berührungspunkte der beiden Toten, also die Domaine und das Amt. Die Aussagen von Leglises Sekretärin geben allerdings wenig Grund zur Hoffnung auf ein schnelles Ergebnis. Sie kann sich an keine Begebenheit erinnern, die gravierend genug gewesen wäre.«

»Monsieur le Commissaire, ich brauche Ergebnisse. Der Präfekt liegt mir andauernd in den Ohren.«

Chevalier seufzte. »Wir können nicht hexen, selbst wenn Monsieur de Daillon es sich wünscht. Hoffentlich kommen wir heute Abend zu einer Festnahme. Das würde Druck vom Kessel nehmen.«

Simon nickte. »Sollte hierbei Jules Leglise in Verdacht geraten, kriminell gewesen zu sein, umso besser. Dann gehen die Herrschaften aus der Politik blitzschnell in Deckung und sind plötzlich ganz unserer Meinung.«

»Wir sollten die Domaine abhören und brauchen ein Einsatzkommando.«

Sébastien Simon dachte einen Augenblick nach. »In Ordnung. Ich sage dem Commando d'Intervention Bescheid, damit sich die Kollegen bereithalten. Einen Abhörbeschluss haben Sie vor dem Mittag.«

»Geht das nicht schneller? Immerhin muss das Equipment noch installiert werden.«

Diesmal lächelte Simon. »Wir haben ganz erfahrene Techniker, die noch heute eine überraschende Prüfung des Brandschutzes vornehmen werden.«

Wenig später betrat Chevalier das Büro der Kollegen. Er setzte sich auf einen der Stühle und berichtete von den Ergebnissen der Nacht.

»Wir werden heute Abend die Domaine beschatten und eingreifen, sobald sich etwas von Bedeutung tut. Sirac, stell bitte fest, wo dieser Florian Morel steckt, und bring ihn her. Ich denke, ECOC wird wissen, welchen Betrieb er heute prüft.«

»Das führt doch zu nichts«, erwiderte Moreau ungehalten. »Wir rennen genauso in die falsche Richtung wie bei Alexandre Moyon. Ich verstehe nicht, warum wir daraus so wenig gelernt haben.«

Chevalier sah ihn überrascht an. »Was schlagen Sie denn alternativ vor?«

»Der Mann führt uns doch vor! Er stellt Jean Moyon, Leglise und die Domaine an den Pranger und verschwindet.«

»Die Gefahr besteht, das ist mir bewusst.«

»Er sieht aus sicherer Entfernung zu und lacht uns aus.« Moreau machte eine wegwerfende Handbewegung. »Und was tun wir? Laufen ihm wie die Idioten hinterher.«

Chevalier wurde ärgerlich. »Wenn Sie einen besseren Vorschlag haben, höre ich mir gerne Ihre Ausführungen an.«

Moreau lachte spöttisch. »*Sie* sind der Chef. Wo sind die eigenen Ideen?«

Sie musterten einander grimmig.

Und ich habe gedacht, er würde sich langsam in das Team einfinden, ging es Chevalier durch den Sinn.

»Aubert und eine ehemalige persönliche Referentin von Leglise, die ich habe ausfindig machen können, kommen am Nachmittag«, warf Sophie ein, wohl um das Thema zu wechseln.

Chevalier nickte. Sein Blick war jedoch weiter auf Moreau

gerichtet. Er verstand nicht, wieso der Kollege nun wieder auf Konfrontationskurs ging. »Was ist mit der CD?«

Adrien Moreau stand auf. »Ich sehe mal nach, was die Kriminaltechnik erreicht hat.« Er ging zu Chevalier und raunte laut genug, dass alle Anwesenden es hören konnten: »Vielleicht ist der Herr Kommissar auch nur von seinen privaten Problemen zu sehr abgelenkt.« Er war durch die Tür, bevor Chevalier reagieren konnte.

Sirac und Sophie sahen betreten zu Boden.

Chevalier erhob sich. »Gebt mir Bescheid, wenn einer der Herrschaften kommt.« Damit verließ auch er den Raum.

Sophie klopfte an den Rahmen seiner Bürotür, gerade als Chevalier eine Nachricht an Alphonse tippte, um ihr Treffen auf den folgenden Abend zu verschieben. Er war müde und fühlte sich zermürbt. Der Fall, die Schwierigkeiten mit Moreau, aber vor allem die Sache mit seinem Bruder setzten ihm zunehmend zu. »Die Technik hat die CD geknackt«, berichtete Sophie.

»Warum kommt Moreau nicht? Es war seine Aufgabe, sich darum zu kümmern.«

Sie wirkte verunsichert und hob die Schultern. »Er ist mit Sirac los, um diesen Morel zu holen.«

Chevalier versuchte, sich seinen Ärger nicht anmerken zu lassen. »Was haben die Kollegen gefunden?«

»Ein Bodengutachten von vor mehr als zehn Jahren zu einem Grundstück in Les Rivauds.«

»Da befindet sich die Domaine«, erwiderte er. »Handelt es sich um dieselbe Adresse?«

»Eben nicht! Das Grundstück liegt am anderen Ende des Quartiers und war Standort des alten Betriebs.«

»Die Domaine von Luc Moyon und Jules Leglise?« Chevalier winkte ab. »Da ist nichts mehr. Nur Brachland. Wieso hebt Moyon das Gutachten auf und schließt es sogar noch weg?«

Sie sah ihn verwirrt an. »Verstehe ich auch nicht. Jedenfalls enthält es eine Menge Seiten mit chemischen Formeln und Fachbegriffen wie ›Resorptionsverfügbarkeit‹, doch am Ende gibt es eine Zusammenfassung. Der Boden ist deutlich mit Arsen belastet. Der Grenzwert wird überschritten. Der Gutachter empfiehlt, das Grundstück zu sanieren.«

Chevalier runzelte die Stirn. »Woher stammt die Belastung?«

»Das ist nicht abschließend geklärt. Auf dem Areal wurde laut Gutachten nach dem Zweiten Weltkrieg Munition der Deutschen gelagert, die man später im Meer versenkt hat.«

Er schnaubte ärgerlich. »Ich habe davon gehört. Jetzt rosten die Granaten durch und explodieren unter Wasser oder vergiften Austern, Krebse und so weiter, die wir dann auf der Assiette de fruits de Mer verspeisen.«

Sophie nickte besorgt. »Arsen ist krebserregend, wenn man langfristig dem Gift ausgesetzt ist.«

»Siehst du hier ein Motiv?«

Sie wiegte den Kopf. »Prinzipiell schon, doch die Konzentration war laut der Analyse zu gering, um eine Gefährdung für die Umwelt darzustellen.«

Chevalier spielte nachdenklich mit seinem Kugelschreiber. »Ich frage mich, warum Moyon die CD aufgehoben hat.« Er dachte nach. »Wer davon Kenntnis haben könnte, ist Thierry Durand. Er war damals Geschäftsführer und wird sich an diese Angelegenheit erinnern. Er wird auch wissen, was mit dem Grundstück geschah, ob es Beschwerden gab und warum er uns nicht davon erzählt hat.«

Marie Szenec steckte den Kopf ins Zimmer. »Mademoiselle Petit wartet im Gang.«

»Wer?« Chevalier sah fragend zu Sophie hinüber.

»Die ehemalige Referentin von Leglise.«

Er erhob sich. »Dann wollen wir mal, Sophie!«

Jeanette Petit war eine hochgewachsene, schlanke Frau. Die langen dunklen Haare mit einer Spange im Nacken zusammengefasst, saß sie auf einem der Stühle, die auf dem Gang standen, und scrollte in ihrem Handy.

Chevalier und Sophie stellten sich vor.

Die Frau sah nervös von einem zum anderen. »Es geht um Jules, nicht wahr? Ich habe schon mit einer Befragung gerechnet und hätte mich auch bei Ihnen gemeldet, doch mein Mann und ich waren mit unserem Sohn Arthur das Wochenende über auf der Île d'Oléron. Wir haben ein Chalet dort.«

Chevalier betrachtete ihren Schmuck und erkannte die Uhr einer Luxusmarke. Er konnte sich nun die Größe des Chalets in etwa vorstellen.

Sie gingen in sein Büro und setzten sich an den Besuchertisch. Chevalier fiel auf, wie interessiert Jeanette Petit Sandrines Bild musterte.

»Patrice Aubert hat uns Ihre Adresse herausgesucht«, begann Sophie.

Ein angewiderter Ausdruck glitt über ihr Gesicht, doch sie sparte sich einen Kommentar.

»Wie lange waren Sie Jules Leglises Referentin?«

»Knapp drei Jahre. Ich bin gegangen, als ich heiratete und Mutter wurde.«

Sophie führte die Befragung. »Wie muss ich mir die Zusammenarbeit vorstellen?«

»Er hat mich stark eingespannt«, antwortete Jeanette Petit. »Jules war … nett, sah mir die kleinen Anfängerfehler nach. Später wurde ich zu seiner rechten Hand.«

»Das ist schön. Wir erhoffen uns von Ihnen Informationen zu … sagen wir einmal, fragwürdigen Vorkommnissen.«

Die Augenbrauen der Frau flogen in die Höhe. »Also hören Sie mal, ich habe eine Vertraulichkeitserklärung unterschrieben.«

»Die sich auf seine Amtsgeschäfte bezieht, nicht aber auf Handlungen, die eine Strafverfolgung nach sich ziehen könnten.«

In Jeanette Petits Augen flackerte kurz etwas auf, dann hatte sie sich wieder im Griff. »Ich habe Jura studiert und weiß um meine Rechte und Pflichten.«

Sophie lächelte freundlich. »Na, umso besser. Wir hören.«

Jeanette Petit mochte Sophie nicht, das war der Haltung anzumerken, die sie nun einnahm. Sie reckte arrogant den Kopf und verschränkte die Arme vor der Brust. »Jules war Politiker. Da werden viele Dinge auf dem kurzen Dienstweg geregelt, damit es weitergeht.«

»Wie müssen wir uns das konkret vorstellen?«

Leglises ehemalige Referentin sah zu Chevalier hinüber, der diese Frage gestellt hatte, und lächelte fein. »Dazu werde ich nichts sagen. Das Unternehmen meines Mannes hängt von den Aufträgen des Départements ab. Sie verstehen?«

Chevalier beschloss, deutlicher zu werden. »Das interessiert mich nicht. Jules Leglise und Luc Moyon wurden grausam gefoltert und ermordet. Da gibt es keinen Raum für Ihre Befindlichkeiten. Ich will nicht einen weiteren Menschen sterben sehen, nur weil Sie sich um die Auftragslage Ihrer Firma sorgen. Denken Sie bitte nach: Was ist konkret geschehen, das so gravierend sein könnte, dass der Täter derart brutal mordet?«

Jeanette Petits Selbstsicherheit bekam nicht die Risse, die Chevalier erwartet hatte. Sie wurde ihrerseits laut. »Er hat sich an mir vergangen, das Schwein! Und je schlimmer es ihn erwischt hat, desto besser.«

Einige Sekunden blieb es völlig still im Raum. Man hätte eine Stecknadel zu Boden fallen hören.

»Warum haben Sie ihn nicht angezeigt?« Sophie war sichtlich bestürzt.

Tränen liefen Jeanette Petit nun über das Gesicht. »Drei Monate vor der Hochzeit? Ich war schwanger. Was glauben Sie, wie Leglise die Sache dargestellt hätte?« Sie machte eine kurze Pause und gab einen bitteren Laut von sich. »›Sie hat mich angemacht, das Flittchen!‹ Und wissen Sie, was? Er wäre damit durchgekommen, und meine Ehe hätte es nie gegeben.«

Sophie warf Chevalier einen erstaunten Blick zu und fragte dann mit sanfter Stimme weiter: »Was ist geschehen?«

»Wir waren zu einem Treffen der Verwaltungschefs der Départements unserer Region in Bergerac und übernachteten in einem Hotel, weil es spät geworden war. Der Dreckskerl war angetrunken, und ich begleitete ihn nach oben. An seiner Zimmertür schwafelte er davon, ich solle reinkommen und ein Glas mit ihm trinken, immerhin würde ich ihn bald verlassen und so weiter … Als ich Nein sagte, griff er mir in die Haare und … und zerrte mich ins Zimmer.« Neue Tränen liefen ihr über das Gesicht, die sie zornig wegwischte. »Er hatte Spaß dabei, mich zu demütigen.«

Sophie war voller Mitleid. »Glich es einem Unterwerfungsritual?«

Jeanette Petit sah erstaunt auf. »Ja, das war es. Woher wissen Sie das?«

»Es war nur eine Vermutung«, wich Sophie aus. »Haben Sie Ihrem Mann davon erzählt?«

»*Mon Dieu, non!* Er hätte das Schwein totgeschlagen.«

»Das macht ihn verdächtig«, warf Chevalier ein.

Sie schnäuzte sich, dann lächelte sie triumphierend. »In der Nacht von Samstag auf Sonntag waren wir, wie gesagt, auf der Île d'Oléron. Meine Eltern waren zu Besuch, und wir haben alle bis in die Morgenstunden zusammengesessen.«

»Wissen Sie von anderen Frauen, die Leglise belästigt hat?«, hakte Chevalier nach.

Sie schüttelte den Kopf. »Davon habe ich keine Kenntnis.«

Chevalier sah Jeanette Petit offen an. »Was Sie erleben mussten, war schrecklich und hätte eine gerechte Strafe verdient, doch kommen wir auf unsere Ausgangsfrage zurück: Gab es Vorfälle, in denen Leglise gemeinsam mit Luc Moyon«, Chevalier malte Anführungsstriche in die Luft, »›auf dem kurzen Dienstweg Dinge geregelt‹ hat?«

Sie dachte eine Weile nach. »Kleinigkeiten«, antwortete sie. »Es ging um Strafzettel von Bekannten oder die beschleunigte Baugenehmigung für Freunde. Mit Moyon gemeinsam hat er auf der Île de Ré die Einrichtung des Fahrradwegenetzes umgesetzt. Da gab es einige Diskussionen mit Grundstückseigentümern. Hier hat Jules einmal eine Enteignung vorangetrieben.«

»Haben Sie da einen Namen für uns?« Chevalier griff nach seinem Kugelschreiber.

»Nein. Es ist ihm gelungen, den Mann zu überzeugen. Er bekam ein Stück des Gemeindelands und war schlussendlich zufrieden.«

Chevalier warf den Stift zurück auf die Tischplatte. Er seufzte resigniert. Draußen schien die Sonne heiß vom Himmel. Das Büro heizte sich allmählich auf.

Jeanette Petit sah auf die Uhr und erhob sich. »Es tut mir leid, doch ich muss den Kleinen abholen. Er ist bei meiner Mutter.« Sie zögerte. »Da war noch etwas. Das habe ich aber nur am Rand mitbekommen. Die beiden haben ein Grundstück von Schadstoffen gereinigt und die Sache unter den Teppich gekehrt. Laut Gesetz muss das offiziell angezeigt werden. Jules war ziemlich nervös deswegen.«

»Warum wurde das nicht gemacht?«

»Sie befürchteten einen Imageschaden.«

»Für die Domaine M&L?«

Sie schüttelte den Kopf und lachte bitter auf. »Einen Imageschaden für Jules natürlich. Sie haben die Firma schnell abgewickelt und an einem anderen Ort neu gestartet.«

»Davon wissen wir.«

Jeanette Petit wandte sich der Tür zu, hielt dann aber noch einmal inne. »Ist es möglich, dass der Missbrauch unter uns bleibt?« Sie schaute die Polizisten ängstlich an.

Beide nickten.

Chevalier sah Jeanette Petit nach, die sichtlich erleichtert das Büro verließ. »Was hältst du von der Sache?«, wollte er dann von seiner Kollegin wissen.

»Von der Vergewaltigung oder dem verseuchten Grundstück?« Sophie war noch immer aufgebracht. Das sah er ihr an.

»Die Vergewaltigung ist widerwärtig. Sie kann aber nicht das Motiv für die Morde sein. Leglise hat sich allein des Missbrauchs schuldig gemacht. Madame Petit tut mir zutiefst leid. Sie hätte den Vorfall zur Anzeige bringen müssen, um dem Mistkerl das Handwerk zu legen.«

Sophie gab einen ungehaltenen Laut von sich. »Das hört sich immer so leicht an. Doch was wären die Folgen für sie gewesen?« Die Wut brach nun aus Sophie hervor. »Wie reagieren ein Ehemann, das Umfeld und die Kollegen auf so etwas? Wem wird man glauben, wenn der Täter das Gegenteil behauptet? Ich möchte nicht wissen, wie viele Frauen in so einer Situation lieber den Mund halten. Es ist einfach zum Kotzen!«

»Trotzdem ist es falsch, etwas so Abscheuliches nicht anzuzeigen und einen Vergewaltiger ungeschoren davonkommen zu lassen. Wir müssen herausfinden, ob er noch weiteren Frauen zu nahe getreten ist.«

Sophie machte sich widerwillig eine Notiz und sagte nichts mehr, also fragte Chevalier: »Und was denkst du über den verseuchten Boden?«

Sie hob die Schultern. »Die Begründung, dass Leglise einen Imageschaden vermeiden wollte, ist für mich nachvollziehbar. Andererseits war die Arsenbelastung zu gering, um daraus eindeutig Gesundheitsschäden für die Mitarbeiter ableiten zu können. Also kein Motiv.«

»*D'accord.*« Chevalier dachte einen Augenblick nach. Dann sagte er: »Wir machen Folgendes: Du schaust nach, ob die Arsensache irgendwo hochgekommen ist, und ich werde später Thierry Durand zu dem ganzen Vorgang befragen.«

Als Sophie gegangen war, sah er auf das Display seines Handys. Alphonse hatte geantwortet und sich nach einer Litanei von Drohungen und Beschimpfungen damit einverstanden erklärt, bis zum nächsten Abend zu warten.

Chevalier aktivierte die Gesichtserkennung und spielte das Foto des Mannes ein, mit dem sein Bruder vor dem Bistro gesprochen hatte. Die Technik benötigte keine zwei Minuten, um den Mann zu identifizieren: Azzedine Belaid war neunundzwanzig Jahre alt und in Marseille geboren. Seine Familie gehörte zu einem algerischen Clan, der in den vergangenen Jahren mehrere Mitbewerber um das lukrative Drogengeschäft in Südfrankreich verdrängt hatte. Azzedine Belaid stand im Verdacht, mehrere schwere Straftaten begangen zu haben, Mord inklusive.

Chevalier erinnerte sich an den Belaid-Clan. Sie waren nach Lyon gekommen und hatten die ebenfalls aus dem Maghreb stammende Familie Mansouri unter Druck gesetzt. Nach kurzer Zeit und einer Reihe von Todesfällen waren die Belaids zu den Platzhirschen avanciert. Die Familie lebte in einem vornehmen Herrenhaus aus dem achtzehnten Jahrhundert nahe bei Collonges-au-Mont-d'Or.

Er sah aus dem Fenster. Nun also La Rochelle …

Florian Morel wirkte deutlich älter als seine fünfunddreißig Jahre. Vielleicht lag es daran, dass er so dünn, ja, beinahe ausgemergelt war. Mit hängenden Schultern hockte er auf dem Stuhl im Vernehmungsraum, während seine Augen unstet umherhuschten.

Chevalier stand mit Sirac und Moreau in dem Beobachtungsraum hinter dem einseitig durchsichtigen Spiegel. »Sagt mal, singt er etwa?«

Sirac drehte den Ton der Gegensprechanlage auf volle Leistung. In der Tat summte Morel ein Lied vor sich hin.

Sie sahen einander ratlos an.

»Wo ist Thierry Durand?«, fragte Chevalier.

Sirac zuckte mit den Schultern. »Nicht aufzufinden. Zu Hause ist er nicht, und in der Firma vermissen sie ihn schon länger.«

»Lieutenant, Sie gehen mit mir hinein und führen das Gespräch.«

Moreau bedachte Chevalier mit einem abschätzigen Blick und verließ wortlos den Raum.

Morel schrak auf, als sie den Vernehmungsraum betraten und die Formalitäten abwickelten.

Adrien Moreau räusperte sich. »Wir wollen Sie nicht länger auf die Folter spannen, Monsieur Morel. Deshalb komme ich gleich zur Sache. Sie sind Prüfer und Zertifizierer von ECOC und reisen in dieser Funktion durchs ganze Land?«

Florian Morel nickte. »Ich bin für den Südwesten zuständig.«

»Wie müssen wir uns Ihre Arbeit vorstellen?«

»Die Prüfung durch unsere Gesellschaft erfolgt auf Basis der Verordnungen EG-Nummer 834/2007 und EU-Nummer 203/2012, die Regeln für den ökologischen Weinbau festzurren und das Weingut ermächtigen, das EU-Biologo zu führen.«

Er klingt wie eine Maschine, die eine Verordnung wiedergibt, registrierte Chevalier. Er hat Angst und versteckt sich hinter seinen Routinen. Er gab seiner Stimme einen scharfen Klang. »Ah ja … Prüfen Sie auch das Château Roux?«

Morel blickte nervös zwischen den Polizisten hin und her. »Nein. Das Weingut unterwirft sich den Regeln eines anderen Standards und wird nicht von uns geprüft.«

Adrien Moreau nickte. »Erklären Sie uns das genauer, bitte.«

»Um ökologischen Wein herzustellen und als solchen zu kennzeichnen, ist es erforderlich, die Regeln der EU-Verordnungen einzuhalten. Niemand hindert Sie daran, sich strengeren

Auflagen zu unterwerfen, die eine weitergehende Klassifizierung ermöglichen. Das Château Roux geht diesen Weg.«

»Die Domaine de la Vieille Maison demnach nicht, denn sie wird von Ihnen kontrolliert …«

Morel knetete die Hände im Schoß. »Sie wird nach den Vorgaben der EU-Verordnung geprüft«, sagte er dann.

»Die Domaine baut keinen eigenen Wein an?«

»Nein. Sie kauft und verschneidet ausschließlich. Hier gilt für die Prüfung der Grundsatz: ›Wo *Bio* draufsteht, muss auch Bio drin sein.‹«

Adrien Moreau wirkte völlig entspannt, als er die Befragung fortführte. »Sie sehen sich demnach die Lieferanten und deren Zertifizierung an.«

Morel nickte. »Das, und ab und an entnehme ich Stichproben. Es geht um Übermengen. Nicht alle Winzer sind mit ihren gesamten Volumina im Eigenvertrieb. Sie geben den überschüssigen Wein an Abfüller wie die Domaine ab.«

Moreau lächelte knapp. »Minderwertiges Zeug?«

Florian Morel wiegte den Kopf. »Das muss der Konsument beurteilen.«

»Gab es auf der Domaine de la Vieille Maison Grund zur Beanstandung?«

Morel riss die Augen auf. »Das Unternehmen handhabt die Vorschriften äußerst korrekt.«

Der Lieutenant warf das Foto vom Vorabend auf den Tisch. »Was haben Sie gestern mit diesen Herren in dem Striplokal gemacht?«

Morel warf einen Blick auf die Aufnahme. Sein Gesicht verlor alle Farbe. »Ich … Ich …« Hilflos brach er ab.

Moreau hob den Zeigefinger. »Bevor Sie lügen: Wir wissen, dass es bei der … Unterredung um eine Lieferung an die Domaine de la Vieille Maison ging, die heute Abend erwartet wird. Was haben Sie hierzu zu sagen?«

Schweiß trat auf die Stirn des Zertifizierers. Seine Hände im Schoß bewegten sich unruhig. »Ich möchte einen Rechtsbeistand.«

»Wir …«, begann Chevalier, doch Moreau hielt ihm kurz die Hand vor den Mund, als wollte er Chevalier zum Schweigen bringen, und schickte sich an, eine Frage zu stellen.

Chevalier konnte es nicht fassen. Zorn stieg in ihm auf, doch er zwang sich, nicht aufzubrausen. Er wollte die Befragung an diesem Punkt nicht unterbrechen. »Ich leite die Befragung, Lieutenant!«

Moreau warf wütend seinen Stift auf den Tisch.

Chevalier achtete nicht auf ihn. »Kooperieren Sie, Monsieur Morel, denn es kann nur besser werden. Wir gehen davon aus, dass Sie gefälschte Zertifikate durchwinken und Stichproben austauschen. Was zahlt man Ihnen dafür?«

Der Mann schüttelte den Kopf. »Ich sage kein Wort mehr«, erwiderte er in jammerndem Tonfall.

Chevalier winkte mit einer harschen Geste ab. »Wir setzen Sie hier fest und werden die Lieferung von heute Abend genau untersuchen. Was ich damit sagen will: Es kommt ohnehin alles heraus. Helfen Sie sich selbst mit einer Aussage.«

Morel schloss die Augen. Er schien nachzudenken. »Er ist auf mich zugekommen.«

»Er? Wer?«

»Thierry Durand. Er lud mich zum Essen ein und unterbreitete mir ein Geschäft: Ich sollte wegsehen und bekäme dafür meinen Anteil.«

»Das heißt, Sie kontrollieren auf der Domaine *nichts?*«

Florian Morel senkte den Blick und schüttelte den Kopf. »Nein, ich lasse ihnen völlig freie Hand. Ich habe seit zwei Jahren nicht mehr geprüft. Ich fahre dorthin, gehe am Hafen spazieren und sehe mir die U-Boot-Bunker an. Später … später bekomme ich dann den Umschlag mit dem Geld. Danach bin wieder ich weg.«

»Was wird auf der Domaine abgefüllt?«

Morel hob die Schultern. »Die Marge zwischen konventionell hergestelltem Wein und Biowein ist lukrativ.«

Chevalier verstand. Die Domaine de la Vieille Maison kaufte Billigwein in Massen ein, verschnitt ihn und verkaufte ihn teuer unter einem Bio-Label. »Deswegen ist Gregoriev mit von der Partie.« Er spürte Moreaus ungehaltenen Blick auf sich.

Florian Morel zögerte einen Moment, dann nickte er. »Er besorgt den Wein und die Fahrer.«

»Wieso haben Sie dabei mitgemacht?«

»Ich … habe einen aufwendigen Lebensstil.«

Chevalier betrachtete die billige Armbanduhr und Morels Kleidung, die eindeutig von der Stange war. »Und wie und wo findet dieses ›aufwendige Leben‹ statt?«

Plötzlich brauste Florian Morel auf: »Hat das etwas mit der Sache zu tun?«

Chevalier machte eine begütigende Handbewegung. »Ich will es nur verstehen.«

Morel riss den Ärmel seines Hemdes so heftig nach oben, dass der Manschettenknopf wegflog und klirrend zu Boden fiel. Einstiche entlang des ganzen Armes kamen zum Vorschein. »Hierfür. Verstanden? Ich bin seit fast zwanzig Jahren heroinabhängig und brauche die Kohle, damit ich nicht abstürze.«

Chevalier sah auf die Unterlagen, um seine Überraschung zu verbergen. »Wieso das gestrige Treffen? Was ist an der Lieferung von heute Abend so besonders, dass man sich zusammensetzen musste?«

»Nichts.«

»Ich höre.« Chevalier sah den in sich zusammengesunkenen Mann fragend an, der irgendwann so leise zu sprechen begann, dass er ihn kaum verstehen konnte.

»Der Tod des Präsidenten des Département-Rats hat die Lage verändert. Seine Kontakte ins Ausland sind verloren gegangen und müssen nun ersetzt werden. Außerdem sind seine Frau und die Tochter nicht involviert. Man will sie ausbooten, hat aber Angst, da Ella Leglise Anwältin ist.«

»Das hat nichts mit Ihnen zu tun.«

Morel lachte bitter auf. »Sie brauchten meine Expertise. Die Marge soll weiter ausgebaut werden. Heute kommt die erste Billigbrühe aus Spanien, und die Herren wollten wissen, ob das den Wein nur so weit verändert, dass es nicht auffällt. Die Spanier verwenden oft andere Traubensorten.«

Chevalier und Moreau standen auf, ohne einander eines Blickes zu würdigen. Sie verließen den Vernehmungsraum und schlossen die Tür hinter sich.

»Sehen Sie zu, dass dieser Thierry Durand hier erscheint.« Chevalier packte Moreau an der Schulter. »Übrigens, wenn Sie mich noch einmal derart herablassend behandeln, setze ich alle Hebel in Bewegung, um Sie loszuwerden, verstanden?«

Adrien Moreau schüttelte seine Hand ab und sah ihn ungehalten an. »Ob Sie das wagen, Monsieur le Commissaire?« Damit drehte er sich um und ging davon.

Chevalier wollte ihm folgen, doch Sophie erschien neben ihm und gab ihm ein Zeichen. »Was ist?«, fragte er ungehalten.

»Die Überwachung der Domaine steht.«

Chevalier wartete mit Sirac und zwei Kriminaltechnikern in einem geschlossenen Lieferwagen. Sophie und Moreau hielten sich mit den Kollegen vom Einsatzteam in einem anderen Fahrzeug bereit. Es war immer noch heiß. Chevalier wollte sich nicht vorstellen, wie die Kollegen in ihrer Einsatzmontur schwitzten.

Es war ihnen gelungen, Kameras auf dem Gelände und eine in Thierry Durands Büro zu installieren. Die Aufnahmen waren zwar schwarz-weiß, aber in bestechender Auflösung. Das einzige Problem war, dass sich nichts tat. Die Domaine mit ihrer lang gezogenen Abfüllhalle und den Tanks lag in völliger Dunkelheit da.

Lediglich das grüne Licht über den Notausgängen erhellte matt die Umgebung.

Chevalier warf einen Blick auf die Armbanduhr. Es war kurz nach zweiundzwanzig Uhr. Wo blieben die Männer? Er wippte nervös mit dem Bein und riss schließlich den Klettverschluss der Schutzweste auf und zog sie aus. Die Blicke der anderen im Wagen ignorierte er.

»Wie lange wollen wir noch warten?« Sirac trank einen Schluck Wasser. In seinem Blick lag erster Zweifel.

»Die kommen, da bin ich mir sicher. Es ist gerade dunkel geworden. Wir ziehen nicht ab, egal, wie lange das dauert.« Chevalier sah wieder auf die Bildschirme. Der Einsatz würde ihnen mit Sicherheit einen Erfolg bringen, denn sie mussten die Weinpanscherei nur noch durch Beweise erhärten. Doch würden sie auch den Mörder festnehmen? Er glaubte nicht wirklich daran. Eventuell taten sie einen weiteren Schritt in die richtige Richtung, aber die Zeit drängte. »*Merde.*«

»Bitte was?« Der Tontechniker sah ihn fragend an, doch Chevalier winkte ab.

Es knackte in seinem Headset »Jean Moyon fährt in eure Richtung.«

Chevalier dankte dem Beschattungsteam und atmete auf.

Ein Schlüssel könnte Thierry Durand sein. Er hatte lange Jahre eng mit beiden Opfern zusammengearbeitet und verfügte über Insider-Informationen zur alten und neuen Firma, die ein Bindeglied zwischen den Toten darstellte. Da Durand den ganzen Tag über nicht zu erreichen gewesen war, hoffte Chevalier, den Geschäftsführer hier festnehmen zu können.

Hoffentlich tauchten auch die anderen Verdächtigen auf! Ginge es nicht voran, würden sie mit leeren Händen dastehen. Chevalier unterdrückte einen weiteren Fluch.

»Da kommt jemand«, flüsterte in diesem Moment Sirac.

Ein schwarzer Mercedes Vito fuhr bis unmittelbar vor das

Eingangstor der Domaine und wartete dort mit laufendem Motor. Nach einer Weile blinkte der Fahrer mehrfach auf, um irgendwann auszusteigen. Es war Bojan Gregoriev.

Chevalier atmete auf.

»Thierry! Thierry?« Die Stimme des Bulgaren kam krächzend aus dem Kopfhörer.

Nichts rührte sich auf dem Gelände der Domaine.

Gregoriev ging zum Wagen zurück und lief mit einem Zettel in der Hand zu einem Display, das er mit der Lampe seines Smartphones anleuchtete. Das Gerät fiel ihm aus der Hand und zu Boden.

Die Schimpftirade, die Gregoriev von sich gab, war auf Bulgarisch, doch Chevalier zweifelte kaum an ihrem Inhalt. Endlich glitt das Tor zur Seite. Gregoriev sprang in den Wagen und brauste auf den Hof. Er und zwei weitere Männer verließen das Fahrzeug und gingen auf den Eingang zu.

»Feine Gesellschaft«, murmelte Sirac und deutete zu der Tür, durch die die vierschrötigen Begleiter des Bulgaren verschwunden waren.

Kurz darauf zeigte die Kamera im Inneren des Gebäudes, wie die drei Durands Büro betraten, das Licht einschalteten und sich auf die Stühle am Besprechungstisch fallen ließen.

»Wo steckt der bloß?« Gregoriev schien nicht mit einer Antwort seiner Begleiter zu rechnen, die sich Zigaretten ansteckten. »Raus hier!«, befahl er. »Es wird draußen geraucht.« Ohne Murren verließen die Männer das Büro.

Sirac beugte sich zu Chevalier. »Ich habe Standfotos der beiden gemacht und jage sie durch die Gesichtserkennung. Ich würde wetten, dass die im System sind. Weiß das Einsatzteam, dass wir Gregoriev haben müssen?«

Chevalier nickte.

Sie beobachteten, wie Jean Moyon auf den Hof fuhr und in das Gebäude ging. »Wo ist Thierry?«, hörten sie ihn fragen. Auf der Kamera des Büros war Moyon zu diesem Zeitpunkt noch nicht zu sehen.

»Woher soll ich das wissen, Mann? Ich bin nicht sein Kindermädchen.« Gregoriev blickte finster vor sich hin und tippte auf der Tastatur des Telefons eine Nummer. Er ließ es lange läuten. »Geht nicht ran. Wo treibt sich der Kerl denn bloß rum? Wenn ich ihn bei einer Frau erwische, kann er was erleben.« Er sah aus dem Fenster und polterte los: »Da kommt der Tankwagen. Kennst du dich aus?« Sein Blick flog zu Jean Moyon.

Der nickte, und die beiden liefen auf den Hof, wo sie den Fahrer einwiesen. Der setzte rückwärts an einen der Tanks, schloss mit Moyons Hilfe einen Tankstutzen an und betätigte die Pumpe.

Chevalier nahm das Funkgerät. »Auf mein Kommando geht es los! Ich brauche den Mann, der den Mercedes gefahren hat.« Er wollte eben den Befehl zum Einsatz geben, als ein 3er BMW auf den Hof fuhr. Ella Leglise stieg aus dem Wagen. Moyon und Gregoriev gingen zu der jungen Frau hinüber.

»Da will sich jemand seinen Anteil am Kuchen sichern.« Chevalier nahm das Mikrofon. »Wir warten noch.«

Wind kam auf, und so war nicht zu verstehen, was draußen gesprochen wurde. Nach einigen Sätzen wandten sich alle bis auf den Fahrer des Lkw in Richtung Büro.

Gregoriev hatte Ella Leglise am Arm gepackt. Sie stakste unsicher neben ihm her.

»Sie hat Angst«, kommentierte Sirac.

Chevalier, der den Blick auf den Monitor gerichtet hielt, nickte bestätigend. »Wer sich in die Höhle des Löwen wagt …«

Gregorievs Stimme klang emotionslos. »Ich war über Ihren Wunsch verwundert, sich mit mir zu treffen.«

Wieder fuhr ein Auto vor. Die Männer im Büro horchten auf. Der Motor eines kleinen Peugeot wurde abgestellt.

Jean Moyon sprang auf. »Das wird Thierry sein.«

Er lief hinaus.

Ella Leglise starrte den Bulgaren hasserfüllt an. »Haben Sie meinen Vater umgebracht?«

Gregoriev zeigte keinerlei Reaktion. »Sind Sie deswegen hier? Ich muss Sie enttäuschen. Ich war es nicht. Dazu bestand kein Anlass.«

»Ihr müsst es gewesen sein!« Ella Leglise klang nun beinahe hysterisch. »Da ist sonst weit und breit niemand außer Ihnen und Ihren feinen Handlangern. Sie haben ihn in Ihre krummen Geschäfte mit hineingezogen! Mörder, verdammte Mörder!« Ihre Stimme überschlug sich.

Gregoriev machte zwei Schritte auf sie zu und griff hart ihren Oberarm. Sie schrie auf. »Sei still und setz dich dorthin!« Er wies mit der freien Hand zum Besprechungstisch.

»Einsatz?«, fragte Sirac.

Chevalier schüttelte den Kopf und beobachtete, wie der Ankömmling sein Auto verließ. »Noch einen Augenblick. Sieh an, wer da kommt: Patrice Aubert.«

Sirac grinste. »Heute Mittag hat er mich abgewimmelt. Dann sprechen wir uns eben jetzt.«

Moyon und Aubert betraten den Raum.

Gregoriev lächelte. »Schön, dass Sie es einrichten konnten, Monsieur Aubert.«

Leglises Referent nickte, woraufhin einer der Männer den Ankömmling herumriss und ihm die Faust hart in den Leib schlug. Patrice Aubert krümmte sich stöhnend zusammen und sackte nach einem weiteren Fausthieb unter den Tisch, wo er aus dem Blickwinkel der Kamera verschwand.

Gregoriev packte Ella Leglise, die wie erstarrt war, am Kragen ihrer Jacke und zog sie auf die Beine. Sie schluchzte auf. »Hör mir gut zu, Mädchen. Dein Vater war das gierigste Schwein, das mir je untergekommen ist. Er wollte immer mehr vom Kuchen. Die Ideen stammen allesamt von ihm. Er war es, der zu uns gekommen ist und den Deal vorschlug. Wir besorgten die Ware, und er kümmerte sich um die Papiere und den Absatz in Fernost. Bisher lief alles glatt. Sein Tod ist für uns ein herber Schlag, den wir ausgleichen müssen.«

Gregoriev deutete mit dem Kinn auf Aubert, der wieder schwankend auf die Beine kam. »Er ist heute hier angetreten, um deinen Alten zu beerben.« Er ließ sie los.

Ella Leglise taumelte ein, zwei Schritte zurück, dann drehte sie sich um und schlug Aubert mit der flachen Hand ins Gesicht. Der Mann schrie auf.

Gregoriev und seine Männer brachen in Gelächter aus.

Chevalier hatte den Wink, den Gregoriev seinen Männern gab, nicht gesehen. Doch wie auf Kommando packten sie Aubert an den Armen und drehten sie ihm auf den Rücken. Patrice Aubert ging in die Knie und starrte auf den Boden.

Der Bulgare trat zu ihm und zog Auberts Kopf an den Haaren nach oben. »Hör zu, Patrice: Wir werden deine Hilfe hier und da brauchen, damit unsere Geschäfte glattlaufen. Es fällt etwas für dich ab. Wenn du uns aber verpfeifst«, er ruckte mit dem Kinn, woraufhin einer seiner Schläger eine Pistole aus der Tasche zog und sie dem zitternden Mann ins Genick drückte, »ergeht es dir schlecht.«

Dem Referenten stand die Todesangst so deutlich ins Gesicht geschrieben, dass die Kamera sie bis ins Innere des Observationswagens übertrug. Aubert nickte stumm.

Gregoriev erhob sich ächzend. »Werft den Kerl raus.«

Die beiden Schläger beförderten Patrice Aubert nach draußen und stießen ihn achtlos auf den Asphalt des Hofes. Er stürzte, rappelte sich hektisch auf und rannte wie ein geprügelter Hund zu seinem Auto. Wenig später raste er vom Hof.

Chevalier sah ihm nach und informierte eine der Streifen, die ihre Aktion absicherten: »Haltet einen Peugeot an, der gleich bei euch auftaucht, und setzt den Fahrer fest.«

Gregoriev wandte sich derweil im Büro wieder Ella Leglise zu, deren Augen von Tränen überzulaufen drohten. »Du hältst den Mund und verschwindest dahin, wo du hergekommen bist. Wir zahlen dir den Anteil deines Vaters. Ganz offiziell, als eine Gewinnbeteiligung. Für dich gilt das Gleiche wie für Aubert. Verstanden?«

Sie nickte und floh aus dem Bürogebäude.

Als sie davongefahren war, sahen sich Moyon und Gregoriev an. »So. Die beiden hätten wir verarztet.«

Jean Moyon grinste. »Ich denke, da könntest du richtigliegen. Ich mache mir aber Sorgen um Thierry.«

»Warum?«

Moyon zuckte mit den Schultern. »Mein Vater und Leglise sind tot.«

Über Gregorievs Gesicht zog ein hämisches Grinsen. »Es trifft meistens die Richtigen.«

Chevalier wartete nicht auf Moyons Antwort. »Einsatz, Leute! Aber Vorsicht, die Zielpersonen sind bewaffnet.«

Die Beamten des Einsatzkommandos stürmten auf den Hof. Ihre Silhouetten wirkten vor dem Licht, das aus den Fenstern drang, wie Scherenschnitte. Zwei von ihnen liefen zu dem verdutzt dreinschauenden Fahrer des Lkw, der das Abpumpen überwachte, während der Rest des Kommandoteams in die Büros eindrang.

Gregorievs Männer leisteten nur wenig Widerstand. Sie wurden überwältigt und lagen kurz darauf mit gefesselten Händen und Füßen auf dem Boden. Gregoriev selbst rührte sich nicht und sah mit erhobenen Händen und unbewegtem Gesicht von seinem Schreibtischstuhl aus dem Geschehen zu. Geduldig ließ er sich Handschellen anlegen. Moyon sprang auf und versuchte, durch die Abfüllhalle zu fliehen, stolperte im Büro der Sekretärinnen jedoch über einen Abfalleimer und schlug der Länge nach hin.

Chevalier und Sirac hatten im Wagen vor den Bildschirmen ausgeharrt und den Einsatz beobachtet.

»Dann wollen wir mal hören, was die Herren uns zu sagen haben.« Chevalier streifte die Schutzweste über und ging mit Sirac zum Büro. Sophie und Moreau stießen zu ihnen.

Als sie in Durands Büro traten, senkte Jean Moyon den Blick.

»Sie sind alle vorläufig festgenommen«, erklärte Chevalier.

»Und warum, wenn ich fragen darf?« Gregoriev wollte die Arme vor der Brust verschränken, doch die Handschellen hinderten ihn daran. »Wir haben ein Gesellschaftertreffen.«

»Erzählen Sie keinen Unsinn. Es geht hier um Weinpanscherei.«

»Beweisen Sie es.« Der Bulgare grinste hämisch.

Chevalier lächelte triumphierend. »Das werden wir. Monsieur Morel, der Zertifizierer von ECOC, war äußerst gesprächig. Hinzu kommen in Ihrem Fall Körperverletzung und Einschüchterung Dritter.« Er deutete auf das Regal. »Die Kameras haben alles aufgezeichnet.«

Gregoriev lachte, doch er wirkte längst nicht mehr so selbstbewusst wie zuvor.

Chevalier wandte sich an Sophie und Moreau. »Er kommt bis morgen in Polizeigewahrsam. Dann kann er einen Anwalt kontaktieren. Befragung am Vormittag. Der Lkw wird vorerst beschlagnahmt. Die Spurensicherung muss herkommen.«

»Was geschieht mit dem Fahrer?« Sophie sah zum Fenster hinüber.

»Stellt die Personalien fest und gebt ihm eine Zelle. Was mit ihm passiert, soll der Staatsanwalt entscheiden.«

Gregoriev und seine Männer wurden abgeführt. Als einer der Beamten auch Jean Moyon mitnehmen wollte, schüttelte Chevalier den Kopf. »Er bleibt noch hier.«

Nachdem die anderen das Büro verlassen hatten, wurde es still im Raum.

»Wie sind Sie uns auf die Schliche gekommen?« Jean Moyon starrte mit leerem Blick vor sich hin.

»Man hat Sie mit Gregoriev, Morel und Leglise im *Le Faubourg* gesehen. Wir haben darüber hinaus einen Tipp bekommen.«

Moyon stieß einen verächtlichen Laut aus. »Das war garantiert Thierry!«

Chevalier ließ sich sein Erstaunen nicht anmerken. »Wie kommen Sie darauf?«

»Bojan hat ihn aus der Firma gedrängt. Er hat ihm ein Angebot für seinen Anteil gemacht, der viel zu gering ist.«

»Wie hat Durand reagiert?«

»Abgelehnt, anfangs jedenfalls.«

»Was geschah dann?« Chevalier sah zu Sophie hinüber. Sie notierte das Wesentliche und schnitt mit ihrem Handy das Gespräch mit.

Jean Moyon zuckte mit den Schultern. »Vor einer Woche willigte Thierry dann überraschend ein. Er hat sein Geld bekommen und ist ab dem Ersten des kommenden Monats nur noch der Geschäftsführer der Domaine.«

»So wie früher?«

Moyon verstand die Frage offenbar nicht, denn er runzelte ratlos die Stirn. »Wieso?«

»So wie auf der Domaine M&L. Ein Problem bleibt: Der Tipp kam direkt vom Mörder, und unser Mörder ist Thierry Durand keinesfalls.« Chevalier hatte den Mann vom Turm aus gesehen. Schon allein von der Statur her war das unmöglich.

Jean Moyon war fassungslos. »Ich …«

Chevalier unterbrach ihn. »Ich will, dass Sie nachdenken! Der Täter wusste von der Weinpanscherei, außerdem von dem Streit zwischen Alexandre und Ihrem Vater und war im Bilde über Leglises Privatleben. Es muss jemand sein, der die Familien der Opfer mehr hasst als alles andere, denn er begnügt sich nicht mit den Morden an Jules Leglise und Ihrem Vater, sondern gibt sich darüber hinaus alle Mühe, auch die Kinder der beiden Männer zu treffen. Ihr Bruder schwebt zwischen Leben und Tod, und auf Sie wartet ein Strafverfahren. Ihr Ruf als Geschäftsmann ist ruiniert. Und mit ein wenig Pech wird Ella Leglise ihre Zulassung als Anwältin verlieren.«

Moyon fuhr wütend auf: »Was meinen Sie, was ich mit dem Kerl machen würde, wenn ich wüsste, wer er ist?«

»Denken Sie nach, Monsieur Moyon. Für heute Nacht bleiben Sie in Polizeigewahrsam.«

Sie gingen hinaus und setzten Moyon in einen Streifenwagen, der ihn ins Kommissariat bringen würde.

Chevalier stand kurz darauf mit Sirac und Sophie zusammen vor dem Eingang.

Sirac wirkte zufrieden. »Ein voller Erfolg.«

Chevalier nickte, dachte aber gleichzeitig an die Bemerkung des Täters. »Doch den Mörder sehen wir immer noch nicht.« Sie waren dem Täter auf den Leim gegangen. »Machen wir aus der Aktion einen Erfolg, zumindest für die Presse.«

Als sie den sichtlich geschockten Patrice Aubert im Polizeipräsidium vernahmen, zeigte die Uhr Mitternacht. Dort, wo ihn die Faust getroffen hatte, rieb der Mann sich ständig mit schmerzerfülltem Gesichtsausdruck den Leib.

»Es tut mir leid. Ich wollte da nicht mitmachen, es war …«

Chevalier unterbrach den weinerlichen Versuch, sich aus der Affäre zu ziehen, mit einer unwirschen Handbewegung. »Woher haben Sie Ihre Informationen? Alleine aus Ihren Papierkorbfunden in Leglises Büro kann das Wissen nicht stammen.«

Aubert rang die Hände. »In meiner Post war vor einiger Zeit ein anonymes Schreiben. Der Verfasser hat darin detaillierte Fakten über Jules Leglise aufgelistet. Er beschreibt Leglises sexuelle Vorlieben. Sie können sich vorstellen, dass ich dem Ganzen zunächst keinen Glauben geschenkt habe.«

»Warum haben Sie nicht mit Ihrem Chef darüber gesprochen?« Chevalier roch den Angstschweiß, der von dem Befragten ausging, und spürte Abscheu in sich aufsteigen.

»Es war mir peinlich. Ich bin ihm nach Villeneuve les Salines gefolgt und konnte beobachten, wie er zu Daira Benaissa gegangen ist. Im Haus wohnt ein Kerl, der sie nicht leiden kann. Der hat mir nach … einer kleinen finanziellen Zuwendung erklärt, wer die Dame ist.«

Der Mann widerte Chevalier wirklich an. Er konnte die Illoyalität Auberts kaum ertragen. »Was hatten Sie mit den Informationen vor? Wollten Sie die Karriereleiter schneller nach oben steigen?« Er fühlte den überraschten Seitenblick Siracs mehr, als dass er ihn sah.

Patrice Aubert protestierte gespielt empört. »*Mon Dieu, non!* So bin ich nicht. Ich …«

Wieder unterbrach Chevalier ihn grob. »Was stand weiter in dem Schreiben?«

Aubert sah nervös von einem zum anderen. »Darf ich davon ausgehen, dass meine Vorgesetzten nichts erfahren?«

Chevalier stieß einen unwilligen Laut aus, deshalb übernahm Sirac. »Das kommt darauf an, was Sie uns zu erzählen haben.«

In Auberts Augen leuchtete eine irrationale Hoffnung auf. Ihm musste doch bewusst sein, dass die Polizisten nicht anders konnten, als den Vorfall offiziell zu Protokoll zu geben. »Ein weiterer Punkt des Schreibens war die Vermutung, dass die Domaine Wein panscht. Hier blieben die Angaben ungenau. Ich habe dann ein wenig herumgeschnüffelt.« Aubert lächelte verlegen. »Die Liste, die ich Ihnen und dem Kollegen gezeigt habe, war ein Treffer. Ein Anruf in der Abteilung für Weinbau brachte den Namen des für die Region zuständigen Kontrolleurs. Danach war es leicht. Wenn Leglise sich mit Leuten traf, mit denen er nicht gesehen werden wollte, fuhr er mit dem Privatwagen. An diesen Tagen musste ich ihm nur folgen und sah ihn dann auch mit seinen Komplizen ins *Faubourg* gehen.«

Was immer er auch von Aubert hielt, Chevalier musste zugeben, der Mann war clever. »Weiter.«

Aubert hob die Schultern. »Nichts weiter zu Jules Leglise.«

»Zu Moyon?« Chevalier beugte sich vor.

»Jean Moyon wird nicht erwähnt. Seinem Vater wirft der Verfasser hingegen vor, sich widerrechtlich eine Saline aneignen zu wollen und hierbei auf Papiere zu verweisen, die er gefälscht hat. Außerdem sollen auf dem Château Roux Düngemittel eingesetzt werden, die gegen die Vorschriften verstoßen. Ich habe den Zusammenhang nicht verstanden, und es hat mich nicht weiter interessiert.«

»Auch nicht, nachdem Luc Moyon ermordet wurde?«

Auberts Augen bekamen einen harten Ausdruck. »Leglise starb so kurz danach. Es blieb keine Zeit.«

Chevalier konnte sich nicht länger beherrschen. »Was sind Sie doch für ein widerlicher Kerl!«

Aubert riss empört die Augen auf. »Ich tue alles, um Ihnen zu helfen. Ich muss doch sehr bitten!«

»Sie wollen erreichen, dass wir über Ihr Fehlverhalten schweigen und Ihre Schweinereien decken. Sie sind nur so redselig, um sich aus der Sache zu winden. Wann kam das diffamierende Schreiben?«

Aubert hatte eine beleidigte Miene aufgesetzt und schwieg.

Sirac überraschte Chevalier, als er das Wort ergriff und sagte: »Wenn Sie jetzt dichtmachen, sitzt morgen der Staatsanwalt mit am Tisch. Es wird uns ein Vergnügen sein, Sie durch den Wolf zu drehen. Ganz langsam. Einen Job finden Sie dann allenfalls am anderen Ende der Welt. Also, wann erhielten Sie das Schreiben?«

Aubert brach wieder der Schweiß aus. »Vor drei Monaten. Der Schreiber wollte, dass ich die Informationen öffentlich mache, damit die Wahrheit ans Licht kommt. Das war alles.«

Chevalier rieb sich müde die Augen. »Sie halten sich zu unserer Verfügung und verlassen nicht die Stadt, verstanden?

Eine Streife wird Sie nach Hause fahren, der übergeben Sie das Schreiben.« Er sah zu Sirac hinüber. »Schmeiß den Kerl raus, ich kann seinen Anblick nicht länger ertragen.«

Als die beiden das Büro verlassen hatten, blieb Chevalier sitzen und sah nachdenklich auf die Tischplatte, wo er die feuchten Abdrücke sah, die Auberts Hände dort hinterlassen hatten.

Drei Monate war es her, dass der Täter Aubert mit seinem Schreiben auf Leglise angesetzt hatte. Zu diesem Zeitpunkt war der Unbekannte bereits über die beiden Mordopfer und Jean Moyon im Bilde gewesen. Nur die Weinpanscherei hatte er bis dahin nicht aufgedeckt. Sie war nur eine Vermutung gewesen. Als er dann Jules Leglise tötete, hatte er davon jedoch Kenntnis gehabt. Wieso hätte er ihnen ansonsten den Tipp geben sollen, bei Jean Moyon zu graben? »Vielleicht erkennen Sie so auch mich.« Der Mann hatte das ernst gemeint, doch er, Chevalier, war nach wie vor blind.

Chevalier stöhnte frustriert. Sie jagten einen akribischen Planer, dem sie keinen Schritt näher gekommen waren. Wenn da ein Zeichen gewesen war, das auf den Täter deutete, dann sah er es nicht. Simon würde die Verhaftungen des Abends zwar begrüßen, doch das war nicht das, worauf der Commandant und der Präfekt warteten.

Er erhob sich und ging zur Tür.

Auf dem Flur vor dem Vernehmungsraum wartete Moreau. Sein Hemd war zerknautscht und an der linken Seite aus dem Bund der Hose gerutscht. Er lachte gespielt amüsiert auf. »Ich habe es ja gleich gesagt: Der Täter führt uns an der Nase herum.«

Chevalier nickte. »Es hat den Anschein. Ich bin der Meinung, dass wir bisher nicht alle Optionen genutzt haben. Wir müssen tiefer graben.«

Moreau machte eine wegwerfende Bewegung. »Hören Sie doch auf. Sie klammern sich an einen Strohhalm, wenn Sie hoffen, dass Gregoriev der Schlüssel zu den Morden ist.«

»Er ist das sicher nicht, doch hier kann eine neue Spur liegen.« Chevalier wusste, wie dünn das klang. Moreau hatte recht, das aber wollte er unter keinen Umständen zugeben. »Es ist ein sehr komplexer Fall, und die Ermittlung wird dauern. Wir müssen neue Wege gehen.«

Der Kollege sah ihn aus geröteten Augen an. »Sie stochern ohne System im Nebel und lassen sich manipulieren. Auch von Ihrem Bruder?«

Chevalier prallte zurück. Er brauchte einen winzigen Augenblick, um sich zu fangen. Ein triumphierendes Lächeln huschte über Moreaus Gesicht, und Chevalier fragte sich, was der Kollege in Erfahrung gebracht haben könnte. Er trat auf den anderen zu. »Wollen Sie mir drohen, Lieutenant?«

»Habe ich nicht nötig. Sie liefern sich selbst ans Messer.«

Er musste sich zusammenreißen, um ihm nicht in die Säufervisage zu schlagen. »Warten wir ab, wer schneller ist. Ein weiteres Mal decke ich nicht das Unvermögen eines alkoholisierten Beamten.«

Der Schlag ging daneben. Moreau blieb vollkommen gelassen. »Die einen so, die anderen korrupt, und für mich persönlich eine große Enttäuschung. Ich war kurz versucht, Sie zu respektieren.«

Er wandte sich ab, und dieses Mal machte Chevalier keine Anstalten, ihn aufzuhalten.

MITTWOCH, 23. JUNI

Die Uhr auf der Tour de l'Horloge zeigte bereits halb zwei, als Chevalier nach Hause radelte. Nur wenige Menschen waren auf den Straßen zu sehen. Lediglich am Hafen drängten sich die Touristen in der lauen Nacht auf den Terrassen. Lachen war zu hören.

Chevalier lächelte bitter. Er fuhr in Gedanken versunken langsam dahin und ließ das Rennrad oft im Leerlauf rollen. Seine Brust fühlte sich so eng an, als zöge sich eine Manschette unaufhaltsam enger und drückte ihm die Luft ab.

Er saß in der Falle. Auf der einen Seite war da Alphonse, auf der anderen Moreau. Der eine wollte ihn korrumpieren, während der andere nur darauf wartete, ihn dessen zu überführen, um die Leitung der Abteilung an sich zu reißen.

Chevalier hielt an und schaute über die Bucht zu den Lichtern von Les Minimes. Einen von beiden musste er schleunigst loswerden.

In der Rue Louis Blanc lagen die Häuser im Dunkeln. Er öffnete vorsichtig das Tor und stellte gerade das Rad in die Garage, als die Haustür aufsprang und Sandrine ihm weinend entgegenlief. Sie fiel Chevalier um den Hals.

»Das Telefon hat geläutet, und Alphonse war am Apparat.«

»Was hat er gewollt?« Er sprach leise, um sie zu beruhigen. Dann biss er die Zähne zusammen, um nicht zu schreien.

»Er will sich mit dir morgen Abend um einundzwanzig Uhr an der Route de la Plage an der Plage d'Aytré treffen.« Sie weinte immer noch, und Chevalier schloss die Arme enger um ihren Körper und küsste sie auf den Scheitel.

Der Ort gefiel ihm nicht. Die Plage d'Aytré war ein lang gezogener Sandstrand der gleichnamigen Gemeinde, die sich südlich an La Rochelle anschloss. Er zog sich über mehrere Kilometer bis fast zur Pointe du Chay. Zum Baden gab es schönere Plätze auf der Île de Ré, doch bei den Kite-Surfern war der Strand beliebt. Um diese Uhrzeit würde kaum ein Mensch dort zu finden sein. Die Route de la Plage verlief zwischen Düne und Bahnlinie parallel zum Wasser und war gesäumt von Parktaschen für die Besucher. Nirgends waren Häuser. Sie würden alleine sein.

Sandrine hob den Kopf von Chevaliers Schulter und sah ihn aus tränenverschleierten Augen an. »Er hat mich bedroht. Hat gesagt, wenn du nicht kämst, würde *er* kommen«, neue Tränen rannen ihr über die Wangen, »und dann ergehe es mir und Manon schlecht.«

»Vorher bringe ich den Dreckskerl um!«

»Clément!«

»Dieser verlotterte Junkie! Ist ein Laufbursche für den kriminellen Abschaum, der Drogen unter die Leute bringt, und versucht, sich da reinzuzecken, indem er rausposaunt, er könne durch mich für Schutz sorgen.« Er sah ihr fest in die Augen. »Entweder er lenkt ein, oder ich gehe zu Commandant Simon und zeige mich an.«

»Du wirst rausfliegen.« Ihre Augen hatten sich geweitet.

»Es war dein Vorschlag. Was soll ich denn machen?«

Sie hatte aufgehört zu weinen. »Du wirst erzählen, er hat dich in Lyon erpresst, indem er mich und unser ungeborenes Kind bedrohte. Wir sind hierher gegangen, um ihm zu entkommen, doch nun ist der Halunke hier aufgetaucht, und das Ganze beginnt von vorne.« Sie machte eine Pause. »Das werde ich bestätigen und – wenn es sein muss – auch beschwören.«

Zärtlichkeit wallte in ihm auf. Er küsste Sandrine sanft und fühlte überdeutlich ihre weichen Lippen. »Was würde ich nur machen, wenn ich dich nicht hätte?«

Ihr gelang ein schiefes Lächeln. »Meistens Unsinn.«

Sandrine stillte Manon. Chevalier saß neben ihr und beobachtete, wie seine Tochter ruhig an der Brust trank. Wie wenig gehörte manchmal dazu, glücklich zu sein!

»Was wirst du mit Moreau machen?«

Er hob den Kopf und blickte Sandrine ins Gesicht. Eine rote Strähne war ihr ins Gesicht gefallen, die sie versuchte wegzupusten. Er beugte sich vor und strich sie ihr hinters Ohr. »Sollte Alphonse mitspielen, sind seine Verdächtigungen bestätigt, bleiben aber folgenlos. Wenn ich mich anzeige und es so darstelle, dass ich zum Schutz meiner Familie mitgespielt habe, nun jedoch nicht zum Spielball der Verbrecher werden will«, Chevalier hob die Schultern, »kann Moreau herumposaunen, er habe es geahnt. Doch das ist dann egal. Was bleibt, ist die Frage, ob man mich aus dem Dienst entfernt, versetzt oder sogar anklagt.«

Manon schien die Anspannung zu spüren, die ihre Mutter durchlief. Sie hörte mit dem Trinken auf und sah zu ihr auf.

Eine Pause entstand, in die Chevaliers Smartphone klingelte.

Sandrine brauste auf: »Es ist drei Uhr in der Nacht! Was ist das denn für ein verdammter Mist hier?«

Chevalier hob die Schultern und nahm das Gerät vom Nachttisch. »Ja, bitte?«

»Hier spricht Ségolène Meunier. Er hat wieder angerufen, also … der Täter!« Die Stimme der Reporterin klang panisch. »Er schwafelte etwas von einer letzten Story, die er mir anbieten möchte. Die finale Bestrafung und die ganze Geschichte.«

Chevalier schloss die Augen. »Wie muss ich das verstehen? Sollen Sie anwesend sein, wenn er mordet?«

»Das werde ich nicht tun! Auf keinen Fall! Der ist doch völlig irre.« Nun schrie sie fast. »Hat von Gerechtigkeit gefaselt.«

»War es dieselbe Stimme?«

Ségolène Meunier beruhigte sich ein wenig. »Es war derselbe Mann, kein Zweifel. Er sagte, wenn ich mit der Polizei spreche, würde mir das schlecht bekommen.«

»Wann sollen Sie wo hinkommen?«

Die Reporterin hörte nicht zu. »Da war eine andere Person im Hintergrund.«

»Wer?«

»Woher zum Teufel soll ich das wissen?«, fuhr sie auf. »Es war ein Stöhnen wie von jemandem, der die Hölle erlebt.«

»Beruhigen Sie sich bitte.« Chevalier gab seiner Stimme zum zweiten Mal an diesem Abend einen sanften Ton. »Wo sollen Sie hinkommen?«

»Er ruft mich an. Morgen.«

»Schneiden Sie das Gespräch mit, sofern er sich in der Nacht meldet. In der Früh schicke ich Ihnen ein Team, das Ihr Telefon verkabelt.«

»Was soll ich ihm sagen?«

»Verabreden Sie sich mit ihm. Den Rest erledigen wir.«

Sie flüsterte. »Ich kann da nicht hingehen.«

»Das wird niemand von Ihnen verlangen.«

Sie legten auf, und er schloss stöhnend die Augen.

»Was ist los?« Sandrine war kurz davor, die Nerven zu verlieren. Er sah es ihr an.

»Der Täter hat ein neues Opfer in seine Gewalt gebracht.«

Sie wurde blass, und er erzählte, was vorgefallen war. Dann schrieb er Nachrichten an Commandant Simon und Michel Douanier, den Chef der Kriminaltechnik, den er beauftragte, schnellstmöglich eine App am Smartphone von Ségolène Meunier zu installieren, die ihnen das Abhören und Verfolgen des Gerätes ermöglichen würde.

Anschließend verließ er im Schlafanzug das Haus und lief zum Meer, wo er in den Wind brüllte, bis er heiser war.

Am Morgen quälte er sich früh aus dem Bett. Er hatte nur wenig geschlafen und die meiste Zeit gegrübelt. Leise betrachtete er seine Tochter. Sie war in der Nacht unruhig gewesen, weil sie die Anspannung ihrer Eltern wohl gespürt hatte.

Sein Blick glitt über die winzigen Züge ihres Gesichts, den rötlichen Flaum der Haare und die kleinen Fäuste, die sie im Schlaf ballte. In den wenigen Wochen seit der Geburt war sie ein so zentraler Bestandteil seines Lebens geworden, dass er sich kaum noch einen Tag ohne sie vorstellen konnte. Es klang wie eine hohle Phrase, wenn er nun dachte, dass er alles daransetzen würde, sie und Sandrine zu beschützen, selbst wenn es das Letzte wäre, was er täte. Doch es war genau das, was er in diesem Moment empfand. Tränen vernebelten ihm den Blick. Er blinzelte sie weg und ging unter die Dusche.

Bevor er fuhr, schmuste er lange mit Manon, die wach geworden war.

»Hast du Angst?« Sandrine stand im Nachthemd neben ihm und kaute lustlos an einem Stück Baguette vom Vortag.

Chevalier hob ein wenig die Schultern. »Drück uns die Daumen. Fahrt bitte nach Les Portes-en-Ré zu deinen Eltern.«

»Ich wollte eigentlich ins Atelier …« Sie überlegte kurz und nickte dann. »Ich kann mich ohnehin nicht konzentrieren. Papa wird sich freuen.«

Chevalier legte Manon in eine Wippe und nahm seine Frau in den Arm. »Komm erst nach Hause, wenn ich mich gemeldet habe. Egal, wie spät es wird.«

Sie nickte wieder und erwiderte ernst seinen Blick.

Er fuhr mit der BMW ins Präsidium. Der Tag würde warm werden. Die Sonne strahlte schon jetzt von einem blauen Himmel, als wollte sie ihn verhöhnen.

Chevalier informierte die Kollegen über den Anruf der Reporterin. Sirac und Sophie waren betroffen. Moreau lächelte süffisant.

»Sirac, du kommst mit zu Gregorievs Befragung. Sophie, du beobachtest ihn genau durch den Spiegel.« Er hatte Moreau mit Absicht übergangen und erwiderte unverhohlen dessen provokanten Blick. »Sie, Lieutenant Moreau, fahren zu Mademoiselle Meunier und warten mit ihr auf den Anruf des Täters.«

Es war eine öffentliche Degradierung. Einen solchen Auftrag hätte auch einer der Brigadiers erledigen können, die zu ihrer Unterstützung abgestellt worden waren, doch Moreau verzog keine Miene und stolzierte wortlos hinaus.

Es war Chevalier egal. Er würde heute die Dinge bereinigen, die ihm auf der Seele lagen. Wer ihm dabei im Weg stand, würde beiseitetreten müssen, wollte er nicht umgerannt werden.

Er ging ins Sekretariat.

Marie Szenec hatte die Hochsommersaison eröffnet. Ihr leichtes Baumwollkleid war bunt wie das Gefieder eines Papageis. In die hochgesteckten Haare hatte sie ein nicht minder farbenfrohes Band gewunden. »Commandant Simon möchte Sie sehen«, sagte sie. »Ich glaube, der Präfekt ist auch da.«

In Simons Büro lief die Klimaanlage auf Hochtouren. Chevalier war froh, sich das Sakko übergeworfen zu haben, das für solche Gelegenheiten im Schrank hing.

De Daillon und Simon sahen derart geschniegelt aus, als wären sie einem Werbekatalog für führende Polizeibeamte oder Politiker entstiegen, und Chevalier spürte, wie sich Simons Blick an seinem schlecht rasierten Gesicht verfing.

Der Präfekt kam unumwunden zum Thema. »Mon Commissaire, ich höre.«

Chevalier fasste den gestrigen Abend zusammen, wobei er den Fahndungserfolg betonte, doch de Daillon überging diesen Teil der Ausführungen und unterbrach den Vortrag.

»Was ist mit den Morden? Ich höre, der Täter hat Kontakt zu dieser Reporterin aufgenommen.«

»Sie hat mich in der Nacht angerufen und über ein Telefonat informiert. Der Täter will sie treffen.«

»Wozu?« Der Präfekt sah mit einem oberlehrerhaften Blick über den Rand seiner Brille.

»Er hat offenbar jemanden in seiner Gewalt und gibt an, mit diesem Opfer für finale Gerechtigkeit zu sorgen. So ähnlich hat er es jedenfalls ausgedrückt.«

»Um wen handelt es sich bei demjenigen, den er gefangen hält?«

»Wir wissen es nicht.«

De Daillon schlug ärgerlich mit der Hand auf den Tisch. »Das ist Dilettantismus! Sie müssen unverzüglich herausfinden, wer das ist.«

Chevalier platzte der Kragen. »Was glauben Sie denn, was wir den ganzen Tag tun? Sollten Sie es besser wissen, können Sie mich gerne belehren.«

Simons Augen weiteten sich, doch de Daillon ruderte zurück. In ruhigerem Ton sagte er: »Es tut mir leid. Ich möchte niemandem vorwerfen, schlecht zu arbeiten. Bordeaux und Paris machen Druck, und es wäre sehr zu wünschen, wenn wir weiterkämen.«

»Ségolène Meuniers Smartphone ist präpariert. Wir können die Telefonate mithören und wollen versuchen, den Anrufer zu lokalisieren oder am vereinbarten Treffpunkt festzunehmen. Die Gelegenheit ist günstig.«

»Und welche Risiken gehen wir mit der Überwachung des Handys ein?«

»Der Täter könnte Wind von unserer Beschattung bekommen. Der Mann verfügt über technische Fähigkeiten. Bislang wurde jeder Kontakt über das Darknet lanciert und war somit für uns nicht nachzuverfolgen. Er weiß, was er tut.«

Der Präfekt rang die Hände und überlegte einen Augenblick. »Wir müssen es riskieren«, sagte er dann. Er wandte sich an Simon. »Klären Sie alles mit der Staatsanwältin.« Zwei Minuten später war er verschwunden.

Sébastien Simon blies die Backen auf. »Sie haben Courage, Chevalier, das muss ich Ihnen lassen.«

Chevalier lächelte freudlos. »Das ist nur der Mut der Verzweiflung.«

Gregoriev hatte einen Anwalt an seiner Seite, als Chevalier und die Kollegen durch den Spiegel in den Befragungsraum sahen.

»Warum willst du ihn vernehmen?« Sirac blickte Chevalier fragend an. »Er kann nicht unser Mörder sein. Schließlich saß er schon in unserer Zelle, als du den Anruf erhalten hast.«

»Der Täter hat uns auf die Domaine gebracht. Er will, dass wir durch unsere Fahndung Leglise und Moyon in jeder Hinsicht bestrafen. Also auch die Familien und ihr Vermögen treffen. Das ist ihm gelungen, wie Moreau richtigerweise angemerkt hat.« Er sah von Sirac zu Sophie. »Er hat darüber hinaus gesagt, dass wir ihn dort auch finden können. Ich habe lange über diese Bemerkung nachgedacht. Sie war nicht notwendig. Er hätte uns auch so auf die Panscherei bringen können. Warum also gibt er uns auch noch diesen Hinweis?«

Sophie zuckte mit den Schultern. »Er will, dass es ein Ende hat?« Es klang nicht wie eine Feststellung, sondern eher wie eine Frage.

Chevalier lächelte sie an. »Ja. Das denke ich auch. Wenn er fertig ist, können wir ihn ruhig festnehmen.«

»Aber wieso?«, warf Sirac ein.

»Es geht ihm höchstwahrscheinlich um maximale Aufmerksamkeit. Erst begeht er die Taten und legt die krummen Machenschaften der Opfer offen. In dem Prozess, der ihm gemacht wird, will er dann das Bild der beiden öffentlich demontieren.«

»Und wie soll Gregoriev uns da von Nutzen sein?«, wandte Sirac ein.

»Das letzte Opfer.« Chevalier sah die beiden abwartend an. »Denkt an die Domaine. Wer bleibt übrig?«

»Thierry Durand!«

Chevalier deutete auf den Bulgaren hinter dem Spiegel. »Er hat Durands Anteile zu einem Spottpreis übernommen. Ich will wissen, wieso der Mann so plötzlich doch verkaufen wollte.«

Sie betraten den Vernehmungsraum und regelten die Formalitäten.

Der Anwalt hob die Hand. »Mein Name ist Calvin Bertin, ich vertrete die Interessen von Monsieur Gregoriev. Zunächst einmal möchte ich dagegen protestieren, dass Sie meinen Klienten hier festhalten. Hierfür sehe ich keinen Grund.«

Chevalier sprach zu dem Anwalt, ließ Gregoriev dabei aber nicht aus den Augen. »Ihrem Mandanten werden Körperverletzung, Androhung von Gewalt, Erpressung sowie Beihilfe zum Betrug mit verfälschtem Biowein vorgeworfen. Wir haben das Recht, Monsieur Gregoriev in Gewahrsam zu nehmen, bis ein Richter über das weitere Vorgehen entschieden hat.« Chevalier wandte sich an den Bulgaren, der bislang stumm zugehört hatte.

»Den Aussagen Ihrer Komplizen gemäß waren Sie für die kriminelle Seite der Panscherei verantwortlich. Für das Grobe, wenn man so will.«

Gregoriev schlug mit der Hand auf den Tisch. »Das ist Blödsinn! Die Schweine wollen nur die eigene Haut retten.«

»Dann klären Sie mich bitte auf.«

»Lassen Sie sich nicht provozieren«, wandte sich Bertin an den Bulgaren.

Gregoriev atmete tief ein und beruhigte sich. »Was bieten Sie mir an, wenn ich aussage?«

»Nichts. Das muss die zuständige Staatsanwältin entscheiden. Ich kann aber ein gutes Wort für Sie einlegen.«

Bertin beugte sich zur Seite und murmelte seinem Klienten etwas ins Ohr. Der nickte und begann zu sprechen.

»Durand und Leglise saßen eines Abends in der Bar. Sie haben da null hingepasst. Ich bin wie zufällig hin, und schon drängten sie mir ein Gespräch auf. Irgendwann rückte Jules mit der Idee heraus, billige Weine einzukaufen, sie in der Domaine abzufüllen und als Bioweine teuer ins Ausland zu verschieben. Meine Aufgabe sei es, die Weine heranzukarren und so mit falschen Papieren zu versehen, dass nach außen alles korrekt wirkt.«

»Wie haben Sie auf das Ansinnen reagiert?«

Der Bulgare verzog spöttisch den Mund. »Ich habe laut gelacht. Ich lasse mich nicht mit Stümpern ein.«

»Was konnte Sie umstimmen?«

»Leglise hat damit geprahlt, wie es ihm gelungen ist, die frühere Firma zu verlagern, das Grundstück zu sanieren und die Klage einer ehemaligen Mitarbeiterin abzuwürgen.«

»Klage?« Chevalier war hellhörig geworden und machte sich eine Notiz.

»Keine Ahnung. Ich habe meinen Teil des Geschäfts seitdem umgesetzt, wie Sie ja wissen.« Gregoriev sah zu seinem Anwalt hinüber. Der nickte und ging dann dazwischen.

»Sie können meinem Mandanten bestenfalls Urkundenfälschung vorwerfen.«

Chevalier lächelte Bertin freundlich zu. »Warten wir es ab. Was war mit Florian Morel?«

»Durand hatte beobachtet, wie der sich während einer Prüfung Heroin gespritzt hat.«

Chevalier verstand. Und diese Abhängigkeit des Zertifizierers hatte er sich zunutze gemacht. »Aber wieso ist Leglise in seiner Position ein solches Risiko eingegangen?«

»Die alte Firma war praktisch hinüber. Pleite. Die Sanierung des Grundstücks hat ordentlich Kapital verschlungen. Außerdem war die neue Anlage zu groß geraten. Durand, der Blödmann, hat sich verkalkuliert und konnte dann das Volumen an Biowein nicht heranschaffen, das notwendig war, um wieder schwarze Zahlen zu schreiben.«

Chevalier nickte. »Als Sie dann geholfen haben, hat das gepasst?«

»Na klar.« Gregoriev warf sich in die Brust. »Die Gülle in hübsche Flaschen füllen und ein malerisches Etikett drauf, schon saufen die Asiaten die süße Brühe. Jules und die anderen sind dabeigeblieben, geldgeil, wie die sind.«

»Schlecht für Sie war nur, dass Sie kein Gesellschafter waren. Sie erledigen die Drecksarbeit, und die anderen füllen sich die Taschen.«

Gregoriev grinste. »Ich habe mein Geld bekommen.«

»Wieso wollten Sie dann die Anteile von Thierry Durand übernehmen? Noch dazu zu einem Spottpreis?«

Wieder flüsterten Anwalt und Klient miteinander.

»Was soll die Frage?« Bertin sah demonstrativ auf die Uhr.

Chevalier ließ sich nicht beirren. »Thierry Durand wollte anfangs nicht verkaufen, hat vor Kurzem eingelenkt und die Anteile an Sie unter Wert abgegeben. Ich will wissen, was der Grund dafür war.«

»Es war kein Spottpreis, den ich ihm angeboten habe. Leglise und Moyon wollten expandieren und die gleiche Nummer in Bulgarien abziehen. Die Biowein-Produktion dort unten läuft mittlerweile, und ich habe Kontakte.«

Chevalier grinste spöttisch. »Zur Not kann man ja mit anderen Weinen auffüllen.«

Bertin war sofort zur Stelle. »Das ist eine Unterstellung, die ich mir verbitte.«

Chevalier winkte ab. »Sprechen Sie bitte weiter, Monsieur Gregoriev.«

»Na ja, Durand konnte das Kapital für die Expansion nicht zusammenkratzen und hat mich angebettelt. Als ich ihm mein Angebot unterbreitet habe, lehnte er allerdings empört ab.«

»Wieso hat er dann doch zugestimmt?«

Gregoriev hob die Schultern. »Keine Ahnung. Er brauchte auf einmal die Kohle.« Er grinste. »War ganz zappelig, als ich nicht sofort Ja gesagt habe.«

»Wissen Sie, warum er Geld brauchte?«

»Nein, so dicke waren wir nicht miteinander.«

»Wann haben Sie ihm das Geld für die Anteile überwiesen?«

»Die erste Hälfte Ende Mai, die andere bekommt er, wenn ich im Handelsregister eingetragen bin.«

»Wann soll der Eintrag erfolgen?«

»Zum Ende des Monats.«

Chevalier nickte und sah den Bulgaren prüfend an. »Wieso war Durand gestern Abend nicht vor Ort?«

»Was weiß denn ich? Er sollte dort sein. Er kennt sich in dem Laden aus. Er …« Gregoriev stutzte. »War er etwa der Dreckskerl, der uns verpfiffen hat?«

»Nein, der Hinweis kam von woanders.«

»Darf ich fragen, woher?«, wollte der Anwalt wissen.

Chevalier sah kurz zu Calvin Bertin, dann wandte er sich wieder an Gregoriev. »Nein. Dürfen Sie nicht. Wo könnte er gewesen sein?«

Gregoriev schüttelte den Kopf. »Bisher war er absolut zuverlässig. Ich verstehe es auch nicht.« Plötzlich glomm etwas wie Verstehen in seinen dunklen Augen auf. »Sie haben ihn gefunden! Er wurde ermordet, oder? Erst Luc Moyon, dann Jules … und nun er.«

Chevalier war überrascht über die Kombinationsgabe des Bulgaren. »Nein. Wir suchen ihn im Zusammenhang mit den Vorgängen in der Domaine.« Er erhob sich, um weiteren Nachfragen zuvorzukommen, und sah nun seinerseits auf die Uhr.

Zwei Uniformierte traten ein, um Gregoriev abzuführen.

»Sie können meinen Mandanten nicht länger festhalten. Er hat seine Aussage gemacht.«

»Beschweren Sie sich bei der Staatsanwaltschaft.« Chevalier nickte und verließ den Vernehmungsraum.

»Was soll das heißen, sie ist verschwunden?« Chevalier hatte alle Contenance vergessen. Er brüllte in den Hörer und sah kopfschüttelnd zu Sophie und Sirac, die auf den Besucherstühlen in seinem Büro saßen und ihn fragend anblickten.

Die Stimme von Brigadier Jacques Lambertin am anderen Ende der Leitung war nur noch ein Hauch, als er antwortete: »Mademoiselle Meunier war in der Redaktionssitzung und wurde herausgerufen. Ich bin ihr nachgegangen, doch sie war unauffindbar. Die Concierge am Empfang hat gesehen, wie sie kurz darauf mit einem Mann das Gebäude verlassen hat.«

»Konnte sie ihn beschreiben?«

»Nein. Er hatte eine Kappe tief ins Gesicht gezogen.«

»Wo, verdammt noch mal, ist Lieutenant Moreau?«, fuhr Chevalier auf.

»Nicht hier«, kam es leise zurück.

»Es ist Ihnen sicherlich klar, was für einen riesigen Bock Sie geschossen haben! Rechnen Sie mit einer internen Untersuchung. Jetzt sichern Sie die Aufnahmen der Überwachungskameras und sehen gefälligst zu, dass die Datei hierherfindet.« Chevalier knallte den Hörer auf die Gabel. »*Merde, alors!* Ségolène Meunier ist verschwunden, obwohl sie überwacht wurde! Was sind das denn für Dilettanten? Sie ist die einzige Verbindung zu dem Täter und seiner Geisel – und diese Versager lassen zu, dass er Mademoiselle Meunier unter den Augen der Polizei mitnimmt! Anstatt ihn zu fassen, müssen wir befürchten, dass beide sterben, die Reporterin und die Geisel. Und Moreau hat sich in Luft aufgelöst!«

Er trat gegen den Mülleimer, der polternd umfiel, und lief ans Fenster. Zornig riss er es auf, um ein paarmal tief ein- und auszuatmen.

Die Kollegen schwiegen betreten und warteten, dass er sich wieder beruhigte.

Nach einer Weile wandte Chevalier sich um. »Tut mir leid. Sirac, gib bitte sofort eine Fahndung nach Ségolène Meunier raus. Sie ist in Begleitung eines nicht näher identifizierten Mannes.«

Sophie wartete, bis Chevalier Platz nahm. »Ist Durand das dritte Opfer?«

»Kann sein, muss aber nicht sein. Er stand zumindest in Verbindung zu den beiden Toten, doch was hilft uns das? Wenn er in der Gewalt des Mörders ist, werden wir ihn bald finden. Wenn nicht, spaziert er eines Tages wieder durch La Rochelle.« Er schlug mit der flachen Hand auf den Tisch. »Die Chance, den Kerl zu schnappen, ist dahin, und wir greifen erneut nach den Strohhalmen.«

Sie nickte deprimiert.

Sirac kam zurück. »Erledigt.«

Chevalier konzentrierte sich. »Er muss bemerkt haben, dass wir Ségolène Meunier überwachen.«

»Die Brigadiers waren aber in Zivil«, warf Sophie ein.

»Das spielt keine Rolle. Die Frage ist, wie ist ihm das gelungen? Er kann sie unmöglich laufend beobachten.«

»Er hat ihr Smartphone mit einer Spionage-App verwanzt«, bemerkte Sirac nach einer Weile.

Sophie sah den Kollegen fragend an. »Wie soll er denn an ihr Gerät gekommen sein?«

»Das brauchte er nicht. Ich wette, ihr Handy und der PC synchronisieren sich automatisch, um die Daten abzugleichen. Wenn er den Computer gehackt hat, konnte er das Smartphone verwanzen, ohne dass sie es bemerkt hat.«

»Könntest du das?«

Sirac lachte erstaunt auf. »Ich? Nie im Leben. Das muss einer sein, der sich bestens auskennt.«

Ein Glöckchen begann, in Chevaliers Kopf zu läuten, doch er kam nicht drauf, was es ihm sagen wollte. »Was wissen wir über Durand?«

Sirac zog sein Tablet zurate. »Thierry Durand ist sechsundvierzig Jahre alt. Er wurde in Bordeaux geboren und zog im Alter von zehn Jahren mit seinen Eltern nach La Rochelle. Nach der Schule studierte er Betriebswirtschaftslehre bis zur Licence; den Master legte er nicht mehr ab. Er arbeitete in zwei Weinbaubetrieben bei Cognac, um dann 2007 zum Geschäftsführer der Domaine M&L zu werden. 2015 wurde er Gesellschafter und gemeinsam mit Francine Moyon Geschäftsführer der Folgegesellschaft. Er ist geschieden und lebt in einem Appartement mitten in der Stadt. Dort haben wir ihn nicht angetroffen. Sein Handy ist ausgeschaltet.«

»Wir müssen Einblick in seine Konten haben«, erklärte Chevalier. »Ich will wissen, was mit dem Geld ist, das er für die Anteile bekommen hat. Ich spreche Staatsanwältin Fournier wegen einer Genehmigung an.«

Die beiden sahen Chevalier an und warteten offenbar auf weitere Instruktionen, doch was gab es im Augenblick Dringendes zu tun? Sollte nicht ein Wunder geschehen, würde der Täter ihnen bald die nächste Leiche präsentieren. Wenn Chevalier zudem an sein Treffen mit Alphonse dachte, drehte sich ihm der Magen um. Auch hier brauchte er ein Wunder, wollte er nicht vor den Scherben seiner Existenz stehen.

Er riss sich zusammen. »Kommen wir zu der Klage einer Mitarbeiterin der alten Domaine, die Leglise abgebogen hat. Sollte Durand die dritte Zielperson sein, muss die alte Firma Ausgangspunkt der Traumatisierung sein. Hier wissen wir von einem verseuchten Gelände, der verheimlichten Sanierung und der Klage dieser Mitarbeiterin. Findet bitte heraus, um wen und was es sich dabei gehandelt hat. Welches Unternehmen hat den verschmutzten Boden entfernt? Fahrt anschließend zur Domaine. Vielleicht war eine oder einer der Angestellten schon in der aufgelösten Gesellschaft beschäftigt und kann sich an den Vorgang oder zumindest an den Namen der Frau erinnern.«

Sophie erwiderte ernst seinen Blick. »Und wenn Durand nicht das dritte Opfer ist? Was machen wir dann?«

Chevalier hob die Schultern. »Wir greifen zum nächsten Strohhalm.«

»Und der wäre?«

»Die Hoffnung, dass der Mörder Ségolène Meunier gehen lässt, um seine Öffentlichkeit zu bekommen.«

»Glaubst du wirklich daran?«

Er blieb ihr die Antwort schuldig.

Chevalier sah aus dem Fenster, und wieder war der Wunsch, einfach wegzulaufen, übermächtig.

Nach seinem Gespräch mit Sophie hatte er sofort Simon informiert. Er hatte um seinen anstehenden Gang nach Canossa gewusst.

Der Commandant hatte ihn sekundenlang sprachlos angesehen. »Das ist nicht Ihr Ernst.«

Chevalier hatte nur nicken können. »Doch, leider. Die Brigadiers haben es fertiggebracht, Mademoiselle Meunier im Redaktionsgebäude zu verlieren.«

Simon sprang auf und strich sich mit der Hand durch die perfekt frisierten Haare. Ein Büschel stand nun ab. »Anstatt ihm den Täter zu präsentieren, kann ich dem Präfekten jetzt eine neue Hiobsbotschaft überbringen.« Er schloss die Augen und unterdrückte einen Ausbruch. »Was nun?«

»Wir versuchen, sie zu finden. Irgendwann taucht sie sicherlich wieder auf.«

»Wir haben aber keine Zeit!«, hatte Simon ihn angeblafft, womit er recht hatte.

Seitdem war nichts passiert. Die Fahndung nach Ségolène

Meunier und ihrem Entführer war im Sande verlaufen. Ihr Smartphone war noch im Gebäude der *Sud Ouest* abgeschaltet worden.

Die angebliche Klage der Mitarbeiterin der Domaine war nie aktenkundig geworden, wie Sophie und Sirac in Erfahrung gebracht hatten. Vermutlich war eine Anfrage zunächst an die Verwaltung gerichtet worden, wo Jules Leglise sie hatte unterdrücken können. Die Klägerin hatte anscheinend nie den Weg zu einem offiziellen Verfahren beschritten. Es war also wieder eine Sackgasse.

Auch die Mitarbeiter der Domaine hatten ihnen nicht weiterhelfen können. Das Personal im Büro arbeitete erst seit Kurzem dort. Wie hinter vorgehaltener Hand gemunkelt wurde, war Durand ein äußerst unangenehmer Chef, mit dem es die wenigsten länger aushielten. Am nächsten Morgen wollte Sophie mit einer berenteten Sekretärin sprechen, die an diesem Tag jedoch nicht zu erreichen war. Es war wie verhext.

Es war Sirac, der ihn aus seinen Grübeleien riss.

Chevalier blickte auf. »Was Neues?«

Sirac schüttelte den Kopf und schaute ihn finster an. »Nein. Hat der Entführte eine Chance? Was meinst du?«

Chevalier wiegte den Kopf. »Das hängt von einigen Faktoren ab. Zunächst ist da die Frage, was der Täter mit ihm vorhat. Plant er eine Inszenierung à la Leglise, geht das nicht von jetzt auf gleich. Außerdem müssen wir in Betracht ziehen, dass er die Brutalität der Misshandlungen steigert. Eventuell nimmt er sich mehr Zeit, den Mann zu foltern. Ein letzter Faktor ist Ségolène Meunier. Gelingt es ihr, Einfluss auf den Mann zu nehmen, kann sie das Ganze vielleicht hinauszögern.«

»Wir haben alle Polizeistationen in Alarmbereitschaft versetzt. Sie fahren verstärkt Streife und kontrollieren stichpunktartig Fahrzeuge.« Sirac sah Chevalier eindringlich an. »Mal ehrlich: Hast du noch Hoffnung?«

Chevalier seufzte. »Hoffnung ist kurzfristig das Einzige, was uns bleibt.«

»Und mittelfristig?«

»Sobald wir sicher sind, dass das dritte Entführungsopfer Durand ist …«

»Wenn also seine Leiche auftaucht«, warf Sirac bitter ein.

Chevalier nickte »… verengt sich der Fokus auf die Domaine. Wir können die gesamte Fahndung hierauf konzentrieren. Irgendwo muss doch ein Hinweis zu finden sein, der uns zu diesem Mistkerl führt.«

Die Rue de la Plage lag verlassen da. Außer einem rostigen Lieferwagen mit der Aufschrift einer Kite-Schule, der gleich vorn in der Straße stand, waren die Parktaschen verwaist.

Chevalier ließ die BMW im Schritttempo weiterrollen. Das Meer lag tiefblau in der Abendsonne und verschwand schließlich hinter einer mit Kiefern bewachsenen Düne. Eine Regionalbahn kam ihm leise summend auf dem gleich neben der Straße liegenden Bahndamm entgegen. Müde wirkende Fahrgäste blickten teilnahmslos zu ihm herüber, dann war er wieder alleine. Die Bebauung wich Wiesen, die sich hinter den Gleisen erstreckten.

Nach etwa einem Kilometer passierte Chevalier einen Strandübergang. Ihm gegenüber war ein schwarzer Mercedes SUV mit verdunkelten Scheiben geparkt. Die überbreiten Reifen waren auf glänzende Felgen gezogen.

Chevalier stoppte und las die Nummer des Départements, in dem der Wagen zugelassen war: *13, Marseille*.

»*Merde, alors!*«

Azzedine Belaid, der Dealer, lungerte irgendwo hier herum.

Außerdem zeigte es Chevalier, dass Alphonse nicht im Traum daran zu denken schien, die Seiten zu wechseln. Seine Hoffnung löste sich in Luft auf.

Angst beschlich ihn, und er erinnerte sich an Sandrines

Bitte, einen der Kollegen mitzunehmen. Er hatte es nicht getan. Langsam zog er den Helm ab. Als er nach rechts zum Übergang schaute, sah er Alphonse auf dem Scheitelpunkt der Düne stehen. Er regte sich nicht und beobachtete mit harter Miene, wie er das Motorrad abstellte und den Helm auf die Sitzbank legte. Chevalier ließ ihn seinerseits keinen Augenblick aus den Augen. Dabei achtete er darauf, dass die Pistole, die er sich in den Hosenbund gesteckt hatte, nicht zu sehen war.

Er atmete tief durch und stieg die Düne hinauf, wo er mit ausreichendem Sicherheitsabstand zu seinem Bruder stehen blieb. Er würde alles auf eine Karte setzen. »Brauchst du Verstärkung, um dich mit mir zu treffen, oder wieso schleppst du diesen dreckigen Dealer mit?«

Alphonse blickte sich hektisch um. »Nicht so laut! Bist du verrückt, Mann?« Er schniefte. Ein dünnes Rinnsal Blut lief ihm aus der Nase.

»Machst du dir in die Hose wegen dieses Mistkerls? Ich denke, du hast dir was in die Birne gezogen. Wisch dir über die Oberlippe, du blutest. Nasenscheidewand im Arsch, was?«

»Halt's Maul, Clément.« Alphonse wischte sich mit dem Handballen unwirsch das Blut weg.

Ein Auto fuhr vorbei, und beide schwiegen.

»Wir hatten eine Vereinbarung«, bemerkte Chevalier.

»Du hast mir nur einen *Vorschlag* gemacht. Habe ich ihn angenommen? Das kannst du vergessen. Wir wollen über deine Dienste in unserem Sinne reden.« Er grinste und zeigte die schadhaften Zähne. Chevalier bemerkte, wie vollgedröhnt er war.

Belaid kam aus Richtung Strand auf sie zu. Er nahm eine verspiegelte Sonnenbrille ab und blickte forschend auf Chevalier. »Sie sind also der Kommissar, der ein wenig dazuverdienen will?«

Chevalier musterte den Araber, der mit den gegelten Haaren und der teuren Designerjeans an diesem Strand deplatziert wirkte, und versuchte, die Frage einzuordnen. Wieso diese Formulierung? Wieso keine direkte Drohung? Er musste in Erfahrung bringen, was der Mann über den Mitschnitt wusste. »Hat Ihnen mein Bruder weisgemacht, ich würde für Sie arbeiten? Das ist Bullshit! Stecken Sie sich Ihr Drogengeld sonst wohin. Das können Sie sich abschminken.«

Belaid warf Alphonse einen wütenden Blick zu. »Was hast du mir erzählt, he? Dass er mitmachen will und du ihn fest an der Kandare hast? Sieht das so aus wie Mitmachen?« Er gestikulierte wild mit den Händen, um Alphonse dann unvermittelt hart gegen den Kopf zu schlagen. »Wie willst du den Sheriff umstimmen? Wie? Los, mach das Maul auf!«

»Ich … Ich …« Alphonse drückte sich die Hand auf das anschwellende Jochbein und zog den Kopf ein wie ein geprügelter Straßenhund.

Belaid brüllte: »Du hast nichts, oder?« Seine Faust krachte seitlich gegen Alphonses Schläfe und katapultierte ihn in den Sand.

»Sie hören auf der Stelle auf!« Chevalier musste verhindern, dass der Araber die Antwort aus seinem Bruder herausprügelte.

Belaid wirbelte zu ihm herum. »Halt die Schnauze, Bulle! Sonst mache ich dir Beine, du Provinz-Cop.«

Chevalier zog blitzschnell die Pistole aus dem Bund. »Sie sind festgenommen.«

Belaid lachte. »Was sagst du da? Ich komme in dieses Drecksloch, um mit dir und deinem Junkie-Bruder einen Deal zu machen, und du willst mich festnehmen?« Er ging auf Chevalier zu. »Du weißt nicht, mit wem du dich anlegst.«

»Stehen bleiben! Ich knall dich ab. Verlass dich drauf.« Die letzten Worte hatte er auf Arabisch gesprochen. Belaid gehorchte, und Chevalier fügte auf Französisch hinzu: »Ich hatte nie vor, mich auf krumme Geschäfte mit der Drogenmafia einzulassen. Mein Bruder war nur der Weg, um euch dingfest zu machen.«

Belaids Kiefer mahlten, als er zu Alphonse sah. »Das wirst du mir büßen, du kleiner Scheißer.«

Doch Alphonse achtete nicht auf ihn. Er stürmte unvermittelt los und riss Chevalier von den Füßen. Die Waffe fiel ihm aus der Hand. Sie stürzten und rollten ein Stück die Düne hinab, während Belaid die Gelegenheit nutzte, über sie hinwegsprang und das Weite suchte.

Alphonse schlug blindwütig auf Chevalier ein. »Dich mach ich fertig! Und dann kommt die Schlampe von deiner Frau samt eurem Balg an die Reihe.«

Chevaliers Faust traf die Nase seines Bruders, aus der sofort Blut hervorströmte. Den zweiten Schlag platzierte er dort, wo eben der Araber hingelangt hatte. Das zeigte Wirkung.

Alphonse wälzte sich stöhnend auf die Seite, kam aber taumelnd auf die Füße und stolperte in Richtung Waffe. Er hatte sie gepackt, als sich Chevalier auf ihn stürzte und die Hand mit der Pistole zu greifen versuchte. Das misslang.

Ein Auto jaulte auf und schoss die Straße entlang davon. Doch darauf achtete keiner von ihnen beiden.

Alphonse krümmte den Rücken, sodass Chevalier das Gleichgewicht verlor und in den Sand zurückfiel. Dann sah er in den Lauf seiner eigenen Pistole.

Blut floss weiter aus Alphonses Nase und tropfte auf das schmutzige T-Shirt. Er beachtete es aber nicht und verzog das Gesicht zu einer blutigen Fratze. »Du bist der Erste. Deine zwei Mädels hole ich mir danach. Fahr zur Hölle, du Mistkerl!«

Sie sahen einander hasserfüllt in die Augen. Vögel sangen nichtsahnend ihr Abendlied; ein Auto beschleunigte mit hoher Drehzahl, doch Chevalier nahm nichts davon wahr. In diesem winzigen Augenblick war in ihm nur Platz für die eine Erkenntnis: Er würde Sandrine und Manon nie wiedersehen. Er schrie vor Verzweiflung auf.

Ein Schuss zerriss die Stille des Abends, und Alphonses Arm

wurde zur Seite gerissen. Die Waffe landete im Sand. Er bäumte sich vor Schmerz auf, einen überraschten Ausdruck auf dem Gesicht, und stürmte die Düne hinab.

Chevalier sah ihm verwirrt nach. Da kreischten schon Bremsen; es gab einen dumpfen Aufprall. Sein Bruder flog wie von einer gigantischen Faust getroffen durch die Luft und verschwand aus Chevaliers Sichtfeld.

Chevalier verstand. Belaids Mercedes hatte am anderen Ende der Straße vor der Schranke, die die Durchfahrt unmöglich machte, wenden müssen und nun Alphonse in voller Fahrt erwischt. Jetzt geriet der schwere Wagen durch den Aufprall ins Schleudern, durchbrach den Zaun zu den Gleisen und rutschte in den Schotter, wo er stecken blieb.

Moreau kam vom Strand herauf und beugte sich über Chevalier. »Alles in Ordnung mit dir?«

Chevalier war zu verblüfft, um gleich zu antworten. Er öffnete den Mund, doch der Kollege hörte nicht mehr zu und rannte mit vorgehaltener Waffe zur Straße. Nach wenigen Sekunden hatte er den Mercedes erreicht und zwang Belaid zum Aussteigen.

Chevalier taumelte auf die Füße und stolperte zu dem zusammengekrümmten Körper seines Bruders, der gegen eine Laterne geschleudert war.

Blut lief ihm aus Nase und Ohren.

Chevalier tastete nach dem Puls, doch er fand keinen mehr. Alphonse war tot.

Schockiert starrte er auf den reglosen Körper. Ein Wust von Gefühlen durchströmte ihn und machte jedes Denken unmöglich. Aber plötzlich wurde ihm klar, dass ihm nur ein winziges Zeitfenster blieb, um das zu erledigen, weswegen er hergekommen war. Verstohlen blickte er über die Schulter.

Belaid lag auf dem Bauch im Staub, Hände und Füße mit Handschellen gefesselt. Er überschüttete Moreau unablässig mit Flüchen und Schimpfwörtern, was diesen jedoch kaltließ. Der

Kollege telefonierte mit der Einsatzzentrale und hatte sich abgewandt. Wörter wie »Ambulanz« und »Streifenwagen« waren zu hören.

Chevalier durchsuchte mit fahrigen Händen die Leiche seines Bruders. Zuerst konnte er nichts finden. Schweiß brach ihm aus allen Poren. Wieder sah er zu Moreau hinüber, der weiterhin in das Telefon sprach und ihm den Rücken zukehrte.

In der rechten Jackentasche fielen Chevalier das Smartphone und der plumpe, altmodische Zimmerschlüssel eines Hotels in die Hände. Beides steckte er rasch in die Innentasche seiner Jacke.

Mit einem Mal ließ der Stress ihn am ganzen Körper zittern. Er stand auf und presste sich die Hand auf den Mund. Sein Blick begegnete dem Moreaus, der sich umgewandt hatte und bedauernd die Schultern hob.

Chevaliers Blick streifte Alphonses Gesicht. Die Augen waren geschlossen. Alle Aggressivität schien aus seinen Zügen gewichen zu sein. Plötzlich sah er den Bruder vor sich, mit dem er als Kind gespielt hatte, der für einige Jahre der gewesen war, der Chevalier vor den älteren Jungs auf dem Schulhof beschützt hatte.

Erinnerungen reihten sich aneinander, und ein Moment der Trauer wollte in ihm aufkommen. Doch andere Bilder drängten sich dazwischen. Die Drohungen, die Gewalt und der Hass, der ihm vonseiten Alphonses entgegengeschlagen war. Sein Bruder war ein anderer geworden. Den Alphonse seiner Kindheit hatten die Drogen aufgefressen.

Er schüttelte den Kopf. »Was für ein verpfuschtes Leben.« Chevalier wandte sich von seinem Bruder ab und ging zu Moreau hinüber, der ihm fragend entgegenblickte.

»Wie geht es Ihnen?«

»Es ist traurig, wie es gekommen ist. Er war trotz allem mein Bruder. Wir sollten aber beim Du bleiben. Ich muss mich bei dir bedanken, Adrien. Ohne dich läge ich an seiner Stelle tot auf der Erde.«

Sirenen waren in der Ferne zu hören.

Moreau grinste plötzlich. »Dein Glück war, dass ich dir misstraut habe. Vorgestern habe ich beobachtet, wie du mit deinem Bruder vor Saint-Louis auf der Treppe warst und ihr euch die Hand gegeben habt.«

»Er hat meine Familie bedroht.« Chevalier sah zu der armseligen Gestalt, die blutend im Sand lag. »Ich dachte, der Drogenclan stünde dahinter, und habe versucht, ihn umzudrehen. Er hat mir vorgespielt, er wolle mitmachen, und mich hierhergelockt.« Er blickte Moreau in die Augen. »Hier erst habe ich gemerkt, dass er mich verkaufen wollte, um sein Standing im Clan zu verbessern … und um mich zu bestrafen.«

»Bestrafen? Wofür?«

»Es ist eine lange Geschichte. Nach der Scheidung unserer Eltern blieb er bei unserem Vater und ist abgestürzt. Ich lebte bei unserer Mutter, und mir ging es gut. In seinen Augen war ich an seiner Misere schuld.«

Moreau nickte verstehend. »Du hättest einen von uns einweihen sollen.«

Er beschloss, zu einer Notlüge zu greifen. »Ich war der Meinung, ich bekomme es alleine hin. Außerdem habe ich mich vor deinem Misstrauen gefürchtet.«

Moreau wandte den Blick nicht ab. »Ich wollte allen zeigen, was für ein mieser Lügner du bist. Ich habe dein Diensthandy getrackt.« Chevalier hätte sich für seine Naivität ohrfeigen können. »Ich bin dir gefolgt. Da drüben ist ein anderer Übergang. Von da bin ich über den Strand gelaufen und habe den Streit mitbekommen. Ich muss mich bei dir entschuldigen.«

»Wahrscheinlich hätte ich an deiner Stelle ähnlich gehandelt.« Er hielt Moreau die Hand hin. »Arbeiten wir in Zukunft zusammen statt gegeneinander?«

Der Kollege schlug ein. »Wie sieht unsere offizielle Geschichte aus?«

Nun grinste Chevalier. »Ganz einfach. Wir sagen die Wahrheit – fast. Wir behaupten nur, ich hätte dich eingeweiht.«

Im *Cygne blanc* gab es keinen Portier. Der Schlüssel öffnete die Außentür, und Chevalier konnte ungesehen in das Hotel kommen. Leise drückte er die Tür ins Schloss und sah sich um, ohne Licht zu machen.

Der Raum neben der Eingangstür diente tagsüber wohl als Rezeption. Er miefte von dem Schmutz vieler Jahre, und Chevalier war froh, dass die Lampen ausgeschaltet waren und er nicht sehen musste, wo Alphonse seine letzten Tage verbracht hatte.

Die Nummer auf dem Schlüsselanhänger war 204. Vermutlich würde er das Zimmer also auf der zweiten Etage finden.

Er stieg die knarzende Holztreppe hinauf und erreichte im zweiten Stock einen schmalen Gang, den das grüne Licht einer Notausgangslampe erleuchtete. Hinter der Tür zu Zimmer 202 war Gestöhne und das Quietschen von Bettfedern zu hören.

Chevalier ging weiter und betrat kurz darauf Zimmer 204. An der Wand neben der Tür stand ein altes Bett aus Stahlrohr, das wie im Todeskampf ächzte, als er sich daraufsetzte und die Lampe auf dem Nachttisch einschaltete. Die uralte Blumentapete war vergilbt und in den Ecken so braun verfärbt, dass man das Muster nicht mehr erkennen konnte. Der fleckige Teppichboden war fadenscheinig.

Chevalier durchsuchte den Raum, was nicht lange dauerte, und griff nach dem alten Notebook samt Ladegerät, das er im Schrank unter der wenigen Wäsche gefunden hatte. In einem Seitenfach des verbeulten Koffers waren zwei Fotos, die Alphonse mit seiner Mutter zeigten. Chevalier betrachtete sie einen Moment versonnen, steckte sie jedoch wieder zurück und verließ das Zimmer.

Im Nebenraum herrschte nun Ruhe, und es wurde leise geredet.

Er schlich zum Treppenabsatz. Gerade als er den Fuß auf die erste Stufe setzte, um hinabzusteigen, sah er zwei Männer, die flüsternd nach oben kamen.

Chevalier wich zurück und versteckte sich auf dem Absatz zur nächsten Etage. Von dort beobachtete er mit klopfendem Herzen, wie die beiden vor Alphonses Zimmer anhielten und mit einem Dietrich die Tür öffneten. Sie würden alle Spuren beseitigen, die zum Belaid-Clan führten, und seine verwischen.

Die Tür war kaum ins Schloss gefallen, als Chevalier die Treppe hinunterhuschte und in der Dunkelheit der Arkadengänge der Altstadt zu seiner BMW lief, mit der er aus der Stadt verschwand.

DONNERSTAG, 24. JUNI

Anaïs Roussel schaute ihn an, als wäre er ein Geist. »Sie sehen grauenhaft aus, Monsieur le Commissaire.«

Es war erst acht Uhr am Morgen, doch Chevalier fühlte sich bereits erschöpft. »Kleine Schlägerei.« Er grinste.

Die Faustschläge seines Bruders hatten ihn am linken Auge erwischt, das blau angelaufen war. Sandrine, die über alle Maßen erleichtert war, hatte versucht, das Veilchen zu überschminken, doch das Resultat war nur mäßig. Zudem zierte ein breiter Kratzer sein Gesicht, von dem er nicht sagen konnte, woher er stammte. Als er vorhin wach geworden war, hatte er nicht geglaubt, in der Lage zu sein aufzustehen, doch er musste es hinter sich bringen.

»Ihr Bruder?«

Er nickte. Solche Nachrichten verbreiteten sich wie ein Lauffeuer, ob hier in La Rochelle oder in Paris oder Lyon.

»Tut mir leid.«

»Wir hatten kaum Kontakt. Er war ein drogenabhängiger Krimineller und hat zuletzt sogar damit gedroht, meiner Familie etwas anzutun.«

Ihre blauen Augen wurden groß. »Und was machen Sie dann hier?«

»Ich möchte mich verabschieden.«

Ihr Lächeln kam zurück. »Sagen Sie ihm Ihre Meinung. Das machen viele der Leute, die herkommen müssen. Jemand, der hier bei uns landet, scheidet immer überraschend aus dem Leben, und die Angehörigen nutzen diese letzte Gelegenheit, um das zu sagen, was unausgesprochen geblieben ist.«

Sie gingen in den Kühlraum, wo Anaïs Roussel eine der Türen öffnete und einen Leichnam herauszog. »Ihr Bruder ist von dem Aufprall des Wagens gegen eine Laterne geschleudert worden. Dabei hat er sich ein schweres Schädel-Hirn-Trauma zugezogen. Das hätte gereicht, um ihn umzubringen. Hinzu kommen diverse innere Verletzungen. Er war vollgedröhnt mit Kokain, Heroin und Fentanyl.« Sie sah ihn abwartend an. Als Chevalier nicht reagierte, sondern stumm auf die verhüllte Gestalt blickte, wandte sie sich zur Tür. »Ich lasse Sie mit ihm allein und gehe eine rauchen.«

»Danke.« Er blickte ihr nach, bis sie verschwunden war. Dann öffnete er den Leichensack.

Alphonses Gesicht war gereinigt worden und sah, abgesehen von einer extremen Blässe, wie zu Lebzeiten aus.

»Warum hast du mich verraten?«, flüsterte Chevalier. »Für dein Koks, deine lächerliche Rache? Es hat dich klein gemacht. Wir hatten eine Chance, doch du hast mich verkauft.«

Er streifte sich Latexhandschuhe über und griff den rechten Arm der Leiche. Der fühlte sich eiskalt an, doch den Fingerabdruckscanner des Smartphones schien das nicht zu stören. Der Bildschirm wurde entsperrt, und nach wenigen Klicks hatte Chevalier das Gerät so eingestellt, dass er es mit einem Code jederzeit öffnen konnte. Er zögerte kurz, dann löschte er die Audiodatei.

»Gott sei Dank.« Er konnte ein befreites Aufstöhnen nicht unterdrucken.

Einige Sekunden verharrte er vor dem Toten und verspürte in erster Linie die Erleichterung, den Mitschnitt gelöscht zu haben, und verschloss den Leichensack wieder.

An der Tür wandte er sich noch einmal um. »Das Ganze tut mir leid, Bruder. Ich hätte dich damals bei uns bleiben lassen sollen.« Traurig verließ er den Raum.

Draußen stand Anaïs Roussel mit geschlossenen Augen in der Sonne und genoss die Wärme auf ihrem Gesicht. »Das ging aber schnell.«

Chevalier nickte, ohne etwas zu sagen.

Sie sah ihn offen an. »Es tut immer weh, ein Familienmitglied zu verlieren, egal, was vorgefallen ist.«

»Da haben Sie wohl recht. Das Einzige, was ich für ihn noch tun kann, ist, für ein ordentliches Begräbnis zu sorgen, oder ich verstreue seine Asche im Meer. Dann ist er endlich frei von allen Zwängen.«

Sie betrachtete ihn so von der Seite, als sähe sie Clément Chevalier erstmals wirklich. Dann war ihr strahlendes Lächeln zurück. »Tun Sie das, Clément.«

Anaïs Roussel hatte ihn das erste Mal mit seinem Vornamen angesprochen. Sie trat die Zigarette aus und verschwand nach kurzem Gruß im Gebäude.

Sandrine war sofort am Telefon. Chevalier hatte es nur einmal läuten lassen müssen. Er erkannte schon an ihrem Atmen, wie aufgeregt sie war. »Wie ist es gelaufen?«

»Erledigt. Die Datei ist gelöscht. Ich checke gleich, ob er eine Kopie in der Cloud abgelegt hat, dann müssten wir aus dem Schneider sein.«

Sie atmete hörbar auf. »*Grâce au ciel!*« Sie schwieg einen Augenblick. »Wie fühlst du dich?«

»Erleichtert.«

»Das meine ich nicht.«

Chevalier wusste, wonach sie fragte. Er sah in den Himmel, der einmal mehr von schönstem Blau war. Er senkte die Stimme. »Ich bin froh, dass er nicht länger eine Gefahr für uns darstellt.« Und nach einer Pause: »Trotzdem. Er war mein Bruder.«

Sie stieß einen bitteren Laut aus. »Vergiss es. Hat er sich etwa geschämt, dich reinzulegen, der Mistkerl? Er wollte uns doch nur schaden.«

Er schaute weiter in den Himmel, der ihm jetzt blauer erschien als in den Tagen zuvor. »Das stimmt nun auch wieder.«

Wie gerne hätte er Sandrine in diesem Moment im Arm gehalten.

Er hatte die Tür zu seinem Büro kaum geöffnet, da stand Marie Szenec schon vor ihm. Sie zog eine Grimasse. »Der Commandant erwartet Sie umgehend in seinem Büro.« Ihr fragender Blick sagte ihm, dass der Vorfall auch hier die Runde gemacht hatte, und ging in Richtung des Gemeinschaftsbüros der Kollegen, als ihm Sophie auf dem Gang entgegenkam.

»Wieso hast du Adrien gefragt und nicht uns?« Enttäuschung und etwas wie Eifersucht schwangen in ihren Worten mit.

Er senkte die Stimme, als er antwortete: »Glaube mir, Sophie, es ging nicht anders. Wir werden es euch demnächst erklären. Nicht böse sein. Das hat absolut nichts mit dir oder Sirac zu tun. Ihr seid die besten Kollegen, die ich mir vorstellen kann.«

Sie wirkte einen Moment überrascht, dann nickte sie.

Kurz darauf saß er gemeinsam mit Moreau in Commandant Simons Büro und ließ die Standpauke über sich ergehen, die dieser ihnen hielt. Er hörte nur mit halbem Ohr hin. Sein größtes Problem war gelöst. Nun galt es, endlich den Mörder zu finden, der sie seit Tagen in Atem hielt. Damit würde er auch seine Position im Gefüge der Polizei festigen.

»Haben Sie nichts Besseres zu tun, als ausgerechnet jetzt im Drogenmilieu zu ermitteln? Die Mordserie interessiert Sie anscheinend nicht weiter?« Der ärgerliche Blick des Kommandanten schien ihn durchbohren zu wollen.

Chevalier hatte mit dem Vorwurf gerechnet. »Man kann es sich nicht immer aussuchen. Wie ich ausgeführt habe, wurde meine Familie von meinem drogensüchtigen Bruder bedroht. Ich bin davon ausgegangen, dass hinter der Drohung nicht er alleine, sondern der Belaid-Clan steht.«

»Woher wussten Sie von der Gangsterfamilie?«

»Ich habe Alphonse observiert und ihn mit Azzedine Belaid gesehen. Ich beschloss, mit meinem Bruder Kontakt aufzunehmen und den Versuch zu unternehmen, ihn ›umzudrehen‹. Als dies möglich zu sein schien, bezog ich Lieutenant Moreau mit ein. Hätte mein Bruder zugestimmt, wäre ich heute Morgen zu Ihnen gekommen.«

»Und wenn nicht?«

»Dann auch, um meine Familie zu schützen.«

Simon grunzte wenig überzeugt. »Hm. Und Belaid glaubte, Ihr Bruder hätte ein Druckmittel gegen Sie in der Hand?«

»Seiner Reaktion nach zu urteilen, ja. Fragen Sie mich nicht, was das hätte sein sollen. Im Nachhinein ist mir klar geworden, dass Alphonse sich für innerfamiliäre Vorkommnisse, die lange zurückliegen, rächen wollte. Belaid war nur sein Werkzeug.« Chevalier wusste, wie dünn diese Erklärung klang. »Wir schreiben einen Bericht, der die Details ausführt. Und wir …«

Sein privates Smartphone klingelte. Er ignorierte es.

»Gehen Sie schon ran«, blaffte Simon.

Chevalier hatte mit einem Anruf Sandrines gerechnet. Auf dem Display zeigte sich jedoch ein anderer Name: *Ségolène Meunier*. »Die Reporterin ruft an!«, rief er.

Die Kollegen schwiegen mit angespannten Mienen.

Chevalier stellte die Verbindung her und schaltete den Lautsprecher ein. »*Oui?*«

»Monsieur le Commissaire.« Eine selbstgefällige Männerstimme erklang. Chevalier erstarrte, und er sah wieder Jules Leglise in die Tiefe stürzen, während diese Stimme auf ihn einredete. »Nach unserem Treffen auf dem Turm haben Sie die richtigen Schlüsse gezogen. War das nicht ein toller Tipp, den ich Ihnen da gegeben habe?«

»Wo ist Mademoiselle Meunier?«, entgegnete er, ohne auf die Frage des Mannes einzugehen.

»Sie ist mein Gast, und es geht ihr blendend.« Er sprach vom Hörer entfernt. »Sagen Sie, wie es hier ist.«

»Ich bin okay«, kam es gepresst aus dem Hintergrund.

»Sie sehen …« Wieder die Männerstimme.

»Was ist mit Thierry Durand?«, fragte Chevalier.

Ein Schweigen entstand am anderen Ende der Leitung. »Bravo! Ich sehe, Sie haben Ihre Hausaufgaben gemacht.«

Chevalier zog, während der Mann sprach, ein Post-it heran und schrieb: *Sophie wegen Mitarbeiterin der Domaine kontaktieren!* »Es geht um die Domaine M&L, nehme ich an?«

Moreau nahm die Notiz und verließ leise den Raum.

»Monsieur Durand wird wie seine beiden Komplizen für das Verbrechen bezahlen, das sie begangen haben.«

»Welches Verbrechen meinen Sie?«, erwiderte Chevalier. »Das, ein arsenbelastetes Grundstück zu sanieren?«

»Das …«

Chevalier unterbrach ihn wieder. »Die Konzentration war zu gering, um bei den Mitarbeitern Gesundheitsschäden hervorzurufen.« Er sah zu Simon hinüber, der ihm zunickte.

»Es macht die Menschen krank, und Durand wird für die gesamte Welt sichtbar dafür bezahlen.« Die letzten Worte waren kaum zu verstehen, so sehr schrie der Mann ins Telefon.

»Beruhigen Sie …«, setzte Chevalier an, doch die Leitung war tot.

Moreau kam zurück. »Sophie ist noch bei der ehemaligen Angestellten.«

Chevalier wählte ihre Nummer.

Sophie Lambert war sofort in der Leitung. »Was kann ich tun?«

»Ich brauche die Namen.«

»Wir sind dabei, eine Liste zu erstellen.«

»Lies vor, was du schon hast. Es ist dringend.«

Er lauschte, bedankte sich und sprang auf. »Wir haben ihn!

Das Einsatzteam soll sich bereit machen. Es geht auf die Île de Ré. Adrien, Abfahrt in fünf Minuten. Wir brauchen Sicherheitswesten und Waffen.«

Simon war bereits am Telefon.

Sirac bremste den Renault Talisman heftig ab. Eine Wolke aus Staub schoss hinter ihnen in den Himmel.

Sie sprangen aus dem Wagen und warteten, bis das Team bereit war. Chevalier blickte sich um. Im Pool der Moyons schwamm niemand. Er sah auf seine Armbanduhr. *11:39 Uhr.* Die Kinder waren wahrscheinlich in der Schule.

Er gab ein Zeichen, und die schwarz gekleideten Männer liefen geduckt zum Zielobjekt. Vor der Haustür brachten sie einen Rammbock in Anschlag und brachen sie mit lautem Krachen auf. Sie stürmten hinein. Rufen war zu hören, dann trat der Einsatzleiter vor das Haus. Sein Gesichtsausdruck war ernst.

»Das Objekt ist sauber. Sie sollten nach oben gehen.«

Gefolgt von Sirac und Moreau wandte sich Chevalier der Treppe zu, wo ihnen der widerlich süßliche Geruch von Verwesung entgegenschlug. Sie wechselten einen beklommenen Blick und stiegen ins Obergeschoss.

Die Beamten hatten eine Tür aufgebrochen, an deren Rahmen Silikonreste zu erkennen waren. Hier war der Gestank schier unerträglich.

»Der Raum war vollkommen abgedichtet.«

Chevalier sah zu dem Mann des Einsatzteams, der sich einen Schal vor den Mund gezogen hatte, und atmete selbst in seinen Ellenbogen. »Gehen Sie nach unten und informieren Sie die Gerichtsmedizin.«

Er warf einen kurzen Blick in den Raum, während er die Luft anhielt. Das, was von Giselle Batz übrig war, lag in einen Bademantel gehüllt wie aufgebahrt auf dem Bett. Die Hände waren gefaltet worden, verwelkte Blumen steckten zwischen den nun schwarzen Fingern. Wolken von Fliegen stoben durch das Zimmer.

Chevalier hatte genug gesehen. Der Anblick der Maden, die um den Leichnam wimmelten, war nur schwer erträglich. Er kehrte mit den anderen schleunigst nach unten zurück. Draußen sogen sie die saubere Luft tief in ihre Lungen.

Giselle Batz' Name war der dritte gewesen, den Sophie am Telefon vorgelesen hatte. In diesem Augenblick waren alle Puzzlesteinchen auf ihren Platz gefallen: Jérôme Batz machte Luc Moyon, Jules Leglise und Thierry Durand für den Krebstod seiner Frau verantwortlich. Sie hatte mehrere Jahre in der Abfüllhalle gearbeitet, wie sie inzwischen wussten. Chevalier war sich sicher, dass sie ihren Namen finden würden, sobald sie die Beschwerde nachverfolgten, die in der Maison de la Charente-Maritime eingegangen und von Leglise abgewiesen worden war.

»Wo hält Batz seine Geiseln gefangen, wenn nicht hier?« Sirac sah sich um.

»Ruf im Katasteramt an und finde heraus, ob er noch andere Objekte besitzt.«

Eine Idee durchzuckte Chevalier. Er lief zurück ins Haus und fand auf dem Sims eines offenen Kamins Fotos: Batz und seine Frau am Hochzeitstag. Das Paar im Urlaub in Cannes. Die beiden auf der Île de la Réunion. Auf einem neueren Bild konnte man bereits Giselle Batz' Krankheit erkennen. Jérôme Batz lächelte in die Kamera und sah aus, wie Chevalier ihn kennengelernt hatte.

Er fotografierte den Teil ab, der Batz zeigte, und versandte die Aufnahme als Anhang an eine Nachricht.

Théo Braconnier antwortete, noch bevor Chevalier zu den Kollegen zurückgekehrt war, mit einem Daumen-hoch-Emoji.

Chevalier ballte triumphierend die Hand zur Faust. »Ich glaube, ich weiß, wo er sie festhält. Alle mir nach!«

Niemand war zu sehen, als sie sich zu Fuß vorsichtig der Cabane näherten. Die Einsatzwagen standen weiter vorne am Weg. Der Wind rauschte leise in den nach Osten geneigten Kiefern, und von Ferne hörte man das Geschrei der Kinder, die auf dem künstlichen See Segeln lernten.

Sie waren ohne Martinshorn und Blaulicht hergefahren. Chevalier gab ein Zeichen. Die Männer des Einsatzteams liefen lautlos mit vorgehaltener Waffe über das verwilderte Grundstück. Chevalier, Sirac und Moreau folgten ihnen in gebührendem Abstand. Auch sie hatten die Pistolen im Anschlag und trugen Sicherheitswesten.

Einer der Beamten lief geduckt zur Tür und setzte den Bolzenschneider an das Schloss. Er drehte sich um und zerschnitt auf ein Zeichen des Einsatzleiters hin den Bügel. Das Vorhängeschloss fiel ins Gras. Der Mann riss den Riegel zurück und ließ die Tür aufschwingen.

»Polizei, Hände hoch!«

Drei Männer sprangen mit vorgehaltener Maschinenpistole in die Cabane, als plötzlich im dahinterliegenden Gehölz ein Motor aufjaulte und ein roter Jeep in einer Staubwolke in Richtung Landstraße brauste.

Sie wirbelten herum.

Moreau schrie: »Ein Jeep Compass. Nummer: *AB-586-AA*. Département 17. Ich gebe das Auto zur Fahndung raus.«

»Brücke sperren und die Küste überwachen!« Chevalier rannte zur Cabane, da der Einsatzleiter ihm hektisch zuwinkte.

Der Mann hielt das Funkgerät in der Hand und sprach aufgeregt hinein, dann wandte er sich Chevalier zu. »Wir haben zwei Personen vorgefunden. Ein Mann ist schwer verletzt. Der Hubschrauber ist angefordert.«

Chevalier hob den Daumen und stürmte ins Innere der fensterlosen Cabane, die durch eine milchige Dachhaube schummrig erleuchtet wurde. Als Erstes sah er Ségolène Meunier, die an einen Holzstuhl gefesselt war und einen Knebel im Mund trug. Sie deutete mit dem Kopf zum Ende des Raumes.

Dort lag die massige Gestalt Thierry Durands auf dem Boden. Der Sanitäter des Einsatzteams kniete bereits neben ihm und hantierte mit einem Verbandspäckchen. Chevalier eilte zu ihnen hinüber.

Durand war bis auf eine Unterhose nackt. Eine Blutlache hatte sich unter ihm gebildet. Chevalier sah vielfältige Wunden, die den Oberkörper überzogen. Darunter waren Brandwunden und Schnitte, deren Ursprung Chevalier am liebsten nicht kennen wollte.

Durand stöhnte.

»Besteht Lebensgefahr?«

Der Sanitäter hob die Schultern. »Ich habe ihm die Handgelenke verbunden. Der Puls ist nur schwach. Die sonstigen Verletzungen scheinen nicht gravierend zu sein, sofern ich das beurteilen kann. Doch der Blutverlust durch die geöffneten Pulsadern ist enorm.«

»Der Hubschrauber ist angefordert.«

Wie bei Jules Leglise hatte Batz tief in den Arm geschnitten; die Blutung schien jedoch durch den Druckverband nun gestillt zu sein.

Chevalier wandte sich um und befreite die Journalistin von ihren Fesseln. Sie riss sich den Knebel aus dem Mund.

»Habt ihr ihn?« Sie hustete und nahm dankbar einen Schluck aus einer Wasserflasche, die ihr jemand hinhielt.

Chevalier schüttelte den Kopf. »Er ist mit dem Auto geflohen. Ich denke aber, dass wir ihn festsetzen werden. Die Brücke ist gesperrt. Er kann nur noch über das Meer entkommen. Wahrscheinlich ist die Wasserschutzpolizei bereits auf dem Weg.«

»Ich muss hier raus.« Sie stolperte ins Freie und rieb sich die Handgelenke, um die Blutzirkulation in Gang zu bringen.

Chevalier folgte ihr.

Die Reporterin begann sofort zu sprechen. »Bis heute Morgen hat er mich in seinem Haus festgehalten und ewige Vorträge über Arsen, ein verseuchtes Grundstück und die Krebserkrankung seiner Frau gehalten. Zitierte pausenlos aus pseudowissenschaftlichen Artikeln. Außerdem hat er behauptet, der Präsident des Département-Rates, Jules Leglise, hätte die Klage seiner Frau unterdrückt. Lauter wirres Zeug. Ich sollte heute dabei sein und dokumentieren, wie er den armen Mann dort tötet. Jeder sollte sehen, wie er Schuldige zur Rechenschaft zieht.«

»Seit wann sind Sie hier in der Cabane?«

Ségolène Meunier wirkte erschöpft. Sie strich sich durch die ungekämmten Haare. Schweiß glänzte auf ihrer Nase. »Seit einer Stunde vielleicht. Er hat es fertiggebracht, den verschlüsselten Polizeifunk abzuhören. Er wusste um Ihr Kommen und ist mit ihm«, sie nickte mit dem Kopf in Richtung Cabane, »und mir hierhergefahren. Grauenvoll, wie er den Mann gequält hatte. Er wurde erst hektisch, als er auf den Kamerabildern sah, wie sie ankamen. Die Kamera hängt draußen, am Eingang des Weges. Ich denke, bis zur Ankunft der Polizei hat er sich in der Cabane sicher gefühlt. Ihr Kommen hat ihn total überrascht. Er hat Sie verflucht, Monsieur le Commissaire. Sein Plan ist unerwartet geplatzt. Batz hat dem Mann die Pulsadern aufgeschnitten und ist raus. Ich habe versucht, den Stuhl umzustürzen, um ihm zu helfen, doch Ihre Beamten waren schneller.«

»Wo wollte er Durand ursprünglich töten?«

Die Journalistin hob matt die Schultern. »Das hat er mir nicht verraten.«

Der Hubschrauber war zu hören. »Danke für die Informationen. Wir bringen Sie ins Krankenhaus zur Untersuchung. Wenn es Ihnen so weit gut geht, melden Sie sich bitte morgen wegen einer Aussage im Kommissariat.« Chevalier ging, drehte sich aber nochmals um. »Schreiben Sie Ihre Story. Sie bekommen die Details vor den anderen Presseleuten. Wie versprochen.«

Ihr Blick verriet, dass ihr die Aussicht auf eine spektakuläre Story augenblicklich gleichgültig war. Sie nickte abwesend. »Danke.«

»Machen Sie Ihren Job. Schreiben Sie die tatsächliche Geschichte, berichten Sie von der Grausamkeit dieses Mannes. Sonst blühen die Gerüchte in den sozialen Medien, und am Ende steht er als Held à la Robin Hood da. Dann hat er wirklich gewonnen.«

Ségolène Meunier schien über Chevaliers Worte nachzudenken und nickte, diesmal energischer. »Ich melde mich bei Ihnen.«

Chevalier und die Kollegen sahen wenig später dem Hubschrauber zu, wie er in einer Staubwolke in die Luft stieg und in Richtung La Rochelle davonflog. Durand war noch am Leben gewesen, als sie ihn eingeladen hatten.

»Er wird wahrscheinlich durchkommen, meinte der Sanitäter«, murmelte Sirac.

Chevalier sah zu Moreau hinüber, als dessen Handy klingelte. Der Kollege lauschte kurz und wandte sich schließlich um.

»Sie haben ihn! Er steht auf der Brücke und droht damit zu springen. Die Presse hat er auch angerufen. Er verlangt, mit dir zu sprechen, Clément.«

Der Pont de l'Île de Ré lag in der Sonne des frühen Nachmittags. Gendarmen hatten den Fahrradweg und eine Fahrbahn gesperrt, damit kein Passant in den Abschnitt am Scheitelpunkt der Brücke gelangen konnte, auf dem ein roter Jeep Compass abgestellt war. Polizisten leiteten den Verkehr an der Sperre vorbei, während sich bereits ein Dutzend Fahrradfahrer vor der Absperrung stauten, die mit den Uniformierten zu diskutieren begannen.

Die Autos passierten langsamer als notwendig die Engstelle, und Chevalier sah, als er aus dem Talisman stieg, die sensationshungrigen Gesichter der Gaffer, die nach spektakulären Bildern gierten.

Heiße Luft umfing ihn. Zum Glück wehte eine sanfte Brise vom Wasser heran, die den Aufenthalt in der Sonne erträglich machte. Chevalier setzte die Sonnenbrille auf und sondierte die Lage. Jérôme Batz befand sich auf der anderen Seite hinter dem Brückengeländer und klammerte sich am Pfahl einer der Laternen fest, die auf der Brücke in kurzen Abständen angebracht waren. Sein Blick war hinaus auf den Pertuis Breton gerichtet, die Meerenge zwischen der Insel und dem Land.

Moreau und Sirac traten zu Chevalier, und auch Sophie kam von der anderen Seite der Brücke herbei.

Sie wirkte erleichtert. »Durand wird es schaffen, sagen die Ärzte.« Sie sah zu Chevalier. »Wie gehen wir denn jetzt am besten vor?«

»Wir reden mit Batz und halten ihn vom Selbstmord ab. Und dann verhaften wir ihn.« Er überquerte zwischen den Autos die Fahrbahn und näherte sich Batz, dessen Silhouette gegen den Himmel wie das Sinnbild der Einsamkeit am Ende eines Weges wirkte.

Jérôme Batz sah sich nach Chevalier um und starrte dann wieder aufs Wasser hinaus. »Da sind Sie ja.«

Chevalier trat an das Geländer und schaute ebenfalls hinaus auf die See. Ein wundervoller Blick, der so ganz im Gegensatz zu dem Grund stand, der ihn hierhergeführt hatte. In der Ferne erkannte man die Küste auf der anderen Seite der Bucht mit L'Aiguillon-sur-Mer und der Spitze der Pointe de l'Aiguillon.

»Schön«, entfuhr es ihm unwillkürlich.

»Immer noch der Tourist, was?«

Gerade fuhr ein Frachter vierzig Meter schräg unter ihnen in Richtung des Hafens. Die Wasserpolizei hatte den Bogen der Brücke, auf der sie jetzt standen, für den Schiffsverkehr gesperrt. Eines der Polizeiboote leitete die Schiffe und Boote um.

»Sie haben nach mir verlangt«, sagte Chevalier. »Darf ich fragen, wieso?«

Batz sah ihn mit flackerndem Blick an. »Ich will, dass Sie verstehen, warum ich es getan habe.«

Chevalier wusste, er würde diese Gewaltorgie nie begreifen können, doch er nickte. Jérôme Batz suchte nach jemandem, der sein Tun legitimieren sollte, und Chevalier wollte Antworten auf seine Fragen. »Erwarten Sie Absolution von mir?«

»Ich will, dass Sie mir zuhören.« Batz löste eine Hand von dem Laternenpfahl und lehnte sich über den Abgrund. »Sonst kann ich auch gleich springen.«

Entsetzte Schreie der Zuschauer drangen zu ihnen herüber.

»Bleiben Sie ruhig. Hinabzuspringen hilft Ihnen nicht weiter. Wann ist Ihre Frau an Krebs erkrankt?«

Es war, als hätte Chevaliers Frage eine Schleuse geöffnet. »Giselle ist am zwölften Juni gestorben. Ach, was rede ich da? Verreckt wie ein Vieh ist meine über alles geliebte Frau!« Batz brach in Tränen aus. Er weinte eine Weile bitterlich, wobei Chevalier mehrfach fürchtete, der Mann würde in die Tiefe fallen. Endlich fing er sich, schniefte und blickte hinaus auf die Wellen, die kleine weiße Kronen trugen. »Vor sechs Jahren ging es los. Mit Blasenkrebs. Sie war vierundvierzig. Wissen Sie, in welchem Alter dieser Krebs sonst für gewöhnlich ausbricht?«

Chevalier schüttelte den Kopf.

»Bei Frauen ist er selten, und wenn, dann meistens in einem Alter von über fünfundsiebzig Jahren. Die Ärzte haben sich gewundert und einen Teil der Blase entfernt. Leider hatten sich bereits Metastasen gebildet. Erst waren die Nieren betroffen, dann die Leber, und schließlich waren sie überall. Sind Sie verheiratet?«

Diesmal nickte Chevalier.

»Stellen Sie sich vor: Ihre Frau leidet. Erst ist sie stumm und kämpft dagegen an. Wenn die Medikamente nicht wirken, kann sie nicht mehr sitzen oder liegen. Sie wandert durch die Wohnung, stöhnt, klammert sich irgendwo fest und zieht die Luft hörbar ein, um es irgendwie auszuhalten. Sie ist für die Umwelt nicht mehr erreichbar. Sie verbrennt in dieser Schmerzenshölle, wird immer weniger. Dann kommen die Schreie, die erst das Morphium zum Verstummen bringt. Der Mensch, den man über alles liebt, ist aber verschwunden. Treibt im Delirium dahin, und Sie sind machtlos, die ganzen Jahre.« Er stieß einen verbitterten Laut aus. »›Stehen Sie Ihrer Frau zur Seite‹, hat einer der Quacksalber gemeint.«

Batz' Kopf ruckte zu Chevalier herum. »Wie, verdammt noch mal? Wie denn?«, schrie er. »Mein gutes Zureden kam später nicht mehr bei ihr an. Mein Schwager meinte, ich solle beten.« Jérôme Batz lachte hysterisch auf und brüllte in den Wind. »Gott, wo bist du? Wo?« Wieder begann er zu weinen und lockerte den Griff um den Pfahl.

Chevalier fragte schnell weiter, um die Aufmerksamkeit des Mannes zurückzuerlangen. »Wie sind Sie auf Moyon und Leglise gekommen?«

Batz wischte sich die Tränen ab und sah ihn an, als wäre er nicht mehr ganz Teil dieser Welt. »Als es Giselle eine Zeit lang besser ging, habe ich Luc auf der Saline geholfen. Anfangs war es ein Ausgleich für mich zu den Problemen zu Hause. Bei der SNCF habe ich jahrelang am Computer gesessen und programmiert, da war das Arbeiten an der frischen Seeluft eine Wohltat. Irgendwann ging Luc auf Versöhnungskurs mit seiner Familie, und ich musste mir das ganze weinerliche Gejammer anhören. Alexandre hier, Jean dort und Magali an der Flasche. Kleinscheiß im Vergleich zu den Problemen, die mich belasteten, doch für ihn das Schlimmste.«

Er starrte eine Weile aufs Wasser hinaus, bevor er fortfuhr zu sprechen. »Eines Tages, ich könnte ihn malen, so sehr hat sich mir das alles eingebrannt, saß er mit einem Strohhut auf einem Stuhl vor der Cabane und ich gleich daneben. Wir tranken einen Wein, und im Plauderton begann er, von der Domaine M&L zu erzählen. Er wusste nicht einmal, dass Giselle dort gearbeitet hatte!

Mir war seine Beteiligung an der Gesellschaft bis dahin unbekannt gewesen, und es machte mich neugierig. Er hatte eine der besseren Flaschen geöffnet, und während er erzählte, trank ich den Wein, den ich kurz darauf am liebsten ausgespuckt hätte.«

»Ging es um den verseuchten Boden?«

»Natürlich! Ich sitze bei einem Dreckskerl, dem ich Idiot auch noch zur Hand gegangen bin, und muss mir anhören, dass er es war, der meine Frau vergiftet hat.«

»Moyon konnte nicht von dem verseuchten Boden wissen, als sie die Abfüllanlage dort aufgestellt haben.«

»Als sie es wussten, haben sie alles vertuscht. Glauben Sie, wir hätten Giselles anfängliche Blasenprobleme auf die leichte Schulter genommen, wenn wir über die Verseuchung informiert gewesen wären? Ich bin zur Behörde und habe versucht, Zusagen für die kostspieligen Behandlungen zu bekommen, die die Kasse nicht übernimmt. Schließlich hätte man uns informieren müssen. Doch das wurde abgelehnt.« Batz' Augen schimmerten feucht. »Leglise war der Behördenleiter. Er hat die ganze Sauerei vertuscht.«

»Hat Luc Moyon den Vorgang bedauert?«

»Dicke Krokodilstränen hat er geweint, aber das Maul gehalten.«

»Wie ging es weiter?«

Batz hörte ihm offenbar gar nicht zu. »In Antofagasta im Norden Chiles waren die Menschen Arsen ausgesetzt und haben selbst Jahre danach noch Lungen- oder Blasenkrebs bekommen. Giselle ist wegen dieser drei Schweine gestorben, aber«, er ballte eine Hand zur Faust, »ich habe sie gerächt.«

Chevalier erkannte, dass es wenig Sinn machte, über die Schuld der Opfer zu diskutieren. Jérôme Batz war auf diesem Ohr taub. »Woher hatten Sie Ihre Informationen?«

Batz lachte. »Über die Querelen auf dem Château Roux wusste ich Bescheid. Alexandre und Luc schlussendlich gegeneinander auszuspielen war ein Klacks. Bei Jean und Leglise war das schwieriger, doch Geduld zahlt sich immer aus. Wenn Giselle im Krankenhaus war, hatte ich Zeit und konnte Leglise nach vielen Abenden, an denen ich mich an seine Fersen geheftet hatte, bis zu der Nutte folgen. Ich habe mein Wissen über diesen bornierten Präsidenten des Département-Rates zu Papier gebracht und alles an seinen Referenten gesendet, um auf diesem Weg Druck auszuüben und meine Forderungen durchzusetzen. Doch nichts ist passiert!« Seine Stimme schwoll wieder an.

»Sie hätten nachhaken müssen.« Eine Möwe kreiste neugierig über ihnen und beäugte sie mit schief gelegtem Kopf.

Batz sah in den Himmel. Die Sonne glitzerte in den silbernen Stoppeln auf seinen unrasierten Wangen. »Da war es zu spät. Ein großer Tumor hatte sich in ihrer Leber gebildet. Das war das Ende. Ich saß an ihrem Bett, fütterte sie, wusch sie, weinte mit ihr und um sie. Wir lachten auch oft, wenn wir in die Vergangenheit eintauchten. Immer wieder hat sie von dem Weinfest angefangen, auf dem wir uns kennengelernt hatten.«

Batz lächelte bei den Erinnerungen, und eine einsame Träne rann ihm über das Gesicht. »Wir tanzten und hatten nur Augen füreinander. Ich wich in ihren letzten Tagen lediglich dann von ihrer Seite, wenn der Hund rausmusste. Bei einem dieser Spaziergänge sah ich auf der Saline Luc Moyon mit seinem neuen Helfer. Sein Lachen klingt mir heute noch in den Ohren.«

Jérôme Batz blickte kurz zu Chevalier hinüber. »An dem Abend habe ich den ersten Drohbrief geschrieben. Später auch einen an Leglise. Ich wollte ihnen nur Angst machen, doch dann fiel Giselle in Agonie. Sie konnte nicht mehr sprechen, und alleine ihre Augen starrten mich an, als wollte sie jede Sekunde mitnehmen, die ihr noch blieb. Sie starb, und ich weinte stundenlang. Ich konnte nicht mehr aufhören zu weinen, bis der Gedanke in mir reifte, es ihnen heimzuzahlen. Ich hörte auf zu weinen und handelte.«

Sein Kopf flog wieder zu Chevalier. »Für sie waren wir und unsere Bitten eine Banalität, die man beiseiteräumen kann, damit sie einem nicht länger im Weg ist. Doch für mich war Giselle *alles!*« Die letzten Worte hatte er wieder geschrien. Er beugte sich etwas vor und sah in die Tiefe. »Verstehen Sie nun, Monsieur le Commissaire?«

»Alles, bis auf die Morde.« Chevalier suchte nach den richtigen Worten, denn Batz schien mit sich zu kämpfen. »Haben Sie Durand auch Drohbriefe geschickt?« Chevalier rückte vorsichtig ein paar Schritte näher.

»Er schien mir anfangs unwichtig zu sein, später hat er welche bekommen, ja.« Batz blickte weiter nach unten und murmelte abwesend etwas vor sich hin, was Chevalier nicht verstehen konnte.

»Die Weinpanscherei – wie sind Sie darauf gekommen?«

Batz kehrte wie aus weiter Ferne ins Hier und Jetzt zurück. »Giselle erwähnte mal, dass Durand derjenige war, der die Domaine organisiert hat. Ich habe mir den feisten Kerl angesehen und bin zu dem Schluss gekommen, dass auch er schuld ist.«

Er starrte einen Augenblick schweigend vor sich hin. Dann fuhr er fort: »Eines Abends war er betrunken und ist durch die Bars gezogen. Ich habe mich in einem Laden neben ihn gesetzt und ihm ein Glas ausgegeben. Zwei beiläufige Fragen und er schüttete mir das Herz aus. Durand schimpfte über einen Bulgaren namens Gregoriev, der ihm die Firma stehlen wollte, und gab dann schließlich die Panscherei zu, der Idiot! Ich habe ihn erpresst. Er hat seine Anteile verkauft und mir Geld gegeben, damit ich schweige.« Batz lachte. »Ich habe alles an eine Organisation der Krebshilfe gegeben.«

Chevalier rückte noch näher an Batz heran und gab zwei der uniformierten Polizisten verstohlen ein Handzeichen, sich bereitzuhalten. »Sie haben alle bestraft und ihre Familien ruiniert.«

Batz nickte und blickte nach unten ins Wasser. »Alles ist erledigt. Giselle wartet auf mich.« Er nahm die Hände vom Laternenpfahl, schloss die Augen und ließ sich fallen.

Chevalier sprang vor, bekam den dünnen Pullover des Mannes zu fassen und riss daran. Batz wehrte sich und baumelte in der Luft.

Schreie wurden laut.

Chevalier wurde mit nach vorne gerissen, das Geländer bohrte sich in seinen Oberkörper, und er spürte, wie er die Bodenhaftung verlor. Er war versucht loszulassen, denn er drohte, mit in die Tiefe gezogen zu werden. Da packten vier kräftige Hände zu. Weitere folgten.

Mit Mühe zogen sie den um sich schlagenden Mann über das Geländer. Die Beamten fixierten Batz und legten ihm Handschellen an. Dann traten sie zurück.

Für einen Moment wurde es still. Niemand sprach, kein Auto rollte vorbei. Alle Augen richteten sich auf den Mann, der nun hemmungslos weinend auf dem Boden lag.

Chevalier hockte sich neben ihn und legte ihm die Hand auf die Schulter. »Tut mir leid. Ich konnte nicht zulassen, dass Sie springen.«

»Warum? Ich habe hier nichts mehr verloren.«

Chevalier blickte ihm in die Augen und sah erst jetzt, dass sie von einem eisigen Graublau waren. »Das habe nicht ich zu entscheiden.«

SAMSTAG, 26. JUNI

Sandrine war im Atelier. Sie hatte das Radio angestellt und sang laut den Refrain von *Dans mes bras* mit, ein Song von Kendji Girac. Chevalier lächelte. Er selbst bevorzugte härtere Musik.

Manon lag frisch gestillt auf der Krabbeldecke und strampelte aufgeregt. Sie sah der kleinen Rassel hinterher, die Chevalier langsam vor ihrem Gesicht vorbeiziehen ließ. Ihre Schlafphasen wurden allmählich kürzer, und es war faszinierend mitzuerleben, wie sie ihre Umwelt mehr und mehr wahrnahm.

Er kitzelte ihren Bauch, doch das lenkte Manon nicht ab. Die Augen fest auf die Rassel geheftet, begann sie, leise Töne auszustoßen.

Chevalier legte das Spielzeug zur Seite, denn auf diese Phase folgte gern Weinen.

Kurz darauf quengelte sie und rieb sich mit den Fäustchen die Augen. Er nahm seine Tochter auf den Arm und ging mit ihr nach unten.

Nun, da Alphonses Drohungen nicht länger ihr Glück bedrohten, war Sandrine von einem Kreativitätsschub erfasst worden. Innerhalb eines Tages hatte sie den Entwurf für die noch ausstehende Figur, eine Kreuzigungsgruppe, fertiggestellt und war dabei, diese in Ton zu modellieren.

Als Chevalier ins Atelier kam, zupfte sie ein Stück Ton von einem Klumpen, der in ein feuchtes Tuch eingeschlagen war, und verrieb das Material auf dem Rohling.

»Wir gehen eine Runde spazieren. Dann kann Manon ein wenig schlafen. Holst du uns später an der Plage de Chef de Baie ab?«

Sie nickte, dankbar dafür, nicht mitzumüssen. Chevalier wusste nur zu gut, wie schwer es ihr gefallen wäre, die Arbeit an der Plastik zu unterbrechen.

Er legte Manon in den Kinderwagen, stellte den Sonnenschirm so ein, dass die Sonne sie nicht erreichen konnte, und schob sie durch den Garten hinaus auf die Straße.

Sein Blick streifte die Garage, wo er Alphonses Notebook versteckt hatte. Der alte Dell hatte problemlos gebootet und ihn sogleich auf den Desktop geführt, ohne dafür ein Passwort zu verlangen.

Chevalier hatte die Daten durchgesehen und verstand, warum es so einfach gewesen war. Alphonse hatte den Rechner offensichtlich ausschließlich zum Surfen im Internet und zum Versenden von E-Mails genutzt und sich nur wenige Daten heruntergeladen. Sie hätten kaum banaler sein können: Behördenschreiben, Post seines Bewährungshelfers und Ähnliches.

In einem versteckten Ordner fand Chevalier dann, wonach er gesucht hatte. Eine Kopie der Audiodatei ihres Telefonats, die er sofort löschte, aber auch diverse Artikel zu Terrorgruppen wie der RAF in Deutschland und die Action Directe in Frankreich. Was hatte Alphonse damit gewollt?

Was Chevalier am meisten überraschte, war ein Foto, das zweifelsohne ihre Mutter zeigte, die mit einem fremden Mann an einem Strand lag und in die Kamera lachte. Nicht, dass der Unbekannte an ihrer Seite ihn verblüfft hätte, sondern die Palmen im Hintergrund. Ihre Mutter hatte stets behauptet, nur zweimal in ihrem Leben Frankreich wirklich verlassen zu haben. Einmal war sie mit ihrem Mann auf Hochzeitsreise in Marokko gewesen; das zweite Mal hatte sie eine Rundfahrt durch Italien unternommen. Die kurzen Tagesausflüge von Metz ins nahe Luxemburg, nach Belgien oder Deutschland zählten für sie nicht.

Chevalier hatte sich vorgenommen, der Sache auf den Grund zu gehen. Aber nicht heute.

Eine halbe Stunde später setzte er sich mit einem Becher Kaffee an den letzten freien Tisch der Strandbar. Der kleine Strand war heillos überfüllt, doch das störte anscheinend niemanden. Die Handtücher lagen dicht an dicht. Eltern rieben ihre Kinder mit Sonnenmilch ein, Hungrige aßen Sandwiches, andere schliefen einfach nur. Dazwischen wurde mit Schlägern ein Gummiball hin- und hergespielt. Ab und an verfehlte einer der Spieler den Ball, der dann zwischen oder auf anderen Strandbesuchern landete, die ihn entspannt zurückwarfen. Ein Hund tobte wild bellend im Wasser und schien sein Leben zu genießen. Gleich neben Chevalier standen Menschen in Strandkleidung Schlange und warteten darauf, sich ein Eis oder ein Getränk kaufen zu können. Auf dem einen oder anderen Rücken zeigte sich bereits Sonnenbrand.

Chevalier schaute aufs Meer hinaus und erinnerte sich an seinen ersten Tag bei der Polizei in La Rochelle. An jenem Morgen hatte er genauso wie jetzt über den Atlantik geblickt. Das schien eine Ewigkeit her zu sein, in Wirklichkeit waren seitdem kaum zwei Wochen vergangen.

Manon bewegte sich im Kinderwagen, wachte aber nicht auf. Ein schnittiges Segelboot schoss vorbei, doch Chevalier nahm es nicht wahr, zu sehr beschäftigten ihn seine Gedanken.

Er war hier angekommen, hatte in der Kommission seinen Platz gefunden und selbst Moreau auf seine Seite bringen können. Alles war gut. Auch weil das Damoklesschwert von Alphonses Drohungen nicht länger Unheil verkündend über seinem Leben schwebte.

Aber er konnte sich nicht darüber freuen. Die Verletzungen der vergangenen Tage schmerzten zu sehr. Er hasste sich für seine Dummheit, Alphonse gewarnt zu haben, für sein Lavieren zwischen allen Fronten und für die Lügen und das Verschweigen von Wahrheiten, mit denen er sich aus der Verantwortung gestohlen hatte. Wo waren seine Prinzipien geblieben? Er hatte Beweise unterdrückt, war in Alphonses Hotelzimmer eingedrungen und hatte den Computer seines Bruders entwendet.

Chevalier verabscheute sich auch für das Gefühl der Erleichterung, das er darüber empfand, dass Alphonse ihm nichts mehr anhaben konnte, selbst um den Preis, dass er nun tot war. Sein eigener Bruder! Er wusste um die alternativlose Situation, in der er gefangen gewesen war, doch reichte das als Begründung, als Entschuldigung aus? Er fragte sich, wie weit er zu gehen bereit gewesen wäre.

Er sah auf sein Kind, das tief und friedlich schlief, nicht wissend um die düsteren Gedanken seines Vaters. »Sehr weit«, sagte er zu sich.

Eine Jacht segelte vorbei. Der Spinnaker blähte sich im Wind und drückte das Boot weit zur Seite. Die Segler johlten vor Begeisterung.

Chevalier sah ihnen nach, sah weit auf den Atlantik hinaus und sog die Seeluft tief in die Lungen.

Hier wollte er bleiben.

EPILOG

Alexandre Moyon starb einige Wochen später, während alle schliefen.

Seine Frau Cloé hatte den Haushalt gemacht und war früh zu Bett gegangen. Jean Moyon telefonierte an diesem Abend lange mit seinem Anwalt, der hoffte, für ihn eine Strafe auf Bewährung zu erwirken. Beruhigt schlüpfte Jean unter die Decke, küsste seine Frau und schlief sofort ein. An seinen Bruder hatte er seit Tagen kaum mehr einen Gedanken verschwendet. Magali Moyon erholte sich von einem Rückfall und hatte die Krise noch lange nicht überwunden. Sie driftete in einem von Psychopharmaka befeuerten Halbschlaf durch die Nacht.

Kein Gedanke, kein guter Wunsch begleitete den Schwerverletzten auf seiner letzten Reise, die begann, als sich ein Thrombus auf den Weg machte. Am folgenden Morgen sprach Dr. Lucien Toure von einer »Fettthrombose«, die manchmal bei Knochenbohrungen oder schweren Brüchen auftritt.

Der Thrombus verstopfte eine Lungenvene, wodurch diese teilweise ausfiel und die ersten Warngeräte Alarm schlugen. Gleich darauf stieg der Druck im kleinen Blutkreislauf zwischen Herz und Lunge an; die rechte Herzkammer pumpte dagegen an und verlor. Das Herz setzte in dem Augenblick aus, als Toure und zwei Krankenschwestern in den Raum stürmten und sogleich zu reanimieren versuchten. Moyons Körper bäumte sich mehrere Male unter den elektrischen Impulsen auf, dann gab der Arzt auf und schaltete die Geräte ab.

Wenig später kam es zum Prozess wegen der Weinpanscherei auf der Domaine de la Vieille Maison. Alle Angeklagten wurden zu Freiheitsstrafen ohne Bewährung verurteilt.

Ella Leglise schaffte es wie von Zauberhand oder der der politischen Freunde ihres Vaters, sich ungeschoren aus der Affäre zu ziehen. Sie führte die zwischenzeitlich umbenannte Domaine mit harter Hand.

Francine Moyon rettete das Château über die sechs Monate, die ihr Mann im Gefängnis saß, und mischte sich auch danach in die Geschäfte ein. Böse Zungen behaupteten, Jean habe die Bevormundung durch den Vater gegen die durch seine Frau getauscht.

Von alldem bekam Chevalier nichts mit. Als die Berichte zu seinem ersten Fall in La Rochelle geschrieben waren, lebte er sich im Präsidium richtig ein.

Irgendwann im August fuhr er mit Sandrine und Manon nach Les Portes-en-Ré.

Während die beiden bei seinen Schwiegereltern zu Mittag aßen und, wie er von ferne hörte, viel gelacht wurde, nahm er sich eines der Motorboote der Familie und fuhr hinaus auf den Atlantik.

Er spürte dem sanften Wogen des Bootes auf der Dünung der Wellen nach und gab seinen Erinnerungen Zeit.

Später dann warf er Alphonses Smartphone in die See. Eine Geste, die ihm selbst so vorkam, als wollte er alles Böse, das ihre Beziehung vergiftet hatte, in den Tiefen des Meeres versenken.

Dann erst nahm er die Urne auf und schraubte langsam den Deckel ab. Sandrine hatte ihn auf dieser Fahrt begleiten wollen, doch er hatte alleine sein wollen, und so erhob er sich nun, umgeben von dem tiefen Blau des Meeres, und ließ sanft die graue Asche ins Wasser rieseln.

Eine Zeit lang beobachtete er, wie sie sich im bewegten Wasser mehr und mehr auflöste. Dann warf er den Motor an und fuhr zurück, der Küste entgegen in sein Leben.